O PROGRESSO DO AMOR

ALICE MUNRO

O PROGRESSO DO AMOR

Tradução
Pedro Sette-Câmara

BIBLIOTECA AZUL

Texto fixado conforme as regras do Acordo Ortográfico da Língua Portuguesa (Decreto Legislativo nº 54, de 1995).

Título original: *The Progress of Love*

Editora responsável: Juliana de Araujo Rodrigues
Editor assistente: Thiago Barbalho
Revisão: Tomoe Moroizumi e Mayara Freitas
Capa: Mariana Newlands
Diagramação: Gisele Baptista de Oliveira
Foto de capa: Three Lions/Getty Images

CIP-BRASIL. CATALOGAÇÃO NA PUBLICAÇÃO
SINDICATO NACIONAL DOS EDITORES DE LIVROS, RJ

M939p

Munro, Alice, 1931-
O progresso do amor / Alice Munro; tradução Pedro Sette-Câmara. - 1. ed. - São Paulo: Biblioteca Azul, 2017.
: il.; 21 cm.

Tradução de: *The progress of love*
ISBN 978-85-2506-023-5

1. Ficção canadense. I. Sette-Câmara, Pedro. II. Título.

16-37808 CDD: 819.13
CDU: 821.111(71)-3

1ª edição, 2017

Direitos exclusivos de edição em língua portuguesa para o Brasil adquiridos por
EDITORA GLOBO S.A.
Av. Nove de Julho, 5229
01407-907 São Paulo-SP
www.globolivros.com.br

Para minha irmã, Sheila

SUMÁRIO

O PROGRESSO DO AMOR

Ligaram para o meu trabalho, e era meu pai. Não foi muito depois de eu ter me divorciado e começado a trabalhar na imobiliária. Meus dois filhos estavam na escola. Era um dia quente de setembro.

Meu pai, sempre tão educado, mesmo com os familiares. Primeiro perguntou-me como eu estava passando. As boas maneiras da província. Mesmo que alguém telefone para dizer que sua casa está pegando fogo, primeiro vai perguntar como você está passando.

"Tudo bem", disse. "E você?"

"Eu não estou muito bem", disse meu pai, com seu jeito de sempre: como quem pede desculpas, mas dando-se ao respeito. "Acho que sua mãe se foi."

Eu sabia que "se foi" significava "morreu". Sabia. Mas, por um segundo, mais ou menos, vi minha mãe com seu chapéu preto de palha descendo a rua. A expressão "se foi" parecia cheia de nada exceto de um profundo alívio, e até de uma certa empolgação — a empolgação que você sente quando uma porta se fecha e a sua casa torna a mergulhar na normalidade e você se deixa soltar em todo aquele espaço livre à sua volta. Isso estava presente na voz do meu pai, também — por trás do pedido de desculpas, um som estranho, como um suspiro engolido. Mas minha mãe não tinha sido um fardo — não tinha passado um só dia doente — e a morte dela, longe de trazer alívio a meu pai, foi para ele um golpe. Ele nunca se acostumou a viver sozinho, disse. Foi morar no asilo do condado de Netterfield porque quis.

Ele me contou como encontrou minha mãe no sofá na cozinha quando chegou ao meio-dia. Ela tinha colhido alguns tomates e estava colocando-os no parapeito da janela para amadurecerem; deve então ter sentido uma fraqueza e deitado. Agora, ao dizer isso, a voz dele vacilava — sem rumo, como se poderia esperar — em sua perplexidade. Em minha mente, eu via o sofá, o velho pano que o protegia, logo abaixo do telefone.

"Por isso eu achei melhor ligar para você", disse meu pai, e ficou esperando que eu dissesse o que ele devia fazer agora.

Minha mãe rezava de joelhos no meio do dia, à noite e assim que acordava. Cada dia se abria para ela para que a vontade de Deus se cumprisse nele. Toda noite ela fazia as contas do que tinha feito, falado e pensado, para ver se batia com as expectativas d'Ele. Que vida mais aborrecida, pensam as pessoas, mas estão equivocadas. Para começar, essa vida nunca pode ser tediosa. E é impossível que aconteça alguma coisa que não tenha alguma serventia. Mesmo que você esteja soterrado de problemas e seja doente, pobre e feio, você tem sua alma para carregar pela vida como o tesouro numa bandeja. Quando ia ao andar de cima rezar depois da refeição do meio-dia, minha mãe estava cheia de energia e de expectativas, sorrindo de verdade.

Ela tinha sido salva num acampamento quando tinha catorze anos. Aquele foi o mesmo verão em que a mãe dela — minha avó — faleceu. Durante alguns anos, minha mãe frequentou reuniões com muitas outras pessoas que tinham sido salvas, algumas que tinham sido salvas repetidas vezes, inveteradas entusiastas do pecado. Ela contava histórias do que acontecia nessas reuniões, as cantorias, as gritarias, as loucuras. "Senhor, desça, desça agora no meio de nós! Desça pelo telhado que eu pago as ripas!"

Ela tinha voltado a ser simplesmente uma anglicana séria, na época em que casou. Estava com vinte e cinco anos na época e meu pai, com trinta e oito. Um casal bonito, alto, bons dançarinos, bons nos jogos de cartas, sociáveis. Mas gente séria — é assim que eu tentaria descrevê-los. Séria do jeito que quase ninguém mais é. Meu pai não era religioso do mesmo jeito que minha mãe era. Ele era anglicano, orangista, conservador, porque era assim que tinha sido criado. Ele era o filho que tinha sido largado na fazenda com os pais e cuidou deles até que morressem. Conheceu minha mãe, esperou por ela, eles casaram; ele julgava que tinha sorte por ter uma família pela qual trabalhar. (Tenho dois irmãos e tive uma irmãzinha que morreu bebê.) Tenho a sensação de que meu pai nunca dormiu com mulher nenhuma antes da minha mãe, e nunca com ela antes do casamento. E ele teve de esperar, porque minha mãe não queria casar antes de devolver ao pai dela cada centavo que gastara com ela desde que sua mãe tinha morrido. Ela tinha anotado tudo — teto, livros, roupas — para poder pagar de volta. Quando casou, não tinha poupança, como normalmente tinham os professores, não tinha enxoval, nem roupa de cama, nem louça. Meu pai costumava dizer, com uma expressão sombria, brincalhona, que ele tinha tido esperanças de arrumar uma mulher com dinheiro no banco. "Mas você fica com o dinheiro no banco e tem de ficar com o rosto que vem junto", dizia, "e às vezes isso não é bom negócio."

A casa em que morávamos tinha cômodos grandes, com pé-direito alto, persianas verde-escuras nas janelas. Quando as persianas deixavam o sol passar, eu gostava de mover a cabeça e pegar a luz cintilando entre os buracos e as fendas. Outra coisa de que eu gostava era ficar olhando as manchas das chaminés, antigas e novas, que eu conseguia transformar em animais, nos rostos das pessoas, e até em cidades distantes. Contei isso para meus dois filhos, e o pai deles, Dan Casey, disse: "Olha, os pais da sua mãe eram tão pobres que nem tinham TV, então colocaram umas manchas no teto — a sua mãe tinha de ver as manchas no teto!". Ele sempre gostava de implicar comigo, como se eu achasse que a pobreza era uma coisa ótima.

Quando meu pai ficou bem velho, entendi que ele não se importava tanto que as pessoas fizessem coisas novas — eu me divorciar, por exemplo — quanto que elas tivessem razões novas para fazê-las.

Graças a Deus que ele nunca soube da comuna.

"Deus nunca quis isso", dizia ele. Sentado com os outros velhos do asilo, na longa varanda pouco iluminada atrás dos arbustos de buquês-de-noiva, ele sempre falava de como Deus nunca quis que as pessoas estrondassem pelo campo em motocicletas e em motoneves. E como Deus nunca quis que os uniformes das enfermeiras fossem calças. As enfermeiras não se importavam. Chamavam-no de "Bonitão" e diziam-me que ele era realmente um senhor muito doce, um verdadeiro cavalheiro religioso das antigas. Elas ficavam maravilhadas com seu espesso cabelo negro, que ele manteve até morrer. Elas o banhavam e o penteavam, deixando-o bem bonito, ondulando com os dedos seu cabelo ainda molhado.

Às vezes, com todo o cuidado delas, ele ficava um pouco infeliz. Queria ir para casa. Ficava preocupado com as vacas, com as cercas, com quem ia se levantar para acender a lareira. Alguns lampejos de agressividade — muito poucos. Uma vez, lançou-me um olhar traiçoeiro e hostil na hora em que entrei, e disse: "Estou surpreso por você ainda não ter gastado toda a pele dos joelhos a essa altura".

Eu dei uma risada e disse: “Como? Esfregando o chão?”.

“Rezando!”, disse ele, a voz como um escarro.

Ele não sabia com quem estava falando.

Não tenho nenhuma lembrança de minha mãe sem cabelo branco. Ele embranqueceu antes que ela fizesse trinta anos, e ela nunca guardou nada do seu cabelo jovem, que tinha sido castanho. Eu costumava tentar fazer com que ela falasse que tipo de castanho.

“Escuro.”

“Como o do Brent, ou o da Dolly?” Eram dois cavalos de carga que a gente tinha, uma equipe.

“Não sei. Não era pelo de cavalo.”

“Era tipo chocolate?”

“Por aí.”

“Você não ficou triste quando ele ficou branco?”

“Não. Fiquei contente.”

“Por quê?”

“Fiquei contente porque eu não ia mais ter um cabelo que era da mesma cor que o do meu pai.”

O ódio é pecado sempre, minha mãe dizia. Lembre disso. Uma gota de ódio na sua alma vai se espalhar e descolorir tudo, como uma gota de tinta preta no leite branco. Fiquei impressionada com isso e quis experimentar, mas eu sabia que não devia desperdiçar o leite.

Dessas coisas todas eu me lembro. Todas as coisas que eu sei, ou escutei, sobre gente que nunca nem vi. Deram-me o nome de Euphemia, por causa da mãe da minha mãe. Em casa me chamavam de Phemie, mas, quando eu comecei a trabalhar, passei a me chamar de Fame. Meu marido, Dan Casey, me chamava de Fame.

Aí, no bar do Hotel Shamrock, anos mais tarde, depois do meu divórcio, quando eu estava saindo, um homem me disse: "Fame, eu queria te perguntar, você é famosa por quê?".

"Não sei", disse-lhe. "Não sei, só se for porque eu perco tempo falando com idiotas feito você."

Depois disso pensei em simplesmente mudar de nome, para alguma coisa tipo Joan, mas, a menos que eu me mudasse para longe daqui, como eu poderia fazer isso?

No verão de 1947, quanto eu tinha doze anos, ajudei minha mãe a colocar papel de parede no quarto do andar de baixo, o quarto vago. Beryl, irmã da minha mãe, vinha visitar. As duas irmãs não se viam havia anos. Logo depois de a mãe delas morrer, o pai casou-se de novo. Foi morar em Minneapolis, depois em Seattle, com a nova esposa e a filha mais nova, Beryl. Minha mãe não quis ir com eles. Ficou na cidade de Ramsay, onde eles moravam. Ela ficou com um casal de ex-vizinhos, sem filhos. Ela e Beryl só tinham se encontrado uma ou duas vezes desde que viraram adultas. Beryl morava na Califórnia.

O papel de parede era estampado com centáureas sobre fundo branco. Minha mãe tinha-o comprado com desconto, porque era o fim de um lote. Isso queria dizer que tivemos dificuldade para fazer os desenhos se ajustarem, e atrás da porta precisamos dar um jeito com recortes e com tiras. Isso foi antes do surgimento do papel de parede adesivo. Nós tínhamos uma mesa apoiada em cavaletes na sala da frente e preparamos a cola e a passamos atrás do papel com pincéis largos, tomando cuidado com os caroços. Nós trabalhávamos com as janelas erguidas, com telas na abertura, a porta da frente aberta, a porta de tela fechada. A paisagem que víamos pela malha de telas e pela velha janela trêmula era toda cheia de calor e florescente — asclépias e cenouras selvagens nos pastos, mostardas alvoroçando-se majestosamente, alguns campos cremosos com o trigo-sarraceno que as pessoas plantavam naquela época. Minha mãe cantava. Ela cantava uma música que, segundo dizia, a mãe dela cantava quando ela e Beryl eram pequenas.

Eu já tive um amor, e hoje não tenho.
Ele se foi, e eu fiquei chorando de dor.
Ele se foi, mas vou ficar contente,
*porque outro vou ter, muito melhor!**

Eu estava empolgada porque Beryl estava vindo lá da Califórnia nos fazer uma visita. E também porque eu tinha ido à cidade no fim de junho para fazer as provas de admissão e tinha esperança de logo ficar sabendo que tinha passado com distinção. Todo mundo que terminava a oitava série nas escolas rurais tinha de ir à cidade fazer aquelas provas. Eu adorava — o farfalhar das folhas de papel fólio, o silêncio importante, o enorme prédio de pedra da escola de ensino médio, todas as velhas iniciais talhadas nas mesas, escurecidas pelo verniz. O primeiro irromper do verão lá fora, a luz verde e amarela, as castanheiras tão urbanas e as madressilvas. Tudo isso na mesma cidade, onde hoje eu vivi mais da metade da minha vida. Eu ficava maravilhada com ela. E comigo mesma, desenhando mapas sem dificuldade e resolvendo problemas, sabendo um monte de respostas. Eu me achava tão inteligente. Porém, não fui inteligente o bastante para entender o mais simples. Eu nem sequer entendi que as provas, no meu caso, não faziam a menor diferença. Eu não iria fazer o segundo grau. Como eu poderia? Isso foi antes de existirem ônibus escolares; você tinha de morar na

* No original: *I once had a sweetheart, but now I have none./ He's gone and he's left me to weep and to moan./ He's gone and he's left me, but contented I'll be,/ For I'll get another one, better than he!* (N.T.)

cidade. Meus pais não tinham dinheiro. Eles operavam com muito pouco dinheiro, como muitos fazendeiros. Os pagamentos da fábrica de queijos eram praticamente tudo o que vinha regularmente. E eles não imaginavam a minha vida indo naquela direção, na direção do ensino médio. Eles achavam que eu ia ficar em casa e ajudar minha mãe, talvez arrumar algum trabalho ajudando mulheres na vizinhança que estivessem doentes ou que tivessem parido. Até eu me casar. Era isso que eles estavam esperando para me dizer quando eu recebi o resultado das provas.

Era de se pensar que minha mãe talvez tivesse outros planos, já que ela própria tinha sido professora. Mas ela disse que Deus não se importava. Deus não está interessado em que tipo de emprego ou em que tipo de estudo alguém tem, disse-me. Ele não dá a menor bola para isso, e o que Ele acha importante é que faz diferença.

Essa foi a primeira vez que eu entendi que Deus podia virar um adversário de verdade, não só uma espécie de incômodo ou de enfeite enorme.

O nome da minha mãe quando criança era Marietta. Esse continuou a ser o nome dela, claro, mas até Beryl chegar eu nunca a ouvi ser chamada por ele. Meu pai sempre falou mãe. Eu tinha uma ideia infantil — eu sabia que era infantil — de que mãe se encaixava melhor na minha mãe do que em outras mães. Mãe, não mamãe. Quando eu estava longe dela, eu não conseguia lembrar de como era seu rosto, e isso me assustava. Sentada na escola, a apenas uma colina de casa, eu tentava imaginar o rosto da minha mãe. Às vezes, eu achava que, se eu não conseguisse, então talvez minha mãe tivesse morrido. Mas eu tinha um senso dela o tempo todo e poderia me lembrar dela pelas coisas mais improváveis — um piano vertical, ou uma fatia alta de pão branco. Isso é ridículo, mas é verdade.

Marietta, na minha cabeça, era separada, não tinha sido absorvida pelo corpo adulto da minha mãe. Marietta ainda corria solta por Ramsay, sua cidade às margens do rio Ottawa. Naquela cidade, as ruas eram cheias de cavalos e de poças, e eram ensombrecidas por homens que vinham do mato nos fins de semana. Lenhadores. Havia onze hotéis na rua principal, onde os lenhadores ficavam e bebiam.

A casa em que Marietta vivia ficava na metade de uma ladeira íngreme que começava no rio. Era uma casa dupla, com duas janelas enormes na frente e uma treliça de madeira que separava as duas varandas. Na outra metade da casa viviam os Sutcliffe, as pessoas com quem Marietta iria morar após a morte de sua mãe e seu pai sair da cidade. O sr. Sutcliffe era inglês, operador de telégrafo. Sua esposa era alemã. Ela sempre fazia café em vez de chá. Ela fazia strudel. A massa do strudel pendia das bordas da mesa como um pano fino. Às vezes, Marietta achava que a massa parecia uma pele.

A sra. Sutcliffe foi quem convenceu a mãe de Marietta a não se enforcar.

Marietta estava em casa e não na escola naquele dia, porque era sábado. Acordou tarde e ouviu o silêncio na casa. Ela sempre tinha medo disso — de uma casa silenciosa — e, assim que abria a porta ao chegar da escola, gritava: "Mamãe! Mamãe!". Com frequência a mãe não respondia. Mas estava lá. Marietta ouvia com alívio o estrepitar da grelha do fogão ou o arrastar constante do ferro de passar.

Naquela manhã ela não ouviu nada. Desceu, pegou um pedaço de pão com manteiga e melaço, dobrado. Abriu a porta do porão e chamou. Foi até a sala da frente e olhou pela janela, através do bambuzinho. Viu a irmã menor, Beryl, e outras crianças do bairro rolando pelo trecho gramado até a calçada, levantando-se, indo até o alto e rolando para baixo de novo.

"Mamãe?", chamou Marietta. Ela andou pela casa até o quintal de trás. Era o fim da primavera, o dia estava brando e nublado. Nas hortas em flor, a terra era úmida e as folhas nas árvores subitamente pareciam ter atingido seu tamanho pleno, deixando cair gotas d'água da chuva da noite anterior.

"Mamãe?", chama Marietta debaixo das árvores, debaixo do varal.

No fundo do quintal fica um pequeno celeiro, onde guardam a lenha, algumas ferramentas e mobília velha. Uma cadeira, uma cadeira de madeira de encosto reto, pode ser vista pela porta aberta. Na cadeira, Marietta vê os pés da mãe, os sapatos pretos de laço da mãe. Em seguida, o vestido de trabalho de verão, longo e estampado, o avental, as mangas para cima. Os braços brancos e brilhosos da mãe, o pescoço e o rosto.

A mãe estava de pé sobre a cadeira e não respondia. Não olhava Marietta, mas sorria e batia o pé, como que dizendo: "Aqui estou eu, o que é que você vai fazer?". Alguma coisa parecia errada nela, além do fato de que ela estava de pé sobre a cadeira e sorrindo de um jeito esquisito, tenso. De pé sobre uma cadeira velha com o encosto faltando, a qual ela tinha colocado no meio do chão do celeiro, e que cambaleava sobre a terra irregular. Havia uma sombra em seu pescoço.

A sombra era uma corda, um laço na ponta de uma corda que pendia de uma viga acima.

"Mamãe?", diz Marietta, numa voz mais débil. "Mamãe. Desce, por favor." A voz dela é débil porque ela teme que qualquer grito ou berro possa servir de gatilho para a mãe, fazer com que ela dê um passo para fora da cadeira e jogue seu peso na corda. Porém, mesmo que Marietta quisesse gritar, ela não conseguiria. Não lhe resta nada além desse lastimoso fiapo de voz — exatamente como quando, num sonho, uma fera ou uma máquina está no seu encalço.

"Vá chamar seu pai."

Foi isso que a mãe a mandou fazer, e Marietta obedeceu. Com terror nas pernas, ela correu. Com sua roupa de dormir, no meio de uma manhã de sábado, ela correu. Passou correndo por Beryl e pelas outras crianças, ainda rolando ladeira abaixo. Ela correu pela calçada, que na época era de madeira, depois pela rua sem pavimentação, cheia das poças da noite anterior. A rua cruzava os trilhos da ferrovia. No sopé da colina, ela era transversal à rua principal da cidade. Entre a rua principal e o rio havia alguns armazéns e as construções de pequenas indústrias. Era ali que o pai de Marietta tinha sua fábrica de transportes. Vagões, caleches e trenós eram produzidos ali. O pai de Marietta tinha inventado um novo tipo de trenó para carregar lenha no mato. Ele estava começando em Ramsay. (Depois, nos Estados Unidos, ganhou dinheiro. Um homem que gostava de bares de hotéis, de barbearias, de corridas de charrete, mas que não tinha medo do trabalho — é preciso dar-lhe crédito.)

Marietta não o encontrou no trabalho aquele dia. Ela correu para o pátio onde os homens trabalhavam. Tropeçou na serragem fresca. Os homens riram e sacudiram a cabeça para ela. Não. Não está aqui. Não está aqui agora. Não. Por que você não sobe a rua para ver? Espere. Espere um minuto. Não é melhor você vestir alguma coisa primeiro?

Eles não falavam por mal. Não tinham faro para perceber que alguma coisa devia estar errada. Marietta, porém, nunca conseguiu aguentar homens rindo. Havia sempre lugares pelos quais ela detestava passar, e ainda mais entrar neles, e era esse o motivo. Homens rindo. Por causa disso, ela odiava barbearias, odiava o cheiro delas. (Depois, quando ela começou a ir a bailes com meu pai, ela lhe pedia para não passar nada no cabelo, porque o cheiro trazia aquela lembrança.) Um monte de homens de pé na rua, do lado de fora de um hotel, pareciam a Marietta um coágulo de veneno. Você tentava não ouvir o que eles estavam falando, mas tinha certeza de que era sórdido. Se eles não falavam nada, riam e a baixeza emanava deles — veneno — do mesmo jeito. Foi só depois de Marietta ser salva que conseguiu passar direto por eles. Armada por Deus, ela andou em meio a eles e nada se pegou a ela, nada a chamuscou; ela estava tão segura quanto Daniel.

Agora ela se virou e saiu correndo direto por onde tinha vindo. Ladeira acima, correndo para chegar em casa. Ela achava que tinha cometido um erro deixando a mãe. Por que a mãe mandou-a lá? Por que ela queria o pai? Muito provavelmente porque queria recebê-lo com a visão de seu próprio corpo quente balançando na ponta de uma corda. Marietta devia ter ficado — ela devia ter ficado e convencido a mãe a não fazer aquilo. Ela podia ter corrido até a sra. Sutcliffe, ou até qualquer vizinho, não perdido tempo desse jeito. Ela não tinha pensado em quem podia ajudar, em quem poderia sequer acreditar no que ela estava falando. Ela tinha a ideia de que todas as famílias, exceto a dela, viviam em paz, de que as ameaças e as tristezas não existiam nas casas dos outros, e não poderiam ser explicadas ali.

Um trem estava chegando à cidade. Marietta tinha de esperar. Os passageiros olhavam-na das janelas. Seu choro irrompeu diante dos rostos daqueles estranhos. Depois que o trem passou, ela seguiu ladeira acima — um espetáculo, com seu cabelo despenteado, seus pés descalços e enlameados, de roupa de dormir, com cara de maluca, molhada. Na hora em que chegou a seu próprio quintal, diante do celeiro, estava uivando. “Mamãe!”, uivava. “Mamãe!”

Não havia ninguém. A cadeira estava onde estava antes. A corda pendia atrás dela. Marietta tinha certeza de que a mãe tinha ido em frente e completado o serviço. A mãe já estava morta — tinha sido tirada dali e levada para outro lugar.

Porém, mãos quentes e gordas assentaram-se em seus ombros, e a sra. Sutcliffe disse: “Marietta. Pare com esse barulho. Marietta.

Menina. Pare de chorar. Vamos entrar. Ela está bem, Marietta. Vamos entrar e você vai ver".

A voz estrangeira da sra. Sutcliffe dizia "Mari-et-cha", dando ao nome um som rico e importante. Ela era gentilíssima. Depois, quando Marietta foi morar com os Sutcliffe, foi tratada como filha da família, e era uma família tão pacífica e confortável quanto ela tinha imaginado que seriam as outras. Todavia, ela nunca se sentiu uma filha ali.

Beryl estava sentada no chão da cozinha da sra. Sutcliffe, comendo um cookie de passas e brincando com o gato preto e branco, chamado Dickie. A mãe de Marietta estava sentada à mesa, com uma xícara de café à sua frente.

"Ela foi boba", disse a sra. Sutcliffe. Será que ela estava falando da mãe de Marietta ou da própria Marietta? Ela não tinha muitas palavras em inglês para descrever as coisas.

A mãe de Marietta ria, e Marietta apagou. Desmaiou, depois de correr aquilo tudo ladeira acima, uivando, na manhã quente e úmida. Depois, ela só sabia que estava tomando café preto e doce de uma colher que estava na mão da sra. Sutcliffe. Beryl pegou Dickie pelas patas dianteiras e ofereceu-o como presente para alegrá-la. A mãe de Marietta ainda estava sentada à mesa.

O coração dela tinha sido partido. Foi isso que eu sempre ouvi minha mãe dizer. Era essa a conclusão. Essas palavras guardavam a história e a trancavam. Eu nunca perguntei: quem o partiu? Eu nunca perguntei: qual era a conversa venenosa dos homens? Qual o sentido da palavra "sórdido"?

A mãe de Marietta ria após não se enforcar. Sentou-se à mesa da cozinha da sra. Sutcliffe muito tempo atrás e riu. O coração dela tinha sido partido.

Eu sempre tive a sensação, com a conversa e as histórias da minha mãe, de que alguma coisa atrás inchava. Como uma nuvem através da qual não dava para enxergar, a cujo fim você não chegava. Tinha uma nuvem, um veneno, que tinha tocado a vida da minha mãe. E, quando eu zangava minha mãe, eu me tornava parte daquilo. Eu batia minha cabeça contra sua barriga e seus seios, contra seu busto alto e firme, pedindo perdão. Minha mãe me dizia para pedir a Deus. Mas não era com Deus que eu precisava me acertar, era com a minha mãe. Parecia que ela sabia alguma coisa de mim que era pior, muito pior, do que as mentiras banais, as enganações e as maldades: era uma vergonha realmente de dar nojo. Eu batia contra o busto da minha mãe para fazê-la esquecer aquilo.

Meus irmãos não eram perturbados por nada disso. Acho que não. Para mim eles pareciam alegres selvagens, correndo soltos por aí, sem precisar aprender muita coisa. E, quando eu mesma tive os dois meninos, nenhuma filha, tive a sensação de que agora alguma coisa podia parar — as histórias, as zangas, os velhos quebra-cabeças a que você não consegue resistir, nem consegue resolver.

Tia Beryl falava para não chamá-la de tia. "Não estou acostumada a ser tia de ninguém, meu doce. Eu não sou nem mãe de ninguém. Eu sou só eu. Me chame de Beryl."

Beryl tinha começado a vida como estenógrafa e agora ela tinha sua própria empresa de datilografia e de contabilidade, que empregava muitas moças. Ela tinha chegado com um amigo homem, cujo nome era sr. Florence. A carta dela dizia que ela ia pegar uma carona com uma pessoa, mas ela não tinha dito se a pessoa ia ficar ou seguir adiante. Ela nem tinha dito se era homem ou mulher.

O sr. Florence ia ficar. Era um homem alto, magro, com um rosto comprido e bronzeado, com olhos claros e um jeito de torcer o canto da boca que poderia ser um sorriso.

Foi ele quem dormiu no quarto em que minha mãe e eu colocamos papel de parede, porque era ele o estranho, além de homem. Beryl teve de dormir comigo. Primeiro achamos que o sr. Florence era muito rude, porque ele não estava acostumado a nosso modo de falar, nem nós ao dele. Na primeira manhã, meu pai disse ao sr. Florence: "Bem, espero que o senhor tenha conseguido dar uma dormida naquela cama velha!". (A cama do quarto extra era celestial, com travesseiro de penas.) Aquela era a deixa para o sr. Florence dizer que nunca tinha dormido tão bem.

O sr. Florence torceu o canto da boca e disse: "Já dormi em piores".

O lugar onde ele mais gostava de estar era no seu carro. Seu carro era um Chrysler azul-real, do primeiro lote produzido depois da guerra. Dentro dele, o forro, a cobertura do piso e o acolchoamento do teto e das portas eram todos em cinza-perolado. O sr. Florence tinha sempre na memória os nomes dessas cores e corrigia quem falasse só "azul" ou "cinza".

"Para mim, parece pele de rato", dizia Beryl, zaragateira. "Eu falo para ele que é pele de rato!"

O carro ficava estacionado ao lado da casa, debaixo das acácias-bastardas. O sr. Florence ficava sentado lá dentro com as janelas fechadas, fumando, no rico cheiro de carro novo.

"Temo que não estejamos ajudando a distrair o seu amigo", disse minha mãe.

"Eu não me preocuparia com ele", disse Beryl. Ela sempre falava do sr. Florence como se houvesse uma piada a respeito dele que só ela entendesse. Muito tempo depois eu fiquei me perguntando se ele tinha uma garrafa no porta-luvas e dava um gole às vezes para elevar os ânimos. Ele não tirava o chapéu.

Beryl se distraía o bastante por duas pessoas. Em vez de ficar na casa e falar com minha mãe, como costumava fazer uma senhora em visita, ela pedia para ver tudo que havia para ver numa fazenda. Ela dizia que era para eu levá-la para passear e explicar as coisas, e tomar cuidado para ela não tropeçar em nenhuma pilha de esterco.

Eu não sabia o que mostrar. Levei Beryl ao depósito de gelo, onde blocos de gelo do tamanho de gavetas de armário, ou maiores, ficavam enterrados em serragem. Passavam-se uns dias e meu pai ia cortar um pedaço de gelo e o levava até a cozinha, onde ele derretia numa caixa forrada de latão e resfriava o leite e a manteiga.

Beryl dizia que nunca teve a menor ideia de que o gelo vinha em pedaços grandes daquele jeito. Ela parecia querer achar as coisas estranhas, horríveis ou engraçadas.

"Mas onde é que você arrumou um gelo grande assim?"

Eu não conseguia saber se ela estava brincando.

"Tirei do lago", eu disse.

"Do lago! Vocês têm lagos aqui que têm gelo o verão inteiro?"

Falei de como meu pai cortava o gelo do lago todo inverno e trazia para casa, e enterrava em serragem, e isso impedia que o gelo derretesse.

Beryl disse: "Impressionante!".

"Bom, ele derrete um pouco", disse eu. Eu estava profundamente decepcionada com Beryl.

"Impressionante mesmo."

Beryl ia junto quando eu ia buscar as vacas. Um espantalho de calça branca (foi assim que meu pai passou a chamá-la depois), com um chapéu branco de abas largas amarrado debaixo do queixo com uma vistosa fita vermelha. Suas unhas das mãos e dos pés — ela usava sandálias — estavam pintadas da cor da fita. Ela usava aqueles óculos de sol pequenos e escuros que as pessoas usavam na época. (Não as pessoas que eu conhecia — essas não usavam óculos de sol.) Ela tinha uma boca vermelha e grande, uma risada alta, o cabelo de cor artificial, muito lustroso, como madeira de cerejeira.

Ela era tão espalhafatosa, tão cheia de brilho, tão glamourosamente agitada, que era difícil dizer se ela era bonita, ou feliz, ou o quê.

Nunca conversávamos indo até as vacas, porque Beryl mantinha distância delas e ficava preocupada em ver onde estava pisando. Uma vez eu as prendi todas nas baias, e ela se aproximou. Acendeu um cigarro. Ninguém fumava no estábulo. Em vez disso, meu pai e outros colonos mascavam tabaco. Eu não via como eu poderia pedir a Beryl para mascar tabaco.

"Você tira o leite delas ou é seu pai que tem que tirar?", disse Beryl. "É difícil?"

Tirei um pouco de leite da teta de uma vaca. Um dos gatos do estábulo veio para perto e ficou esperando. Disparei um jato esguio em sua boca. O gato e eu estávamos, os dois, nos exibindo.

"Isso não machuca?", disse Beryl. "Imagine se fosse você."

Eu nunca tinha pensado que a teta de uma vaca corresponderia a qualquer parte minha e fiquei abalada com essa indecência. De fato, eu nunca mais consegui agarrar uma teta quente e verrugosa com a mesma firmeza e a mesma descontração de antes.

Beryl dormia com uma camisola pêssego de seda artificial enfeitada com renda *écru*. Ela possuía um robe que fazia parte do conjunto. Ela tinha tanto cuidado com a palavra "*écru*" quanto o sr. Florence tinha com seu azul-real e seu cinza-perolado.

Eu conseguia tirar a roupa e colocar minha camisola sem expor nenhuma das minhas partes em nenhum momento. Era desengonçado. Eu ficava de ceroulas e esperava que Beryl fizesse a mesma coisa. A ideia de dividir a cama com um adulto era para mim um tormento. Mas eu vi sim o que havia dentro do que Beryl chamava de kit de beleza. Jarros de vidro pintados à mão continham chumaços de algodão, talco, loção leitosa, adstringente azul-gelo. Pequenos potes de *rouge* vermelho e malva — de aparência bem gordurosa. Lápis azul e preto. Lixas, pedra-pomes, esmalte com cheiro avassalador de bananas, pó compacto numa caixa de celuloide em forma de concha, com o nome de uma sobremesa — Delícia de Damasco.

Eu tinha esquentado um pouco d'água no forno de óleo de carvão que a gente usava no verão. Beryl esfregou o rosto até ficar totalmente limpo, e a mudança foi tão grande que eu quase esperei ver a maquiagem caída em tiras na bacia, como o papel de parede velho que tínhamos molhado e tirado. A pele de Beryl agora estava pálida, coberta de finas rachaduras, parecendo muito a lama brilhosa no fundo das poças a secar no início do verão.

"Olha só o que aconteceu com a minha pele", disse ela. "Dieta. Eu já tive setenta e seis quilos, e perdi peso rápido demais e meu rosto caiu. Agora, porém, eu tenho esse creme. É feito com uma fórmula secreta, nem dá para comprar nas lojas. Cheire só. Está vendo, nem é todo perfumoso. O cheiro é sério."

Ela passava o creme no rosto com chumaços de algodão, espalhando até que não desse para ver nada na superfície.

"Tem cheiro de banha", falei.

"Deus do céu, tomara que eu não esteja pagando esse dinheirão para esfregar banha na cara. Não fale para a sua mãe, eu juro que."

Ela verteu água limpa no copo de beber e molhou seu pente, e em seguida penteou o cabelo, molhando-o, e torceu cada feixe com o dedo, prendendo-os à cabeça com dois grampos cruzados. Alguns anos depois, seria eu fazendo a mesma coisa.

"Sempre arrume o cabelo molhado, do contrário nem vale a pena arrumar", disse Beryl. "E sempre enrole para baixo, mesmo que você queira que ele fique para cima."

Quando eu arrumava o cabelo para cima — como fiz por anos — eu às vezes pensava nisso, e pensava que, de todos os conselhos que as pessoas tinham me dado, esse era o que eu tinha seguido mais cuidadosamente.

Apagamos a lamparina e nos deitamos, e Beryl disse: "Eu nunca soube que dava para ficar tão escuro. Eu nunca conheci um escuro tão escuro quanto esse".

Ela sussurrava. Demorei a entender que ela estava comparando as noites no campo às noites na cidade, e me perguntei se a escuridão no condado de Netterfield realmente poderia ser maior do que a da Califórnia.

"Querida?", sussurrou Beryl. "Tem animais lá fora?"

"Tem vacas", disse eu.

"Sim, mas animais selvagens? Tem ursos?"

"Sim", respondi. Meu pai já tinha achado pegadas e excrementos de ursos no mato, e as maçãs tinham todas sido arrancadas de uma macieira selvagem. Isso tinha sido muitos anos atrás, quando ele era jovem.

Beryl arquejou e deu uma risadinha. "Imagine se o sr. Florence precisasse sair no meio da noite e se deparasse com um urso!"

O dia seguinte era domingo. Beryl e o sr. Florence levaram a mim e a meus irmãos para a escola dominical no Chrysler. Isso foi às dez da manhã. Eles voltaram às onze para levar meus pais à igreja.

"Vamos entrando", disse-me Beryl. "Vocês também", disse ela aos rapazes. "Vamos dar um passeio."

Beryl estava usando um vestido marfim acetinado com bolinhas vermelhas, um babado de renda por cima dos quadris e sapatos vermelhos de salto alto. O sr. Florence estava com um terno de verão azul-claro.

"Vocês não vão à igreja?", disse eu. Era para isso que as pessoas se vestiam, na minha experiência.

Beryl deu uma risada. "Querida, não é esse o tipo de religião do sr. Florence."

Eu estava acostumada a ir direto da escola dominical para a igreja e a ficar sentada por mais uma hora e meia. No verão, as janelas abertas deixavam entrar o cheiro de cedro do cemitério e o som eventual, quase sacrílego, de um carro murmurando pela estrada. Hoje passamos o tempo dirigindo por lugares que eu nunca tinha visto. Que eu nunca tinha visto, ainda que ficasse a menos de trinta quilômetros de casa. Nossa caminhonete ia até a fábrica de queijo, à igreja e à cidade nas noites de sábado. A coisa mais próxima de um passeio era quando ia até o lixão. Eu já tinha visto quase a pontinha do lago de Bell, porque era ali que meu pai cortava o gelo no inverno. Não dava para chegar perto no verão; a margem ficava totalmente coberta de juncos. Eu achava que a outra ponta do lago teria basicamente a mesma aparência, mas, quando dirigimos até ali hoje, eu vi casinhas, píeres e barcos, água escura refletindo as árvores. Tudo isso e eu nem sabia. Isso também era o lago de Bell. Eu estava contente por finalmente ver, mas de algum modo não estava muito contente com a surpresa.

Enfim, apareceu um prédio branco, com varandas e flores em potes, e alguns álamos tremeluzentes. A Pousada Wildwood. Hoje o mesmo prédio está coberto de estuque e enfeitado com vigas Tudor e se chama Hideaway. Os álamos foram cortados para dar lugar a um estacionamento.

No caminho de volta para a igreja, para pegar meus pais, o sr. Florence virou na fazenda ao lado da nossa, que pertencia aos McAllister. Os McAllister eram católicos. Nossas famílias tinham boas relações, mas não eram próximas.

"Vamos, rapazes, vamos saindo", disse Beryl a meus irmãos. "Você não", disse-me ela. "Você fica aí." Ela foi conduzindo os meninos até a varanda da casa, onde alguns dos McAllister observavam. Eles estavam com suas roupas maltrapilhas, porque a igreja deles, ou missa, ou sei lá o quê, terminava cedo. A sra. McAllister saiu e ficou ouvindo, um tanto confusa, o que Beryl dizia, entre uma risada e outra.

Beryl voltou sozinha para o carro. "Pronto", disse ela. "Eles vão brincar com os filhos dos vizinhos."

Brincar com os McAllister? Além de católicos, só havia meninas, tirando o bebê.

"Eles ainda estão com as roupas boas", disse eu.

"E daí? Eles não podem se divertir com as roupas boas? Eu me divirto!"

Meus pais também foram tomados pela surpresa. Beryl saiu e disse a meu pai que era para ele ir no banco da frente, para ter espaço para as pernas. Ela foi para trás, com minha mãe e eu. O sr. Florence virou de novo na estrada do lago de Bell, e Beryl anunciou que íamos todos jantar na pousada Wildwood.

"Vocês estão todos vestidos, por que não aproveitar?", disse ela. "Nós deixamos os garotos com os vizinhos. Achei que eles talvez fossem novos demais para apreciar. Os vizinhos estavam contentes por eles estarem ali." Ela acrescentou com mais ênfase que eles estavam pagando. Ela e o sr. Florence.

"Bem", disse meu pai. Ele provavelmente não tinha cinco dólares no bolso. "Bem. Será que eles deixam os colonos entrarem?"

Ele fez várias brincadeiras nesse estilo. No salão de jantar do hotel, que era todo branco — toalhas de mesa brancas, cadeiras pintadas de branco — com jarras d'água suando e ventiladores zumbindo no alto, ele pegou um guardanapo de pano do tamanho de uma fralda e sussurrou alto para mim: "Você pode me dizer o que eu faço com isso? Será que eu boto na cabeça para me proteger dessa corrente de ar?".

Claro que ele já tinha comido em hotéis. Ele conhecia guardanapos de pano e garfos de sobremesa. E minha mãe conhecia — ela nem era uma mulher do campo, para começar. Mesmo assim, aquele era um grande acontecimento. Não exatamente um prazer — como talvez Beryl quisesse que fosse —, mas um acontecimento enorme, perturbador. Comer uma refeição em público, a poucos quilômetros de casa, comer num salão enorme cheio de gente que você não conhecia, a comida servida por um estranho, uma garota de aparência presunçosa que provavelmente era uma universitária trabalhando no verão.

"Eu queria o galo", disse meu pai. "Quanto tempo ele ficou na panela?" Era educado, na opinião dele, brincar com as pessoas que o serviam.

"Como?"

"O frango assado", disse Beryl. "Está bom para todo mundo?"

O sr. Florence estava com uma cara melancólica. Talvez ele não gostasse de brincadeiras quando era o dinheiro dele que estava sendo gasto. Talvez ele tivesse esperado algo melhor do que água gelada enchendo os copos.

A garçonete pôs na mesa um prato com aipo e azeitonas, e minha mãe disse: "Só um instante enquanto eu dou graças". Ela curvou a cabeça e disse, baixinho mas nitidamente: "Senhor, abençoe esta comida que é nosso alimento, e a nós para o vosso serviço, em nome de Cristo. Amém". Revigorada, ela endireitou a coluna e passou o prato para mim, dizendo: "Cuidado com as azeitonas. Elas têm caroço".

Beryl sorria enquanto olhava em volta.

A garçonete voltou com uma cesta de pães.

"Parker House!" Beryl inclinou-se e aspirou sua fragrância. "Vamos comer enquanto eles estão quentes o bastante para derreter a manteiga!"

O sr. Florence torceu o canto da boca e olhou o prato de manteiga. "É isso que é... manteiga? Eu achava que eram os cachos da Shirley Temple."

O rosto dele estava quase tão melancólico quanto antes, mas era uma brincadeira, e ao fazê-la ele pareceu transmitir-nos algo daquilo que tinha acabado de ser pedido publicamente — uma bênção.

"Quando ele faz uma brincadeira", disse Beryl, que muitas vezes se referia ao sr. Florence como "ele", mesmo quando ele estava presente, "você já reparou que ele sempre fica de cara séria? Isso me lembra a mamãe. Estou falando da nossa mamãe, a minha e da Marietta. O papai, quando ia brincar, você já percebia bem antes, estava bem na cara dele, mas a mamãe era outra história. Ela parecia tão amarga. Mas brincava no leito de morte. Aliás, ela fez isso mesmo. Marietta, lembra de quando ela estava na cama no quarto da frente na primavera antes de morrer?"

"Eu lembro que ela estava na cama naquele quarto", disse minha mãe. "Lembro sim."

"Bom, o papai veio e ela estava deitada lá com a camisola limpa, sem o lençol, porque a senhora alemã que era vizinha tinha ajudado ela a tomar banho, e ela ainda estava ali arrumando a cama. Por isso o papai quis dar uma alegrada e disse: 'A primavera deve estar chegando, hoje eu vi um corvo'. Isso deve ter sido em março. E a mamãe respondeu, rápida no gatilho, 'Bom, é melhor você me cobrir então, antes que ele olhe pela janela todo interessado!'. A senhora alemã — o papai disse que ela quase deixou a bacia cair. Porque era verdade, a mamãe estava só pele e osso; ela estava morrendo. Mas brincava."

O sr. Florence disse: "Também, quando chorar é inútil".

"Mas ela podia levar uma brincadeira longe demais, ah, se podia. Uma vez, uma vez, ela quis assustar o papai. Ela dizia que ele estava interessado numa menina que ficava aparecendo no trabalho dele. Bem, ele era um homem grande, bem apessoado. Aí a mamãe disse: 'Bom, eu vou simplesmente morrer logo, e aí você pode ficar com ela e ver o que acha quando eu voltar para te assombrar'. Ele falou para ela deixar de ser besta e foi para o centro. E a mamãe foi para o celeiro, subiu numa cadeira e colocou uma corda em volta do pescoço. Não foi, Marietta? A Marietta foi atrás dela e a encontrou assim."

Minha mãe baixou a cabeça e colocou as mãos no colo, quase como se estivesse se preparando para dar graças de novo.

"O papai me contou tudo, mas consigo lembrar de qualquer jeito. Lembro de Marietta correndo ladeira abaixo de camisola, e acho que a senhora alemã a viu saindo e foi lá procurar a mamãe, e por alguma razão todas nós fomos parar no celeiro — eu também, e algumas crianças com quem eu estava brincando —, e lá estava a mamãe em cima de uma cadeira preparando-se para dar no papai o maior susto da sua vida. Ela tinha mandado Marietta ir buscá-lo. E a senhora alemã começa uma lamúria, 'Ah, senhora, desça daí, senhora, pense nas suas pequenas *kindren*' — e '*kindren*' é 'crianças' em alemão —, 'pense nas *kindren*' e por aí vai. Até que eu estava de pé ali — eu era só uma fedelha, mas fui eu que reparei na corda. Meus olhos foram subindo, seguindo a corda, e eu vi que ela só passava por cima da viga, estava só jogada ali — nem estava amarrada! Marietta não tinha reparado, a senhora alemã não tinha reparado. Mas eu falei e disse: 'Mamãe, como é que você vai conseguir se enforcar se a corda não está amarrada na viga?'."

O sr. Florence disse: "Essa vai ser difícil".

"Eu estraguei a brincadeira dela. A senhora alemã fez café e fomos até a casa dela e comemos umas besteiras, e, Marietta, você não conseguiu encontrar o papai no fim das contas, conseguiu? Dava para ouvir Marietta uivando, subindo a ladeira, a uma quadra de distância."

"Normal ela estar perturbada", disse meu pai.

"Com certeza. A mamãe foi longe demais."

"Ela queria se matar", disse minha mãe. "Ela queria mais do que você acha que ela queria."

"Ela queria era tirar uma com a cara do papai. A vida inteira deles foi assim. Ele sempre falava que ela era uma mulher difícil de se viver, mas ela tinha muita personalidade. Acho que, com a Gladys, ele sentia falta disso."

“Eu não tenho como saber”, disse minha mãe, naquela voz particularmente firme com a qual sempre falava do pai, “o que ele dizia ou não dizia.”

“Essas pessoas já morreram”, disse meu pai. “Não cabe a nós julgar.”

“Eu sei”, disse Beryl. “Eu sei que a Marietta sempre viu as coisas de outro jeito.”

Minha mãe olhou o sr. Florence e dirigiu-lhe um sorriso confortável e radiante. “Tenho certeza de que você não sabe o que pensar de todas essas coisas da família.”

A única vez em que visitei Beryl, quando Beryl era uma senhora idosa, toda retorcida pela artrite e cheia de protuberâncias, Beryl disse: “Marietta é totalmente a cara do papai. E ela nunca fez nada para si. Lembra dela usando aquele velho vestido azul-marinho de crepe quando a gente foi no hotel daquela vez? Claro, eu sei que era provavelmente tudo que ela tinha, mas será que precisava ser tudo que ela tinha? Sabe, de algum modo, eu tinha medo dela. Eu não conseguia ficar sozinha com ela no mesmo cômodo. Mas a aparência dela era formidável”. Tentando lembrar de alguma ocasião em que reparei na aparência da minha mãe, pensei naquela vez no hotel, a pele clara azeitonada da minha mãe contra o pesado cabelo branco encaracolado, seu belo rosto franco sorrindo para o sr. Florence — como se fosse ele quem devesse ser perdoado.

De imediato, não questionei a história de Beryl. Para começar, eu estava faminta e ávida, e boa parte da minha atenção se dirigia para o frango assado com molho e para o purê de batatas servido no prato com uma colher de sorvete e para os vegetais brilhosos cortados, tirados de uma lata, que eu achei muito superiores aos que vinham frescos da horta. De sobremesa, tomei um *sundae* de caramelo amanteigado, uma escolha insuportável em comparação com chocolate. Os outros tomaram sorvete de creme.

Por que a versão de Beryl do mesmo acontecimento seria diferente da versão da minha mãe? Beryl era estranha sob todos os aspectos — tudo nela era enviesado, visto de um novo ângulo. Foi a versão da minha mãe que se susteve, por um tempo. Ela absorvia a história de Beryl, fechava-se sobre ela. Porém, a história de Beryl não desapareceu; ela ficou trancada por anos, mas não foi embora. Era como saber do hotel e do salão de jantar. Agora eu os conhecia, mas não pensava em voltar ali. E, de fato, sem o dinheiro de Beryl ou do sr. Florence, eu não podia. Mas eu sabia que estava ali.

A próxima vez em que estive na pousada Wildwood, de fato, foi depois de me casar. O Lions Club fez ali um banquete com baile. O homem com quem eu tinha me casado, Dan Casey, era membro do clube. Naquela época dava para beber ali. Dan Casey não teria ido a nenhum lugar impróprio. À época, a pousada tinha virado o Hideaway, e agora conta com *strippers* toda noite, menos domingo. Nas noites de quinta, tem um homem *stripper*. Eu vou lá com o pessoal da imobiliária para celebrar aniversários e outros acontecimentos importantes.

A fazenda foi vendida por cinco mil dólares em 1965. Um homem de Toronto comprou, para ser seu hobby, ou só como investimento. Depois de alguns anos, ele a alugou para uma comuna. Eles ficaram ali, gente diferente indo e vindo, por mais ou menos uns doze anos. Criavam cabras e vendiam o leite para a loja de comida saudável que tinha aberto na cidade. Pintaram um arco-íris do lado do celeiro que dava para a estrada. Penduravam lençóis em *tie-dye* nas janelas e deixaram a grama comprida e as ervas em flor retomarem o quintal. Meus pais tinham finalmente instalado a luz elétrica, mas aquela gente não usava. Preferiam as lamparinas a óleo e o forno a lenha, e levavam as roupas sujas para lavar na cidade. As pessoas diziam que eles não iam saber como lidar com as lamparinas nem com fogo a lenha, e que iam incendiar a casa. Mas não incendiaram. Na verdade, não foram mal nos cuidados. Mantiveram a casa e o celeiro em estado razoável e fizeram uma horta grande. Eles até polvilhavam as batatas contra os pulgões — ainda que eu tivesse ouvido falar que houve alguma discussão por causa disso e que alguns dos membros mais estritos foram embora. O lugar na verdade tinha uma aparência melhor do que de muitas das fazendas da área que ainda estavam nas mãos das famílias originais. O filho dos McAllister tinha aberto um ferro-velho na fazenda deles. Os meus próprios irmãos tinham ido embora havia muito tempo.

Eu sabia que não estava sendo sensata, mas eu tinha a sensação de que preferia ver a fazenda sofrer de puro abandono — eu acharia melhor vê-la nas mãos de vigaristas e de larápios — a ver aquele arco-íris no celeiro, e algumas letras que pareciam egípcias pintadas na parede da casa. Aquilo parecia uma zombaria. Eu não gostava nem de ver aquelas pessoas quando elas iam à cidade — os homens com o cabelo em rabo de cavalo e com buracos nos sobretudos que eu achava que eram feitos de propósito, e as mulheres com cabelo longo, sem maquiagem e com aquelas expressões mansas, superiores. O que é que vocês sabem da vida, era o que eu tinha vontade de lhes perguntar. Por que é que vocês acham que podem vir aqui e zombar do meu pai, da minha mãe, da vida deles, da pobreza deles? Porém, quando eu pensava no arco-íris e naquelas letras, eu sabia que eles não estavam tentando zombar da vida dos meus pais, nem imitá-la. Eles tinham tirado o lugar daquela vida, sem nem saber que ela tinha existido. Eles tinham colocado em seu lugar aquelas crenças e aqueles costumes lá deles, que, segundo as minhas esperanças, não lhes trariam nenhum bem.

Isso meio que aconteceu. A comuna se desintegrou. As cabras desapareceram. Algumas das mulheres se mudaram para a cidade, cortaram o cabelo, colocaram maquiagem e arrumaram empregos de garçonete ou de caixa para sustentar os filhos. O homem de Toronto colocou o lugar à venda, e depois de cerca de um ano ele foi vendido por dez vezes mais do que ele tinha pagado. Um jovem casal de Ottawa comprou. Eles pintaram a casa de cinza-claro com detalhes em cor de ostra, instalaram claraboias e uma bela porta da frente com uma arandela de cada lado. Por dentro, mudaram tanto a casa que me disseram que eu jamais a reconheceria.

Eu entrei uma vez, antes de isso acontecer, durante o ano em que a casa estava vazia e à venda. A empresa para a qual trabalho estava encarregada dela, e eu tinha uma chave, ainda que a casa estivesse sendo mostrada por outro corretor. Entrei numa tarde de domingo. Um homem me acompanhava, não um cliente, mas um amigo — Bob Marks, que eu via muito naquela época.

"Aqui é aquele lugar hippie", disse Bob Marks quando eu parei o carro. "Eu já vim aqui."

Ele era advogado, católico, separado da esposa. Ele achava que queria encontrar um lugar para ficar e montar um escritório na cidade. Só que já havia um advogado católico. Os negócios iam devagar. Algumas vezes por semana, Bob Marks estava deveras bêbado antes do jantar.

"Não só", disse eu. "Foi aqui que eu nasci. Foi onde eu cresci." Andamos pelo matagal, e destranquei a porta.

Ele disse que, pelo jeito como falei, tinha tido a impressão de que seria mais longe.

"Parecia mais longe ainda naquela época."

Todos os cômodos estavam vazios, e os pisos, limpos. Os caixilhos em madeira estavam todos pintados — fiquei surpresa por não encontrar manchas nas janelas. Algumas das paredes tiveram o papel arrancado e tinham sido pintadas. Uma parede da cozinha tinha um azul profundo, com uma pomba enorme. Numa parede da sala da frente, apareceram girassóis gigantes e uma borboleta quase do mesmo tamanho.

Bob Marks assobiou. "Alguém era artista."

"Se você quer usar esse termo", disse eu, e voltei-me outra vez para a cozinha. O mesmo forno a lenha estava no lugar. "Minha mãe uma vez queimou três mil dólares", disse eu. "Ela queimou três mil dólares naquele forno."

Ele assobiou de novo, de um jeito diferente. "Como assim? Ela jogou um cheque?"

"Não, foi em notas. Tudo deliberado. Ela foi ao banco na cidade e mandou darem tudo a ela, numa caixa de sapato. Trouxe o dinheiro para casa e colocou no forno. Ela ia colocando poucas notas de cada vez, para não fazer uma chama grande demais. Meu pai ficou observando."

"Do que é que você está falando?", disse Bob Marks. "Achei que vocês fossem bem pobres."

"Nós éramos. Éramos muito pobres."

"Então como é que ela tinha três mil dólares? Isso seria equivalente a trinta mil dólares hoje. Fácil. Mais do que trinta mil hoje."

"Era a herança dela", disse eu. "Era o que ela tinha recebido do pai. O pai tinha morrido em Seattle e deixado três mil dólares para ela, e ela queimou tudo porque o odiava. Ela não queria o dinheiro dele. Ela o odiava."

"É bastante ódio", disse Bob Marks.

"Não é esse o x da questão. Ela odiá-lo, ou ele ser tão mau para ela que ela tinha o direito de odiá-lo. Não é provável que ele fosse. Não é esse o x da questão."

"Dinheiro", disse ele. "O dinheiro é sempre o x da questão."

"Não. Meu pai deixar ela fazer aquilo era o x da questão. Meu pai ficou ali, observou e em momento nenhum protestou. Se alguém tentasse impedi-la, ele a teria protegido. Para mim, isso é amor."

"Há quem pense que isso é maluquice."

Eu lembro que essa tinha sido a opinião de Beryl, exatamente.

Fui até a sala da frente e fitei a borboleta, com suas asas rosa e laranja. Em seguida fui ao quarto da frente e encontrei duas figuras humanas pintadas na parede. Um homem e uma mulher de mãos dadas olhando bem adiante. Estavam nus e eram maiores do que o tamanho real.

"Isso me lembra aquela foto do John Lennon com a Yoko Ono", disse eu a Bob Marks, que tinha entrado atrás de mim. "Aquela capa do disco, não é?" Eu não queria que ele achasse que qualquer coisa do que ele tivesse dito na cozinha tinha me incomodado.

Bob Marks disse: "A cor do cabelo é diferente".

Era verdade. As duas figuras tinham cabelo amarelo pintado numa massa sólida, do modo como fazem nos quadrinhos. Rabos de cavalo de cor amarela enrolando-se sobre seus ombros e rabinhos de porco de cabelo amarelo decorando suas partes não tão pudicas. Sua pele era de um bege rosa chapado e seus olhos de um azul berrante, o mesmo azul que estava na parede da cozinha.

Reparei que eles não tinham terminado de tirar todo o papel de parede antes de fazer essa pintura. No canto, havia ainda algum papel que combinava com o papel das outras paredes — um desenho modernista de rosa e cinza entrecruzados e bolhas malva. O homem de Toronto devia ter colocado aquilo. O papel embaixo não tinha sido arrancado quando esse novo papel foi posto. Eu conseguia enxergar uma ponta dele, as centáureas sobre branco.

"Imagino que era aqui que eles exploravam sua sexualidade", disse Bob Marks, num tom que me era conhecido. Aquele tom espesso, triste, desconfortável, mas determinado. O desejo não particularmente gentil de homens respeitáveis de meia-idade.

Não falei nada. Tirei um pouco do papel com as bolhas para ver mais centáureas. De repente acertei um ponto mais solto e arranquei um trecho grande. Porém, o papel das centáureas também veio, e um pequeno jato de massa seca.

"Por que é assim?", disse eu. "Simplesmente me diga, por que é que nenhum homem consegue mencionar um lugar como este sem chegar ao assunto 'sexo' em no máximo dois segundos? É só dizer as palavras 'hippie' e 'comuna' e tudo em que vocês homens conseguem pensar é trepar! Como se não houvesse nada por trás disso além de orgias, de roupas de baixo exóticas e de trepadas ininterruptas! Isso me dá tanto nojo – é tão idiota, e simplesmente me dá nojo!"

No carro, voltando para casa do hotel, sentamos como antes — os homens no banco da frente, as mulheres atrás. Fiquei no meio, Beryl e minha mãe uma de cada lado. Seus corpos aquecidos pressionavam-se contra mim, pelo pano; seus odores afastavam os odores dos cedros pelos quais passávamos e dos bolsões pantanosos, onde Beryl exclamava diante das vitórias-régias. Beryl tinha o cheiro de todas aquelas coisas em potes e em garrafas. Minha mãe tinha cheiro de farinha, de sabão duro, do crepe quente de seu vestido bom e do querosene que tinha usado para tirar as manchas.

"Uma ótima refeição", disse minha mãe. "Obrigado, Beryl. Obrigado, sr. Florence."

"Não sei quem é que vai ter estrutura para ordenhar as vacas", disse meu pai. "Agora que todos nós almoçamos em grande estilo."

"Falando em dinheiro", disse Beryl, ainda que ninguém estivesse falando, você se importa em me dizer o que você fez com o seu? Eu investi em imóveis. Imóveis na Califórnia — impossível perder. Eu estava pensando que você podia comprar um forno elétrico, para não precisar se importar com um incêndio no verão, nem ficar mexendo naquela coisa de óleo de carvão."

Todo mundo no carro riu, até o sr. Florence.

"Essa é uma boa ideia, Beryl. Nós podíamos usar o dinheiro para arrumar as coisas até a gente ter eletricidade."

"Ah, meu Deus", disse Beryl. "Como é que eu posso ser *tão* burra?"

"E na verdade a gente nem tem o dinheiro", disse minha mãe alegremente, como se estivesse continuando a brincadeira.

Beryl, porém, falou sério. "Você me escreveu dizendo que recebeu. Tanto quanto eu."

Meu pai meio que virou no assento. "De que dinheiro você está falando?", disse ele. "Que dinheiro é esse?"

"Do testamento do papai", disse Beryl. "Que você recebeu ano passado. Olha, de repente eu não devia ter perguntado. Se você tinha de pagar alguma dívida, esse ainda é um bom uso, não é? Não importa. Aqui estamos todos em família. Praticamente."

"Não precisamos usar o dinheiro para pagar dívida nenhuma", disse minha mãe. "Eu queimei o dinheiro."

Em seguida ela contou como foi à cidade na caminhonete, quase um ano antes, e mandou colocarem o dinheiro numa caixa que ela tinha levado para esse fim. Ela o levou para casa, colocou--o no forno e o queimou.

Meu pai virou de volta e encarou a estrada à frente.

Eu conseguia sentir Beryl se retorcendo ao meu lado enquanto minha mãe falava. Ela se retorcia e gemia um pouco, como se tivesse uma dor que não conseguia conter. No fim da história, ela soltou um som aturdido e doloroso, um resmungo com raiva.

"Então você queimou o dinheiro!", disse ela. "Você queimou o dinheiro no forno."

Minha mãe ainda estava alegre. "Você fala como se eu tivesse queimado um dos meus filhos."

"Você queimou as oportunidades deles. Você queimou o que esse dinheiro podia ter dado a eles."

"A última coisa de que os meus filhos precisam é dinheiro. Nenhum de nós precisa do dinheiro dele."

"Isso é criminoso", disse Beryl com dureza. Ela dirigiu a voz ao banco da frente: "Por que você permitiu isso?".

"Ele não estava presente", disse minha mãe. "Não havia ninguém presente."

Meu pai disse: "O dinheiro era dela, Beryl".

"Mesmo assim", disse Beryl. "Isso é criminoso."

"Criminoso é quando você chama a polícia", disse o sr. Florence. Como outras coisas que ele tinha dito naquele dia, isso criou uma pequena ilha de surpresa e de gratidão.

Gratidão que nem todos sentiam.

"Nem finja que essa não é a coisa mais louca de que você já ouviu falar", gritou Beryl para o banco da frente. "Nem venha fingir que não acha isso! Porque é, e você acha. Você acha a mesma coisa que eu!"

Meu pai não ficou na cozinha observando minha mãe alimentando o fogo com o dinheiro. Parece que não. Ele não sabia — parece bem claro, se lembro de tudo, que ele só ficou sabendo naquela tarde de domingo no Chrysler do sr. Florence, quando minha mãe contou a eles todos. Por que, então, eu consigo ver a cena com tanta clareza, exatamente como a descrevi a Bob Marks (e a outros — ele não foi o primeiro)? Eu vejo meu pai de pé ao lado da mesa no meio da copa — a mesa com a gaveta dos garfos e das facas, e o oleado gasto por cima — e em cima da mesa tem uma caixa com dinheiro. Minha mãe está cuidadosamente colocando as notas no fogo. Com uma das mãos ela segura a tampa do fogão pelo pegador enegrecido. E meu pai, ali do lado, parece não apenas permitir isso, mas protegê-la. Uma cena solene, mas não louca. Pessoas fazendo o que lhes parece natural e necessário, e o outro acha que o importante é aquela pessoa ser livre, ir adiante. Eles entendem que os demais podem não pensar assim. Eles não se importam.

Como é difícil para mim acreditar que eu inventei isso. Para mim, parece tanto a verdade que é a verdade; é aquilo em que eu acredito a respeito deles. Não parei de acreditar. Mas parei de contar essa história. Nunca a contei a ninguém de novo depois de contá-la a Bob Marks. Acho que não. Não parei só porque eu vi que tinha de parar de esperar que as pessoas a vissem como eu via. Eu tive de desistir de esperar que elas aprovassem qualquer parte daquilo que foi feito. Como eu, inclusive, poderia dizer que eu mesma aprovava aquilo? Se eu fosse o tipo de pessoa que aprovava aquilo, que poderia fazer aquilo, eu não teria feito tudo o que fiz — fugido de casa para trabalhar num restaurante na cidade quando tinha quinze anos, frequentado a escola noturna para aprender datilografia e contabilidade, entrado na imobiliária e finalmente ter virado corretora licenciada. Eu não seria divorciada. Meu pai não teria morrido no asilo. Meu cabelo seria branco, como foi naturalmente por anos, em vez de uma cor chamada Nascer do Sol Cobre. E eu não mudaria nenhuma dessas coisas, não mesmo, se pudesse.

Bob Marks era um homem decente — de bom coração, às vezes imaginativo. Depois de eu ter falado com ele daquele jeito, ele falou: "Você não precisa ser tão dura com a gente". Pouco depois, ele disse: "Era este o seu quarto quando você era pequena?". Ele tinha achado que era por isso que ele ter falado em explorar a sexualidade tinha me incomodado.

E eu achei que tudo bem deixar ele pensar isso. Eu disse que sim, sim, era este o meu quarto quando eu era pequena. Tudo bem também fazer as pazes imediatamente. Vale a pena ter momentos de delicadeza e de reconciliação, mesmo que a separação tenha de vir mais cedo ou mais tarde. Eu me pergunto se esses momentos não são mais valorizados, e deliberadamente procurados, nos arranjos que algumas pessoas como eu têm hoje, do que eram naqueles casamentos antigos, em que o amor e os ressentimentos podiam estar crescendo no subterrâneo, tão confusos, tão obstinados, que devia parecer que estavam crescendo desde sempre.

LIQUENS

O PAI DE STELLA CONSTRUÍRA AQUELE LUGAR como casa de veraneio, sobre as falésias de argila que davam para o lago Huron. Sua família sempre se referia a ela como "a cabana de verão". David ficou surpreso quando a viu pela primeira vez, porque ela não tinha nada do charme do pinho nodoso, do aconchego de tábuas espraiadas que aquelas palavras sugeriam. Um garoto da cidade, oriundo daquilo que a família de Stella chamava de "um ambiente diferente", ele não tinha nenhuma experiência de lugares de verão. Ela era e é uma casa nua de madeira, pintada de cinza — uma cópia das antigas casas de fazenda das redondezas, ainda que talvez menos imponente. Na frente dela ficam as falésias íngremes — elas também não são imponentes, mas estão aí até hoje — e uma longa escadaria que leva à praia. Atrás dela fica um pequeno jardim gradeado, onde Stella planta vegetais com habilidade e jeito, uma faixa curta e arenosa, e uma selva de arbustos de mirtilos selvagens.

Na hora em que David vira o carro na entrada, Stella sai dos arbustos, com um coador cheio de mirtilos. Ela é uma mulher baixinha, gorda, de cabelo branco, que usa jeans e uma camiseta suja. Não há nada embaixo dessas roupas, até onde ele consegue enxergar, para apoiar ou conter qualquer parte dela.

"Olha só o que aconteceu com a Stella", diz David, encolerizado. "Virou uma ogra."

Catherine, que nunca vira Stella antes, diz, com decência: "Bem. Ela está mais velha".

"Mais velha do que o quê, Catherine? Mais velha do que a casa? Mais velha do que o lago Huron? Mais velha do que o gato?"

Há um gato dormindo no caminho ao lado da horta. Um felino macho, ruivo, com orelhas mutiladas na batalha e um olho acinzentado. Seu nome é Hércules e ele é da época de David.

"Ela é mais idosa", diz Catherine, num tênue enfrentamento. Mesmo enfrentando, ela é mansa. "Você está me entendendo."

David acha que Stella fez isso de propósito. Não se trata apenas de aceitar a deterioração natural — ah, não, é muito mais. Stella sempre faz drama. Mas não é só Stella. Existe aquele tipo de mulher que precisa irromper do invólucro feminino nessa idade, exibindo as banhas ou uma magreza indecente, deixando crescer verrugas e pelo na cara, recusando-se a cobrir as pernas macilentas, cheias de veias, quase jubilosa com isso, como se isso fosse o que ela sempre quisesse ter feito. Aquele tipo que desde sempre odiava os homens. Hoje em dia não se pode falar em voz alta uma coisa dessas.

Ele parou perto demais dos arbustos de mirtilos — perto demais para Catherine, que se esgueira para fora do carro do lado do passageiro e imediatamente está encrencada. Catherine é esguia o bastante, mas seu vestido tem uma saia cheia e mangas longas e onduladas. É um vestido de crochê, em tons de rosa-claro a rosa-choque, com inúmeras dobras pequeninas e irregulares que parecem rugas. Um belo vestido, mas longe de ser uma boa escolha para o terreno de Stella. Os arbustos de mirtilos ficam agarrando-o por toda parte, e Catherine precisa ficar se soltando.

"David, puxa, você podia ter dado a ela algum espaço", diz Stella.

Catherine ri de sua situação. "Tudo bem. Tudo bem, mesmo."

"Stella, Catherine", diz David, apresentando.

"Pegue alguns mirtilos, Catherine", diz Stella com simpatia. "David?"

David sacode a cabeça, mas Catherine pega alguns. "Lindos", diz ela. "Quentes de sol."

"Não aguento mais olhar para eles", diz Stella.

De perto, Stella parece um pouco melhor — com sua pele macia e bronzeada, o cabelo infantil em cuia, os grandes olhos castanhos. Catherine, inclinada em cima dela, é uma mulher alta, frágil e ossuda, com cabelo louro e pele sensível. A pele dela é tão sensível que não aguenta maquiagem nenhuma e é facilmente inflamada por resfriados, por comidas, por emoções. Ultimamente ela tem usado sombra azul e rímel preto, o que, para David, é um erro. Enegrecer aqueles espaçosos cílios enfatiza o azul aguado dos olhos dela, que ficam parecendo não suportar a luz do dia e a secura da pele abaixo. Quando David conheceu Catherine, cerca de um ano e meio atrás, ele achou que ela tinha pouco mais de trinta anos. Ele via muitos resquícios de feminilidade; ele amava a tez clara e a fragilidade dela. Ela tinha envelhecido desde então. E, aliás, era mais velha do que ele tinha achado — já está beirando os quarenta.

"Mas o que você vai fazer com eles?", pergunta Catherine a Stella. "Geleia?"

"Já fiz uns cinco milhões de vidros de geleia", diz Stella. "Eu coloco os mirtilos em vidros pequenos com aquelas toalhas quadriculadas metidas a besta e dou de presente para todos os meus vizinhos que são preguiçosos demais ou espertos demais para catar os deles. Às vezes eu não entendo por que eu simplesmente não deixo a fartura da natureza apodrecer nos ramos."

"Mas eles não estão em ramos", diz David. "Estão nesses malditos arbustos espinhentos, que deviam ser retirados e queimados. Aí sim haveria espaço para estacionar."

Stella diz a Catherine: "Escute só ele, ainda parece um marido falando".

Stella e David foram casados por vinte e um anos. Estão separados há oito.

"Verdade, David", diz Stella, contrita. "Eu deveria removê-los. Há uma longa lista de coisas que eu nunca efetivamente faço. Vamos entrar e eu vou mudar de roupa."

"A gente precisa parar na loja de bebidas", diz David. "Eu não tive tempo."

Uma vez a cada verão, ele faz essa visita, sempre o mais perto possível do aniversário do pai de Stella. Ele sempre leva o mesmo presente: uma garrafa de uísque escocês. Este aniversário é o de noventa e três anos do sogro dele, que está num asilo a poucos quilômetros dali, onde Stella pode visitá-lo duas ou três vezes por semana.

"Eu só preciso tomar um banho", diz Stella. "E colocar alguma coisa mais vistosa. Não para o papai, que está completamente cego a esta altura. Mas eu acho que os outros iriam gostar, eu vestida de rosa, de azul ou algo assim os deixa alegres, como deixaria um balão. Vocês dois têm tempo de tomar um drinque rápido. Aliás, pode fazer um para mim também.

Ela os leva, em fileira, pelo caminho que dá à casa. Hércules não se mexe.

"Bicho preguiçoso", diz Stella. "Está ficando ruim feito o papai. David, você acha que a casa precisa ser pintada?"

"Acho."

"Papai sempre disse para pintar a cada sete anos. Eu não sei — estou pensando em colocar um revestimento. Mesmo depois que eu adaptei a casa para o inverno, parece que eu moro num engradado aberto."

Stella mora ali o ano inteiro. No começo, um ou outro dos filhos muitas vezes estaria com ela. Agora, porém, Paul está estudando engenharia florestal no Oregon e Deirdre está dando aulas numa escola de língua inglesa no Brasil.

"Mas você consegue uma cor como aquela no revestimento", diz Catherine. "É tão bonita, aquela cor desgastada pelas intempéries."

"Eu estava pensando em creme", diz Stella.

Sozinha naquela casa, naquela comunidade, Stella leva uma vida ocupada e às vezes caótica. Indícios disso surgem à medida que eles avançam pela varanda de trás e pela cozinha na direção da sala de estar. Ali estão algumas plantas que ela está colocando em potes e a geleia que ela mencionou — nem toda dada de presente, mas esperando, explica ela, que organizem uma venda de produtos caseiros e a feira do outono. Ali fica seu aparato de fabricação de vinho; depois, na comprida sala de estar, com vista para o lago, sua máquina de escrever, cercada de pilhas de livros e de papéis.

"Estou escrevendo minhas memórias", diz Stella. Ela revira os olhos na direção de Catherine. "Eu paro se você pagar. Não, tudo bem, David, estou escrevendo um artigo sobre o velho farol." Ela aponta o farol para Catherine. "Dá para vê-lo dessa janela se você olhar bem lá no fim. Estou escrevendo um texto para a sociedade histórica e para o jornal da região. Vejam só, uma escritora em flor."

Além da sociedade histórica, diz Stella, ela pertence a um grupo de leitura de peças, a um coral de igreja, ao clube dos fabricantes de vinho e a um grupo informal em que os membros distraem uns aos outros semanalmente em jantares que têm custo fixo (e baixo).

"Para testar nossa engenhosidade", diz ela. "Sempre testando alguma coisa."

E essa é só a parte mais ou menos organizada. Os amigos dela são de todo tipo. Gente que foi se aposentar ali, que vive em casas de fazenda reformadas, ou em cabanas de verão preparadas para o inverno; gente mais nova, de origens sociais diversas, que se assentaram ali, assumindo fazendas velhas e pedregosas a que fazendeiros natos não dão mais atenção. E um dentista local e o amigo dele, que são gays.

"Agora é maravilhoso como a gente é tolerante aqui", grita Stella, que foi ao banheiro e está transmitindo suas informações por cima do som da água corrente. "A gente não insiste em combinar os sexos. É bom para nós, esposas vivendo de pensão. Somos uma meia dúzia. Uma é fiandeira."

"Não consigo achar a água tônica", grita David da cozinha.

"Eu tenho latas. A caixa no chão ao lado da geladeira. Tem uma mulher que tem as próprias cabras. A fiandeira. Ela tem a própria roda de fiar! Ela fia a lã e depois tece fazendo um pano."

"Caramba", diz David, consideradamente.

Stella desligou a torneira e está mexendo a água.

"Achei que você ia gostar. Está vendo, eu não estou tão perdida. Eu só faço geleia."

Num instante, ela aparece com uma toalha amarrada em volta do corpo, dizendo "Cadê meu drinque?". As pontas de cima da toalha estão enfiadas juntas debaixo de um braço, as de baixo estão esvoaçando perigosamente livres. Ela aceita um gim-tônica.

"Vou beber enquanto me visto. Eu tenho duas roupas novas de verão. Uma é rosa-flamingo, a outra é turquesa. Posso misturar e combinar. De qualquer jeito, eu fico estupenda."

Catherine vem da sala de estar para pegar a bebida dela e dá os dois primeiros goles como se aquilo fosse um copo d'água.

"Eu adoro essa casa", diz, com branda veemência. "Adoro mesmo. É tão primitiva, tão despretensiosa. Cheia de luz. Fiquei tentando pensar do que é que ela me lembra, e agora eu sei. Você já viu aquele filme antigo do Ingmar Bergman que tem uma família morando numa casa de veraneio numa ilha? Uma casa linda, toda acabada. A menina estava enlouquecendo. Lembro de pensar na época: é assim que deviam ser as casas de veraneio, e elas nunca são."

"É nesse que Deus era um helicóptero", diz David. "E a menina e o irmão ficavam se tocando no fundo de um barco."

"Lamento, mas aqui nunca acontece nada tão interessante assim", diz Stella através da parede do quarto. "Não posso dizer que algum dia gostei dos filmes do Bergman. Sempre achei que eles eram meio sombrios e neuróticos."

"As conversas tendem a se espalhar por aqui", diz David a Catherine. "Já reparou como nenhuma das divisórias vai até o teto? Só a do banheiro, graças a Deus. A vida em família fica intensa."

"Sempre que David e eu queríamos falar alguma coisa em particular, a gente precisava colocar a cabeça debaixo da colcha", diz Stella. Ela sai do quarto usando uma calça *stretch* turquesa e um top. O top tem flores e frondes turquesa sobre um fundo branco. Pelo menos ela parece ter colocado sutiã. Dá para ver uma tira de cor clara mordendo a carne de seu ombro.

"Lembra daquela noite em que a gente estava na cama", diz ela, "e a gente estava falando de comprar um carro novo, se perguntando quantos quilômetros você conseguia rodar com o carro tal, não consigo lembrar. Bom, o papai sempre foi louco por carros, ele conhecia tudo, e de repente a gente só escuta ele dizer 'doze quilômetros por litro' ou algo assim, como se ele estivesse bem ali, do outro lado da cama. Claro que ele não estava — ele estava na cama dele, no quarto dele. David nem deu bola; só falou: 'Ah, obrigado!', como se o papai tivesse feito parte da conversa o tempo inteiro!".

Quando David sai da loja de bebidas, na cidade, Stella abaixou o vidro do carro e está falando com um casal, que apresenta como Ron e Mary. Os dois estão provavelmente na casa dos sessenta, mas bem bronzeados e enxutos. Usam calças xadrez combinando, moletons brancos e bonés xadrez.

"Prazer em conhecê-lo", diz Ron. "Então você veio aqui ver como é que as pessoas espertas vivem!" Ele tem aquele tipo de voz folgazona que sugere fintas de boxe, socos de brincadeira. "Quando é que você vai se aposentar e vir aqui morar com a gente?"

Isso faz com que David se pergunte o que é que Stella vem falando para eles sobre a separação.

"Ainda não é minha vez de me aposentar."

"Se aposente antes do tempo! Foi o que muita gente aqui fez. A gente saiu daquela rotina toda. Labutar de dia e de noite, ganhar e gastar."

"Bem, eu não estou nessa", diz David. "Eu sou só um servidor público. A gente pega o dinheiro de quem paga imposto e tenta não fazer nada."

"Não é verdade", diz Stella, ralhando em tom de esposa. "Ele trabalha no Ministério da Educação e trabalha duro. Só que nunca vai admitir."

"Um 'serve dor, serviu?'", diz Mary, palrando de prazer. "Eu costumava trabalhar em Ottawa — isso foi milênios atrás — e a gente se chamava de 'serve dor, serviu?'."

Mary não é gorda de jeito nenhum, mas com o queixo dela aconteceu algo que costuma acontecer com os queixos de mulheres gordas. Ele desabou, formando uma série de terraços que fluem para o pescoço.

"Mas sem brincadeira", diz Ron. "A vida aqui é maravilhosa. Você não acredita quanta coisa a gente acha para fazer. O dia nunca dura o bastante."

"Vocês têm muitos interesses?", diz David. Ele agora está perfeitamente sério, respeitoso e atencioso.

Esse tom serve de alerta para Stella, e ela tenta desviar Mary: "O que você vai fazer com o tecido que trouxe do Marrocos?".

"Não consigo decidir. Eu queria fazer um vestido maravilhoso, mas ele não combina muito comigo. Acho que vou acabar colocando em cima de uma cama."

"Tem tantas atividades, você pode não parar nunca", diz Ron. "Esquiar, por exemplo. Esqui de fundo. A gente esquiou dezenove dias em fevereiro. O tempo estava ótimo este ano. A gente nem precisa dirigir para lugar nenhum. A gente só desce pela rua de trás..."

"Eu também tento não deixar de lado os meus interesses", diz David. "Acho que assim você mantém a juventude."

"Com certeza!"

David está com uma mão no bolso de dentro do paletó. Ele tira uma coisa que mantém guardada dentro da palma, mostra-a a Ron com um sorriso de desaprovação.

"Um dos meus interesses", diz.

"Quer ver o que eu mostrei ao Ron?", diz David depois. Eles estão dirigindo ao longo das falésias até o asilo.

"Não, obrigada."

"Tomara que Ron tenha gostado", diz David num tom agradável.

Ele começa a cantar. Ele e Stella se conheceram cantando madrigais na faculdade. Ou pelo menos isso é o que Stella diz a todo mundo. Eles cantavam outras coisas também, não só madrigais.

"David era um garoto magrinho, inocente, com uma voz de tenor tão doce, e eu era uma moça atarracada e bruta, com um contralto poderoso, profundo", gosta de dizer Stella. "Ele não pôde fazer nada. Foi o destino."

"Ah, minha senhora, por onde é que tu andas?", canta David, que até hoje tem uma bela voz de tenor:

Ah, minha senhora, por onde é que tu andas?
Ah, minha senhora, por onde é que tu andas?
Fica para ouvir teu amor fiel chegando.

Fica para ouvir teu amor fiel chegando.
*Amor que canta agudo e grave.**

Na praia, nas duas pontas da propriedade de Stella, há longos muros altos de pedras que foram empilhadas em cestas de arame, estendendo-se pela água. Eles estão ali para proteger a praia da erosão. Num desses muros está sentada Catherine, olhando para a água, com a brisa do lago soprando seu vestido transparente e seu cabelo longo. Ela podia estar posando para um retrato. Podia estar num anúncio, pensa Stella — ou alguma coisa bem íntima, talvez repulsiva, ou algo realmente respeitável e excelente, como seguro de vida.

"Eu queria fazer uma pergunta", diz Stella. "Tem algum problema com os olhos dela?"

"Com os olhos?", diz David.

"A vista. É só que ela não parece conseguir focar bem, de perto. Não sei descrever."

Stella e David estão de pé na janela da sala de estar. De volta do asilo, cada qual está com um drinque recém-preparado, restaurador. Mal falaram no caminho para casa, mas o silêncio não era hostil. Estão se sentindo purificados e razoavelmente sociáveis.

"A vista dela não tem problema nenhum, que eu saiba."

Stella vai até a cozinha, pega a assadeira, esfrega o assado de porco com alho e com folhas frescas de sálvia.

"Sabe, as mulheres ficam com um certo cheiro", diz David, de pé na porta da sala de estar. "Quando elas sabem que você não as deseja mais. Um ranço."

* No original: O, *Mistress mine, where are you roaming?/ O, Mistress mine, where are you roaming?/ O, stay and hear, your true love's coming,/ O, stay and hear, your true love's coming,/ Who can sing, both high and low*. Trata-se da canção cantada pelo bobo Feste na segunda cena do terceiro ato de *Noite de Reis*, de Shakespeare. (N.T.)

Stella vira a carne do avesso.

"Aqueles quebra-mares vão precisar ser totalmente religados", diz ela. "O arame simplesmente já está fino feito teia em algumas partes. Você devia ver. A força da água. Ela consegue desgastar o arame firme. Vou chamar um pessoal para trabalhar no outono. Vou simplesmente fazer um monte de comida, convidar algumas pessoas e ter certeza de que elas aguentam o serviço. É assim que a gente faz."

Ela coloca o assado no forno e esfrega as mãos.

"Era de Catherine que você estava falando no verão passado, não era? Era sobre ela que você disse que parecia ter jeito de fada."

David resmunga. "O que é que eu disse?"

"Que ela parecia ter jeito de fada." Stella vai fazendo barulho de um lado para o outro, pegando maçãs, batatas, cebolas.

"Certo, me fala então", diz David, entrando na cozinha para ficar perto dela. "Me fala o que eu falei."

"Só isso mesmo. Não lembro de mais nada."

"Stella. Me diz o que eu falei sobre ela."

"Não lembro, de verdade. Não lembro."

Claro que ela lembra. Ela lembra do tom exato com que ele disse "parecia ter jeito de fada". O orgulho e a ironia na voz dele. No auge da paixão, pode-se esperar que ele fale da mulher com uma ternura incrédula — maravilhado, até. Ele gosta de dizer que é loucura, que ele não entende, que ele enxerga perfeitamente que essa pessoa não é de jeito nenhum o tipo de pessoa de que ele gosta. E no entanto e no entanto e no entanto. E no entanto é algo mais forte, irresistível. Ele contou a Stella que Catherine acreditava em mapa astral, que era vegetariana e que pintava quadros esquisitos nos quais figuras pequeninas ficavam envolvidas em bolhas de plástico.

"O assado", diz Stella, subitamente alarmada. "Será que ela vai comer carne?"

"O quê?"

"A Catherine vai comer carne?"

"Talvez ela nem coma nada. Talvez ela já esteja completamente nas nuvens."

"Vou fazer um cozido de maçã e cebola. Vai ser bem substancioso. De repente isso ela come."

No último verão, ele tinha dito: "Ela é uma sobrevivente dos hippies, de verdade. Ela nem sabe que essa época acabou. Acho que ela nunca nem leu um jornal. Ela não tem a menor ideia do que está acontecendo no mundo. A menos que algum adivinho tenha dito para ela. Essa é a ideia dela de realidade. Acho que ela nem consegue ler um mapa. Ela é toda instinto. Sabe o que ela fez? Ela foi à Irlanda para ver o *Livro de Kells*. Ela tinha ouvido falar que o *Livro de Kells* estava na Irlanda. Assim, ela simplesmente saiu do avião no aeroporto Shannon e perguntou a alguém como chegar no *Livro de Kells*. E sabe o que mais? Ela achou!".

Stella perguntou como aquela etérea criatura tinha ganhado o dinheiro para viajar para a Irlanda.

"Ah, ela tem um emprego", disse David. "Meio que um emprego. Ela dá aula de arte em meio período. Deus sabe o que ela ensina aos alunos. A pintar segundo o mapa astral, acho."

Agora ele diz: "Estou com outra pessoa. Ainda não falei para Catherine. Você acha que ela sente? Acho que sim. Acho que ela sente".

Ele está inclinado contra o balcão, observando Stella descascar maçãs. Ele coloca rápido a mão no bolso de dentro do paletó, e, antes que Stella possa virar o rosto para o outro lado, ele exibe uma polaroide na frente dos olhos dela.

"Minha nova namorada", diz ele.

"Parece liquens", diz Stella, a faca interrompendo seu trabalho. "Só que bem escuros. Para mim, parece musgo numa pedra."

"Não seja besta, Stella. Não venha com brincadeira. Dá para vê-la. Está vendo as pernas?"

Stella deita a faca de descascar e obedientemente aperta os olhos. Há um seio achatado longe no horizonte. E as pernas se abrindo em primeiro plano. As pernas estão bem afastadas — macias, douradas, monumentais: colunas caídas. Entre elas está a mancha escura que ela chamou de musgo, ou liquens. Mas ela mais parece a pele escura de um animal, com a cabeça, a cauda e as patas cortadas. A pele escura e sedosa de algum roedor infeliz.

"Bom, agora eu consigo enxergar", diz ela, com voz sensata.

"O nome dela é Dina. Dina sem 'h'. Ela tem vinte e dois anos."

Stella não vai pedir que ele afaste a foto, nem que pare de segurá-la na frente da cara dela.

"Ela é uma menina má", diz David. "Ah, e que menina má! Foi para a escola de freiras. Essas meninas de colégio de freiras são as piores, quando decidem se soltar! Ela era aluna na faculdade de artes em que a Catherine dá aula. Largou. Agora é garçonete."

"Isso nem me parece tão depravado. A Deirdre foi garçonete um tempo enquanto estava na faculdade."

"A Dina não é como a Deirdre."

Enfim, a mão que segura a foto se deixa cair, e Stella pega a faca e volta a descascar as maçãs. David, porém, não guarda a foto. Vai guardar e muda de ideia.

"Aquela bruxinha", diz ele. "Ela me atormenta a alma."

A voz dele, quando ele fala dessa garota, parece a Stella particularmente artificial. Mas quem é ela para dizer, com relação a David, o que é e o que não é artificial? Essa voz particular dele é um tanto aguda, monótona, insistente, com uma doçura deliberada e cruel. Com quem ele está querendo ser cruel — Stella, Catherine, a moça, ele próprio? Stella dá um suspiro que é mais sonoro e mais exasperado do que ela gostaria e deita uma maçã semidescascada. Ela vai até a sala de estar e olha pela janela.

Catherine está descendo do muro. Ou tentando. O vestido dela está preso no arame.

"Esse belo vestidinho só está dando dificuldades a ela hoje", diz Stella, surpreendendo-se com a ênfase má e com um tom levemente traiçoeiro.

"Stella. Eu queria que você guardasse essa foto para mim."

"Eu guardar?"

"Tenho medo de mostrá-la a Catherine. Eu fico querendo mostrar. Tenho medo de que eu vá mostrar mesmo."

Catherine soltou-se e viu-os na janela. Ela acena, Stella acena de volta.

"Tenho certeza de que você tem outras", diz Stella. "Fotos."

"Não comigo. Não é que eu queira fazer mal a ela."

"Então não faça."

"Ela me deixa com vontade de fazer mal a ela. Ela fica me olhando com aquelas caras de choro. Toma comprimidos. Elevadores de ânimo. Bebe. Às vezes eu acho que a melhor coisa a fazer seria dar-lhe o grande corte. O golpe de misericórdia. Golpe de misericórdia, Catherine. Aqui está você. Grande corte. Mas eu tenho medo do que ela vai fazer."

"Elevadores de ânimo", diz Stella. "Elevador do ânimo, subindo!"

"Estou falando sério, Stella. Essas pílulas são fatais."

"Isso é com você."

"Muito engraçado."

"Nem era essa a minha intenção. Agora, sempre que alguma coisa sai assim desse jeito, eu finjo que foi de propósito. Eu quero ficar com todo o crédito que eu puder!"

Essas três pessoas se sentem melhor na hora do jantar do que qualquer uma delas teria esperado. David sente-se melhor porque lembrou que há uma cabine telefônica na frente da loja de bebidas. Stella sempre se sente melhor quando prepara uma refeição e ela fica assim tão boa. As razões de Catherine para se sentir bem são químicas.

A conversa flui sem dificuldades. Stella conta histórias que encontrou enquanto fazia pesquisa para o artigo, sobre naufrágios nos Grandes Lagos. Catherine entende alguma coisa de naufrágios. Ela tem um namorado — um ex-namorado — que é mergulhador. David é cavalheiro o suficiente para afirmar que tem ciúme do sujeito, que não quer ouvir suas proezas em águas profundas. Talvez seja verdade.

Depois do jantar, David diz que precisa dar uma volta. Catherine diz a ele para ir. "Vai lá", diz ela, contente. "A gente não precisa de você aqui. A Stella e eu vamos ficar muito bem sem você!"

Stella se pergunta de onde vem essa nova voz de Catherine, essa voz espevitada, tão tola e provocante. A bebida não faria aquilo. O que quer que Catherine tenha tomado deixou-a mais afiada, não mais cega. Diversas camadas de desculpas tênues, de tentativas de lisonjas, de temor ou de esperança simplesmente foram varridas por essa vigorosa brisa química.

Porém, quando Catherine se levanta e tenta limpar a mesa, fica evidente que esse aguçamento não é físico. Catherine esbarra num canto do balcão. Ela faz Stella pensar numa pessoa amputada. Nada tão grande foi cortado, só as pontas dos dedos e talvez os dedos do pé. Stella precisa ficar de olho nela, tirando os pratos de suas mãos antes que eles escorreguem.

"Reparou no cabelo?", diz Catherine. A voz dela sobe e desce como uma roda gigante; ela afunda e espuma. "Ele está pintando!"

"David está pintando o cabelo?", diz Stella, com genuína surpresa.

"Toda vez que ele se lembrava disso, ele jogava a cabeça para trás, para você não conseguir olhar de perto. Acho que ele estava com medo de que você fosse dizer alguma coisa. Ele tem um pouco de medo de você. Na verdade, parece bem natural."

"Não reparei mesmo."

"Ele começou faz alguns meses. Eu falei: 'David, que diferença faz, o seu cabelo estava ficando grisalho quando eu me apaixonei por você, você acha que isso vai me incomodar agora?'. O amor é esquisito, faz coisas esquisitas. David é na verdade uma pessoa sensível — uma pessoa vulnerável." Stella resgata uma taça de vinho que pende dos dedos de Catherine. "Ele pode deixar você mau. O amor pode deixar você mau. Se você sentir que depende de alguém, então você pode ser mau com ele. Eu entendo isso em David."

Eles tomaram hidromel no jantar. Essa foi a primeira vez que Stella experimentou esse lote de hidromel caseiro, e agora ela está pensando em como estava bom, seco e espumante. Parecia champanhe. Ela vê se ainda sobrou alguma coisa na garrafa. Cerca de meio copo. Ela serve para si mesma, coloca o copo atrás do liquidificador, lava a garrafa.

"Você tem uma vida boa aqui", diz Catherine.

"Minha vida é boa, sim."

"Sinto que está chegando uma mudança na minha vida. Eu amo David, mas estou mergulhada nesse amor há tanto tempo. Tempo demais. Você me entende? Eu estava lá olhando as ondas e comecei a dizer: bem me quer, mal me quer. Eu faço isso sempre. Aí eu pensei, bem, as ondas não acabam do jeito que uma margarida acaba. Ou como acabam os meus passos, se eu começar a contá-los até o fim do quarteirão. Pensei: as ondas nunca, nunca acabam. Aí eu soube: isso é uma mensagem para mim."

"Pode deixar as panelas, Catherine. Mais tarde eu lavo."

Por que Stella não diz: "Sente-se, eu me viro melhor sozinha?". Ela já disse isso muitas vezes a ajudantes menos inaptos do que Catherine. Ela não fala porque está receosa em relação a alguma coisa. O estado de Catherine parece tão frágil e delicado. Apontar alguma contradição nela pode ter consequências.

"Bem me quer, mal me quer", diz Catherine. "É assim e dura para sempre. É isso que as ondas estavam tentando me dizer."

"Só por curiosidade", diz Stella, "você acredita em mapa astral?"

"Você quer saber se eu já fiz o meu? Não, nunca. Eu conheço gente que fez. Eu já pensei em fazer. Acho que eu não acredito o suficiente para gastar aquele dinheiro. Às vezes eu leio o horóscopo no jornal."

"Você lê jornal?"

"Leio algumas partes. Eu tenho uma assinatura. Não leio inteiro."

"E você come carne? Você jantou o porco."

Catherine não parece se importar por estar sendo interrogada, nem reparar que aquilo é um interrogatório.

"Bom, eu consigo viver de salada, ainda mais nessa época do ano. Mas eu como carne às vezes. Eu sou tipo uma vegetariana muito desleixada. Estava ótimo aquele assado. Você colocou alho?"

"Alho, sálvia e alecrim."

"Estava uma delícia."

"Fico feliz."

Catherine senta-se de repente e espraia suas longas pernas de um jeito meio de garoto, deixando o vestido cair entre elas. Hércules, que ficou dormindo o jantar inteiro na quarta cadeira, do outro lado da mesa, dá um salto determinado e pousa no que há do colo dela.

Catherine ri.

"Gato maluco."

"Se ele te incomodar, é só espantá-lo."

Agora liberta da necessidade de observar Catherine, Stella se ocupa de secar e de empilhar os pratos, de lavar as taças, de limpar a mesa, de sacudir a toalha, de esfregar a bancada. Ela se sente bem satisfeita e cheia de energia. Dá um gole no hidromel. Versos de uma canção passam por sua cabeça, e ela só percebe quando algumas das palavras da canção chegam à superfície que é a mesma que David estava cantando mais cedo. "O que vem ainda é incerto!"*

Catherine dá um leve ronco e ergue a cabeça de súbito. Hércules não se assusta, mas tenta acomodar-se mais permanentemente, fincando as patas no vestido dela.

"Fui eu?", diz Catherine.

"Você está precisando de um pouco de café", diz Stella. "Fique firme. Você provavelmente não devia ir dormir agora."

"Estou cansada", diz Catherine, teimosa.

"Eu sei. Mas você não devia dormir agora. Fique firme que nós vamos colocar um pouco de café no seu organismo."

Stella pega uma toalha de mão na gaveta, molha-a na água fria e segura-a contra o rosto de Catherine.

"Pronto", diz Stella. "Segure a toalha que eu vou preparar o café. Não vamos deixar você desmaiar aqui, não é mesmo? David ia ficar falando disso. Ele ia dizer que foi meu hidromel, minha comida ou minha companhia. Fique firme, Catherine."

David, na cabine telefônica, começa a discar o número de Dina. Então se lembra de que é interurbano. Ele precisa ligar para a telefonista. Ele liga para a telefonista, pergunta quanto vai custar a chamada, esvazia os bolsos de troco. Pega um dólar e trinta e cinco centavos em moedas de vinte e cinco e de dez centavos, e deixa uma pilha pronta na prateleira. Começa a discar de novo. Seus dedos tremem, suas mãos suam. Suas pernas, suas entranhas e seu peito estão repletos de um alvoroço crescente. O primeiro toque do telefone, no microscópico apartamento de Dina, faz com

* *What's to come is still unsure!*, outro verso da mesma canção. (Ver nota na p. 54.) (N.T.)

que ele borbulhe por dentro. Que loucura. Ele precisa colocar as moedas de vinte e cinco centavos.

"Eu falo quando o senhor deve depositar o dinheiro", diz a telefonista. "Senhor? Eu falo quando depositar." As moedas descem tilintando para o alçapão do troco e ele tem dificuldade de pegá-las de volta. O telefone toca de novo, sobre o gaveteiro de Dina, no meio da bagunça de maquiagem, meias-calças, contas e correntes, longos brincos de pena, um cinzeiro ridículo e vários brinquedos de corda. Ele consegue vê-los: o sapo verde, o pato amarelo, o urso marrom — todos do mesmo tamanho. Sapos e ursos são iguais. Também alguns monstros do espaço, baseados em personagens de filme. Quando postos em movimento, os brinquedos se arrastam e estalam pelo chão ou pela mesa de Dina, cuspindo faíscas das bocas. Ela gosta de fazer corridas, ou de colocar alguns em rota de colisão. Então ela guincha, e até grita de empolgação, enquanto eles seguem seus caminhos imprevisíveis.

"Parece que ninguém atende, senhor."

"Vamos deixar tocar um pouco mais."

O banheiro de Dina fica do outro lado do corredor. Ela o divide com outra garota. Se ela está no banheiro, ou até na banheira, quanto tempo ela vai levar para decidir se vai atender? Ele decide contar mais dez toques, começando agora.

"Ainda ninguém atende, senhor."

Dez mais.

"O senhor gostaria de tentar mais tarde?"

Ele desliga, tendo pensado em uma coisa. Imediatamente, energicamente, ele liga para o serviço de auxílio à lista telefônica.

"Qual cidade, senhor?"

"Toronto."

"Prossiga, senhor."

Ele pede o número de telefone de um certo Michael Read. Não, ele não tem o endereço. Tudo o que ele tem é o nome — o nome do último namorado, com quem ela talvez não tenha ainda exatamente terminado.

"Não consta nenhum Michael Read na lista."

"Certo. Tente Reade, R-E-A-D-E."

De fato consta um M. Reade, em Davenport Road. Não um Michael, mas pelo menos um M. Volte um pouco e veja, então. Tem algum M. Read? Read? Sim. Sim, há um M. Read, que mora na rua Simcoe. E outro M. Read, R-E-A-D, que mora em Harbord. Por que ela não disse isso antes?

Ele escolhe o de Harbord por ter um pressentimento. Não é muito longe do apartamento de Dina. A telefonista lhe diz o número. Ele tenta memorizar. Não dispõe de nada com que escrever. Ele acha importante não pedir à telefonista que repita o número mais de uma vez. Ele não deveria revelar que está ali numa cabine telefônica sem lápis nem caneta. Parece-lhe que a natureza desesperada e furtiva de sua demanda é evidente, e que a qualquer momento ele pode ser cortado, impedido de obter qualquer nova informação sobre M. Read ou M. Reade, em Harbord, em Simcoe ou em Davenport, ou em qualquer lugar que seja.

Agora ele precisa começar tudo de novo. O código de área de Toronto. Não, a telefonista. O número memorizado. Rápido, antes que ele perca a coragem, ou esqueça o número. Se ela atender, o que ele vai dizer? Mas não é provável que ela atenda, mesmo que esteja ali. M. Read vai atender. Aí David terá de pedir para falar com Dina. Talvez, porém, não usando a própria voz. Talvez nem com voz de homem. Antigamente ele conseguia fazer diversas vozes ao telefone. Uma vez ele conseguiu até enganar Stella.

Talvez ele pudesse fazer uma voz de mulher, esganiçada. Ou uma voz de criança, uma voz de irmã mais nova. *A Dina está?*

"Desculpe, senhor?"

"Nada. Perdão."

"Está tocando. Eu aviso quando for para o senhor depositar o dinheiro."

E se M. Read for uma mulher? Nada de Michael Read. Mary Read. Uma idosa aposentada. Uma profissional batalhadora. Por que você está me telefonando? Assédio sexual. Voltemos então para o serviço de auxílio à lista. Vamos tentar M. Read em Simcoe. M. Reade em Davenport. Continuemos tentando.

"Lamento, parece que ninguém atende."

O telefone toca de novo e de novo no apartamento, ou casa, ou quarto de M. Read. David inclina-se contra a proteção de metal, onde seu troco espera. Um carro estacionou numa das vagas da loja de bebidas. O casal dentro dela fica observando-o. Obviamente esperando para usar o telefone. Com alguma sorte, Ron e Mary vão ser os próximos a aparecer.

Dina mora em cima de uma loja de produtos importados da Índia. Suas roupas e seu cabelo estão sempre com cheiro de curry, de noz moscada, de incenso, acrescentados ao que David julga ser seu cheiro natural, de cigarros, de drogas e de sexo. O cabelo dela é pintado de preto fundo. Suas bochechas têm uma tira de cor crua e suas pálpebras às vezes são de vermelho-tijolo. Uma vez ela fez um teste para um papel num filme que algumas pessoas que ela conhecia estavam fazendo. Não conseguiu o papel por ter alguma frescura quanto a segurar um rato domesticado entre as pernas. Essa derrota a humilhou.

David está suando, tentando não pegá-la no flagra mas simplesmente ter qualquer contato com ela, ouvir sua voz rude e jovem, com seu tremor involuntário e suas insistentes obscenidades. Mesmo que ouvi-la, naquele momento, signifique que ela o traiu. Claro que ela o traiu. Ela o trai o tempo inteiro. Se ao menos ela pudesse atender (ele quase esqueceu que é M. Read quem deve atender), ele podia berrar para ela, ralhar com ela, e, se ele se sentisse vil o bastante — ele se *sentiria* vil o bastante — poderia fazer-lhe súplicas. Ele adoraria a oportunidade. Qualquer oportunidade. Durante o jantar, conversando animadamente com Stella e Catherine, ele ficava escrevendo o nome Dina com o dedo do lado de baixo da mesa de madeira.

As pessoas não têm nenhuma paciência com esse tipo de sofrimento, e por que teriam? O sofredor precisa dispensar a simpatia, desistir da dignidade, lidar com os prejuízos. E, além de tudo, as pessoas vão gastar tempo para explicar que isso não é amor de verdade. Esses surtos de desejo, de dependência, de idolatria e de perversidade, transformações voluntárias mas terríveis — não são amor de verdade.

Stella costumava dizer-lhe que ele não estava interessado em amor.

"Nem em sexo. Acho que nem por sexo você se interessa, David. Eu acho que você só quer ser um garoto valentão e malcomportado."

Amor de verdade — isso seria continuar a viver com Stella, ou ficar com Catherine. Uma pessoa que saberia tudo sobre o Amor Verdadeiro talvez fosse Ron, de Ron-e-Mary.

David sabe o que está fazendo. É essa a parte interessante, pensa ele, e já disse. Ele sabe que Dina não é tão louca, nem tão ávida, nem tão condenada quanto ele finge que é. Dali a dez anos, ela não vai ter sido arruinada pela sua vida louca, nem vai ser uma prostituta glamorosa. Vai ser uma mulher seguida por criancinhas na lavanderia. A deliciosa e antiquada palavra "rameira", que ele usa para descrevê-la, na verdade não se aplica a ela — tem tanto a ver com ela quanto "hippie" tinha a ver com Catherine, pessoa em quem hoje ele não aguenta nem pensar. Ele sabe que, cedo ou tarde, se Dina permitir que haja alguma rachadura em seu disfarce, como Catherine fez, ele vai ter de seguir seu rumo. Ele vai ter de fazer isso de qualquer jeito — seguir seu rumo.

Ele sabe disso tudo e observa a si mesmo, e esse conhecimento e essa observação não têm qualquer efeito em seu estômago tremente, em suas zelosas glândulas sudoríparas, ou em suas intensas preces.

O asilo que eles tinham visitado naquele dia se chama Casa do Bálsamo de Galaad. O nome dele vem das árvores do bálsamo de Galaad, um tipo de álamo que cresce em abundância perto do lago. Uma grande mansão de pedra construída por um milionário do século XIX, hoje desfigurada por rampas e por saídas de incêndio.

Vozes convocaram Stella, dos aglomerados de cadeiras de rodas no gramado dianteiro. Ela respondeu chamando diversos nomes, fez um desvio para apertar mãos e mandar beijos. Vibrando por aqui e ali como um gordo beija-flor.

Ela cantava quando voltou para perto de David:

Sou seu raio de sol, baixinho e gordinho,
*Me vira do avesso, me derrama todinho!**

Sem fôlego, ela disse: "Na verdade, é bule. Acho que você não vai ver grandes mudanças no papai. Só a cegueira é que agora é completa".

Ela o levou pelos corredores pintados de verde, com seus falsos tetos baixos (corte de custos de aquecimento), seus quadros de colorir os espaços numerados, seus odores de desinfetante — e de outras coisas. Numa varanda de fundos, sozinho, seu pai estava sentado envolvido em cobertores, amarrado na cadeira de rodas para não cair.

O pai dela disse: "David?".

* No original: *I'm your little sunbeam, short and stout,/ Turn me over, pour me out!* (N.T.).

O som parecia vir de uma caverna úmida bem no fundo dele, sem ser modulado por lábios, por mandíbula ou por língua. Não se podia vê-los se movendo. Ele também não moveu a cabeça.

Stella foi para trás da cadeira e colocou os braços em volta do pescoço dele. Ela o tocou muito delicadamente.

"Sim, é o David, papai", disse ela. "Você reconheceu os passos dele!"

O pai não respondeu. David inclinou-se para tocar as mãos do senhor idoso, as quais não estavam frias, como ele esperara, mas quentes e muito secas. Ele depositou a garrafa de uísque nelas.

"Cuidado. Ele não consegue segurar", disse Stella, baixinho. David manteve as próprias mãos na garrafa enquanto Stella empurrava uma cadeira, para que ele pudesse sentar-se de frente para o pai dela.

"O mesmo presente de sempre", disse David.

Seu sogro fez um som de reconhecimento.

"Vou pegar alguns copos", disse Stella. "É contra as regras beber aqui fora, mas em geral eu consigo fazer com que eles sejam um pouquinho flexíveis. Vou falar que estamos festejando."

Para se acostumar a olhar seu sogro, David tentava pensar nele como um desenvolvimento pós-humano, algo novo na espécie. A sobrevivência não o tinha apenas preservado, o tinha transformado. Pele cinza-azulada, com manchas azul-escuras, olhos esbranquiçados, pescoço sulcado com delicados e profundos ocos, como um vaso de vidro esfumado. Por seu pescoço subiam outros sons, uma oferenda de conversa. Era o núcleo de cada sílaba que era apresentado, uma vogal úmida cujo formato as consoantes em volta mal conseguiam manter.

"Trânsito — ruim?"

David descreveu as condições na autoestrada e nas estradas secundárias. Disse ao sogro que tinha acabado de comprar um carro, um carro japonês. Falou de como, no começo, ele não conseguia, de jeito nenhum, rodar tanto quanto a propaganda prometera com o mesmo combustível. Vários ajustes tinham sido tentados, e agora a situação era satisfatória, ainda que não fosse bem o que tinha sido anunciado.

Essa conversa parecia bem-vinda. Seu sogro parecia acompanhá-la. Ele acenava com a cabeça, e em seu rosto estreito, alongado, azulado, pós-humano, havia traços de expressões antigas. Uma expressão de preocupação arguta e circunspecta, a desconfiança de propaganda, de carros estrangeiros e de concessionárias. Havia até uma sugestão de dúvida — como nos velhos tempos — quanto a poder confiar em David para resolver esse tipo de coisa. E o alívio quanto a ele ter resolvido. Aos olhos do sogro, David sempre seria alguém que está aprendendo a ser homem, alguém que talvez nunca fosse aprender, que nunca chegaria à constância e ao controle, à estreiteza decente de escopo. David, que preferia gim a uísque, que lia romances, que não entendia a bolsa de valores, que conversava com mulheres e que tinha começado a carreira como professor. David, que sempre dirigia carros pequenos, carros estrangeiros. Mas isso era tudo agora. Carros pequenos não eram sinal de nada do que costumavam sinalizar. Mesmo ali, nas falésias acima do lago Huron, no final mesmo da vida, algumas alterações tinham sido percebidas, algumas mudanças tinham sido entendidas, por um homem que não conseguia enxergar nem segurar nada.

"Já ouvi falar — Lada?"

Por sorte, David tem um colega que dirige um Lada, e muitos almoços e pausas para o café foram tomados pela conversa sobre os pontos fortes e fracos desse carro, e sobre a dificuldade de conseguir peças. David as repetiu, e seu sogro pareceu satisfeito.

"Gray. Dort. Gray-Dort. Primeiro carro — dirigi. Rua Yonge. Cem quilômetros. Cem quilômetros. Ho. Ho. Hora."

"Ele com certeza nunca dirigiu um Gray-Dort pela rua Yonge a cem por hora", disse Stella depois que eles levaram o pai e a garrafa de volta para o quarto, despedido-se, e estavam andando de volta pelos corredores verdes. "Nunca. O Gray-Dort de quem? Eles tinham parado de ser produzidos muitos antes de ele ter dinheiro para comprar um carro. E ele nunca teria corrido esse risco com o carro de ninguém. É a fantasia dele. Ele chegou naquela fase em que esse é seu grande recreio — consertar o passado de modo que tudo que ele deseja que tivesse acontecido de fato aconteceu. Você já se perguntou se a gente vai chegar nesse estágio? Qual seria a sua fantasia, David? Não. Não me fale!"

"Qual seria a sua?", disse David.

"Que você não foi embora? Que você não quis ir embora? Aposto que é isso que você acha que seria a minha, mas eu não tenho tanta certeza! O papai ficou tão contente por te ver, David. Um homem significa mais, para o papai. Imagino que se ele pensasse em nós dois ele teria de ficar do meu lado, mas tudo bem, ele não precisa pensar nisso."

Stella, no asilo, parecia ter recuperado algo do brilho e da flexibilidade do passado. As atenções dela ao pai, e até ao contingente das cadeiras de rodas, trouxeram de volta um traço de graça deferencial a seus movimentos, uma melancolia à sua voz. David tinha dela uma imagem de como ela tinha sido doze ou quinze anos antes. Ele a via chegando pelo gramado numa festa num subúrbio, carregando uma caçarola. Ela usava um vestido de verão. Naquela época, ela sempre dizia que estava gorda demais para usar calças, ainda que agora estivesse duas vezes mais gorda. Por que ele gostava tanto dessa imagem? Stella vindo pelo gramado, seu cabelo iluminado pelo sol — o grisalho nele na época apenas fazia com que ele ficasse louro-acinzentado — e seus ombros nus e bronzeados, gritando cumprimentos aos vizinhos, rindo, reclamando de alguma desventura culinária. Claro que a comida que ela trazia estaria maravilhosa, e ela trazia não apenas comida mas todo o desejado espírito da festa da vizinhança. Com sua sociabilidade avassaladora, ela deixava todos à vontade. E David não sentia nenhuma irritação, ainda que certamente tivesse havido momentos em que esses dons de Stella o tivessem exasperado. Para entreter os outros, ele a tinha ouvido criar histórias a partir da vida deles — os percalços e as provocações cotidianas das crianças, a consulta do gato no veterinário, a primeira ressaca do filho, a perversidade do cortador de grama elétrico, a colocação do papel de parede no corredor do andar de cima. Uma esposa encantadora, uma pessoa adorável numa festa, ela tem um jeito tão engraçado de ver as coisas. Às vezes ela é impagável. *A sua esposa é impagável.*

Bem, ele a perdoou — ele a amava — enquanto ela andava pelo gramado. Naquele instante, com o pé descalço, ele roçava a panturrilha fria, castanha, depilada e piniquenta de outra esposa da vizinhança, que tinha acabado de sair da piscina e colocado um longo roupão escarlate, que a escondia bem. Uma morena, sem filhos, que fumava sem parar, inclinada — ao menos naquele estágio do relacionamento deles — a silêncios desesperadores. (A primeira dele, aquela, a primeira enquanto casado com Stella. Rosemary. Um nome doce e sombrio, ainda que, no fim das contas, uma mulher estridente e banal.)

Não era só isso. O encanto inesperado com Stella exatamente como ela era, a sensação pouco habitual de estar em paz com ela, não vinha só daquilo — da atividade ilícita de seu dedão. Aquilo parecia profundo, aquela revelação sobre ele próprio e Stella — como, afinal, eles estavam unidos, e como, enquanto ele conseguisse sentir essa benevolência em relação a ela, o que ele fizesse em segredo, em separado, era de algum modo feito com as bênçãos dela.

Essa não era, na verdade, uma ideia com a qual Stella absolutamente concordasse. E eles não estavam tão unidos, ou, se estavam, era uma união que ele teve de quebrar. Já estamos juntos há tanto tempo, será que não podemos só resistir a essa, disse Stella na época, tentando fazer daquilo uma piada. Ela não entendia, talvez ainda não entendesse, como essa era uma das coisas que tornava isso impossível. Essa mulher de cabelo branco andando ao lado dele pelo asilo arrastava consigo tanto peso — o peso não só de seus segredos sexuais, mas de suas especulações sobre Deus na madrugada, de suas dores psicossomáticas no peito, sua sensibilidade digestiva, seus planos de fugir, que um dia a incluíram e que envolviam a África e a Indonésia. Toda a sua vida ordinária e extraordinária — até algumas coisas que ela provavelmente desconhecia — pareciam armazenadas nela. Ele nunca conseguia sentir qualquer leveza, qualquer expansão secreta e vitoriosa, com uma mulher que sabia tanto. Ela estava inchada com tudo o que sabia. Mesmo assim, ele pôs os braços em volta de Stella. Eles se abraçaram, ambos espontaneamente.

Uma menina, chinesa ou vietnamita, franzina como uma criança em seu uniforme verde-claro, mas com lábios e bochechas maquiados, vinha pelo corredor, empurrando um carrinho. No carrinho havia copos de papel e caixas de plástico com suco de laranja e de uva.

"Hora do suco", dizia a menina, em sua toada agradável e indiferente. "Hora do suco. Laranja. Uva. Suco." Ela nem reparou em David e em Stella, mas eles se soltaram e continuaram a andar. David sentiu um ligeiro desconforto, bem ligeiro, por ser visto por uma menina tão jovem e bonita abraçado a Stella. Não era um sentimento importante — só encostou nele e passou —, mas Stella, enquanto ele abria a porta para ela, disse: "Não se preocupe, David. Eu podia ser sua irmã. Você podia estar confortando a sua irmã. A sua irmã *mais velha*".

"Madame Stella, a famosa leitora de mentes."

Era estranho o jeito deles de dizer essas coisas. Eles costumavam dizer coisas amargas, que feriam, e fingir, ao dizê-las, estarem se divertindo um pouquinho, desapaixonadamente, até com bondade. Agora, aquele tom que um dia era fingimento tinha se impregnado fundo, bem fundo, passando por todos os sentimentos cortantes deles, e a amargura, ainda que não transformada, parecia estéril, inútil e formal.

Mais ou menos uma semana depois, quando ela está arrumando a sala de estar, preparando-se para uma reunião da sociedade histórica que vai acontecer em sua casa, Stella encontra o retrato, uma polaroide. David deixou-a com ela no fim das contas — escondendo-a, mas não muito bem, atrás das cortinas, num canto da longa janela da sala de estar, no ponto onde você fica de pé para olhar a vista do farol.

Por ter ficado no sol, ela, é claro, tinha desbotado. Stella fica de pé olhando para ela, com um pano de limpeza na mão. O dia está perfeito. As janelas estão abertas, a casa está agradavelmente em ordem, e uma boa sopa de peixe está esquentando no fogão. Ela vê que a camada preta da foto virou cinza. Agora, um cinza-azulado ou acinzentado. Ela se lembra do que disse quando a viu pela primeira vez. Disse que parecia liquens. Mas ela sabia o que ela fora um dia. Agora lhe parece que ela sabia o que era até quando David pôs a mão no bolso. Ela sentia a antiga cavidade se abrindo nela. Mas ela se segurou. Disse: "liquens". E agora, veja, as palavras dela tinham virado verdade. O contorno do seio tinha desaparecido. Você nem conseguia perceber que as pernas eram pernas. O preto tinha virado cinza, a cor suave e seca de uma planta misteriosamente nutrida das pedras.

Foi David quem fez isso. Foi ele quem deixou a foto ali, ao sol.

As palavras de Stella viraram verdade. Esse pensamento ficará retornando a ela — uma pausa, uma batida perdida do coração, uma quebra breve e dura no fluxo dos dias e das noites que ela vai vivendo.

MONSIEUR LES DEUX CHAPEAUX

"É O SEU IRMÃO ALI?", disse Davidson. "O que é que ele está fazendo?"

Colin foi até a janela ver o que Ross estava fazendo. Nada de mais. Ross estava usando a tesoura de poda de cabo longo para aparar a grama ao longo da calçada até o portão da frente da escola. Estava trabalhando num ritmo normal e parecia estar prestando atenção no que fazia.

"O que é que ele está fazendo?"

Ross estava usando dois chapéus. Um era o quepe verde e branco que ele tinha comprado verão passado na loja de ração, e o outro, por cima, era o velho chapéu mole de palha meio cor-de-rosa que a mãe deles usava no jardim.

"Quisera eu saber", disse Colin. Davidson ia achar essa resposta muito espertinha.

"Você está falando de por que ele está com dois chapéus? Não sei. Eu sinceramente não sei. Vai que ele esqueceu."

Isso foi na recepção, durante o horário escolar numa sexta à tarde, as secretárias curvadas sobre suas escrivaninhas, mas com os ouvidos atentos. Naquele momento, Colin estava tendo aula de educação física — ele só tinha ido à recepção ver o que tinha acontecido com um garoto que havia dito que estava passando mal e pedido para sair uma hora antes — e não esperava encontrar Davidson zanzando por ali. Ele não viera preparado para dar explicações sobre Ross.

"Ele é do tipo que esquece as coisas?", perguntou o diretor.

"Não mais do que a média."

"De repente é pra ser engraçado."

Colin ficou calado.

"Eu mesmo tenho senso de humor, mas não dá pra você começar a fazer graça junto das crianças. Você sabe como elas são. Elas já encontram motivo bastante pra rir, sem você dar nenhum. Para elas, qualquer coisa é motivo pra distração e aí você tem isso que você tem."

"Quer que eu vá falar com ele?", disse Colin.

"Agora não. Provavelmente já tem algumas salas de aula de olho nele e isso só ia fazer elas ficarem mais interessadas. O sr. Box pode falar com ele se for preciso que alguém fale. Aliás, o sr. Box estava falando dele."

Coonie Box era o zelador da escola, que tinha contratado Ross para limpar o chão na primavera.

"Ah, é? O quê?", disse Colin.

"Ele estava falando que o seu irmão meio que tem um horário próprio."

"Ele faz direito o trabalho?"

"Ele não disse que não fazia." Davidson deu a Colin um de seus imitadíssimos sorrisos desdenhosos de lábios apertados. "Só falou que ele tende a ser independente."

Colin e Ross eram bem parecidos, altos, como fora o pai, e de pele clara e cabelo louro, como a mãe. Colin era atlético, com uma expressão tímida e severa. Ross, apesar de mais moço, tinha a barriga flácida; tinha um olhar mais vago. E uma expressão que parecia ao mesmo tempo lasciva e inocente.

Ross não era retardado. Ele tinha acompanhado as crianças da sua idade na escola. A mãe dizia que ele era um gênio das coisas técnicas. Ninguém chegaria a esse ponto.

"E então? O Ross está se acostumando a acordar cedo? Ele tem despertador?", disse Colin à mãe.

"Sorte deles contar com ele", disse Sylvia.

Colin não sabia se ia encontrá-la em casa. Ela trabalhava em turnos como ajudante de enfermeira no hospital, e, quando não estava trabalhando, costumava não estar em casa. Ela tinha muitos amigos e compromissos.

"E sorte sua eu estar em casa", disse ela. "Estou no primeiro turno esta semana e na próxima, mas normalmente eu vou até o Eddy depois do trabalho fazer um pouco de faxina pra ele."

Eddy era o namorado de Sylvia, um septuagenário cheio de energia, duas vezes viúvo, sem filhos e com muito dinheiro, um dono de oficina e de concessionária aposentado que certamente teria podido pagar alguém para limpar sua casa. O que Sylvia sabia de faxina, aliás? O último verão inteiro ela deixou o plástico de inverno cobrindo as janelas da frente para se poupar do trabalho de colocá-lo de volta. A esposa de Colin, Glenna, disse que isso lhe dava a mesma sensação de vidros turvos — ela não aguentava. E a casa — a mesma cabana coberta de Insulbrick em que Sylvia, Ross e Colin sempre moraram — estava tão cheia de mobília e de tralha que alguns cômodos tinham virado corredores. A maior parte das superfícies estava coberta por revistas, jornais, sacos de plástico e de papel, catálogos, circulares e panfletos de liquidações que já tinham passado, em alguns casos de lojas que tinham fechado e de produtos que tinham sumido do mercado. Em qualquer cinzeiro ou prato ornamental você via um botão ou dois, cupons de cortar com a promessa de um desconto de dez centavos, um brinco, uma cápsula de remédio ainda envolvida num saquinho de plástico, uma pílula de vitamina virando pó, um pincel de rímel, um pregador. E os armários de Sylvia estavam cheios de todo tipo de fluidos de limpeza e de vernizes — não do tipo comum que se compra em loja, mas produtos de eficácia supostamente única e impressionante, adquiridos em reuniões. Ela estava sempre sem dinheiro porque tinha de pagar por todas as coisas que tinha adquirido em reuniões — cosméticos, panelas, utensílios de assar, tigelas plásticas. Ela adorava dar esse tipo de reunião e frequentá-las, e também chás de noiva e chás de bebê, e chás de despedida para os colegas que iam embora do hospital. Ali, naqueles cômodos profundamente atravancados, ela, sozinha, tinha oferecido muita hospitalidade descuidada e esperançosa.

Ela derramou água da chaleira no café solúvel nas xícaras, que ela tinha lavado de leve na pia.

"Estava fervendo?", disse Colin.

"Quase."

Ela tirou com uma sacudida alguns cookies rosa e branco de marshmallow do pacote plástico.

"Falei pro Eddy que eu precisava tirar a tarde pra mim. Ele está começando a achar que é meu dono."

"Aí não dá", disse Colin.

Quanto aos namorados dela, ele costumava adotar um tom ligeiramente crítico.

Sylvia era baixinha, de cabeça grande — a cabeça ficava maior com o cabelo armado e grisalho — e ancas e ombros largos. Um de seus namorados costumava dizer que ela parecia um filhote de elefante, e ela — de início — levou isso como um gesto de carinho. Colin achava que havia algo de desajeitado e atraente na figura dela, com seu rosto escancarado com sua pele macia e rosa, seus olhos azuis debaixo de sobrancelhas quase inexistentes, seu sorriso entusiasmado e versátil. E também algo de enlouquecedor.

O assunto Ross era uma das poucas coisas capazes de fazê-la franzir o rosto. Isso e as exigências e as peculiaridades dos namorados, quando eles já estavam perdendo o encanto.

Será que Eddy estava quase perdendo?

Sylvia disse: "Eu fico falando pra ele que ele é possessivo demais".

Então ela contou a Colin uma piada, que estava circulando no hospital, sobre um negro e um branco no mictório.

"Se você trabalha no primeiro turno", disse Colin, "como você sabe a que horas o Ross acorda?"

"Tem alguém reclamando do Ross, é isso?"

"Bem. Só estão dizendo que ele tem um horário próprio."

"Eles vão ver só. Se alguma coisa mecânica ou elétrica der problema, eles vão adorar ter o Ross. O Ross tem tantos miolos quanto você, mas eles foram numa direção diferente."

"Isso eu não discuto", disse Colin. "Mas o trabalho dele é limpar o chão."

Glenna dizia que a razão por que Sylvia proclamava que Ross era um gênio — tirando o fato de que ele era mesmo muito esperto com motores — era que ele tinha o outro lado do gênio. Vivia no mundo da lua e não era muito asseado. Chamava atenção para si. Ele era esquisito, e era assim que se esperava que fosse um gênio. Só isso, dizia Glenna, não era prova o bastante.

E ela sempre dizia: "Mas eu gosto do Ross. É impossível não *gostar* dele. Eu gosto dele *e* da sua mãe. Eu gosto dela também". Colin acreditava que ela gostasse de Ross. Ele não tinha tanta certeza de que ela gostava da mãe dele.

"Eu só vou a sua casa quando sou convidada, Colin", era o que a mãe dele dizia. "A casa é sua, mas é da Glenna também. Mesmo assim, eu fico contente porque o Ross se sente tão bem-vindo."

"Fui hoje à recepção", disse Colin, "e lá estava o Davidson olhando pela janela." Ele não sabia se ia ou não ia contar à mãe sobre os chapéus. Como sempre, ele queria deixá-la um pouco incomodada com o Ross, mas não incomodada demais. A visão de Ross trabalhando ali, com as podadoras elétricas, todo sozinho no terreno da escola, com um chapéu mole rosa de palha por cima do quepe, tinha parecido a Colin algo novo, perturbador de um jeito novo. Ele já tinha visto Ross com apetrechos peculiares — uma vez, no supermercado, ele estava usando a peruca loura de Sylvia. Aquilo pareceu mais calculado do que a aparência de hoje, mais definitivamente uma piada, com uma plateia em mente. Hoje, também, Ross poderia estar pensando nas crianças todas atrás das janelas. E nos professores, nas datilógrafas, no Davidson e em todo mundo que ia passar ali de carro. Mas não neles em particular. Alguma coisa em Ross hoje sugeria que a plateia tinha crescido e desaparecido — ela incluía a cidade inteira, o mundo inteiro, e Ross era quase indiferente a ela. Um sinal, pensou Colin. Ele não sabia um sinal de quê — só um sinal de que Ross tinha ido mais longe no caminho que Ross estava seguindo.

Sylvia não parecia preocupada com essa parte. Ela estava incomodada, mas por outra razão.

"Meu chapéu. Ele vai perder. Vou dar-lhe *a maior* bronca. Uma bronca *dos diabos*. Ele pode não parecer grande coisa, mas eu dou mesmo muito valor àquele chapéu."

As primeiras palavras que Ross dirigiu diretamente a Glenna foram "Você sabe qual a única coisa que é ruim em você?".

"O quê?", disse Glenna, com jeito preocupado. Ela era uma menina alta, frágil, com cabelo escuro encaracolado, pele branca, olhos azuis bem claros, e o hábito de apoiar os dentes no lábio de baixo, o que lhe dava um ar melancólico, tenso. Ela era o tipo de garota que muitas vezes usa azul pastel (ela estava com um suéter de fio desfiado dessa cor) e uma delicada corrente em volta do pescoço, com uma cruz ou um coração nela, ou um nome. (Glenna usava o nome dela, porque as pessoas tinham dificuldades para soletrá-lo.)

"A única coisa ruim em você", disse Ross, mastigando e balançando a cabeça, "é que eu não te encontrei antes!"

Que alívio. Todos riram. Isso foi durante o primeiro jantar de Glenna na casa de Sylvia. Sylvia, Collin e Glenna estavam comendo comida chinesa para viagem — Sylvia tinha arrumado uma pilha de pratos, garfos e até guardanapos de papel ao lado das caixas de papelão — e Ross estava comendo uma pizza, que Sylvia tinha pedido só para ele porque ele não gostava de comida chinesa.

Glenna sugeriu que Ross talvez quisesse ir com eles ao drive-in naquela noite, e ele foi. Os três sentaram-se em cima do carro de Colin, com Glenna no meio, tomando cerveja.

Virou uma brincadeira da família. O que teria acontecido se Glenna tivesse encontrado Ross antes?

Colin não teria tido a menor chance.

Enfim, Colin precisou perguntar: "E se você *tivesse* conhecido ele antes? Você teria saído com ele?".

"O Ross é legal", disse Glenna.

"Mas você teria saído com ele?"

Ela parecia sem jeito, o que na verdade era a resposta de que Colin precisava.

"O Ross não é o tipo de cara com quem você sai."

Sylvia disse: "Ross, um dia você vai achar uma menina maravilhosa".

Porém, Ross parecia ter desistido de procurar. Ele parou de telefonar para as meninas e cantar feito um galo ao telefone; ele não ficava mais dirigindo lentamente pela rua, atrás delas, buzinando como se fosse código Morse. Uma noite de sábado, na casa de Colin e de Glenna, ele disse que tinha desistido das mulheres, e era difícil achar uma decente, e de qualquer jeito ele nunca tinha superado Wilma Barry.

"Wilma Barry, quem foi essa?", disse Glenna. "Você estava apaixonado, Ross? Quando?"

"Oitava série."

"Wilma Barry! Ela era bonita? Ela sabia o que você sentia?"

"Sabia. Sim, sabia. Acho que sim."

Colin disse: "Meu Deus, a escola inteira sabia!".

"E agora, onde é que ela está, Ross?", disse Glenna.

"Foi-se. Casou."

"Ela também gostava de você?"

"Me achava insuportável", disse Ross, com complacência.

Colin estava lembrando da perseguição a Wilma Barry — de como Ross entrava em salas de aula vazias e escrevia o nome dela no quadro negro, em pontinhos de giz colorido, ou em coraçõezinhos; de como ele ia assistir aos jogos de basquete das meninas em que ela jogava e gritava ensandecido toda vez que ela chegava perto da bola ou da cesta. Ela saiu do time. Começou a se esconder no banheiro das meninas e a mandar sentinelas para dizer-lhe se a barra estava limpa. Ross sabia, e se escondia nos armários de vassouras para poder aparecer e assobiar melancolicamente para ela. Ela largou a escola e casou-se aos dezessete anos. Ross era demais para ela.

"Que vergonha", disse Glenna.

"Eu amava aquela Wilma", disse Ross, e sacudiu a cabeça. "Colin, conta pra Glenna a minha história com aquela torta!"

Colin então contou aquela história, uma das preferidas de todo mundo que tinha feito o segundo grau por volta daquela época. Colin e Ross sempre levavam lanche para a escola porque a mãe trabalhava e a cantina era cara demais. Eles sempre comiam sanduíches de mortadela com ketchup e torta. Um dia, todos tiveram de ficar presos ao meio-dia por algum motivo, a oitava série e o primeiro ano juntos, por isso Ross e Colin estavam na mesma sala. Ross estava com o almoço na mesa e bem no meio de qualquer que fosse a aula que eles estavam tendo, pegou um pedaço enorme de torta de maçã e começou a comer. "Que raio de coisa você acha que está fazendo?", gritou o professor, e Ross, sem hesitar um instante, colocou a torta embaixo da bunda e sentou nela, juntando as mãos pegajosas num aplauso de inocência.

"Eu não fiz para fazer graça!", disse Ross a Glenna. "Eu só não sabia o que fazer com a torta, exceto colocá-la embaixo de mim."

"Eu consigo ver você perfeitamente!", disse Glenna, rindo. "Ah, Ross, estou vendo você! Igual a algum personagem da televisão!"

"A gente nunca te contou isso antes?", disse Ross. "Como é que a gente nunca contou?"

"Eu meio que acho que a gente contou", disse Colin.

Glenna falou: "Vocês contaram, mas é engraçado ouvir de novo".

"Está certo, Colin, conta pra ela da vez que você me matou com um tiro!"

"Vocês já me contaram essa também, e eu nunca mais quero ter de ouvir", disse Glenna.

"Por que não?", disse Ross, decepcionado.

"Porque é horrível."

Colin sabia que quando voltasse da casa de Sylvia para a dele Ross já estaria lá, trabalhando no carro. Estava certo. Agora estávamos quase no fim de maio, e Ross tinha começado um negócio de desmanche de carros e remontagem no quintal de Colin assim que a neve tinha acabado. Não havia espaço suficiente para essa atividade na casa de Sylvia.

Ali, espaço de sobra. Colin e Glenna tinham comprado uma cabana deteriorada bem no final da rua, nos restos de um pomar. Estavam arrumando tudo. Eles moravam em cima da lavanderia, e, quando Glenna teve de largar o trabalho — ela era professora, também, do primário — porque estava grávida de Lynnette, ela virou gerente da lavanderia para que eles pudessem morar sem pagar aluguel e poupar dinheiro. Na época eles falavam de se mudar — imediatamente, para algum lugar remoto e que parecesse aventureiro como Labrador, Moosonee ou Yellowknife. Falavam de ir para a Europa e dar aulas para os filhos de militares canadenses. Nesse ínterim, a casa apareceu à venda, e aconteceu de ser uma casa que Glenna sempre olhava, na qual ela sempre ficava pensando quando levava Lynnette para dar um passeio no carrinho. Ela tinha crescido em bases aéreas no país inteiro e adorava olhar casas antigas.

Agora, dizia Glenna, com todo o trabalho que havia para fazer naquele lugar, parecia que eles sabiam onde estariam e o que ficariam fazendo para todo o sempre.

Ross tinha dois carros para desmanchar e um para montar. O Chevy era um modelo de 1958 que tinha sofrido um acidente. O para-brisa tinha sido esmagado, e o radiador e a ventoinha, pressionados contra o motor. A fiação estava queimada. Ross não tinha conseguido entender como o motor funcionava até tirar a ventoinha e o radiador e as chapas de metal prensadas à frente. Então ele fez uma ligação direta e encheu o bloco de combustível de água. Funcionou. Ross disse que sabia que ia funcionar. Era por isso que ele tinha comprado o carro, a carroceria estava tão avariada que já não teria nenhuma utilidade para ele. A carroceria que ele estava usando pertencia a um Camaro 1971. A camada superior da pintura caíra em lâminas quando ele usou o decapante, mas agora ele estava precisando trabalhar com a mangueira e com esponjas no que estava por baixo. Ele precisaria tirar as mossas do teto com um martelo e cortar as partes enferrujadas do assoalho para colocar um painel de alumínio. Isso e muito mais. Parecia que o trabalho ia durar o verão inteiro.

Naquele momento Ross estava trabalhando nas rodas, e Glenna ajudava. Glenna estava polindo os anéis e as porcas, que tinham sido removidos, enquanto Ross polia as próprias rodas e dava uma esfregada com a escova. Lynette estava no cercadinho perto da porta da frente.

Colin farejou o decapante no ar. Ross não usava uma máscara; dizia que não era necessário ao ar livre. Colin sabia que devia confiar que Glenna não fosse expor ela própria e Lynette àquilo. Mas ele farejou, e tudo bem; eles não estavam usando decapante. Para disfarçar, disse: “Cheiro de primavera”.

“Nem me diga”, disse Glenna, que tinha propensão a rinite alérgica. “Eu já sinto as nuvens de pólen se aproixmando.”

“Você tomou a vacina?”, disse Colin.

“Hoje não.”

“Não foi muito inteligente.”

“Eu sei”, disse Glenna, polindo loucamente. “Eu ia caminhar até o hospital. Aí comecei a mexer com isso aqui e meio que fiquei hipnotizada.”

Lynette andava cuidadosamente pelos lados do cercadinho, segurando, e então ergueu os braços e disse: “Sobe, papai”. Colin ficou feliz com a maneira firme e séria como ela disse “papai” — não “pa”, como faziam outros nenéns.

“O que eu decidi que vou fazer”, disse Ross. “Eu vou colocar um removedor de ferrugem que é condicionador e também revestimento de conversão e que vai valer por uma primeira demão. Mas primeiro eu preciso tirar tudinho da massa antiga, porque o decapante pode ter chegado nela e o resultado da pintura seria um horror. Vou usar laca acrílica. O que você acha?”

“De que cor?”, disse Colin. Ele falava com dois traseiros, ambos de jeans. Os jeans de Glenna eram cortados, mostrando suas longas pernas de um branco de giz. Nenhum sinal de qualquer chapéu em Ross agora. Sempre que ele se aproximava do carro, ficava notavelmente sóbrio.

“Eu estava pensando em amarelo. Daí pensei que vermelho sempre fica bonito num Camaro.”

"Vamos pegar a paleta, colocar na frente da Lynnette e deixar ela escolher", disse Glenna. "Ok, Ross? Aonde quer que ela aponte? Vamos fazer isso?"

"Ok", disse Ross.

"Ela vai apontar para o vermelho. Ela adora o vermelho."

"Vai com calma", disse Colin a Lynette ao passar por ela e entrar na casa. Tirou três garrafas de cerveja da geladeira. Durante o inverno, eles tinham trabalhado dentro da casa, arrancando o papel de parede e tirando o linóleo, e tinham deixado a casa num ponto em que as entranhas todas estavam de fora. Havia pedaços de isolante térmico rosa fixados por folhas de plástico. Pilhas de madeira a serem usadas nas novas partições estavam espalhadas, secando. Na cozinha, você andava em cima de largos trampolins. Ross aparecia regularmente para ajudar, mas não ajudava desde que tinha começado a trabalhar no carro.

Glenna tinha dito: "Acho que ele começou a pensar no carro quando percebeu que não ia morar com a gente na casa".

Colin disse: "Ross sempre mexeu com carros".

Porém, Ross nunca tinha se importado tanto com a aparência de um carro. Ele se importava com a velocidade de partida, com a velocidade máxima e com todo ruído ameaçador ou ridículo que conseguia arrancar dele. Ele já tinha tido dois acidentes. Uma vez, jogou o carro numa vala e saiu sem um arranhão. Outra, pegou um atalho, como disse, por um terreno baldio na cidade e bateu numa pilha de ferro-velho em que havia uma banheira antiga. Quando Colin voltou da universidade no fim de semana, lá estava Ross em casa com roxos do lado do rosto, um corte por cima de uma orelha e curativos nas costelas.

"Bati numa banheira."

Será que ele estava bêbado ou drogado?

"Acho que não", disse Ross.

Desta vez ele parecia estar pensando em algo diferente de fazer barulhos com o motor e cantar pneu pelas ruas, deixando um rastro queimado no asfalto. Ele queria um carro de verdade, aquilo que a revista que lia chamava de "carro de rua". Seria para arrumar umas meninas? Ou só para se exibir, dirigindo em estilo respeitável com um ou outro rasgo de velocidade ou forte ronco quando ele arrancava no sinal? Talvez desta vez ele conseguisse até ficar sem uma buzina engraçadinha.

"Este carro aqui não vai sair adoidado pela avenida nem fazer cem por cima do cascalho", disse ele.

"É isso aí, Ross", disse Glenna. "Já era hora de você crescer."

"Cerveja", disse Colin, e colocou-a onde Ross conseguia alcançar.

"Ross?", disse Glenna. ("Obrigado", disse ela a Colin.) "Ross, você vai ter de arrancar o carpete da porta. Vai. Parece direitinho, mas na verdade está fedendo. Dá para sentir o cheiro. Sente só."

Colin sentou no degrau com Lynnette sobre um joelho, sabendo que não ia falar da questão de chegar na hora, nem dos chapéus. Ele não ia lembrar Ross de que aquele era o primeiro emprego que ele tinha tido em mais de um ano. Ele estava cansado demais e agora se sentia tranquilo demais. Parte dessa tranquilidade vinha de Glenna. Glenna não se aliava com ninguém que fosse completamente esquisito, nem com nenhuma empreitada fútil. E ali estava ela, observando o próprio rosto nas porcas, cheirando os carpetes, levando Ross e o carro a sério — tão a sério que, quando Colin saiu do carro e a viu de cócoras, polindo, teve vontade de perguntar se era assim que as coisas seriam o verão inteiro, com ela tão envolvida com o carro de Ross que não teria tempo de trabalhar na casa. Ele estaria muito arrependido agora se tivesse dito isso. O que ele faria se ela não gostasse de Ross, se ela não tivesse gostado dele desde o começo e concordado em tê-lo por perto? Quando Ross disse qual era a coisa ruim, na primeira vez que eles se viram, e Glenna sorriu, não por educação, nem condescendente, mas com surpresa e prazer genuínos, Colin sentiu mais do que alívio. Ele sentiu que, a partir de agora, Ross poderia deixar de ser um peso secreto para ele; haveria alguém com quem ele poderia compartilhar Ross. Ele nunca tinha contado com Sylvia.

O outro pensamento que tinha passado pela cabeça de Colin era impuro em todos os sentidos da palavra. Ross jamais faria aquilo. Ross era um puritano. Ele fazia carranca, esticava para a frente seus lábios enormes e parecia ter meio que vontade de chorar quando havia uma cena sensual num filme.

Na manhã de sábado, havia um grande pacote de pedaços de frango descongelando na bancada, lembrando a Colin que Glenna tinha convidado Sylvia, Eddy e Nancy, amiga dela — deles — para o jantar.

Glenna tinha ido ao hospital, a pé, com Lynnette no carrinho, para tomar a vacina contra rinite. Ross já estava trabalhando. Ele tinha ido até a casa e colocado uma fita para tocar, deixando a porta aberta para poder ouvir. *Carruagens de fogo*. Era de Glenna. Normalmente, Ross ouvia música *country*.

Colin tinha acabado de chegar da loja de materiais de construção, onde os painéis do teto ainda não haviam chegado, apesar das promessas. Ele tinha saído para ver a grama que havia plantado o sábado passado, um trecho de grama do lado da casa, cercado com barbante. Ele regou-a um pouco e em seguida observou Ross lixando as rodas. Pouco depois, e sem exatamente planejar, ele também estava lixando. Era hipnotizante, como dissera Glenna; você simplesmente ficava fazendo aquilo. Depois de estarem suficientemente lixadas, as rodas precisavam ser pintadas com a base (os pneus ficavam protegidos disso com fita adesiva e papel), e, quando a base estava seca, elas precisavam ser raspadas com uma esponja de cobre e limpas outra vez com um removedor de cera e gorduras. Ross tinha planejado tudo.

Eles trabalharam a manhã inteira e depois a tarde inteira. Glenna fez hambúrgueres para o almoço. Quando Colin lhe disse que não poderia fazer o teto da cozinha porque os painéis não tinham chegado, ela disse que ele não podia ter trabalhado na cozinha mesmo, porque ela tinha de fazer uma sobremesa.

Ross foi até a cidade comprar uma pistola de ar e tinta carvão metalizada, e também Armor-All para os pneus. Era uma boa ideia — a pistola de ar facilitava muito chegar nos recessos das rodas.

Nancy chegou no meio da tarde, dirigindo seu pequenino Chevette e usando um traje novo e estranho — shorts bem longos e folgados, e um top que parecia uma bolsa com buracos no lugar da cabeça e dos braços, tudo cor de barro e preso na cintura com uma faixa roxa longa e grosseira. Nancy tinha sido chamada aquele ano para dar aulas de francês do jardim à oitava série, pois era essa a nova exigência. Era uma moça esguia, pálida, sem peito, com cabelo amarelo-milho cheio de frizz e um rosto inteligente e pesaroso. Colin achou-a simpática e perturbadora. Ela apareceu como se fosse uma velha amiga, trazendo a própria cerveja e a própria música. Conversava com Lynnette e tinha inventado um nome para ela — Winnie-Winnie. Mas velha amiga de quem? Antes de setembro último, nenhum deles já tinha colocado os olhos nela. Ela tinha trinta e poucos, tinha vivido com três homens diferentes e achava que nunca ia se casar. Quando conheceu Sylvia e Eddy, falou dos três homens e das drogas que já tinha tomado. Sylvia lhe dava corda, claro. Eddy não sabia do que ela estava falando, e, quando ela mencionou o ácido, ele pode ter achado que ela se referia a ácido de bateria. Ela falava como estava se sentindo toda vez que você a encontrava. Não que tivesse uma dor de cabeça, um resfriado, os gânglios inchados ou os pés doloridos, mas era como se estivesse deprimida, eufórica ou sei lá. E ela tinha um jeito esquisito de falar da cidade. Ela falava como se a cidade fosse uma substância, uma massa, como se as pessoas ali estivessem todas coladas juntas, e como se a massa tivesse — para ela — características peculiares e normalmente desanimadoras.

"Eu te vi ontem, Ross", disse Nancy. Ela se sentou no degrau, depois de abrir uma cerveja e colocar para tocar "Show Some Emotion", de Joan Armatrading. Ela levantou e ergueu Lynnette do cercadinho. "Eu te vi na escola. Você estava lindo."

Colin disse: "Tem um monte de coisa espalhada pelo chão que ela pode colocar na boca. Porcas pequenas e tal. Você precisa ficar de olho nela".

"Vou ficar", disse Nancy. "Winnie-Winnie." Ela fazia cosquinha em Lynnette com a franja da faixa.

"Monsieur les Deux Chapeaux", disse ela. "Fiz a segunda série inteira olhar pela janela e te admirar. A gente decidiu te dar esse nome. Monsieur les Deux Chapeaux. Senhor Dois Chapéus."

"A gente sabe um pouco de francês. Por estranho que pareça", disse Colin.

"Eu não", disse Ross. "Não tenho ideia do que ela está falando."

"Ah, Ross", disse Nancy, fazendo cócegas em Lynnette. "Não é você minha ursinha, minha Winnie-Winnie? Ross, você estava lindo. Que inspiração, no meio de uma tarde modorrenta e arrastada de sexta."

Nancy conseguia deixar Ross amuado. Ela virava de costas e ele dizia a ela muitas vezes que era maluca.

"Você é maluca, Nancy. Você nem me viu. Está vendo coisas. Está enxergando dobrado."

"Claro", disse Nancy. "Com certeza, Monsieur les Deus Chapeaux. Então o que é que você está fazendo? Me conte. Está trabalhando com desmanche de carros?"

"A gente agora está pintando essas rodas", disse Colin. Ross nem falava nada.

"Uma vez eu fiz um curso", disse Nancy. "Fiz um curso de mecânica elementar para saber o que estava acontecendo com meu carro e não precisar ir à oficina que nem uma mulherzinha esganiçada." Ela esganiçou igual a uma mulherzinha: "Ai, tem esse barulho esquisito, e me explica o que tem debaixo do capô, por favor? Meu Deus, um motor! Bom, para não fazer assim eu fiz o curso, e achei tão interessante que fiz outro e cheguei mesmo a pensar em virar mecânica. Eu ia ficar cheia de graxa. Mas a verdade é que sou muito convencional. Não queria me dar a esse trabalho todo. Prefiro dar aula de francês."

Ela apoiou Lynnette no quadril e foi olhar o motor.

"Ross? Você vai limpar isso a vapor?"

"Vou", disse Ross. "Preciso alugar a limpadora."

"Eu também morei com um cara que trabalhava com carros, e sabe o que ele fazia? Quando ele precisava alugar uma limpadora, costumava perguntar para ver se alguém mais precisava, e aí ele cobrava dez dólares. Assim, ele ganhava dinheiro ao alugar."

"Pois é", disse Ross.

"Só uma sugestão. Você vai precisar de outro suporte para o radiador, não vai? Nos V-8 o radiador fica atrás do suporte."

Depois disso Ross deixou de ficar amuado — viu que era hora — e começou a mostrar as coisas a ela.

"Vamos, Colin", disse Nancy. "A Glenna falou que a gente precisa de mais creme de chantilly. A gente pode ir no meu carro. Você segura a Lynnette."

"Estou sem camisa", disse Colin.

"A Lynnette não se importa. Eu entro na loja. Vamos lá. A Glenna quer agora."

No carro, ela disse: "Eu queria conversar com você".

"Imaginei."

"É sobre o Ross. Sobre o que ele está fazendo."

"Você está se referindo a ele ficar andando com aqueles chapéus? O quê? O que foi que o Davidson disse?"

"Não estou falando de nada disso. Estou falando do carro."

Colin ficou aliviado. "Que tem o carro?"

"Aquele motor. Colin, aquele motor é grande demais. Ele não pode colocar aquele motor naquela carroceria."

A voz dela era dramaticamente profunda e calma.

"O Ross entende um bocado de carro", disse Colin.

"Acredito. Eu nunca falei que o Ross era burro. Ele entende. Agora, aquele motor, se ele colocar lá dentro, eu temo que vá simplesmente quebrar o eixo de direção — não imediatamente, porém mais cedo ou mais tarde. E mais cedo do que mais tarde. Os garotos fazem muito isso. Colocam um motor superpoderoso porque querem torque e velocidade e, um dia, sabe, de verdade, ele pode derrubar o carro. O motor literalmente faz o carro virar do avesso. Quebra o eixo de direção. O negócio é que, com os garotos, o mais comum é alguma coisa dar errado primeiro, ou então eles destroem o carro. Assim, ele pode já ter feito isso e não ter acontecido nada. Achado que não ia acontecer nada. Eu não estou aqui bancando a grande especialista, Colin. Juro por Deus que não."

"Ok", disse Colin. "Não está."

"Você sabe que não? Colin?"

"Eu sei que não."

"Eu só não tive coragem de falar nada pro Ross. Ele está no maior gás. Não é assim que falam aqui? No maior gás? Eu não podia chegar com uma crítica enorme dessas. De qualquer jeito, ele talvez nem acreditasse em mim."

"Não sei nem se ele acreditaria em mim", disse Colin. "Olha só. Você jura pela sua morte?"

"Não fale em morte!", suplicou Nancy, naquele tom de voz falso que ele tinha de acreditar que era sincera.

"Eu tenho certeza total e completa e, se não tivesse, não teria aberto essa minha boca enorme."

"Ele sabe que está colocando um motor maior. Ele sabe. Ele deve achar que tudo bem."

"Ele está achando errado, Colin. Eu amo o Ross. Não quero perturbar o projeto dele."

"Melhor não deixar a Sylvia ouvir você dizer isso."

"Dizer o quê? Ela também não quer que ele morra."

"Que você ama o Ross."

"Eu amo vocês todos, Colin", disse Nancy, entrando no estacionamento do Mac's Milk. "Amo mesmo."

"Foi isso que eu fiz, vou falar pra vocês", disse Sylvia, falando principalmente com Nancy, depois da quarta taça de vinho rosé. "Eu dei a mim mesma uma festa de vinte e cinco anos de casamento. O que é que vocês acham?"

"Maravilhoso!", disse Nancy. Sylvia tinha acabado de contar a ela a piada do homem preto e do homem branco no mictório, e Colin entendia que isso tinha apresentado alguma dificuldade a ela.

"Quer dizer, sem marido. Quer dizer, ele não estava mais vivendo comigo. Eu não vivia mais com ele. Ele ainda estava vivo. Em Peterborough. Não está mais vivendo. Mas eu falei: 'Fui casada vinte e cinco anos, e ainda sou casada. Então não mereço uma festa?'."

Nancy disse: "Claro".

Eles estavam sentados na mesa de piquenique no quintal de trás, a apenas alguns passos da porta da cozinha, debaixo da cerejeira-negra em flor. Glenna a tinha forrado com um pano branco e estava usando a louça de seu casamento.

"Ano que vem isso vai ser um pátio", disse Glenna.

"Olha só", disse Sylvia, "se você tivesse usado plástico, agora podia juntar tudo e colocar no lixo."

Eddy acendeu o cigarro de Sylvia. Ele próprio não tinha parado de fumar durante a refeição.

Nancy pegou um morango empapado da coroa arruinada de merengue.

"Está muito agradável aqui agora", disse ela.

"Ao menos ainda não apareceu nenhum inseto", disse Glenna.

Sylvia disse: "Verdade. Os morangos estariam muito mais baratos na semana que vem, mas não daria para comer aqui por causa dos insetos".

Isso pareceu engraçado a Nancy. Ela começou a rir, e Eddy acompanhou-a. Por alguma razão não declarada — com ele teria de ser não declarada — ele admirava Nancy e tudo que ela fazia. Sylvia, perplexa mas bem-humorada, com o rosto rosado como uma rosa de papel começando a ficar bem amarfanhada nas bordas, disse: "Eu não estou entendendo o que é engraçado. O que foi que eu disse?".

"Continue", disse Ross.

"Continue o quê?"

"Continue a contar da festa de aniversário de casamento."

"Ah, Ross", disse Glenna. Ela levantou e ligou as luzes nas lanternas coloridas de plástico que estavam penduradas ao longo do muro da casa. "Eu devia ter mandado o Colin subir e colocar algumas na cerejeira", disse.

"Bem, o Colin tinha treze anos na época, e o Ross, doze", disse Sylvia. "Ah, todo mundo sabe disso de trás pra frente, menos você, Nancy. Então, vinte e cinco anos casada e meu filho mais velho tem treze anos? Dava pra dizer que o problema era esse. Tanto tempo sem filhos, a gente estava simplesmente achando que nunca teria nenhum. Primeiro a gente achava que teria, depois ficamos decepcionados e depois nos acostumamos, e, depois de tanto tempo acostumados, mais de dez anos de casados, e eu estou grávida! Era o Colin. E nem doze meses depois, onze meses e três dias depois, mais um! Era o Ross!"

"Viva!", disse Ross.

"Pobre homem, acho que ficou assustado, pensou que agora eu ia soltar um bebê toda vez que ele comparecesse, por isso foi embora."

"Ele foi transferido", disse Colin. "Trabalhava para a ferrovia, e, quando o trem de passageiros deixou de passar por aqui, ele foi transferido para Peterborough."

Ele não tinha muitas lembranças do pai. Uma vez, descendo pela rua, o pai tinha lhe oferecido um chiclete. Havia no gesto dele um ar gentil, oficial — o pai estava usando o uniforme naquele momento — em vez de uma intimidade paternal. Colin tinha a impressão de que Sylvia não aguentava filhos e marido, por alguma razão — de que ela tinha perdido o casamento sem ter exatamente essa intenção.

"Não é que ele simplesmente trabalhava para a ferrovia", disse Sylvia. "Era maquinista. Depois de ser transferido, costumava voltar de ônibus às vezes, mas odiava viajar de ônibus e não sabia dirigir. Ele foi pouco a pouco diminuindo as visitas e morreu pouco antes de se aposentar. Aí talvez ele tivesse voltado, quem sabe?"

(Glenna achava, e disse a Colin, que toda essa conversa relaxada sobre dar a própria festa de aniversário era só um blefe de Sylvia — que ela tinha pedido ao marido que voltasse para casa, ou falado para ele voltar, e ele não tinha voltado.)

"Bem, deixa ele pra lá, foi uma festa", disse Sylvia. "Eu chamei um monte de gente. Eu teria chamado o Eddy, mas não o conhecia bem, como conheço agora. Eu achava que ele era muito grã-fino." Ela bateu no braço de Eddy com o cotovelo. Todo mundo sabia que a segunda esposa dele é que tinha sido muito grã-fina. "Era agosto, o tempo estava bom, a gente podia ficar ao ar livre, como está agora. Mandei colocar mesas em cima de cavaletes e tínhamos uma bacia cheia de salada de batata. Costelas, frango frito, doces, tortas e um bolo de aniversário com cobertura feita pela confeitaria. E dois ponches, um com e outro sem. O com ficou muito mais com durante a noite, e as pessoas ficavam derramando vodka, conhaque e o que elas tivessem, e eu nem sabia!"

Ross disse: "Todo mundo achava que o Colin tinha entrado no ponche!".

"Bom, ele não entrou", disse Sylvia. "Isso foi mentira."

Mais cedo, Colin e Nancy tinham limpado a mesa juntos, e, quando estavam sozinhos na cozinha, Nancy disse: "Você falou alguma coisa com o Ross?".

"Ainda não."

"Mas vai, não vai, Colin? É sério."

Glenna estava entrando com um prato de ossos de frango e ouviu aquilo, mas não falou nada.

Colin disse: "A Nancy acha que o Ross está cometendo um erro com o carro".

"Um erro fatal", disse Nancy. Colin saiu de novo, deixando-a falando num tom baixo e urgente com Glenna.

"E tínhamos música", disse Sylvia. "Estávamos dançando na calçada da frente, e também nos fundos. Os discos tocavam na minha sala de estar, com as janelas abertas. O xerife da noite veio e ficou dançando com a gente! Foi bem depois de terem colocado aqueles postes cor-de-rosa naquela rua, daí eu disse: 'Olha só as luzes que colocaram para a minha festa!'. Onde é que você vai?", disse ela a Colin, que tinha levantado.

"Quero mostrar uma coisa ao Eddy."

Eddy levantou com cara de contente e deu calmamente a volta pela mesa. Ele estava usando calça xadrez marrom e amarelo, um xadrez não muito ousado, camisa esporte amarela e um lenço vermelho-escuro no pescoço.

"Ele não está bonito?", disse Sylvia, não pela primeira vez. "Eddy, você se veste tão bem! O Colin só não quer me ouvir contar o resto."

"O resto é a melhor parte", disse Ross. "E lá vem!"

"Eu quero mostrar uma coisa ao Eddy e fazer uma pergunta", disse Colin. "A sós."

"Essa parte é o tipo de coisa que você lê no jornal", disse Sylvia.

Glenna falou: "É horrível".

"Ele vai mostrar ao Eddy a preciosa grama dele", disse Sylvia. "Além disso, ele realmente quer fugir do que eu vou contar. Por quê? Não foi culpa dele. Bem, em parte. Mas é o tipo de coisa que aconteceu diversas vezes com outras pessoas, só o resultado é que foi pior. Trágico."

"Com certeza podia ter sido trágico", disse Ross, rindo.

Colin, guiando Eddy até a frente da casa, conseguia ouvir Ross rindo. Levou Eddy até depois da cerca de barbante e da grama nova. No quintal da frente havia alguma luz do poste, não o bastante, na verdade. Ele ligou a luz perto da porta da frente.

"Bem. Você consegue ver direito o carro do Ross?", disse Colin.

Eddy falou: "Já vi tudo isso antes".

"Espere."

O carro de Colin estava estacionado de modo que as luzes brilhariam onde ele queria, e ele estava com as chaves no bolso. Entrou, deu a partida no motor e ligou o farol.

"Pronto", disse ele. "Dê uma olhada no motor agora, enquanto eu estou com o farol ligado."

Eddy disse "ok", andou até a luz do farol e ficou contemplando o motor.

"Agora olhe a carroceria."

"Sim", disse Eddy, girando um pouco o corpo, mas sem se inclinar para olhar. Naquelas roupas, ele não queria chegar muito perto de nada.

Colin desligou os faróis e o motor, e saiu do carro. No escuro, ele ouviu Ross rindo de novo.

"Uma pessoa estava me dizendo que o motor era muito grande para ser colocado ali", disse Colin. "Essa pessoa falou que ia quebrar a junta universal e o eixo de direção, e o carro iria dar um salto mortal. Agora, eu não sei nada de carro. Isso é verdade?"

Ele não ia dizer que a pessoa era Nancy, não porque Nancy fosse mulher, mas porque Eddy tendia a ficar tão hipnotizado de prazer com tudo que Nancy falasse ou fizesse que nunca iria conseguir tirar uma opinião dele. Não era fácil conseguir tirar opiniões dele de qualquer jeito.

"É um motor grande", disse Eddy. "É um V-8 350. Um motor da Chevrolet."

Colin não falou que já sabia disso.

"É muito grande?", disse. "É perigoso?"

"É meio grande."

"Você já viu colocarem esse tipo de motor nesse tipo de carroceria antes?"

"Ah, já. Já vi de tudo."

"Isso causaria um acidente, como disse essa pessoa?"

"Difícil dizer."

Depois que a maioria das pessoas diz isso, elas vão e explicam o que é que é difícil de dizer. Não Eddy.

"Ele com certeza quebraria a junta universal?"

"Ah, com certeza, não", disse Eddy, num tom agradável. "Eu não diria isso."

"Mas pode?"

"Bem."

"Eu devo dizer alguma coisa ao Ross?"

Eddy deu uma risadinha nervosa. "A Sylvia não gosta muito quando você fala alguma coisa pro Ross."

* * *

Colin não tinha entrado no ponche batizado. Ele, Ross e a meia dúzia de outros garotos não chegaram tão perto do coração da festa. Eles ignoraram a festa, ficando nas margens dela, bebendo só latas — latas de Coca-Cola e de Fanta Laranja que alguém tinha trazido e deixado do lado dos degraus de trás. Eles comeram as batatas que foram servidas, mas não deram bola para a comida nas mesas que exigia pratos ou garfos. Não prestaram atenção no que os adultos estavam fazendo. Alguns anos atrás, eles teriam ficado por ali olhando tudo, com o objetivo, principalmente, de ridicularizar e de perturbar. Agora eles não davam àquele mundo — o mundo dos adultos, na festa ou em qualquer outro lugar — crédito por existir.

As coisas que pertenciam aos adultos eram outra história. Essas ainda eram interessantes, e nos carros estacionados na rua de trás eles acharam muitas. Ferramentas, pás, as correntes do inverno passado, botas, algumas armadilhas. Capas de chuva em farrapos, um cobertor, revistas pornográficas. Uma arma.

A arma estava no banco de trás de um carro aberto. Era um rifle de caça. Era óbvio que eles teriam de pegá-lo, olhá-lo bem e fazer comentários de maneira muito sabida, apontá-lo para pássaros imaginários.

Uns disseram para tomar cuidado.

"Não está carregado."

"Como você sabe?"

Colin nem ouviu como o garoto sabia. Ele estava pensando em como Ross não podia botar as mãos naquela arma, caso contrário, carregada ou não, ela ia explodir. Para impedir que isso acontecesse, Colin mesmo tomou-a, e o que aconteceu então ele absolutamente não soube, nem lembrou, nunca. Ele não lembrava de apontar a arma. Impossível ele ter apontado. Não se lembrava de apertar o gatilho, porque era isso que era impossível que ele tivesse feito. Ele não tinha como se lembrar do som de um tiro, mas só de que alguma coisa tinha acontecido — como você sabe quando um barulho alto tira você do sono e só por um instante parece longe demais, inevitável demais, para exigir sua atenção.

Berros e gritos irromperam em seus ouvidos ao mesmo tempo. Um dos gritos veio de Ross, que deveria ter dito alguma coisa a Colin. (As pessoas mortas com um tiro costumam gritar?) Colin não viu Ross cair. O que ele viu — e sempre lembrou — foi Ross caído no chão, de costas, com os braços espalhados, uma mancha escura derramando-se do cocuruto.

Aquilo não podia efetivamente ter estado ali — havia alguma poça?

Abandonando o desprezo pelos adultos e o socorro que eles poderiam prestar, um ou dois garotos correram pela rua até a casa de Sylvia, gritando: "O Ross levou um tiro! O Colin deu um tiro no Ross! Ele levou um tiro! O Colin deu um tiro nele! Ross! Colin! Ross!".

Na hora em que eles fizeram as pessoas sentadas em volta da mesa no quintal de trás entenderem isso — algumas tinham ouvido o tiro, mas acharam que era um morteiro — e, na hora em que os primeiros homens, correndo pela rua, vieram até a cena da tragédia, Ross estava sentado ereto, esticando os braços, com uma expressão matreira e envergonhada. Os garotos que não tinham corrido para pedir ajuda tinham-no visto se mexer e acharam que ele devia estar vivo, mas ferido. Nem ferido ele estava. A bala não tinha chegado perto dele. Tinha acertado a cabana um pouco depois na rua, uma cabana onde um velho afiava patins no inverno. Ninguém tinha se ferido.

Ross afirmou ter sido nocauteado, ou derrubado, pelo som do tiro. Mas ninguém, conhecendo Ross, acreditava ou suspeitava que ele tivesse encenado de propósito, ali na hora. A arma estava caída na grama ao lado da rua, onde Colin a tinha jogado. Nenhum dos garotos a tinha pegado; ninguém queria tocá-la nem ficar associado a ela, ainda que fosse claro para eles, agora, que tudo tinha de ser esclarecido — como eles a tiraram do carro quando nem deviam ter feito isso, como eram todos culpados.

Mas Colin principalmente. A culpa era de Colin. E ele tinha fugido.

Esse foi o grito, depois do primeiro alvoroço por causa de Ross.

"O que aconteceu? Ross, está tudo bem? Você está ferido? Cadê a arma? Você está bem mesmo? Onde foi que você arrumou a arma? Por que você agiu como se tivesse levado um tiro? Tem certeza de que não levou? Quem deu o tiro? *Quem?* Colin!"

"Cadê o Colin?"

Ninguém nem se lembrava da direção para a qual ele tinha ido. Ninguém se lembrava de vê-lo partir. Eles chamavam, mas não havia resposta. Olharam pela rua para ver se ele estava escondido. O xerife entrou no carro da polícia, e outras pessoas entraram nos carros e saíram dirigindo pelas ruas, dirigiram até alguns quilômetros na estrada para ver se o pegavam fugindo. Nenhum sinal dele. Sylvia foi até a casa e olhou nos armários e debaixo das camas. As pessoas ficavam dando voltas, esbarrando umas nas outras, apontando lanternas para arbustos, gritando por Colin.

Então Ross disse que sabia onde procurar.

"Na ponte Tiplady."

Era uma ponte de ferro em estilo antigo que cruzava o rio Tiplady. Tinha sido deixada no lugar, ainda que uma ponte nova, de concreto, tivesse sido construída mais acima, de modo que a estrada, alargada, agora não passava mais por aquele pedaço da cidade. A estrada que levava até a antiga ponte tinha sido fechada para carros e a ponte mesma declarada insegura, mas as pessoas usavam-na para mergulhar e para pescar, e à noite os carros batiam em volta da placa de ESTRADA FECHADA para estacionar. O asfalto ali estava rachado, o poste tinha queimado e não tinha sido trocado. Havia rumores e piadas em torno daquele poste, dando a entender que os vereadores estavam entre os que estacionavam e preferiam a escuridão.

A ponte ficava a poucos quarteirões da casa de Sylvia. Os garotos correram na frente, não liderados mas seguidos por Ross, que foi num ritmo pensativo. Sylvia ficou perto dele e mandou-lhe apertar o passo. Ela estava usando salto alto e um vestido justo azul-turquesa, apertado demais nos quadris, que lhe trazia dificuldades.

"Melhor você estar certo", disse ela, agora confusa em relação a com qual filho estava mais zangada. Ela não tinha tido tempo de se recuperar de Ross não ter levado um tiro quando teve de se perguntar se voltaria a ver Colin um dia. Alguns convidados estavam bêbados o bastante, ou talvez simplesmente carecessem de tato, e perguntavam-se em voz alta se ele tinha pulado no rio Tiplady.

O xerife pôs a cabeça para fora do carro e mandou-os tirar o bloqueio. Então passou de carro e apontou os faróis para a ponte.

A parte de cima da ponte não aparecia muito bem naquela luz, mas eles conseguiam ver que alguém estava sentado ali.

"Colin!"

Colin tinha trepado nas vigas e se acomodado nelas. Estava ali.

"Colin! Eu não acredito que você fez isso!", Sylvia gritou para ele. "Desce daí dessa ponte!"

Colin não se mexia. Parecia aturdido. Estava, na verdade, tão cegado pelas luzes do carro da polícia que não teria conseguido descer nem se quisesse.

Agora o xerife mandava-o descer, e outros também. Ele nem se mexia. Em meio a ordens e censuras, Sylvia se deu conta de que, claro, ele não sabia que Ross não estava morto.

"Colin, o seu irmão não levou tiro nenhum!", gritou Sylvia para ele. "Colin! O seu irmão está vivo aqui do meu lado! O Ross está vivo!"

Colin não respondia, mas ela teve a impressão de ver a cabeça dele se mexer, como se ele estivesse olhando para baixo.

"Tira esse maldito farol da cara dele", disse ela ao xerife, que era uma espécie de namorado. "Aponte o farol para o Ross se você quer apontá-lo para alguma coisa."

"Por que a gente não destaca o Ross com os faróis?", disse o xerife. "Aí a gente pode desligá-los e deixar o garoto descer."

"Ok, Colin", gritou o xerife. "Vamos mostrar o Ross bem aqui, ele nem está ferido nem nada!"

Sylvia empurrou Ross para a frente dos faróis.

"Abra a boca, caramba", disse ela. "Diga ao seu irmão que você está vivo."

Colin estava ajudando Glenna a limpar tudo. Ele pensava no que a mãe tinha falado sobre pratos de plástico e toalhas de mesa que você podia simplesmente juntar e jogar no lixo. Não havia a menor chance de que Glenna fosse fazer isso. A mãe dele não entendia nada sobre Glenna, nadinha.

Agora Glenna estava exausta, depois de ter feito um jantar mais elaborado do que o necessário, que ninguém além dela era capaz de apreciar.

Não, não era assim. Ele apreciava, ainda que não entendesse a necessidade. Cada passo que ela dava para longe da confusão da mãe, ele apreciava.

"Não sei o que dizer a Ross", disse ele.

"Sobre o quê?", disse Glenna.

Ela estava tão cansada, pensou ele, que tinha esquecido o que Nancy tinha dito. Viu-se pensando na noite antes do casamento deles. Glenna tinha cinco damas de honra, escolhidas pelo tamanho e pela cor, e não por sua amizade específica, e mandou fazer todos os vestidos delas segundo um design de sua autoria. Também fez o vestido de casamento dela, e todas as luvas e penteados. As luvas tinham dezesseis botõezinhos forrados cada. Ela os terminou às nove e meia na noite antes do casamento. Então subiu, toda branca. Colin, que estava em casa, subiu para ver como ela estava e encontrou-a chorando, com algumas tiras de pano colorido na mão. Ele não conseguia fazer com que ela parasse, então ligou para a mãe dela, que disse: "É assim mesmo que ela é, Colin. Ela exagera".

Glenna soluçou e disse, entre outras coisas, que não via motivo para estar viva. No dia seguinte, estava angelicalmente bonita, sem dar sinais de nada negativo, embebendo-se nos elogios e nos votos de felicidade.

Não era provável que o jantar fosse desgastá-la tanto quanto as roupas das damas de honra, mas ela tinha chegado ao ponto em que tinha uma expressão severa, uma palidez áspera, como se houvesse muitas coisas que ela poderia questionar.

"Ele não vai querer sair procurando outro motor", disse Colin. "Como ele poderia ter dinheiro para comprar? Ele já está devendo à Sylvia. De qualquer modo, ele quer um motorzão. Ele quer força."

Glenna disse: "Faz tanta diferença assim?".

"Faz diferença. Nas picapes e na força. Claro. Um motor daqueles faz diferença."

Em seguida ele percebeu que talvez não fosse isso que ela quisesse dizer. Ela talvez não estivesse falando "O motor faz diferença?". Ela talvez tivesse falado "Se não for isso, vai ser outra coisa".

(Ela se sentava na grama; ela polia as calotas. Farejava os painéis das portas. Ela tinha dito: "Vamos deixar a Lynnette escolher a cor".)

Talvez ela tivesse falado "Por que a gente não simplesmente deixa isso pra lá?".

Colin ajeitou o lixo no saco plástico com uma sacudida e amarrou-o em cima.

"Não quero que você e Lynnette andem por aí com ele, com esse negócio do motor."

"Colin, jamais", disse Glenna, numa voz delicada e perplexa. "Você acha que eu algum dia andaria com ele naquele carro, ou deixaria a Lynnette andar com ele? Mas nunca."

Ele levou o lixo para fora e ela começou a varrer o chão. Quando ele voltou, ela disse: "Acabei de pensar uma coisa. Pensei: logo eu vou estar varrendo os azulejos pretos e brancos e nem vou conseguir lembrar de como eram essas tábuas antigas. A gente não vai conseguir lembrar. A gente devia tirar uma fotos pra lembrar do que fizemos".

Em seguida ela disse: "Acho que a Nancy às vezes faz drama. Estou falando em relação a mim e a Lynnette. Mas eu acho que ela faz drama".

Glenna o surpreendera, de fato, com a maneira como conseguia visualizar as coisas. A casa, cada um dos cômodos, finalizados. Ela tinha localizado a mobília que eles ainda não tinham comprado; tinha escolhido as cores de acordo com a direção norte ou sul, com o sol da manhã ou da tarde. Glenna conseguia suster em sua mente uma sucessão ordenada de cômodos, um arranjo que era organizado, harmonioso e, por ela, perfeitamente entendido.

Um problema não iria simplesmente se jogar em Glenna e lançá-la em dúvidas e aflições. As soluções estavam à espera, como uma sucessão de falas. Havia um jeito, que ela veria, de lidar com as coisas sem falar delas, sem pensar nelas. E toda a sua paciência e doçura cotidianas não alterariam esse jeito, nem o tocariam.

De início, com as luzes e os gritos, a única ideia que ele tinha era que tinham vindo culpá-lo. Isso não o interessava. Ele sabia o que tinha feito. Ele não tinha fugido, chegado até ali e trepado na ponte no escuro para que não pudessem puni-lo. Ele não estava com medo; não estava tremendo de choque. Sentado nas vigas estreitas, ele sentia o quanto o ferro estava frio, mesmo numa noite de verão, e ele próprio estava frio, mas ainda calmo, com toda a confusão de sua vida, e da vida das outras pessoas na cidade, retrocedida como pedaços de fotografia em retrocesso, de modo que sempre mostrou o que estava por baixo. Nada. Ross caído no chão com uma poça em volta da cabeça. Ross silenciado, ele mesmo um assassino. Nada ainda. Ele não estava contente, nem lamentava. Esses sentimentos eram excessivamente mesquinhos e pessoais; não se aplicavam. Depois, ele descobriu que a maioria das pessoas, e aparentemente sua mãe, acreditava que ele tinha trepado ali porque estava louco de remorso, considerando jogar-se no rio Tiplady. Isso nunca lhe ocorrera. Num certo sentido, ele tinha esquecido que o rio estava ali. Tinha esquecido que uma ponte era uma estrutura sobre um rio e que sua mãe era uma pessoa que podia lhe dar ordens.

Não, ele não tinha esquecido essas coisas, mas compreendido o quão tolas eram. Quão tolo era que ele devesse ter nome e que fosse Colin, e que as pessoas o estivessem gritando. Era tolo, num certo sentido, até mesmo pensar que ele tinha atirado em Ross, ainda que soubesse que tinha. O que era tolo era pensar nesses blocos de palavras. Colin. Deu um tiro. Em Ross. Vê-los como uma ação, algo nítido e separado, um acontecimento, uma *diferença*.

Ele não estava pensando em jogar-se no rio, nem em nada que talvez fosse fazer depois, nem em como sua vida progrediria a partir daquele momento. Esse progresso parecia não apenas desnecessário, mas também impossível. A vida dele tinha se partido, e nada poderia ser entendido outra vez.

Estavam dizendo a ele que Ross não estava morto.

Ele não está morto, Colin.

Você não deu um tiro nele.

Era uma peça.

Era o Ross pregando uma peça.

Brincadeira do Ross.

Você não deu tiro nenhum em ninguém, Colin. A arma disparou, mas ninguém se feriu.

Olha só, Colin. Olha ele aqui.

Aqui o Ross. Não morreu, não.

"Eu não morri, Colin!"

"Você ouviu? Ouviu o que ele falou? Ele falou que não está morto?"

Então agora você pode descer.

Agora você pode descer.

Colin. Desce daí.

Foi aí que tudo começou a voltar a ficar no lugar de novo. Ele viu Ross ileso, inequivocamente ele próprio, iluminado por faróis de carro. Ross ressuscitado, parecendo alegre e um pouco apreensivo, mas sem estar de fato pedindo desculpas. Ross, que parecia dar cabriolas mesmo quando estava parado, e gargalhar mesmo quando fazia força para ficar calado.

O mesmo.

Colin sentiu-se tonto e nauseado com a força das coisas voltando à vida, o caos e a emoção. Era tão doloroso quanto sangue em chamas adentrando partes congeladas do seu corpo. Fazendo o que lhe mandavam, ele começou a descer. Algumas pessoas bateram palmas e deram vivas. Ele estava fraco e com cãibras de ficar sentado ali. E tinha de evitar pensar, muito subitamente, no que ele tinha acabado de não ver acontecer.

Ele sabia que ficar de olho em alguma coisa como aquela acontecendo — com Ross, com ele — seria o que ele teria de fazer na vida a partir daquele momento.

MILES CITY, MONTANA

MEU PAI ATRAVESSOU O CAMPO CARREGANDO o corpo de um garoto que tinha se afogado. Havia muitos homens juntos, voltando da busca, mas era ele que estava carregando o corpo. Os homens estavam sujos de lama e exaustos, e andavam de cabeça baixa, como se estivessem com vergonha. Até os cachorros estavam desanimados, com água do rio frio escorrendo. Quando partiram todos, horas antes, os cachorros estavam agitados, ganindo, os homens, tensos e determinados, e havia uma avidez contida e inominável naquela cena toda. Eles sabiam que podiam encontrar algo de horrível.

O nome do garoto era Steve Gauley. Tinha oito anos. Seu cabelo e suas roupas estavam agora com cor de barro e com pedaços de folhas mortas, de ramos e de grama. Ele parecia um monte de refugo que tinha sido deixado do lado de fora o inverno inteiro. O rosto dele estava virado para o peito de meu pai, mas eu conseguia ver uma narina, um ouvido, entupidos de lama esverdeada.

Acho que não. Acho que na verdade eu não vi nada disso. Talvez eu tenha visto meu pai carregando-o, e os outros homens indo atrás, e os cachorros, mas não teriam me deixado chegar perto o bastante para ver algo como lama na narina. Eu devo ter ouvido alguém falar disso e imaginei que vi. Eu vejo o rosto dele inalterado, exceto pela lama — o rosto familiar de Steve Gauley, aguçado e furtivo —, e ele não estaria assim; estaria inchado, mudado e talvez cheio de barro, depois de tantas horas na água.

Ter de voltar com essa notícia, com essa prova, para uma família à espera, ainda mais uma mãe, teria feito os homens moverem-se pesadamente, mas o que estava acontecendo aqui era pior. Parecia uma vergonha maior (ouvindo o que as pessoas diziam) não haver mãe, nem mulher nenhuma — nenhuma avó, nenhuma tia, nem mesmo uma irmã — para receber Steve Gauley e dar-lhe o devido luto. O pai dele vivia de biscates, bebia mas não era um bêbado, um sujeito excêntrico sem ser divertido, não era amigável mas também não vivia exatamente arrumando encrenca. Sua paternidade parecia acidental, e o fato de o menino ter sido deixado com ele quando a mãe foi embora, e que eles continuassem a viver juntos, parecia acidental. Viviam numa espécie de casa rústica, só um pouquinho melhor do que uma cabana, de telhado íngreme e ripas cinza — o pai tinha consertado o telhado e colocado escoras debaixo da varanda, só o necessário e na última hora —, e a vida deles seguia dessa mesma maneira; isto é, firme o bastante só para afastar o Juizado de Menores. Eles não faziam refeições juntos nem cozinhavam um para o outro, mas havia comida. Às vezes o pai dava a Steve dinheiro para comprar comida na loja, e Steve fazia escolhas bastantes sensatas, como mistura para panquecas e macarrão instantâneo.

Eu tinha conhecido Steve Gauley muito bem. Eu não gostava dele mais do que tinha gostado dele. Ele era dois anos mais velho do que eu. Ficava em nossa casa no sábado, desdenhando o que quer que eu estivesse fazendo, mas sem conseguir me deixar em paz. Eu não podia ir para o balanço sem que ele quisesse ficar também, e se eu não saísse, ele vinha e me empurrava, e eu ia balançando torta. Ele provocava o cachorro. Me colocava em encrenca — deliberada e maliciosamente, pareceu-me depois — me desafiando a fazer coisas em que eu não teria pensado sozinha: desenterrar as batatas para ver se estavam grandes quando ainda tinham o tamanho de bolas de gude e derrubar a lenha empilhada para fazer um montinho do qual a gente conseguiria pular. Na escola, a gente nunca se falava. Ele era solitário, mas não atormentado. Porém, nas manhãs de sábado, quando eu via sua figura magra, senhora de si, escorregando pela cerca de cedro, eu sabia que alguma coisa me esperava e que ele decidiria o que seria. Nós fingíamos que éramos caubóis que tinham de domar cavalos selvagens. Brincávamos no pasto perto do rio, não muito longe do lugar onde Steve se afogou. Éramos os dois cavalos e cavaleiros, gritando, relinchando, corcoveando e brandindo látegos de galhos de árvores ao lado de um riozinho sem nome que corre para o Saugeen no sul de Ontário.

O funeral aconteceu em nossa casa. Não havia espaço o bastante na casa do pai de Steven para a quantidade de pessoas esperada por causa das circunstâncias. Tenho uma lembrança da sala cheia, mas nenhuma de Steven no caixão, nem do ministro, nem dos ramos de flores. Lembro que eu estava segurando uma flor, um narciso branco, que deve ter vindo de algum vaso que alguém produziu em casa, porque não era época ainda nem dos arbustos de forsítia, dos *triliums* e das unhas-de-cavalos nos bosques. Fiquei numa fileira de crianças; cada qual segurando um narciso. Cantamos um hino infantil, que alguém tocava ao piano: "Quando ele vier, quando ele vier, para fazer suas joias".* Eu estava usando meias caneladas brancas, insuportavelmente piniquentas, e estriadas nos joelhos e nos tornozelos. A sensação daquelas meias nas minhas pernas está misturada com outra

* Em inglês, no original: *When He Cometh, When He Cometh, To Make Up His Jewels*. (N.E.)

sensação na minha memória. É difícil descrever. Tinha a ver com meus pais. Com os adultos em geral, mas com meus pais em particular. Com meu pai, que tinha trazido o corpo de Steve do rio, e com minha mãe, que deve ter feito a maior parte dos preparativos para o funeral. Com meu pai, em seu terno azul-escuro, e com minha mãe, em seu vestido de veludo marrom com o colarinho creme de cetim. Estavam lado a lado, abrindo e fechando a boca para o hino, e eu estava mais distante deles, na fileira das crianças, olhando. Senti uma repulsa furiosa e nauseante. As crianças às vezes têm um acesso de repulsa em relação aos adultos. O tamanho, as formas inchadas, a força balofa. O hálito, o aspecto grosseiro, aqueles cabelos todos, as secreções horrendas. Mas era mais. E a raiva que acompanha isso não tinha nada de bem definido e de digno. Não havia liberação, como quando eu finalmente me curvava, pegava uma pedra e jogava em Steve Gauley. Ela não podia ser entendida nem expressa, ainda que depois passasse a um peso, depois a um gosto, um gosto ocasional — um receio tênue e familiar.

Cerca de vinte anos depois, em 1961, meu marido Andrew e eu compramos um carro zero quilômetro, o primeiro — quer dizer, o primeiro zero quilômetro. Era um Morris Oxford cor de ostra (a concessionária tinha um nome mais chamativo para a cor) — um carro médio, com bastante espaço para nós e para nossas duas filhas. Cynthia tinha seis anos, e Meg, três anos e meio.

Andrew tirou uma foto minha ao lado do carro. Eu usava calça branca, uma camisa preta de gola rulê e óculos escuros. Eu estava encostada contra a porta do carro, inclinando o quadril para parecer mais magra.

"Maravilha", disse Andrew. "Está ótimo. Você está parecendo a Jackie Kennedy." Provavelmente pelo continente inteiro moças morenas mais esguias estavam ouvindo, quando se vestiam bem ou tiravam fotos, que pareciam Jackie Kennedy.

Andrew tirava muitas fotos minhas e das crianças, da casa, do quintal, de nossas excursões e de nossas posses. Ele mandava fazer cópias, etiquetava-as com cuidado e as enviava para a mãe, para a tia e para o tio em Ontário. Fazia cópias para eu mandar ao meu pai, que também morava em Ontário, e eu enviava, mas não tão regularmente quanto ele. Quando via fotos que achava que eu já tinha mandado espalhadas pela casa, Andrew ficava perplexo e chateado. Ele gostava que esses registros fossem adiante.

Naquele verão, éramos nós mesmos que íamos, não as fotos. Estávamos indo de carro de Vancouver, onde morávamos, para Ontário, que ainda chamávamos de "casa", em nosso carro novo. Pela primeira vez, Andrew teve três semanas de férias. Ele trabalhava no departamento jurídico da B.C. Hydro.

Numa manhã de sábado, carregamos as malas, duas garrafas térmicas — uma cheia de café e a outra, de limonada —, algumas frutas e sanduíches, livros com figuras e livros de colorir, lápis de cor, blocos para desenho, repelente de inseto, suéteres (para o caso de fazer frio nas montanhas) e nossas duas filhas no carro. Andrew trancou a casa e Cynthia disse, cerimoniosamente: "Tchau, casa".

Meg disse: "Tchau, casa". E depois: "Onde é que a gente vai morar agora?".

"Não é tchau para sempre", disse Cynthia. "A gente vai voltar. Mãe! A Meg achava que a gente não ia voltar!"

"Não achava", disse Meg, chutando as costas do meu assento.

Andrew e eu colocamos nossos óculos de sol e fomos embora, passando pela ponte Lions Gate e pelo centro de Vancouver. Deixamos a casa, o bairro, a cidade e — na fronteira entre Washington e a Colúmbia Britânica — nosso país. Estávamos indo de carro para o leste, atravessando os Estados Unidos, tomando o caminho mais setentrional, e voltaríamos para o Canadá outra vez em Sarnia, Ontário. Não sei se escolhemos esse caminho porque a Estrada Transcanadense ainda não tinha sido toda concluída na época ou se queríamos a sensação de andar de carro por um país estrangeiro, muito levemente estrangeiro — aquele pouquinho a mais de interesse e de aventura.

Estávamos os dois animados. Andrew falou bem do carro várias vezes. Ele dizia que era muito melhor dirigi-lo do que o nosso carro antigo, um Austin 1951 que ficava desesperadamente lento nas subidas e parecia pertencer a uma senhora enxerida. Era o que Andrew dizia agora.

"Que tipo de imagem tem este aqui?", disse Cynthia. Ela nos ouvia com cuidado e gostava de experimentar palavras novas, como "imagem". Normalmente ela as usava certo.

"Cheia de energia", falei. "Um pouco esportiva. Não é exibida."

"É um carro prático, mas que tem classe", disse Andrew. "Igual à minha imagem."

Cynthia pensou naquilo e disse, com cauteloso orgulho: "Isso quer dizer o jeito que você quer ser, papai?".

Quanto a mim, eu estava contente por sair dali. Eu adorava partir. Na minha própria casa, eu parecia muitas vezes estar procurando um lugar para me esconder — às vezes das crianças, mas mais frequentemente das tarefas a fazer, do telefone tocando e da sociabilidade da vizinhança. Queria me esconder para me ocupar do meu verdadeiro trabalho, que era meio que ficar cortejando partes distantes de mim mesma. Vivia em estado de sítio, sempre perdendo aquilo a que eu queria me aferrar. Porém, nas viagens, não havia dificuldade. Eu podia estar conversando com Andrew, conversando com as crianças e olhando o que quer que eles quisessem que eu olhasse — um porco numa placa, um pônei num campo, um Fusca numa plataforma giratória — e servindo limonada em copos plásticos, e o tempo todo os pedaços iam voando ao encontro uns dos outros dentro de mim. A composição essencial seria realizada. Isso me deixava esperançosa e leve. Era ser observadora que funcionava. Observadora, não mantenedora.

Viramos a leste em Everett e subimos nas montanhas Cascade. Mostrei a Cynthia nosso trajeto no mapa. Primeiro mostrei a ela o mapa dos Estados Unidos inteiros, que também apresentava a parte de baixo do Canadá. Então passei para os mapas separados de cada estado pelo qual passaríamos. Washington, Idaho, Montana, North Dakota, Minnesota, Wisconsin. Mostrei-lhe a linha pontilhada que atravessava o lago Michigan, que era a rota da barca que tomaríamos. Então iríamos de carro por Michigan até a ponte que ligava os Estados Unidos e o Canadá em Sarnia, Ontário.

Meg também queria ver.

"Você não vai entender", disse Cynthia. Mas levou o mapa rodoviário para o banco de trás.

"Fique quieta", disse ela a Meg. "Bem quietinha. Vou te mostrar."

Eu conseguia ouvi-la descrevendo a rota para Meg, com muita precisão, exatamente como eu tinha feito para ela. Ela olhou os mapas de todos os estados, sabendo como encontrá-los em ordem alfabética.

"Sabe que linha é esta?", disse ela. "É a estrada. Esta linha é a estrada em que a gente está andando. A gente está passando bem nesta linha."

Meg não falava nada.

"Mãe, mostra pra mim onde é que a gente está exatamente agora", disse Cynthia.

Peguei o mapa e apontei a estrada pelas montanhas, e ela o pegou de volta e mostrou-o a Meg. "Está vendo esta estrada toda cheia de voltas?", disse. "Ela é cheia de voltas porque a gente precisa virar muito. Cada virada é uma volta." Ela virou algumas páginas e esperou um momento. "Agora", disse, "me mostra onde a gente está." Então ela falou comigo: "Mãe, ela entende! Ela apontou certo! A Meg entende mapas!".

Agora parecia que tínhamos inventado personagens para nossos filhos. Nós os tínhamos afixado firmemente a seus papéis. Cynthia era inteligente e zelosa, sensível, cortês, vigilante. Às vezes nós brincávamos com ela por ser conscienciosa demais, impaciente demais em ser aquilo que, na verdade, dependia dela ser. Qualquer censura ou insucesso, qualquer vexame, tinham um impacto terrível sobre ela. Ela era loura, de pele clara, que mostrava facilmente os efeitos do sol, dos ventos fortes, o orgulho ou a humilhação. Meg era mais sólida de corpo, mais reticente — não rebelde, mas às vezes obstinada, misteriosa. Os silêncios dela para nós mostravam sua força de caráter, e suas negativas eram entendidas como sinais de uma independência imperturbável. Seu cabelo era castanho, e nós o cortávamos em franja reta. Seus olhos eram castanho-claros, límpidos e deslumbrantes.

Estávamos contentes em tudo com esses personagens, apreciando tanto as contradições quanto as confirmações deles. Não gostávamos da abordagem pesada e banal de ser pais. Eu morria de medo de virar um certo tipo de mãe — o tipo cujo corpo caía, que andava numa névoa com cheiro de lã e de leite, solenizando tarefas comezinhas. Eu acreditava que toda a atenção que essas mães davam, sua necessidade de ter um fardo, era a causa da cólica, do xixi na cama e da asma. Eu defendia outra abordagem — o desespero fingido, a ironia inflada das mães profissionais que escreviam para as revistas. Naqueles artigos de revista, as crianças, esplêndidas, eram cheias de vontade própria, duronas, perversas, indomáveis. As mães também, com sua argúcia, eram indomáveis. As mães reais de quem eu gostava de me aproximar eram do tipo que ia telefonar e dizer: "Meu Hitler feto está por acaso na sua casa?". Suas risadas voavam bem acima da névoa leitosa.

Vimos um cervo morto amarrado no capô de uma picape.

"Alguém deu um tiro nele", disse Cynthia. "Os caçadores atiram nos cervos."

"Ainda não é temporada de caça", disse Andrew. "Eles podem ter atropelado o cervo na estrada. Viu a placa falando que os cervos atravessavam?"

"Eu iria chorar se a gente atropelasse um cervo", disse Cynthia, séria.

Eu tinha feito sanduíches de manteiga de amendoim e marmelada para as crianças e de salmão com maionese para nós. Mas não tinha colocado alface, e Andrew tinha ficado decepcionado.

"Não tinha alface", falei.

"Não dava para ter comprado?"

"Eu teria de ter comprado uma alface inteira só para fazer os sanduíches, e achei que não valia a pena."

Era mentira. Eu tinha esquecido.

"Eles ficam muito melhores com alface."

"Achei que não ia fazer muita diferença." Depois de algum silêncio, falei: "Não fique zangado".

"Não estou zangado. Eu gosto de alface nos sanduíches."

"Só achei que não tinha tanta importância."

"E se eu não me desse ao trabalho de encher o tanque?"

"Não é a mesma coisa."

"Cante pra gente", disse Cynthia. Ela começou a cantar:

Cinco patinhos foram passear
Além das montanhas
Para brincar
A mamãe gritou: Quá, quá, quá, quá
Mas só quatro patinhos voltaram de lá.

Andrew apertou minha mão e disse: "Não vamos brigar".

"Você tem razão. Eu devia ter comprado alface."

"Não tem tanta importância."

Eu queria conseguir fazer com que meus sentimentos em relação a Andrew se juntassem num único sentimento funcional e confiável. Eu tinha até tentado escrever duas listas, uma com as coisas de que eu gostava nele, outra com as coisas de que eu não gostava — no caldeirão da vida íntima, coisas que eu amava e coisas que eu odiava —, como se eu esperasse provar algo com isso, chegar a alguma conclusão em algum sentido. Porém, desisti quando vi que tudo que isso provava era o que eu já sabia — que eu tinha contradições violentas. Às vezes o som mesmo de seus passos me parecia tirânico, o encaixe de sua boca, convencido e maldoso, seu corpo duro e ereto, uma barreira interposta — muito conscientemente, até diligentemente, e com um prazer sórdido em sua autoridade masculina — entre mim e qualquer alegria ou leveza que eu pudesse obter na vida. Aí, sem nenhum aviso, ele virava meu bom amigo e meu companheiro mais essencial. Eu sentia a doçura de seus ossos leves e de suas ideias sérias, a vulnerabilidade de seu amor, que eu imaginava ser mais puro e mais direto do que o meu próprio. Eu podia ficar bastante tocada por uma inflexibilidade, por um decoro severo, que outras vezes eu desprezava. Eu pensava em como ele era humilde, na verdade, assumindo aquele papel tão pronto de marido, de pai, de ganha-pão, e em como eu mesma, em comparação, era na verdade e em segredo um monstro de egoísmo. Aliás, nem tão em segredo assim — não para ele.

Nos pontos mais baixos das nossas brigas, disparávamos aquilo que achávamos que eram as verdades mais feias. "Eu sei que existe algo fundamentalmente egoísta e fundamentalmente indigno de confiança em você", disse Andrew uma vez. "Sempre soube. Também sei que foi por essa razão que eu me apaixonei."

"Sim", falei, sentindo-me triste, mas satisfeita.

"Eu sei que estaria melhor sem você."

"Sim. Estaria."

"Você estaria mais feliz sem mim."

"Sim."

E enfim — enfim — exauridos e purgados, dávamos as mãos e ríamos, ríamos desses dois coitados, nós dois. De seus rancores, de seus ressentimentos, de sua autojustificação. Saltávamos por cima deles. Dizíamos que eram mentirosos. Tomávamos vinho no jantar, ou decidíamos dar uma festa.

Faz anos que não vejo Andrew, não sei se ainda é magro, se ficou totalmente grisalho, se faz questão do alface, se diz a verdade, ou se é caloroso e decepcionado.

Passamos a noite em Wenatchee, Washington, onde não chovia havia semanas. Jantamos num restaurante construído em volta de uma árvore — não uma arvorezinha num tubo, mas um choupo alto e robusto. À luz da manhãzinha, saímos subindo o vale irrigado, passando por encostas secas, pedregosas e muito íngremes que pareciam levar a mais montanhas, e no topo havia uma vasta planície, cortada pelos grandes rios Spokane e Columbia. Grãos e pastos por milhas e milhas. Havia estradas retas na área e pequenas cidades agrícolas com elevadores de grãos. Na verdade, havia uma placa anunciado que aquele condado por onde passávamos, o condado Douglas, teve a segunda maior safra de trigo de todos os condados dos Estados Unidos. As cidades tinham plantado árvores que davam sombra. Pelo menos eu achava que elas tinham sido plantadas, porque não havia árvores grandes como aquelas no campo.

Tudo aquilo era para mim maravilhosamente bem-vindo. "Por que eu amo tanto isso?", falei a Andrew. "É por que não tem paisagem?"

"É porque te faz lembrar de casa", disse Andrew. "Um acesso de saudade aguda." Mas ele falou com delicadeza.

Quando falávamos "casa" e nos referíamos a Ontário, tínhamos em mente lugares bem distintos. Minha casa era uma fazenda de perus, onde meu pai, viúvo, morava, e apesar de ter sido a mesma casa em que minha mãe vivera, que tinha pintado, coberto de papel de parede, limpado e mobiliado, ela agora mostrava os efeitos do descuido e de alguma sociabilidade selvagem. Dentro dela se seguia uma vida que minha mãe não poderia ter previsto nem aprovado. Havia festas para os funcionários, os depenadores e os evisceradores, e às vezes um ou dois dos rapazes moravam lá temporariamente, convidando seus próprios amigos e dando festas de improviso. Essa vida, pensava eu, era melhor para meu pai do que ficar solitário, e eu não a desaprovava, certamente não tinha o direito de desaprová-la. Andrew não gostava de ir lá, claro, porque não era do tipo que poderia sentar à mesa da cozinha com o pessoal que trabalhava com os perus, contando piadas. Eles ficavam intimidados com ele e sentiam desprezo, e me parecia que meu pai, quando eles estavam por perto, tinha de ficar do lado deles. E não era só Andrew que tinha dificuldades. Eu aguentava as piadas, mas precisava fazer um esforço.

Eu tinha saudade do tempo em que eu era pequena, antes de termos os perus. Nós tínhamos vacas e vendíamos o leite para a fábrica de queijo. Uma fazenda de perus não é bonita como uma fazenda de gado leiteiro ou uma fazenda de ovelhas. Você vê que os perus estão num caminho que os leva diretamente a virar cadáveres congelados e carne em refeições. Eles não têm a máscara de uma vida própria, um idílio descontraído, que o gado tem, ou porcos no pomar multicolorido. Armazéns de perus são prédios compridos e eficientes — casebres de latão. Não há vigas, nem feno, nem estábulos quentes. Até o cheiro de guano parece mais fino e mais agressivo do que o cheiro habitual de esterco em estábulos. Ali não há sinal de rolos de feno, de cercas de madeira, de pássaros cantando ou do pilriteiro em flor. Os perus podiam todos sair num campo comprido, que desbastaram por completo. Ali, eles não pareciam aves nobres, mas roupa suja esvoaçante.

Uma vez, pouco depois de minha mãe morrer, e depois de eu me casar — na verdade, eu estava fazendo as malas para ir encontrar Andrew em Vancouver —, fiquei alguns dias sozinha em casa com meu pai. Caiu uma chuva assustadoramente pesada a noite inteira. À primeira luz, vimos que o campo dos perus estava inundado. Pelo menos as partes mais baixas dele estavam inundadas — parecia um lago com muitas ilhas. Os perus estavam aglutinados nessas ilhas. Os perus são muito burros. (Meu pai dizia: "Sabe uma galinha? Você tem ideia de como uma galinha é burra? Bom, uma galinha é um Einstein se comparada com um peru".) Mas eles tinham conseguido se juntar nas partes mais altas para não se afogar. Agora podiam empurrar uns aos outros, sufocar-se, pegar um resfriado e morrer. A gente não podia esperar a água descer. Saímos num velho barco a remo que tínhamos. Eu remava e meu pai puxava os perus pesados e molhados para o barco e nós os levávamos para o armazém. Ainda estava chovendo um pouco. O trabalho era difícil, absurdo e muito desconfortável. Nós ríamos. Eu estava contente por estar trabalhando com meu pai. Senti-me próxima de todo aquele trabalho duro, repetitivo, horroroso, em que o corpo enfim não aguenta mais, a mente se afunda (ainda que às vezes o espírito possa permanecer maravilhosamente leve), e eu sentia saudades prévias dessa vida e desse lugar. Eu achava que, se Andrew pudesse me ver ali na chuva, de mão vermelha, enlameada, tentando segurar as pernas de um peru e remar ao mesmo tempo, ele só ia querer me tirar dali e me fazer esquecer tudo. Aquela vida bruta lhe dava raiva. Meu apego a ela lhe dava raiva. Eu achava que não devia ter me casado com ele. Mas com quem, então? Com algum dos que vinham trabalhar com os perus?

E eu não queria ficar ali. Eu posso achar ruim ter saído, mas acharia pior se alguém tivesse me obrigado a ficar.

A mãe de Andrew vivia em Toronto, num prédio com vista para o parque Muir. Quando Andrew e sua irmã estavam ambos em casa, sua mãe dormia na sala de estar. O marido, médico, tinha morrido quando as crianças ainda eram novas demais para ir à escola. Ela fez um curso de secretária e vendeu a casa ao preço da Depressão, se mudou para aquele apartamento, conseguiu criar os filhos, com alguma ajuda dos parentes — a irmã, Caroline, o cunhado, Roger. Andrew e a irmã frequentaram escola particular e iam para colônias de férias no verão.

"E foi por cortesia do Fresh Air Fund?"* — falei uma vez, desdenhando do que ele dizia sobre ter sido pobre. Na minha cabeça, a vida urbana de Andrew tinha sido protegida e cheia de miudezas. A mãe dele chegava em casa com dor de cabeça depois de passar o dia inteiro trabalhando no barulho, na luz agressiva do escritório da loja de departamentos, mas nunca me ocorreu que a vida dela fosse dura ou admirável. Acho que nem ela acreditava que a vida dela tinha sido dura ou admirável — só azarada. Ela se preocupava com seu trabalho no escritório, com suas roupas, com a comida que preparava, com os filhos. Ela se preocupava sobretudo com o que Roger e Caroline iriam pensar.

Caroline e Roger moravam no lado leste do parque, numa bonita casa de pedra. Roger era um homem alto com uma cabeça careca, com sardas e uma barriga gorda e firme. Alguma cirurgia em sua garganta o tinha deixado sem voz — a fala dele vinha num sussurro áspero. Todos, porém, prestavam atenção. Uma vez, num jantar na casa de pedra — onde toda a mobília de jantar era enorme, com um brilho escuro, palaciana —, fiz-lhe uma pergunta. Acho que tinha a ver com Whittaker Chambers, cuja história

* Organização, criada em 1877, com o objetivo de dar férias de verão fora da cidade aos filhos de famílias de baixa renda da cidade de Nova York. (N.T.)

estava sendo publicada na época no *Saturday Evening Post*. O tom da pergunta era brando, mas ele percebeu sua intenção subversiva e passou a me chamar de Senhora Gromyko, referindo-se ao que, segundo ele, eram minhas "simpatias". Talvez ele realmente estivesse louco por um oponente e não conseguia arrumar nenhum. Naquele jantar, eu vi a mão de Andrew tremer enquanto ele acendia o cigarro da mãe. Seu tio Roger tinha pagado os estudos de Andrew e fazia parte do conselho de diversas empresas.

"Ele não passa de um velho teimoso", disse-me Andrew depois. "De que serve discutir com ele?"

Antes de deixarmos Vancouver, a mãe de Andrew tinha escrito: "Roger parece muito intrigado com a ideia de você ter comprado um carro pequeno!". O ponto de exclamação dela demonstrava apreensão. Naquela época, particularmente em Ontário, a opção por um carro europeu pequeno e não por um carro americano enorme poderia ser vista como uma espécie de declaração — uma declaração de tendências que Roger sempre farejara.

"O carro não é tão pequeno", disse Andrew, irritado.

"A questão não é essa", falei. "A questão é que não é da conta dele!"

Passamos a segunda noite em Missoula. Disseram-nos em Spokane, num posto de gasolina, que estavam fazendo muitos reparos na Autoestrada 2 e que devíamos esperar uma viagem muito quente e poeirenta, com esperas longas, por isso viramos na interestadual e passamos por Coeur d'Alene e por Kellog, chegando a Montana. Depois de Missoula, viramos para o sul, na direção de Butte, mas fizemos um desvio para ver Helena, a capital do estado. No carro, jogamos Quem Sou Eu?.

Cynthia era alguém morto, americano, e menina. Talvez uma senhora. Não fazia parte de uma história. Não tinha sido vista na televisão. Cynthia não tinha lido a respeito dela num livro. Ela não era alguém que tinha aparecido no jardim de infância, nem uma parente de nenhuma amiga de Cynthia.

"Ela é humana?", disse Andrew, com súbita sagacidade.

"Não! Foi isso que você esqueceu de perguntar!"

"Um bicho", falei, num reflexo.

"Isso foi uma pergunta? Dezesseis perguntas!"

"Não, não foi uma pergunta. Estou pensando. Um bicho morto."

"É o cervo", disse Meg, que não estava jogando.

"Não é justo!", disse Cynthia. "Ela não está jogando!"

"Que cervo?", disse Andrew.

Eu disse: "De ontem".

"Anteontem", disse Cynthia. "A Meg não estava jogando. Ninguém acertou."

"O cervo na picape", disse Andrew.

"Era uma cerva, porque não tinha chifre, e era americana e estava morta", disse Cynthia.

Andrew disse: "Acho meio mórbido isso de ser uma cerva morta".

"Eu acertei", disse Meg.

Cynthia disse: "Acho que eu sei o que é mórbido. É deprimente".

Helena, uma antiga cidade de mineração de prata, parecia-nos abandonada até mesmo na luz do sol da manhã. Então Bozeman e Billings, nem um pouco abandonadas — cidades energéticas, espraiadas, com quilômetros de lantejoulas ofuscantes esvoaçando por cima de estacionamentos de concessionárias de carros usados. Ficamos muito cansados e com calor demais até para jogar Quem Sou Eu?. Aquelas cidades agitadas e prosaicas me lembravam de lugares parecidos em Ontário, e pensei no que realmente nos aguardava lá — a enorme mobília tumular de Roger e Caroline, os jantares para os quais eu preciso passar as roupas das crianças e explicar a elas os garfos, e depois na outra mesa a cem milhas de distância, as piadas dos empregados do meu pai. Os prazeres em que eu tinha pensado — olhar o campo ou tomar uma Coca numa farmácia antiquada com ventiladores e um teto alto de estanho prensado — teriam de ficar entre uma coisa e outra.

"A Meg dormiu", disse Cynthia. "Ela é tão quente. Ela me deixa quente no mesmo assento que ela."

"Tomara que ela não esteja com febre", falei, sem virar para trás.

Por que é que nós estamos fazendo isso?, pensei, e a resposta veio: para nos exibirmos. Para dar à mãe de Andrew e a meu pai o prazer de ver os netos. Era esse nosso dever. Porém, além daquilo, queríamos mostrar algo a eles. Que crianças estrênuas éramos, Andrew e eu, buscando incansavelmente aprovação. Era como se em algum momento tivéssemos recebido uma mensagem inesquecível e indigerível — de que estávamos longe de ser satisfatórios, e que o mais banal sucesso na vida estava provavelmente além da nossa capacidade. Roger, claro, mandava essas mensagens — era esse o estilo dele —, mas a mãe de Andrew, minha própria mãe e meu pai não poderiam ter tido essa intenção. Tudo o que eles queriam nos dizer era: "Tomem cuidado. Deem-se bem". Meu pai, quando eu estava na escola, brincava dizendo que eu estava começando a achar que era tão inteligente que nunca ia encontrar um namorado. Ele esquecia isso em uma semana. Eu nunca esquecia. Andrew e eu não nos esquecíamos das coisas. Nós ficávamos ofendidos.

"Queria que tivesse praia", disse Cynthia.

"Provavelmente tem uma praia", disse Andrew. "Logo depois da próxima curva."

"Não tem curva nenhuma", disse ela, parecendo insultada.

"Foi isso que eu quis dizer."

"Queria que tivesse mais limonada."

"Vou simplesmente sacudir minha varinha mágica e fazer um pouco", falei. "Tudo bem, Cynthia? Ou você prefere suco de uva? Quer que eu aproveite e faça uma praia também?"

Ela ficou calada, e logo me senti arrependida. "Talvez na próxima cidade haja uma piscina", falei. Olhei o mapa. "Em Miles City. De qualquer jeito, vai ter alguma coisa geladinha para beber."

"Qual a distância?", disse Andrew.

"Não é tão longe", falei. "Uns cinquenta quilômetros."

"Em Miles City", disse Cynthia, com o tom de um feitiço, "tem uma bonita piscina azul para crianças e um parque com árvores bonitas."

Andrew me disse: "Olha que você pode ter começado alguma coisa".

Mas havia uma piscina. Havia um parque também, ainda que não fosse exatamente o oásis da fantasia de Cynthia. Árvores de pradaria com folhas finas — choupos e álamos —, grama desgastada e uma cerca alta de arame em volta da piscina. Do lado de dentro da cerca, um muro, ainda incompleto, de blocos de cimento. Não havia gritos nem tchibuns; acima da entrada vi uma placa que dizia que todo dia a piscina ficava fechada entre as 12h e as 14h. Eram 12h25.

Mesmo assim, chamei: "Tem alguém aí?".

Achei que devia ter alguém por perto, porque havia um caminhãozinho parado perto da entrada. Do lado do caminhão estavam as palavras: "Temos discernimento para o seu encanamento. (E temos Roto-Rooter também.)".

Saiu uma menina, usando uma camisa vermelha de salva-vidas por cima da roupa de banho. "Desculpe, estamos fechados."

"Nós só estávamos passando por aqui de carro", disse eu.

"Todo dia nós fechamos das 12h às 14h. Está na placa." Ela estava comendo um sanduíche.

"Eu vi a placa", falei. "Mas esta é a primeira água que a gente vê em tanto tempo, e as crianças estão morrendo de calor, e eu queria saber se a gente pode só entrar e sair rapidinho — só cinco minutos. A gente fica tomando conta."

Apareceu um rapaz atrás dela. Ele estava usando jeans e uma camiseta com as palavras "Roto-Rooter" nela.

Eu ia dizer que a gente estava indo de carro da Colúmbia Britânica até Ontário, mas lembrei que os nomes dos lugares canadenses costumavam não dizer nada aos americanos. "Estamos atravessando o país de carro", falei. "Não temos tempo de esperar a piscina abrir. A gente só queria que as crianças pudessem se refrescar um pouco."

Cynthia veio correndo descalça atrás de mim. "Mãe, mãe, cadê meu maiô?" Então ela parou, pressentindo as negociações adultas. Meg estava saindo do carro — tinha acabado de acordar, com a camisa para cima e os shorts para baixo, mostrando sua barriga rosa.

"São só essas duas?", disse a garota.

"Só elas duas. A gente toma conta."

"Não posso deixar nenhum adulto entrar. Se são só elas duas, eu mesmo posso dar uma olhada. Estou almoçando." Ela disse a Cynthia: "Você quer entrar na piscina?".

"Sim, por favor", disse Cynthia, com firmeza.

Meg olhava para o chão.

"Rápido mesmo, porque a piscina está fechada", falei. "Ficamos muito agradecidos mesmo", falei para a menina.

"Bom, eu posso almoçar aqui fora, se são só elas duas." Ela olhou para o carro como se achasse que eu poderia tentar mandar-lhe mais crianças.

Quando achei o maiô de Cynthia, ela o levou para o vestiário. Não permitia que ninguém, nem mesmo Megan, a visse nua. Troquei a roupa de Meg, que ficou de pé no banco da frente do carro. Ela tinha um maiô rosa de algodão com alças que se cruzavam, de abotoar. Ele tinha babados na parte de baixo.

"Ela *está* quente", falei. "Mas não acho que esteja com febre."

Eu adorava ajudar Meg a se vestir ou a se despir, porque seu corpo ainda tinha a sólida desinibição, a doce indiferença, algo do cheiro leitoso, do corpo de um bebê. O corpo de Cynthia há muito tempo tinha sido aparado, moldado e alterado no formato de Cynthia. Todos gostávamos de abraçar Meg, de apertá-la e de encostar o rosto nela. Às vezes ela fazia cara feia e batia para nos afastar, e essa independência franca, esse pudor feroz, simplesmente a deixavam mais atraente, mais propensa a ser atormentada e vitimada por cosquinhas segundo o amor familiar.

Andrew e eu sentamos no carro com as janelas abertas. Eu conseguia ouvir um rádio tocando e achei que devia ser da menina ou do namorado dela. Estava com sede e saí do carro atrás de algum quiosque, quem sabe uma máquina de refrigerantes, em algum lugar do parque. Eu estava de shorts, e a parte de trás das minhas pernas estava viscosa de suor. Eu jurava que tinha visto um bebedouro do outro lado do parque e que estava caminhando na direção dele descrevendo um arco, ficando à sombra das árvores. Aturdida de calor, com o sol sobre as casas com bolhas na pintura, sobre o chão, sobre a grama queimada, eu andava lentamente. Prestava atenção numa folha esmagada, num palito de picolé grudado no calcanhar da sandália, franzia os olhos para uma lata de lixo amarrada a uma árvore. É assim que você olha aos menores detalhes do mundo ressurgido, depois de ter ficado no carro por tanto tempo — você sente a singularidade e a localização precisa deles, e a desamparada coincidência de você estar ali para vê-los.

Cadê as crianças?

Virei para trás e andei rápido, não exatamente correndo, até uma parte da cerca além da qual o muro de cimento ainda não estava concluído. Dava para ver parte da piscina. Vi Cynthia de pé até a cintura na água, agitando as mãos na superfície e discretamente olhando alguma coisa do outro lado da piscina, que eu não conseguia ver. Pela pose, pela discrição, pela expressão de seu rosto, achei que ela devia estar observando alguma coisa entre a salva-vidas e o namorado. Eu não conseguia ver Meg. Achei, porém, que ela devia estar brincando na parte rasa — tanto a ponta rasa quanto a funda da piscina estavam fora da minha vista.

"Cynthia!" Precisei chamar duas vezes até ela saber de onde vinha a minha voz. "Cynthia! Cadê a Meg?"

Sempre me parece, quando eu lembro dessa cena, que Cynthia se volta para mim muito graciosamente e, em seguida, dá um giro em torno de si mesma na água — fazendo-me pensar numa bailarina na ponta — e espalha os braços num gesto teatral. "De--sa-pa-re-ceu!"

Cynthia era naturalmente graciosa, e ela tinha feito aula de dança, por isso esses movimentos podem ter sido como eu descrevi. Ela disse mesmo "Desapareceu!" depois de olhar em volta da piscina inteira, mas o estilo estranhamente artificial da fala e do gesto, a falta de urgência, provavelmente é invenção minha. O medo que eu senti imediatamente quando não consegui enxergar Meg — mesmo enquanto eu dizia a mim mesma que ela devia estar na água mais rasa — deve ter feito os movimentos de Cynthia me parecerem insuportavelmente lentos e inapropriados, e o tom com que ela foi capaz de dizer "Desapareceu!" antes que as implicações se apresentassem para ela (ou será que ela está encobrindo, ao mesmo tempo, alguma culpa perpetuamente disponível?) foi ouvido por mim como um autodomínio extraordinário e monstruoso.

Gritei por Andrew, e a salva-vidas apareceu. Ela apontava para a parte funda da piscina, dizendo: "O que é isso?".

Ali, exatamente no meu campo de visão, um aglomerado de babados cor-de-rosa apareceu, um buquê, abaixo da superfície da água. Por que uma salva-vidas pararia e apontaria, por que ela perguntaria o que era aquilo, por que ela simplesmente não mergulhava na água e nadava na direção daquilo? Ela não nadou; ela correu até a beira da piscina. Àquela altura Andrew estava do outro lado da cerca. Tantas coisas pareciam implausíveis — o comportamento de Cynthia, e depois o da salva-vidas —, e agora eu tinha a impressão de que Andrew tinha passado por cima da cerca com um único salto, a qual parecia ter dois metros de altura. Ele deve ter subido nela bem rápido, se apoiando no arame.

Eu não conseguia pular nem trepar nela, por isso corri até a entrada, onde havia uma espécie de portão gradeado, trancado. Não era muito alto, e eu consegui passar por cima dele. Corri pelos corredores de cimento, pela poça desinfetante para os pés, e fui parar na beira da piscina.

O drama tinha acabado.

Andrew tinha chegado a Meg primeiro e a tinha tirado da água. Ele só precisou estender o braço e pegá-la, porque ela de algum modo estava nadando, com a cabeça debaixo d'água — ela estava indo na direção da beira da piscina. Ele agora a levava em seus braços, e a salva-vidas ia trotando atrás. Cynthia tinha saído da água e estava correndo na direção deles. A única pessoa alheia à situação era o namorado, que tinha ficado no banco do lado raso, tomando um milk-shake. Ele sorriu para mim, e eu achei isso insensível da parte dele, ainda que o perigo tivesse passado. Ele talvez estivesse tentando ser gentil. Reparei também que ele não tinha desligado o rádio, só abaixado.

Meg não tinha engolido água. Não tinha nem ficado assustada. O cabelo dela estava todo colado na cabeça e seus olhos estavam arregalados, dourados de espanto.

"Eu estava pegando o pente", disse ela. "Eu não sabia que era fundo."

Andrew disse: "Ela estava nadando! Estava nadando sozinha. Eu vi o maiô dela na água e aí vi que ela estava nadando".

"Ela quase se afogou", disse Cynthia. "Não foi? A Meg quase se afogou."

"Não sei como isso pode ter acontecido", disse a salva-vidas. "Num instante ela estava lá, e no outro tinha sumido."

O que tinha acontecido era que Meg tinha saído da água na parte rasa e corrido até a beira da piscina do lado fundo. Ela viu um pente que alguém tinha deixado cair largado no fundo. Agachou-se e estendeu a mão para pegar, absolutamente equivocada sobre a profundidade da água. Ela foi até a beira e escorregou para dentro da piscina, fazendo um ruído tão baixo que ninguém ouviu — nem a salva-vidas, que estava beijando o namorado, nem Cynthia, que os observava. Aquele deve ter sido o momento debaixo das árvores em que eu pensei "Onde estão as crianças?". Deve ter sido o mesmo instante. Naquele momento, Meg estava escorregando, surpresa, para dentro da água límpida, transparente e traiçoeira.

"Tudo bem", falei para a salva-vidas, que estava quase chorando. "Ela às vezes é bem rápida." (Ainda que isso não fosse de modo algum o que a gente costumava falar da Meg. A gente dizia que ela gostava de ruminar tudo e de ir com calma.)

"Você nadou, Meg", disse Cynthia, num tom congratulatório. (Depois ela nos falou dos beijos.)

"Eu não sabia que era fundo", disse Meg. "Eu não me afoguei."

Almoçamos num lugar que só vendia para viagem, e comemos hambúrgueres e batatas fritas numa mesa de piquenique não muito longe da estrada. No meu nervosismo, esqueci de comprar para Meg um hambúrguer puro, e tive de raspar o molho e a mostrada com colheres de plásticos, depois esfregar a carne com um guardanapo de papel, antes que ela comesse. Aproveitei a lata de lixo dali para limpar o carro. Depois continuamos a dirigir para leste, com as janelas do carro abertas na frente. Cynthia e Meg adormeceram no banco de trás.

Andrew e eu falávamos baixinho do que tinha acontecido. Imagine se eu não tivesse tido o impulso bem naquela hora de ir olhar as crianças? Imagine se a gente tivesse ido ao centro comprar bebidas, como tínhamos pensado. Como Andrew tinha passado por cima do muro? Ele pulou ou trepou? (Ele não conseguia lembrar.) Como ele tinha chegado tão rápido a Meg? E pense só na salva-vidas que não olhava. E em Cynthia, admirada com os beijos. Sem ver mais nada. Sem ver que Meg escorregou da beira da piscina.

Desapareceu.

Mas ela nadou. Segurou o fôlego e voltou nadando.

Quantos elos de sorte nessa corrente.

Era só disso que falávamos — de sorte. Eu, porém, tinha vontade de imaginar o oposto. Naquele momento, nós poderíamos estar preenchendo formulários. Meg longe de nós, o corpo de Meg sendo preparado para envio. Para Vancouver — onde nunca notamos nenhum cemitério — ou para Ontário? Os desenhos que ela tinha rabiscado naquela manhã ainda estariam no banco de trás do carro. Como isso tudo poderia ser suportado de uma vez, como as pessoas suportavam? Os lindos ombros roliços, as mãos, os pés, o cabelo castanho fino, a expressão toda satisfeita e furtiva — tudo exatamente igual a quando ela estava viva. A tragédia mais banal. Uma criança afogada numa piscina ao meio-dia de um dia ensolarado. As coisas resolvidas rapidamente. A piscina volta a abrir normalmente às duas em ponto. A salva-vidas está um pouco abalada e tira a tarde de folga. Ela sai com o namorado no caminhão da Roto-Rooter. O corpo é selado em alguma espécie de caixão de frete. Sedativos, telefonemas, preparativos. Um vazio tão súbito, um afundar cego e movediço. Acordar grogue dos comprimidos, pensar por um instante que não era verdade. Pensar que bastava não ter parado, não ter pegado aquele caminho, não terem deixado usar a piscina. Provavelmente ninguém nem teria reparado no pente.

Tem algo de mau gosto nesse tipo de cogitação, não tem? Algo de vergonhoso. Colocar o dedo no cabo para levar um choque seguro, sentindo um pouco como é, e depois tirando o dedo. Eu achava que Andrew era mais escrupuloso do que eu em relação a essas coisas e que, naquele momento, ele na verdade estava tentando colocar sua cabeça em outro lugar.

Quando eu fiquei distante dos meus pais no funeral de Steve Gauley e os observei, e tive aquela sensação nova e desagradável em relação a eles, eu achava que estava entendendo alguma coisa pela primeira vez. Era algo mortalmente sério. Eu estava entendendo que eles estavam envolvidos. Seus corpos grandes, rígidos, elegantemente vestidos, não se interpunham entre mim e a morte súbita, ou qualquer tipo de morte. Eles consentiam. Era o que parecia. Eles consentiam na morte de crianças e na minha morte não por terem dito ou pensado algo, mas pelo simples fato de que tinham feito filhos — eles tinham feito a mim. Eles tinham feito a mim, e por essa razão a minha morte — não importando o quanto o luto lhes pesasse, não importando como fossem adiante — pareceria a eles qualquer coisa, menos impossível ou antinatural. Era um fato, e até aquele momento eu entendi que não era culpa deles.

Eu os culpei mesmo assim. Acusei-os de descaramento, de hipocrisia. Em nome de Steve Gauley e em nome de todas as crianças que sabiam que tinham o direito de ter se libertado, de viver um tipo de vida nova e superior, de não ficar enredadas nas ciladas dos adultos vencidos, com seu sexo e seus funerais.

Steve Gauley se afogou, diziam as pessoas, porque ele era quase um órfão e era deixado solto por aí. Se tivesse recebido advertências o bastante, se tivessem lhe dado tarefas a fazer e se tivesse sido controlado, ele não teria caído de um galho de árvore indigno de confiança na lagoa vernal, um fosso de cascalho perto do rio — ele não teria se afogado. Ele era negligenciado, ele era livre, por isso se afogou. E seu pai via aquilo como um acidente, como o que poderia acontecer com um cachorro. Ele não tinha um bom terno para o funeral e não baixava a cabeça durante as preces. Mas era o único adulto que eu livrava. Era o único que eu não via consentindo. Ele não podia impedir nada, mas também não estava envolvido em nada, também — ao contrário dos outros, que rezavam o Pai-Nosso com suas vozes artificiosamente pesadas, exsudando religião e desonra.

Em Glendive, não longe da fronteira de Dakota, tínhamos uma escolha — ou continuávamos na interestadual, ou nos dirigíamos para Williston, tomando a Rodovia 16 e depois algumas estradas secundárias que nos levariam de volta à Autoestrada 2.

Concordamos que a interestadual seria mais rápida e que era importante para nós não perder muito tempo — isto é, dinheiro — na estrada. Mesmo assim, decidimos voltar para a Autoestrada 2.

"Eu simplesmente gosto mais dela", falei.

Andrew disse: "É porque era esse o nosso plano no começo".

"A gente não viu Kalispell e Havre. E Wolf Point. Gosto do nome."

"A gente vê na volta."

Andrew dizer "na volta" foi para mim um prazer surpreendente. Claro que eu achava que nós íamos voltar, com nosso carro, com nossas vidas e com nossa família intactos, tendo percorrido toda aquela distância, tendo de algum modo lidado com aquelas lealdades e problemas, apresentamo-nos para a inspeção muito temerariamente. Contudo, foi um alívio ouvi-lo dizer aquilo.

"O que eu não entendo", disse Andrew, "é como você captou o sinal. Deve ser alguma espécie de sentido extra que as mães têm."

Em parte eu queria acreditar nisso, queria me refestelar no meu sentido extra. Em parte eu queria adverti-lo — advertir todo mundo — para nunca contar com ele.

"O que eu não entendo", falei, "é como você passou por cima do muro."

“Nem eu.”

Assim seguimos, com as duas no banco de trás confiando em nós, porque sem opção, e nós confiando que seríamos perdoados, com o tempo, por tudo aquilo que primeiro tinha de ser visto e condenado por aquelas crianças: tudo que parecia frívolo, arbitrário, descuidado, insensível — todos os nossos erros, naturais e particulares.

PAROXISMOS

As duas pessoas que morreram tinham sessenta e poucos anos. Ambas eram altas e robustas, e tinham alguns quilos a mais. Ele era grisalho, com um rosto quadrado, bastante uniforme. Um nariz largo o impedia de ter uma aparência perfeitamente digna e bela. O cabelo dela era louro, um louro prateado que já não chama mais a atenção por ser artificial — ainda que você saiba que natural não é — porque tantas mulheres dessa idade o adquiriram. No *Boxing Day,** quando eles deram uma passada para tomar algo com Peg e Robert, ela estava usando um vestido cinza-claro com uma listra fina e brilhosa, meias cinza e sapatos cinza. Ela tomou gim-tônica. Ele usou calças largas marrons e um suéter creme, e bebeu uísque com água. Tinham acabado de voltar de uma viagem ao México. Ele tinha experimentado pular de paraquedas. Ela não quis. Eles tinham ido ver um lugar em Yucatán — parecia um poço — onde virgens supostamente teriam sido afogadas, na esperança de boas colheitas.

"Mas, na verdade, essa é só uma ideia oitocentista", disse ela. "É só aquela ideia oitocentista de ficar todo preocupado com a virgindade.

* Em países que foram colônias britânicas, como o Canadá, mas não nos Estados Unidos, o *Boxing Day* é o feriado que vem após o Natal, muitas vezes celebrado em 26 ou 27 de dezembro. (N.T.)

A verdade provavelmente é que jogavam as pessoas meio que indiscriminadamente. Meninas, homens, velhos ou quem quer que pegassem. Então não ser virgem não garantia segurança alguma!"

Do outro lado da sala, os dois filhos de Peg — Clayton, o mais velho, que era virgem, e Kevin, o mais moço, que não era — olhavam com sisudas caras de tédio aquela mulher platinada falando besteira. Ela tinha dito que tinha sido professora de inglês do ensino médio. Clayton depois observou que conhecia o tipo.

Robert e Peg tinham sido casados por quase cinco anos. Robert nunca tinha sido casado, mas Peg se casara pela primeira vez aos dezoito anos. Seus dois filhos nasceram enquanto ela e o marido moravam com os pais dele numa fazenda. O marido trabalhava dirigindo caminhões de gado até o Abatedouro Canada Packers em Toronto. Outros trabalhos dirigindo caminhões vieram, levando-o cada vez mais longe. Peg e os meninos se mudaram para Gilmore, e ela arrumou um trabalho numa loja da Kuipers, que se chamava Gilmore Arcade. O marido foi parar no Ártico, dirigindo caminhões até plataformas de petróleo no mar congelado de Beaufort. Ela se divorciou.

A família de Robert era dona da Gilmore Arcade, mas nunca tinha morado em Gilmore. A mãe e as irmãs não acreditavam que fosse possível viver uma semana naquele lugar. O pai de Robert tinha comprado a loja e duas outras lojas em cidades próximas, pouco depois da Segunda Guerra Mundial. Ele contratava gerentes da área e ia de carro a Toronto algumas vezes durante o ano para ver como iam as coisas.

Por muito tempo, Robert não se interessou muito pelas várias empresas do pai. Formou-se em engenharia civil e tinha algum desejo de ir fazer alguma coisa em países subdesenvolvidos. Arrumou um emprego no Peru, viajou pela América do Sul, largou a engenharia um tempo para trabalhar num rancho na Colúmbia Britânica. Quando o pai dele ficou doente, ele precisou voltar a Toronto. Trabalhou para o Departamento Provincial de Estradas de Rodagem, num cargo de engenheiro que não era muito bom para um homem da sua idade. Ele estava pensando em fazer licenciatura ou talvez ir para o norte, para dar aulas para os índios, mudando totalmente de vida, depois que o pai morresse. Já estava perto dos quarenta na época e tendo seu terceiro caso sério com uma mulher casada.

Volta e meia ele dirigia até Gilmore e até as outras cidades para dar uma olhada nas lojas. Uma vez, ele levou Lee junto, a terceira — e, no fim das contas, a última — mulher casada. Ela levou comida para um piquenique, bebeu Pimm's Nº1 no carro e tratou a viagem inteira como uma excursão alegre, uma incursão pela terra dos caipiras. Ela esperava fazer amor nos campos abertos e ficou zangada ao descobrir que eles estavam cheios de gado ou de espigas de milho.

O pai de Robert morreu, e Robert mudou de vida, mas, em vez de virar professor e ir para o ermo, foi morar em Gilmore para tomar conta das lojas ele mesmo. Casou-se com Peg.

Foi por puro acidente que Peg os encontrou.

Numa noite de domingo, a mulher da fazenda que vendia os ovos para a Kuipers bateu na porta.

"Espero que vocês não se importem porque eu estou trazendo esses ovos hoje à noite e não amanhã de manhã", disse ela. "Preciso levar minha nora a Kitchener para fazer um ultrassom. Eu também levei os ovos dos Weeble, mas acho que eles não estão em casa. Será que vocês se importariam se eu os deixasse aqui com vocês? Eu preciso sair cedo de manhã. Ela ia dirigir sozinha, mas eu não achei que era boa ideia. Ela já está com quase cinco meses, mas ainda está vomitando. Diga a eles que podem me pagar da próxima vez."

"Tudo bem", disse Robert. "Sem problemas. A gente pode ir falar com eles de manhã. Sem problemas mesmo!" Robert é um homem atarracado, de aparência atlética, com cabelo encaracolado e grisalho, olhos castanhos e brilhantes. Sua afabilidade e sua prestabilidade são muitas vezes enfáticas, de modo que as pessoas podem ter a sensação de estarem sendo fustigadas por todos os lados. Esse jeito lhe serve bem em Gilmore, onde se presume que as garantias devem ser repetidas, e, de fato, boa parte da conversa é repetição, uma espécie de dança de boas intenções, sem surpresas. Só ocasionalmente, ao falar com as pessoas, ele sente outra coisa, uma obstrução, e não tem certeza do que é (malícia, teimosia?), mas parece uma pedra no fundo de um rio quando você está nadando — a água translúcida leva você por cima dela.

Para uma pessoa de Gilmore, Peg é reservada. Ela foi até a mulher e tirou dela o peso dos ovos que segurava, enquanto Robert continuou tranquilizando-a, dizendo a ela que não tinha problema e perguntando da gravidez da nora. Peg sorriu como sorriria na loja ao dar seu troco — um sorriso rápido e transacional, nada pessoal. Ela é uma mulher pequena e esguia com uma coroa de cabelo castanho macio, sardas e uma aparência jovial e esfoliada. Usa saias com pregas, blusas asseadas, recém-lavadas, abotoadas até a garganta; suéteres de cor clara, às vezes uma gravata preta de fita. Ela se move com graça e faz muito pouco barulho. Robert uma vez lhe disse que nunca tinha conhecido ninguém tão contido quanto ela. (As mulheres dele normalmente foram falantes, eficientemente estilosas, ainda que descuidadas de alguns detalhes, tensas, exuberantes, "interessantes".)

Peg disse que não entendia o que ele estava dizendo.

Ele começou a explicar como era uma pessoa contida. Naquela época, ele tinha uma compreensão muito problemática do vocabulário de Gilmore — ainda se equivocava com ele — e levava a sério demais os limites que se costumava observar nas interações diárias.

"Eu sei o sentido dessas palavras", disse Peg, sorrindo. "Eu só não entendo como você aplica elas a mim."

Claro que ela sabia o sentido das palavras. Peg fazia aulas, um curso diferente a cada inverno, escolhendo dentre o que era oferecido na escola secundária local. Fez um curso de História da Arte, um das Grandes Civilizações do Oriente, outro de Descobertas e Explorações pelas Eras. Ela ia às aulas uma noite por semana, mesmo que estivesse muito cansada ou com resfriado. Fazia testes e trabalhos. Às vezes Robert encontrava uma página coberta com sua letra pequenina e metódica em cima da geladeira ou do gaveteiro no quarto deles.

Assim vemos que a importância do infante dom Henrique está na inspiração e no incentivo de outros exploradores para Portugal, ainda que ele mesmo não tenha feito viagens.

Ele ficava comovido com as afirmações mais zelosas dela, com sua letra dolorosamente pequenina e cuidadosa, e zangado porque ela nunca tirava mais do que B+ naqueles trabalhos aos quais se dedicava tanto.

"Eu não faço pelas notas", disse Peg. As maçãs do rosto dela coravam debaixo das sardas, como se ela estivesse fazendo alguma espécie de confissão pessoal. "Faço porque gosto."

Robert tinha acordado antes do amanhecer na segunda e estava de pé, perto do balcão da cozinha, tomando seu café, olhando os campos cobertos de neve. O céu estava limpo, e as temperaturas tinham caído. Seria um daqueles dias brilhantes, frios e duros de janeiro que vinham depois de semanas de vento oeste, de neve sendo soprada e caindo. Riachos, rios e lagoas congelados. O lago

Huron congelado até onde dava para ver. Talvez inteiro este ano. Isso já tinha acontecido, mas era raro.

Ele tinha de ir de carro a Keneally, dar uma passada na loja Kuiper dali. Gelo no teto estava fazendo com que a água se acumulasse por baixo e vazasse pela cobertura. Ele teria de cortar o gelo e limpar o telhado. Demoraria pelo menos metade do dia.

Todo os consertos e a manutenção da loja e desta casa são feitos pelo próprio Robert. Ele aprendeu o ofício de encanador e de eletricista. Gosta da sensação que consegue fazê-los. Gosta da dificuldade e da dificuldade do inverno ali. A não muito menos de duzentos quilômetros de Toronto, uma terra diferente. O cinturão da neve. Ter ido morar ali não foi diferente de ir para o ermo, no fim das contas. Tempestades de neve ainda isolam as cidades e os vilarejos. O inverno desce ali com força, se assenta exatamente como o gelo de três quilômetros de altura fez milhares de anos atrás. As pessoas moram dentro do inverno de um jeito que os de fora não entendem. Elas são vigilantes, previdentes, estafadas, entusiasmadas.

Uma coisa de que ele gosta nesta casa é a vista de trás, que dá para o campo aberto. Isso compensa a rua isolada, sem saída, sem árvores e sem calçada. A rua foi aberta depois da guerra, quando simplesmente se achava normal que todos usassem carros, que ninguém andaria a lugar nenhum. E foi assim. As casas ficam bem perto da rua e umas das outras, e, quando todos os moradores estão em suas casas, os carros ocupam quase todo o espaço que deveria ser de calçadas, avenidas, árvores.

Robert, claro, estava disposto a comprar outra casa. Ele presumia que eles fariam isso. Havia — há — ótimas casas antigas à venda em Gilmore, a preços que, pelo padrão da cidade, são uma piada. Peg falou que não se via morando nelas. Ele se ofereceu para construir uma casa nova para ela na subdivisão do outro lado da cidade. Ela também não queria isso. Queria ficar naquela casa, que era a primeira casa em que ela e os meninos tinham morado sozinhos. Assim, Robert a comprou — ela só alugava — e construiu o quarto do casal e mais outro banheiro, e fez uma sala de TV no porão. Teve alguma ajuda de Kevin, menos de Clayton. Da rua, a casa ainda parecia a casa na frente da qual ele tinha estacionado da primeira vez que trouxe Peg de carro do trabalho. Um andar e meio de altura, com um telhado íngreme e a janela da sala dividida em vidraças quadradas como a janela de um cartão de Natal. Esquadrias de alumínio branco, portinholas estreitas pretas, acabamento preto. Em Toronto, ele pensava em Peg morando naquela casa. Pensava em sua vida organizada, limitada, séria e desejável.

Ele reparou nos ovos dos Weeble na bancada. Pensou em levá-los até eles. Mas era cedo demais. A porta estaria trancada. Ele não queria acordá-los. Peg podia levar os ovos quando saísse para abrir a loja. Ele pegou o marcador que estava na saliência debaixo do bloco de notas para lembretes e escreveu numa folha de papel--toalha: *Não esqueça os ovos dos W. Amor, Robert.* Os ovos não eram piores do que aqueles que você comprava num supermercado. Era só que Robert gostava de comprá-los de uma granja. E eles eram marrons. Peg dizia que todas as pessoas da cidade tinham alguma cisma com ovos marrons — eles achavam que os ovos marrons eram por algum motivo mais naturais, feito açúcar mascavo.

Quando ele deu ré no carro para sair, reparou que o carro dos Weeble estava no abrigo. Então eles tinham voltado de onde quer que tinham estado na noite anterior. Foi aí que ele viu que a neve jogada na frente da rampa de acesso deles pelo caminhão limpa--neve da cidade não tinha sido tirada. O limpa-neves devia ter passado durante a noite. Ele mesmo, porém, não tinha precisado tirar neve alguma; não tinha caído neve durante a noite e o limpa-neve não tinha passado. A neve era de ontem. Eles não podiam ter saído noite passada. A menos que tivessem ido a pé. As calçadas não estavam limpas, exceto ao longo da rua principal e das ruas onde havia escolas, e era difícil andar pelas ruas estreitadas com seus bancos de neve, mas, como eram novos na cidade, eles deviam ter se aventurado sem se dar conta disso.

Ele não olhou perto o bastante para ver se havia pegadas.

Ele imaginou o que tinha acontecido. Primeiro, a partir do relatório do chefe de polícia, depois do de Peg.

Peg saiu de casa por volta das oito e vinte. Clayton já tinha ido para a escola, e Kevin, melhorando de uma infecção no ouvido, estava na sala do porão ouvindo uma fita do Billy Idol e vendo um *game show* na TV. Peg não tinha esquecido os ovos. Pegou o carro e ligou o motor para esquentar, e então foi até a rua, passou por cima da neve acumulada dos Weeble e subiu sua rampa de acesso até a porta lateral. Ela estava usando o cachecol e o gorro brancos de crochê e seu casaco lilás estufado. Esses casacos faziam a maior parte das mulheres de Gilmore parecerem barris, mas Peg ficava bem, já que era muito esguia.

As casas na rua, originalmente, seguiam apenas três projetos. Porém, àquela altura a maioria já tinha sido tão alterada, com novas janelas, varandas, alas e deques, que era difícil encontrar combinações verdadeiras. A casa dos Weeble tinha sido construída como imagem espelhada da dos Kuiper, mas a janela da frente tinha sido mudada, as vidraças de cartão de Natal tinham sido removidas e o telhado tinha sido levantado, de modo que havia uma grande janela no andar de cima dando para a rua. O revestimento era verde-claro e o acabamento, branco, e não havia portinholas.

A porta lateral dava para uma lavanderia, assim como a porta lateral da casa de Peg. Primeiro ela bateu de leve, achando que eles estariam na cozinha, que ficava só poucos degraus acima da lavanderia. Ela tinha reparado no carro, claro, e se perguntado se eles tinham chegado em casa tarde e estavam dormindo ainda.

(Ela ainda não tinha pensado que a neve não havia sido removida, nem que o limpa-neves não tinha passado ali durante a noite. Isso foi algo que lhe ocorreu depois, quando ela entrou em seu carro e saiu de ré.) Ela bateu cada vez mais alto. Seu rosto já estava ardendo naquele frio áspero. Tentou a porta e viu que não estava trancada. Abriu, deu um passo para fora do frio e chamou. A pequena sala estava escura. Não se notava luz vindo da cozinha, e havia uma cortina de bambu por cima da porta lateral. Ela colocou os ovos no secador de roupas e ia deixá-los ali. Então pensou que era melhor levá-los para a cozinha, caso os Weeble quisessem comer ovos no café e não tivessem mais. Eles não iam pensar em olhar na lavanderia.

(Essa, na verdade, era a explicação que Robert dava a si mesmo. Ela não tinha dito aquilo tudo, mas ele se esqueceu disso. Ela só falou: "Achei que era melhor levar os ovos para a cozinha".)

A cozinha tinha aquelas mesmas cortinas de bambu por cima da janela da pia e por cima das janelas da mesa da copa, o que significava que, apesar de a cozinha ser voltada para o leste, como a dos Kuiper, e apesar de o sol estar já bem alto àquela hora, não dava para entrar muita luz. O dia não tinha começado ali.

Mas a casa estava quente. Talvez eles tivessem levantado há algum tempo e ligado o termostato, e depois voltado para a cama. Talvez tivessem deixado ligado a noite inteira — ainda que Peg achasse que eles fossem poupadores demais para isso. Ela deixou os ovos na bancada, ao lado da pia. A disposição da cozinha era quase exatamente igual à dela. Ela reparou nos poucos pratos empilhados, limpos mas não lavados, como se eles tivessem comido alguma coisa antes de deitar.

Ela chamou de novo do vestíbulo da sala de estar.

A sala de estar estava perfeitamente arrumada. Para Peg parecia de algum modo perfeitamente arrumada demais, mas isso — como ela disse a Robert — era provavelmente o jeito como a sala de estar de um casal aposentado pareceria a uma mulher acostumada a ter crianças por perto. Peg nunca na vida teve tanta arrumação quanto gostaria, tendo passado de uma casa de família em que havia seis crianças para a casa de fazenda apinhada dos sogros, que ela apinhou ainda mais com os próprios filhos. Uma vez ela contou a Robert uma história: tinha pedido de Natal uma barra bonita de sabão, uma barra rosa com o desenho de rosas em relevo. Ela ganhou e costumava escondê-lo sempre depois que usava para que não rachasse e ficasse bolorenta nas fendas, porque naquela casa o sabão sempre ficava assim. Ela era grande naquela época, ou achava que era.

Ela bateu a neve das botas na lavanderia. Mesmo assim, hesitou em atravessar o carpete limpo, bege claro, da sala de estar. Chamou de novo. Usou os prenomes dos Weeble, que ela mal conhecia. Walter e Nora. Eles haviam se mudado em abril passado e desde então tinham viajado duas vezes, por isso ela não sentia que os conhecia muito bem, mas parecia ridículo ficar chamando: "Sr. e sra. Weeble. Já acordaram, sr. e sra. Weeble?".

Não houve resposta.

Eles tinham uma escada aberta que subia da sala de estar, exatamente como a de Peg e Robert. Peg então atravessou o carpete limpo e claro até o pé da escada, que era acarpetada com o mesmo material. Começou a subir. Não chamou de novo.

Ela devia conhecê-los, ou teria chamado. Seria normal ir chamando quanto mais perto você chegava de onde as pessoas podiam estar dormindo. Para alertá-los. Eles poderiam estar em sono profundo. Bêbados. Não era esse o costume dos Weeble, até onde todo mundo sabia, mas ninguém os conhecia direito. Aposentados. Aposentados cedo. Ele tinha sido contador; ela, professora. Tinham morado em Hamilton. Escolheram Gilmore porque Walter Weeble antigamente tinha um tio e uma tia ali, a quem ele visitava quando criança. Agora os dois estavam mortos, o tio e a tia, mas o lugar devia ter guardado lembranças agradáveis para ele. E era barato; aquela casa certamente era mais barata do que eles teriam tido dinheiro para pagar. A intenção deles era gastar o dinheiro viajando. Não tinham filhos.

Ela não chamou; não hesitou de novo. Subiu as escadas e não olhou em volta enquanto subia; olhou direto para a frente. Adiante ficava o banheiro, com a porta aberta. Estava limpo e vazio.

Ela virou no alto da escada para o quarto dos Weeble. Ela nunca estivera no andar de cima daquela casa, mas sabia onde o quarto ficaria. Seria o maior na frente, com a janela grande dando para a rua.

A porta daquele quarto estava aberta.

Peg desceu e deixou a casa pela cozinha, pela lavanderia, pela porta lateral. Suas pegadas apareciam no carpete e no linóleo, e do lado de fora, na neve. Ela fechou a porta ao sair. O carro tinha ficado ligado esse tempo todo e estava envolto por sua própria nuvem de vapor. Ela entrou, saiu de ré e dirigiu até a delegacia na prefeitura.

"Um frio terrível esta manhã, Peg", disse o chefe de polícia.

"Pois é."

"Então, como é que eu posso te ajudar?"

Robert teve mais informações, de Karen.

Karen Adams era a caixa na Gilmore Arcade. Era uma moça casada, robusta, normalmente bem-humorada, alerta sem dar nenhum sinal particular disso, eficiente sem fazer alarde. Ela se dava bem com os clientes; se dava bem com Peg e Robert. Tinha conhecido Peg havia mais tempo, claro. Defendera Peg das pessoas que diziam que ela tinha ficado de nariz empinado depois de casar com um sujeito rico. Karen dizia que Peg não tinha mudado do que sempre fora. Depois de hoje, ela disse: "Sempre achei que Peg e eu fôssemos amigas, mas agora não tenho certeza".

Karen começava a trabalhar às dez. Chegou um pouco antes e perguntou se já tinham chegado muitos clientes, e Peg disse que não, ninguém.

"Não é de espantar", disse Karen. "Está frio demais. Se tivesse vento, seria um assassinato."

Peg tinha feito café. Elas tinham uma nova cafeteira, o presente de Natal de Robert para a loja. Antes precisavam ir *pegar* café para viagem na padaria da rua.

"Essa coisa não é maravilhosa?", disse Karen ao pegar o café.

Peg disse que sim. Estava apagando algumas marcas do chão.

"Puxa", disse Karen. "Fui eu ou foi você?"

"Acho que fui eu", disse Peg.

"Então eu não achei nada", disse Karen depois. "Achei que ela devia ter arrastado um pouco de lama. Não parei para pensar: onde é que você ia pisar em lama com essa neve toda no chão?"

Depois de um tempo, apareceu um cliente, e era Celia Simms, e ela estava sabendo. Karen estava no caixa, e Peg estava nos fundos, verificando uns recibos. Celia contou a Karen. Ela não sabia muita coisa; não sabia como tinha sido feito, nem que Peg estava envolvida.

Karen gritou para o fundo da loja. "Peg! Peg! Aconteceu uma coisa horrível com os seus vizinhos!"

Peg gritou de volta: "Eu sei".

Celia ergueu as sobrancelhas para Karen — ela era uma daquelas que não gostavam do jeito de Peg — e Karen lealmente virou de lado e esperou Celia sair da loja. Então correu para os fundos, fazendo os cabides cantarem nos suportes.

"O casal Weeble foi morto a tiros, Peg. Você sabia?"

Peg falou: "Sabia. Eu os encontrei".

"Mesmo! Quando?"

"Hoje de manhã, logo antes de vir trabalhar."

"Foram assassinados!"

"Foi assassinato e suicídio", disse Peg. "Ele deu um tiro nela e depois se matou. Foi isso que aconteceu."

"Quando ela me contou", disse Karen, "eu comecei a tremer. Eu tremia toda e não conseguia parar." Ao contar isso a Robert, ela tremeu de novo, para demonstrar, e empurrou as mãos para dentro das mangas do agasalho de corrida azul.

"Aí eu disse: 'O que você fez quando encontrou eles?', e ela disse: 'Fui falar com a polícia'. Eu falei: 'Você gritou, alguma coisa assim?'. Eu falei será que as pernas dela não ficaram bambas, porque as minhas teriam ficado. Eu nem consigo imaginar como é que eu teria saído dali. Ela disse que não lembrava direito de como saiu, mas lembrava de ter fechado a porta, a porta da rua, e pensado: 'Melhor garantir que está fechada porque vai que algum cachorro entra'. Não é horrível? Ela tinha razão, mas é horrível pensar nisso. Você acha que ela está em choque?"

"Não", disse Robert. "Eu acho que ela está bem."

Essa conversa aconteceu à tarde, nos fundos da loja, quando Peg tinha saído em busca de um sanduíche.

"Ela não me disse nada. Não disse uma palavra. Eu falei: 'Como é que você não me conta nada disso, Peg?', e ela respondeu: 'Eu sabia que você ia ficar sabendo logo, logo'. Falei que sim, mas que ela podia ter me contado. 'Desculpe', ela respondeu. 'Desculpe.' Como se estivesse pedindo desculpas por alguma coisinha, tipo usar a minha caneca de café. Com o detalhe de que a Peg nunca faria uma coisa dessas."

Robert tinha terminado o que estava fazendo na loja de Keneally por volta do meio-dia e decidiu voltar de carro para Gilmore antes de comer. Tinha uma lanchonete logo na saída da cidade, quando entrava em Keneally, e ele pensou que podia parar ali. Alguns caminhoneiros e viajantes costumavam comer na lanchonete, mas a maior parte dos clientes era dali mesmo — agricultores a caminho de casa, empresários e trabalhadores que tinham saído da cidade. Robert gostava dali e hoje adentrou o lugar com uma sensação de forte otimismo. Ele estava com fome depois de trabalhar ao frio ar livre e ciente do brilho do dia, com a neve nos campos parecendo esculpida, deslumbrante, permanente como mármore. Ele teve a sensação que tinha com grande frequência em Gilmore, a sensação de estar andando num palco informal, onde uma peça desconexa e agradável estava se desenrolando. E ele conhecia as próprias falas — ou, ao menos, sabia que seus improvisos não iam falhar. Sua vida inteira em Gilmore às vezes parecia ter essa qualidade, mas, se ele sequer tentasse descrevê-la desse jeito, pareceria que era uma vida artificial, algo forçado, carecendo de uma certa seriedade. E a verdade era o exato oposto. Assim, quando ele encontrava alguém de sua vida antiga, como às vezes acontecia quando ia a Toronto, e lhe perguntavam se gostava de morar em Gilmore, ele dizia: "Eu nem consigo te dizer o quanto eu gosto de morar lá!", o que era precisamente a verdade.

"Por que você não entrou em contato comigo?"

"Você estava no telhado."

"Você podia ter ligado para a loja e falado com a Ellie. Ela teria me contado."

"E de que serviria isso?"

Ele tinha ido direto da lanchonete para a loja, sem ter comido o que tinha pedido. Não esperava encontrar Peg desnorteada sob nenhum aspecto — ele a conhecia bem o bastante para saber disso —, mas achava que ela ia querer que ele fosse para casa, que preparasse uma bebida para ela, que ficasse ouvindo-a falar algum tempo daquilo.

Ela não queria isso. Queria ir à padaria da rua comer o almoço de sempre — um pão com queijo e presunto.

"Deixei a Karen sair para comer, mas eu mesma não comi. Trago um para você? Se você não comeu na lanchonete, pode aproveitar."

Quando ela trouxe o sanduíche, ele sentou e comeu-o na escrivaninha em que ela tinha ficado preparando os recibos. Ela colocou café e água novos na cafeteira.

"Nem consigo imaginar como a gente viveu sem isso até agora."

Ele olhou o casaco lilás de Peg pendurado ao lado do casaco vermelho de Karen na porta do lavabo. No casaco lilás havia uma longa mancha seca de tinta marrom-avermelhada, até a bainha.

Claro que não era tinta. Mas no casaco? Como ela conseguiu manchar o casaco de sangue? Ela devia ter esbarrado neles no quarto. Devia ter se aproximado.

Então ele lembrou da conversa na lanchonete e percebeu que ela teria precisado chegar bem perto. Ela podia ter se manchado de sangue no caixilho da porta. O chefe da polícia tinha passado na lanchonete e falado que havia sangue por toda parte, e não apenas sangue.

"Ele não devia ter usado uma espingarda para esse tipo de coisa", disse um dos homens na lanchonete.

Outra pessoa falou: "Vai ver ele só tinha uma espingarda".

A loja era movimentada a maior parte da tarde. As pessoas na rua, na padaria, no café, no banco e no correio, falando. As pessoas queriam falar cara a cara. Elas tinham de sair e falar, mesmo com o frio. Falar ao telefone não bastava.

O que tinha acontecido de início, pelo que Robert entendeu, foi que as pessoas tinham pegado o telefone e simplesmente ligado para qualquer pessoa em que pensassem que talvez não estivesse sabendo. Karen ligou para sua amiga Shirley, que estava em casa, acamada, com gripe, e para a mãe, que estava no hospital com a costela quebrada. Acabou que a mãe já sabia — o hospital inteiro sabia. E Shirley falou: "Minha irmã chegou primeiro".

Era verdade que as pessoas valorizavam e antecipavam o momento de contar a notícia — Karen ficou chateada com a irmã de Shirley, que não trabalhava e podia ir falar ao telefone sempre que quisesse —, mas também havia, por trás desse impulso, verdadeira bondade e consideração. Robert achava. "Eu sabia que ela não ia querer não saber", disse Karen, e era verdade. Ninguém ia querer não saber. Sair às ruas sem saber. Andar por aí fazendo as coisas de todo dia, sem saber. Ele próprio se sentia perturbado, até ligeiramente humilhado, por pensar que não sabia; Peg não tinha lhe contado.

As conversas retrocediam dos acontecimentos da manhã. Onde os Weeble foram vistos, e quão inocentes e inofensivos, e quão perto do momento em que tudo mudou?

Ela ficou na fila do Banco de Montreal na tarde de sexta.

Ele cortou o cabelo no sábado de manhã.

Eles estavam juntos, fazendo compras, na I.G.A. na noite de sexta, por volta das oito.

O que compraram? Fizeram um estoque? Destaques, promoções, mais do que o suficiente para alguns dias?

Mais do que o bastante. Um saco de batatas, para começar.

As razões, então. A conversa se voltou para as razões. Naturalmente. Na lanchonete não foram apresentadas teorias. Ninguém sabia a razão, ninguém conseguia imaginar. Porém, ao fim da tarde, havia explicações demais para escolher.

Problemas financeiros. Ele tinha se metido num mau investimento em Hamilton. Algum negócio que ia deixá-lo muito rico deu errado. Todo o dinheiro deles tinha acabado, e eles teriam de viver o resto da vida com a antiga pensão.

Eles deviam dinheiro ao imposto de renda. Como era contador, ele achava que sabia resolver isso, mas tinha sido pego. Seria denunciado, talvez acusado, publicamente envergonhado, ficaria pobre. Mesmo que fosse só enganar o governo, ainda seria uma desgraça quando esse tipo de coisa viesse à tona.

Era muito dinheiro?

Claro. Muito.

Não era dinheiro nada. Eles estavam doentes. Um deles, ou os dois. Câncer. Uma artrite fortíssima. Alzheimer. Problemas mentais recorrentes. Era saúde, não dinheiro. Era o sofrimento e o desespero que eles temiam, não a pobreza.

Ficou evidente uma divisão de opiniões entre os homens e as mulheres. Eram quase sempre os homens que insistiam que o problema tinha sido dinheiro, e eram as mulheres que falavam em doença. Quem se mataria só por ter ficado pobre?, diziam as mulheres com escárnio. Ou mesmo porque poderia ir para a cadeia? Era também sempre uma mulher que sugeria infelicidade no casamento, que sugeria o drama de uma infidelidade descoberta ou a memória de uma infidelidade antiga.

Robert ouvia todas essas explicações, mas não acreditava em nenhuma delas. Perda de dinheiro, câncer, Alzheimer. Igualmente plausíveis, pareciam-lhe, igualmente vazias e inúteis. O que acontecia era que ele acreditava em cada uma delas por cerca de cinco minutos, não mais. Se ele conseguisse acreditar em uma delas, continuar acreditando, teria sido como se alguma coisa tivesse tirado as garras de seu peito e permitido que ele respirasse.

("Eles não eram gente de Gilmore, não mesmo", disse-lhe uma mulher no banco. Então pareceu envergonhada. "Quero dizer, não como o senhor.")

Peg se ocupava arrumando alguns suéteres, casacos de neve e luvas de criança para a liquidação de janeiro. As pessoas vinham falar com ela enquanto marcava os preços, e ela dizia: "Posso ajudar?", para que elas fossem colocadas imediatamente na posição de clientes e tivessem de dizer que estavam procurando alguma coisa. A Arcade tinha roupas para senhoras e crianças, lençóis, toalhas, lã para tricô, utensílios de cozinha, doces a granel, revistas, canecas, flores artificiais e diversos outros itens, então não era difícil pensar em algo.

O que é que elas realmente queriam? Certamente não grande coisa em termos de detalhes, de descrições. Pouquíssimas pessoas efetivamente querem isso, ou vão admitir que querem, de um jeito cobiçoso e direto. Elas querem, elas não querem. Começam a perguntar, depois param. Escutam e se afastam. Talvez só quisessem de Peg alguma espécie de reconhecimento, alguma palavra ou olhar que as afastasse, dizendo: "A Peg Kuiper está abaladíssima". "Eu vi a Peg Kuiper. Ela não disse muita coisa, mas dava para ver que estava abaladíssima."

Algumas pessoas tentavam falar com ela de qualquer jeito.

"Não foi terrível o que aconteceu lá perto de você?"

"Foi, foi sim."

"Você devia conhecê-los um pouquinho, morando ali na frente."

"Nem tanto, na verdade. A gente mal os conhecia."

"Vocês nunca repararam nada que pudesse levar você a achar que aquilo poderia ter acontecido?"

"A gente nunca reparou nada."

Robert imaginava os Weeble entrando e saindo de carro na rampa de acesso. Era ali que eles os tinha visto mais vezes. Ele lembrava da visita deles no *Boxing Day*. As pernas cinza dela fizeram-no pensar numa freira. Ela ter falado de virgindade tinha deixado Peg e os meninos sem graça. Ela lembrava Robert do tipo de mulher que ele costumava conhecer. O marido falava menos, mas não era tímido. Eles falaram de comida mexicana, e parece que o marido não gostava. Ele não gostava de comer em restaurantes.

Peg dissera: "Ah, os homens nunca gostam!".

Aquilo surpreendera Robert, que depois lhe perguntou se ela queria dizer que eles deviam sair mais para comer?

"Só falei aquilo para ficar do lado dela. Achei que ele estava olhando meio zangado para ela."

Ele estava olhando zangado? Robert não reparara. O homem parecia ter autocontrole demais para olhar zangado para a esposa em público. Bem disposto demais, no todo, talvez de algum modo indolente demais, para olhar zangado para qualquer pessoa em qualquer lugar.

Porém, Peg não costumava exagerar.

Informações chegavam aqui e ali. O nome de solteira de Nora Weeble. Driscoll. Nora Driscoll. Alguém conhecia uma mulher que tinha dado aula na mesma escola que ela em Hamilton. Querida como professora, estilosa no vestir, tinha alguma dificuldade para manter a ordem. Fez um curso de conversação em francês e outro de culinária francesa.

Algumas mulheres tinham perguntado se ela queria começar um clube do livro, e ela dissera que sim.

Ele tinha entrado em mais coisas em Hamilton do que aqui. O Rotary Club. O Lions Club. Talvez fosse por razões profissionais.

Eles não eram de ir à igreja, até onde as pessoas sabiam, nem numa cidade, nem na outra.

(Robert estava certo sobre as razões. Em Gilmore tudo, cedo ou tarde, acaba chegando ao conhecimento de todos. O segredo e a confidencialidade são considerados inimigos do interesse público. Há uma rede de pessoas cujos esposos ou parentes trabalham nos escritórios onde todos os registros são guardados.

Não havia investimento, nem em Hamilton, nem em lugar nenhum. Nem investigação do imposto de renda. Nenhum problema com dinheiro. Nem câncer, coração problemático ou pressão alta. Ela tinha feito uma consulta por causa de dores de cabeça, mas o médico achou que não era enxaqueca, nem nada sério.

No funeral, na quinta, o ministro da Igreja Unida, que normalmente se encarregava dos casos de afiliação desconhecida, falou das pressões e tensões da vida moderna, mas não deu dicas específicas. Algumas pessoas ficaram decepcionadas, como se esperassem que ele desse — ou como se achassem que ele ao menos mencionaria os perigos de se afastar da fé e da participação na igreja, do pecado do desespero. Outras pessoas achavam que dizer qualquer coisa além do que ele disse teria sido de mau gosto.)

Outra pessoa que achava que Peg deveria ter lhe contado era Kevin. Ele estava esperando por eles quando chegaram em casa. Ainda estava de pijama.

Por que ela não tinha voltado para a casa em vez de dirigir até a delegacia? Por que não tinha telefonado para ele? Ela poderia ter voltado e telefonado. Kevin poderia ter telefonado. No mínimo, ela poderia ter telefonado para ele da loja.

Ele tinha ficado no porão a manhã inteira, vendo televisão. Não tinha ouvido a polícia chegar; não os tinha visto entrar nem sair. Não estava sabendo de nada do que estava acontecendo até que sua namorada, Shanna, ligou para ele da escola na hora do almoço.

"Ela disse que levaram os corpos em sacos de lixo."

"Como é que ela poderia saber?", disse Clayton. "Achei que ela estava na escola."

"Alguém contou para ela."

"Ela tirou isso da televisão."

"Ela *disse* que levaram os corpos em sacos de lixo."

"Shanna é uma imbecil. Ela só serve para uma coisa."

"Tem gente que nem serve pra nada."

Clayton tinha catorze anos, e Kevin, dezesseis. Dois anos de distância em idade, mas três anos separados na escola, porque Clayton era adiantado, e Kevin, não.

"Parem com isso", disse Peg. Ela tinha tirado um pouco de molho de espaguete do congelador e estava descongelando em banho-maria. "Clayton. Kevin. Vão arrumar algo pra fazer. Preparem um pouco de salada."

Kevin disse: "Eu estou doente. Posso contaminar a salada".

Ele pegou a toalha de mesa e envolveu os ombros como se aquilo fosse um xale.

"A gente precisa comer em cima disso?", disse Clayton. "Agora que ele se encheu da porcaria dele?"

Peg disse a Robert: "A gente vai tomar vinho?".

Nas noites de sábado e domingo eles normalmente tomavam vinho, mas essa noite Robert não tinha pensado nisso. Ele desceu até o porão para pegar um. Quando voltou, Peg estava colocando o espaguete na panela e Kevin tinha jogado fora a toalha de mesa. Clayton estava preparando a salada. Clayton tinha ossos pequenos, como a mãe, e era motivadíssimo. Um corredor excepcional, um ás de aluno.

Kevin ficava rondando pela cozinha, ficando no caminho, falando com Peg. Kevin já estava mais alto do que Clayton ou Peg, mais alto talvez do que Robert. Ele tinha ombros largos, pernas finas e cabelo preto, que ele usava com o corte mais próximo que ousava de um moicano — era Shanna quem cortava para ele. Sua pele clara muitas vezes irrompia em espinhas. As meninas aparentemente não se importavam.

"Então tinha?", perguntou Kevin. "Tinha sangue e bísceras por toda parte?"

"Vísceras", disse Clayton.

"Eram seres humanos, Kevin", disse Robert.

"Eram", disse Kevin. "Eu sei que *eram* seres humanos. Eu preparei os drinques deles no *Boxing Day*. Ela tomou gim e ele tomou uísque. Naquele momento eles eram seres humanos, mas agora são só elementos químicos. Mãe? O que foi que você viu primeiro? A Shanna falou que tinha sangue e bísceras até no corredor."

"Ele está brutalizado por causa de toda essa TV que assiste", disse Clayton. "Ele acha que isso é algum vídeo. Ele não consegue distinguir sangue de verdade de sangue do vídeo."

"Mãe? Estava espalhado?"

Robert tem uma regra segundo a qual Peg lida com os filhos dela, a menos que peça a ajuda dele. Porém, desta vez ele disse: "Kevin, você sabe que é hora de calar a boca".

"Ele não consegue parar", disse Clayton. "De falar de vísceras."

"Igual você, Clayton. Igual você."

Porém, depois de um instante, Clayton disse: "Mãe? Você gritou?".

"Não", disse Peg, ponderadamente. "Não gritei. Acho que porque não tinha ninguém para me ouvir. Por isso não gritei."

"Eu podia ter te ouvido", disse Kevin, tentando cuidadosamente voltar para a conversa.

"Você estava com a TV ligada."

"Estava sem som. Eu estava ouvindo a minha fita. Eu podia ter te ouvido, mesmo com a fita, se você tivesse gritado alto o bastante."

Peg ergueu um fio de espaguete para experimentar. Robert ficava observando-a de quando em quando. Ele teria dito que ficava observando para ver se ela estava com alguma espécie de problema, se parecia anestesiada ou estranha, ou se estava com algum tremor, se deixava as coisas caírem ou fazia as panelas baterem. Mas, na verdade, ele a estava observando porque não havia sinal dessa dificuldade e porque ele sabia que não haveria. Ela estava preparando uma refeição comum, ouvindo os garotos do seu jeito de sempre, uma ligeira reprovação, mas com serenidade.

O tom dela com os filhos, debaixo do que tinha de austero, parecia chocantemente sereno.

"Kevin, vá se vestir, se você quiser comer à mesa."

"Eu posso comer de pijama."

"Não."

"Posso comer na cama."

"Espaguete, não."

Enquanto eles estavam lavando as travessas e as panelas juntos — Clayton tinha saído para dar uma corrida e Kevin estava falando com Shanna ao telefone —, Peg contou a Robert a parte dela da história. Ele não perguntou assim diretamente. Foi começando com: "Então quando você foi lá, a porta não estava trancada?". E ela começou a contar.

"Você não se importa de falar?", disse Robert.

"Sabia que você ia querer saber."

Ela contou que tinha percebido o que havia de errado — ao menos, ela tinha percebido que havia algo de terrivelmente errado — antes de subir as escadas.

"Você ficou assustada?"

"Não. Eu não estava enxergando as coisas desse jeito — não era para eu me assustar."

"Podia ter alguém lá com uma arma."

"Não. Eu sabia que não tinha. Eu sabia que só eu estava viva naquela casa. Aí eu vi a perna dele, vi a perna saindo para o corredor, e aí entendi, mas eu precisava entrar e ter certeza."

Robert disse: "Entendo".

"Não era o pé que estava descalço que estava para fora. Ele tirou o sapato do outro pé, para poder usar aquele pé para puxar o gatilho quando se matasse. Foi assim que ele fez."

Robert já sabia disso tudo, pela conversa na lanchonete.

"Então", disse Peg. "A verdade é que isso é tudo."

Ela sacudiu a água da louça das mãos, secou-as e, com um olhar crítico, começou a passar loção.

Clayton chegou pela porta lateral. Bateu a neve dos sapatos e correu pelos degraus acima.

"Vocês deviam ver os carros", disse ele. "Os carros estúpidos se arrastando por esta rua. Eles precisam fazer a volta no final e se arrastar de volta. Queria que eles atolassem. Fiquei lá fora olhando feio pra eles, mas comecei a congelar, daí precisei entrar."

"É natural", disse Robert. "Parece estúpido, mas é natural. Eles não conseguem acreditar, então querem ver onde aconteceu."

"Eu não entendo qual é o problema deles", disse Clayton. "Não entendo por que eles não conseguem acreditar. A mamãe conseguiu acreditar. Mamãe não ficou surpresa."

"Bom, claro que eu fiquei", disse Peg, e essa foi a primeira vez que Robert notou qualquer espécie de veemência na voz dela. "Claro que eu fiquei surpresa, Clayton. Só porque eu não saí gritando."

"Você não ficou surpresa por eles terem feito aquilo."

"Eu mal os conhecia. A gente mal conhecia os Weeble."

"Acho que eles tiveram alguma briga", disse Clayton.

"A gente não sabe", disse Peg, obstinadamente esfregando a loção na pele. "A gente não sabe se eles tiveram uma briga nem nada."

"Quando o papai e você costumavam ter aquelas brigas?", disse Clayton. "Lembra, logo depois que a gente se mudou pra cá? Quando ele vinha pra casa? Lá no lava-jato? Quando vocês costumavam brigar, sabe o que eu pensava? Eu pensava que um de vocês ia vir e me matar com uma faca."

"Não é verdade", disse Peg.

"É verdade. Eu pensava mesmo."

Peg sentou-se à mesa e cobriu a boca com as mãos. A boca de Clayton retorceu-se. Ele não conseguia evitar, então ele a transformou num pequeno sorriso retorcido de escárnio.

"Era isso que eu costumava pensar deitado na cama."

"Clayton. Nenhum de nós dois jamais iria te machucar."

Robert achou que era hora de dizer alguma coisa.

"Isso que está acontecendo", disse ele, "é como se fosse um terremoto, um vulcão. É um acontecimento desse tipo. É uma espécie de paroxismo. As pessoas enfrentam um paroxismo do mesmo jeito que a terra enfrenta um paroxismo. Mas ele só acontece uma vez em muito tempo. É uma aberração."

"Os terremotos e os vulcões não são aberrações", disse Clayton, com um certo prazer seco. "Se você quiser chamar isso de paroxismo, vai ter de dizer que é um paroxismo periódico. Assim como têm as pessoas, como têm as pessoas casadas."

"Nós não", disse Robert. Ele olhou para Peg como que esperando que ela concordasse com ele.

Peg, porém, estava olhando para Clayton. Ela, que sempre parecia tão clara, sedosa e complacente, mas difícil de acompanhar como uma marca d'água em papel fino, parecia ressequida, feita de giz, seus contornos fixados numa dor constante, desesperada, sem remorsos.

"Não", disse Clayton. "Vocês não."

Robert lhes disse que ia sair para dar uma caminhada. Uma vez do lado de fora, viu que Clayton tinha razão. Havia carros se esgueirando pela rua, virando no final, se esgueirando de volta. Dando uma olhada. Dentro daqueles carros estavam as mesmas pessoas, provavelmente as mesmíssimas pessoas com quem ele tinha falado naquela tarde. Agora, porém, elas pareciam unidas a seus carros, criando alguma nova espécie de monstro que vinha xeretar de maneira brutalmente curiosa.

Para evitá-los, ele foi até uma rua pequena sem saída que começava na rua deles. Nenhuma casa jamais tinha sido construída naquela rua, por isso a neve não era limpa ali. A neve, porém, estava dura e era fácil andar nela. Ele não tinha reparado como era fácil até ter percebido que tinha ido além do fim da rua e subido uma inclinação, que não era de jeito nenhum uma inclinação da terra, mas um acúmulo de neve. O acúmulo cobria perfeitamente a cerca que separava a rua do campo. Ele passou por cima da cerca sem saber o que estava fazendo. A neve estava dura a esse ponto.

Ele andou por ali, testando. A crosta aguentou seu peso sem sussurrar nem rachar. Era assim por toda parte. Dava para andar por cima dos campos nevados como se estivesse andando em cimento. (Naquela manhã, olhando a neve, ele não tinha pensado em mármore?) Porém, essa pavimentação não era plana. Ela subia e descia de um jeito que não tinha muito a ver com os contornos do chão por debaixo. A neve criava sua própria paisagem, arrebatadora segundo um estilo grandioso e arbitrário.

Em vez de andar pelas ruas limpas da cidade, ele podia andar pelos campos. Podia pegar um atalho até a lanchonete na estrada, que ficava aberta até a meia-noite. Podia tomar uma xícara de café ali, dar a volta e andar até sua casa.

Uma noite, cerca de seis meses antes de Robert casar-se com Peg, ele e Lee estavam bebendo em seu apartamento. Estavam discutindo se era aceitável ou asqueroso ter as iniciais da família na louça. De repente, a discussão desandou — Robert não conseguia lembrar como, mas desandou, e eles começaram a dizer um ao outro as coisas mais cruéis que conseguiam imaginar. A voz deles mudou a entonação elevada e a velocidade de discussão, e eles começaram a falar baixinho, com um desprezo sutil.

"Você sempre me lembra um cachorro", disse Lee. "Você sempre me faz pensar num daqueles cachorros que se jogam nas pessoas e ficam colocando as patas, com aquelas línguas enormes e nojentas pra fora. Você é todo entusiasmado. Toda essa afabilidade, todo esse entusiasmo — isso na verdade é uma agressão. Não sou só eu que acho isso de você. Muita gente te evita. As pessoas não te aguentam. Você ia ficar surpreso. Você empurra e vem com as suas patas daquele jeito entusiasmado e ridículo, mas o seu olhar é calculista. É por isso que eu não me importo de te ferir."

"Talvez eu deva te dizer uma das coisas de que eu não gosto, então", disse Robert, sensatamente. "É o jeito como você ri. Ao telefone, sobretudo. Você ri no final de praticamente cada frase. Eu costumava achar que era um tique nervoso, mas na verdade isso sempre me incomodou. E eu entendi por quê. Você está sempre contando a alguém como você está se dando mal em alguma situação, ou alguma coisa rude que alguém te disse — isso dá uns dois terços da sua conversa autocentrada horrivelmente entediante. E depois você ri. Ha-ha, você aguenta, nem dá para esperar nada melhor. Essa risada é doente."

Depois de um pouco mais disso, eles próprios, Robert e Lee, começaram a rir, mas não era o riso de um salto para a reconciliação; eles não caíram um sobre o outro aliviados, gritando: "Que droga, eu não queria dizer aquilo, você queria dizer aquilo?". ("Não, claro que eu não queria dizer aquilo.") Eles riram por reconhecer o ponto extremo a que chegaram, assim como poderiam ter rido em outro momento, em meio a declarações bem diferentes, surpreendentemente ternas. Eles tremiam com prazer assassino, com a empolgação de dizer algo que jamais poderia ser retirado; exultavam com os ferimentos infligidos mas também com os recebidos, e algum deles, em dado momento, disse: "Esta é a primeira vez que a gente fala a verdade desde que se conheceu!". Até as coisas que lhes vinham mais ou menos no calor do momento pareciam as verdades mais urgentes que vinham se cristalizando há muito tempo e querendo sair.

De rir a fazer amor a distância não era grande, e eles fizeram tudo sem retirar nada. Robert fez sons de latidos, como faria um cachorro, narigando-a para machucar, abocanhando sua carne com verdadeiro apetite. Depois eles ficaram imensa e finalmente enjoados um do outro, mas sem disposição para culpar.

"Existem coisas que eu quero esquecer absoluta e eternamente", disse Robert a Peg. Ele conversava com ela sobre diminuir suas perdas, abandonar antigos maus hábitos, antigos enganos e autoenganos, noções equivocadas sobre a vida e sobre si. Ele disse que tinha sido um perdulário emocional, que tinha se lançado em confusões desesperadas e dolorosas para evitar qualquer coisa que tivesse possibilidades normais. Era tudo experimento e pose, rejeição dos contratos decentes e comuns da vida. Foi o que ele disse a ela. Erros de fuga, quando ele achava que estava correndo riscos e tendo experiências intensas.

"Erros de fuga que eu achava que eram erros de paixão", disse ele, e logo achou que estava soando pretensioso, quando na verdade estava suando de sinceridade, de esforço e de alívio.

Em troca, Peg lhe deu fatos.

Nós morávamos com os pais de Dave. Nunca tinha água quente o bastante para o banho do bebê. Enfim saímos dali e fomos morar na cidade, do lado de um lava-jato. Naquela época, Dave só ficava com a gente no final de semana. Era muito barulhento, especialmente à noite. Aí Dave arrumou outro emprego, foi para o norte, e eu aluguei esta casa.

Erros de fuga, erros de paixão. Ela não especificou.

Dave teve um problema de rim quando era criança e não frequentou escola o inverno inteiro. Leu um livro sobre o Ártico. Foi provavelmente o único livro que ele leu que não precisava ter lido. De qualquer jeito, ele sempre sonhava com aquilo; ele queria ir para lá. Até que enfim foi.

Um homem não sai simplesmente dirigindo cada vez mais longe com seus caminhões até que desaparece da vista da esposa. Nem mesmo se ele sempre sonhou com o Ártico. Acontecem coisas antes de ele ir. Os laços do casamento não vão se desfazer sem dor, com a força da distância. É preciso que haja puxões e cortes. Porém, ela não especificou, e ele não perguntou, nem pensou muito naquilo, até agora.

Ele andou bem rápido por cima da crosta de neve e quando chegou à lanchonete percebeu que não queria entrar ainda. Preferia atravessar a estrada e andar um pouco mais, e depois entrar na lanchonete para se aquecer a caminho de casa.

Na hora em que ele estivesse a caminho de casa, o carro da polícia que estava estacionado na lanchonete já devia ter ido embora. O chefe de polícia estava ali agora, dando uma relaxada. Esse não era o mesmo homem que Robert vira e ouvira quando passou ali voltando de Keneally para casa. Esse homem não teria visto nada em primeira mão. Não tinha falado com Peg. Mesmo assim, ele estaria falando a respeito; todo mundo na lanchonete estaria falando a respeito, repassando a mesma cena e as mesmas perguntas, as possibilidades. Não era culpa deles.

Quando vissem Robert, eles iriam querer saber como estava Peg.

Havia uma coisa que ele ia perguntar a ela, logo antes de Clayton chegar. Ao menos ele estava revirando a pergunta na cabeça, se perguntando se haveria problema em fazê-la para ela. Uma discrepância, um detalhe, no meio de tantos detalhes abomináveis.

E agora ele sabia que as coisas não ficariam bem; que elas nunca ficariam bem. Isso não tinha nada a ver com ele. Uma discrepância, um detalhe — uma mentira — que nunca teria nada a ver com ele.

Andando sobre aquela superfície mágica, ele não ficava cansado. Ficava mais leve, na verdade. Ele estava levando a si próprio cada vez mais longe da cidade, ainda que por algum tempo não percebesse isso. No ar limpo, as luzes de Gilmore eram tão brilhantes que pareciam apenas a meio campo de distância, em vez de um quilômetro, depois dois, depois três. Flocos finíssimos de neve, finos como poeira, reluzindo, estavam sobre a crosta que o segurava. Havia também um reluzir em volta dos galhos das árvores e dos arbustos de que ele se aproximava. Não era como a camada em volta dos ramos e dos galhos mais delicados deixada por uma tempestade de gelo. Era como se a madeira mesma tivesse mudado e começado a cintilar.

Este é o tempo exato em que narizes e dedos congelam. Nada, porém, parecia frio.

Ele estava chegando bem perto de um grande bosque. Estava cruzando uma longa concha inclinada de neve, com árvores à sua frente e ao seu lado. Ali, do lado, uma coisa lhe chamou a atenção. Havia um novo tipo de reluzir debaixo das árvores. Uma congestão de formas, com buracos negros nelas, e braços ou pétalas sem pares erguendo-se para os galhos mais baixos das árvores. Ele se dirigiu para aquelas figuras, mas não ficou claro o que elas eram. Não pareciam nada que ele conhecesse. Não pareciam nada, exceto talvez gigantes armados semicaídos, congelados em combate, ou as torres misturadas de uma cidade maluca em pequena escala — uma cidade da era espacial, em pequena escala. Ele ficava esperando uma explicação, sem ter nenhuma, até chegar bem perto. Ele estava tão perto que podia quase ter tocado alguma daquelas monstruosidades, até que viu que eram só carros velhos. Carros e caminhões velhos, e até um ônibus escolar, que tinham sido jogados debaixo das árvores e largados. Alguns estavam completamente capotados e outros estavam empilhados uns em cima dos outros em ângulos estranhos. Estavam parte cheios, parte cobertos de neve. Os buracos negros eram seus interiores eviscerados. Pedaços retorcidos de cromo, fragmentos de faróis, reluziam.

Ele pensou nele próprio contando a Peg a respeito disso — de como teve de chegar bem perto para ver que aquilo que o deixava impressionado e perplexo não passava de destroços velhos, e de como ele então ficou decepcionado, mas também teve vontade de rir. Eles precisavam de alguma coisa nova para conversar. Agora ele tinha mais vontade de voltar para casa.

Ao meio-dia, quando o chefe de polícia na lanchonete estava dando sua versão, ele descreveu como a força do disparo lançou Walter Weeble para trás. "O disparo o lançou em parte para fora do quarto. Sua cabeça estava para fora do corredor. O que tinha sobrado dela estava caído no corredor."

Não uma perna. Não a perna indicativa, inteira e decente em suas calças, o pé calçado. Não era isso o que qualquer pessoa que virasse no alto da escada veria, nem era disso que teria de passar por cima, nem por isso, para poder chegar ao quarto e olhar o resto do que estava ali.

A LUA SOBRE A PISTA DE PATINAÇÃO DA RUA ORANGE

SAM TEVE UMA SURPRESA AO ENTRAR NA LOJA de doces e de quinquilharias de Callie. Ele esperava doces amontoados, coisinhas baratas, um cheiro bolorento, talvez lantejoulas desbotadas, decorações de Natal que ninguém quis. Em vez disso, encontrou um lugar tomado principalmente por videogames. Cartazes feitos à mão com lápis de cor vermelho e azul advertiam contra álcool, brigas, vadiagem e palavrões. A loja estava repleta de nervosos ruídos eletrônicos, de luzes piscando e de crianças modernas, com cabelos estranhos e pintadas. Porém, atrás do balcão, estava Sallie, também bastante pintada, debaixo de uma peruca de um louro rosado. Estava lendo um livro barato.

Sam pediu cigarros, para testá-la. Ela deitou o livro, e ele viu o título. *Meu amor onde os ventos sopram*, de Veronica Gray. Ela lhe deu o troco, ajeitou o suéter em volta do ombro e pegou o livro, tudo isso sem olhar para ele. O suéter dela estava coberto de bolinhas de lã rosa e branca que se agitavam, feito pipoca. Ela esperou até o último minuto para falar com ele.

"Começou a fumar agora velho, Sam?"

"Achei que você não me conhecia."

"Eu reconheceria a sua cara numa multidão", disse Callie, satisfeita consigo. "Reconheci você na hora em que você entrou por aquela porta."

Sam tem sessenta e nove anos e é viúvo. Está se hospedando no hotel Three Little Pigs, lá na estrada, por alguns dias, a caminho da Pensilvânia, onde vai visitar a filha casada. Apesar de tudo que costumava dizer à esposa sobre Gallagher, ele nunca a levou de volta para uma visita. Em vez disso, foram para o Havaí, para a Europa, até para o Japão.

Agora ele vai dar caminhadas em Gallagher. Muitas vezes, é a única pessoa caminhando. O trânsito é pesado e não tão variado quanto costumava ser. As manufaturas deram lugar às indústrias de serviços. Para Sam, as coisas não estão com aspecto muito bom. Mas isso pode ser porque agora ele mora em Victoria — em Oak Bay, um bairro caro e bonito cheio de aposentados bem de vida como ele.

A pensão Kernaghan's costumava ser a última casa — a última construção — nos limites da cidade. Ainda está no lugar, ainda perto da calçada. Porém, a cidade espalhou-se um pouco em todos os seus limites. Um posto de gasolina Petro-Car. Uma loja da Canadian Tire com um estacionamento enorme. Algumas casas novas, baixas. A Kernaghan's foi pintada de um azul claro e invernal, mas, no mais, parece abandonada. Em vez da varanda da frente, onde cada um dos hóspedes tinha uma cadeira, Sam vê um alpendre envidraçado tomado por pedaços de isolante térmico, um colchão de pé, telas e pesadas janelas velhas de proteção contra tempestades. A casa costumava ser de um castanho bem claro, e o acabamento era marrom. A poeira era um problema, a estrada sendo tão perto e não pavimentada na época. Sempre havia cavalos passando e gente a pé, além de carros e de caminhões de fazenda. "Você simplesmente precisa ir atrás dela", dizia a srta. Kernaghan, de um jeito sinistro, referindo-se à poeira. De fato, era Callie quem ficava indo atrás dela. Callie Kernaghan tinha dezenove anos quando Sam e Edgar Grazier viram-na pela primeira vez, e sua idade poderia ter passado por doze. Ela trabalhava para danar. Tinha gente que a chamava de lacaia, a lacaiazinha da srta. Kernaghan, ou então chamavam-na escrava — escrava Kernaghan. O erro que cometiam estava em pensar que ela se importava.

Às vezes, uma mulher vinda do campo, arrastando sua manteiga e seus ovos, descansava nos degraus da frente. Ou então uma menina sentava ali para tirar as botas de borracha e colocar os sapatos da cidade — escondendo as botas no fosso até colocá-las de volta no caminho de casa. Era aí que a srta. Kernaghan gritava, da escuridão atrás da janela da sala de jantar: "Isso aqui não é banco de praça!". A srta. Kernaghan era uma mulher grande, de ombros quadrados, esquisita, reta na frente e atrás, com cabelo com henna e um rosto vago, coberto de pó de arroz e uma boca depressivamente caída, com uma camada grossa de batom. Histórias lascivas giravam em torno dela, mais tênues, mais difíceis de materializar-se do que as histórias de sua avareza e pão-durice impressionantes. Alguns diziam que Callie, supostamente uma enjeitada, era filha da própria srta. Kernaghan. Mas os seus hóspedes precisavam andar na linha. Nada de beber, nem de fumar, nem de falar palavrão ou de cometer imoralidades, disse ela aos rapazes Grazier no primeiro dia. Nada de comer nos quartos, disse-lhes ela depois, após o dia de Ação de Graças, quando eles trouxeram uma grande caixa engordurada de pães doces de casa. "Atrai ratos", falou.

A srta. Kernaghan dizia com certa frequência que nunca tinha hospedado rapazes. Ela parecia estar fazendo-lhes um favor. Ela tinha mais quatro hóspedes. Uma viúva, a sra. Cruze, bem velha mas capaz de cuidar de si; uma mulher que trabalhava, a srta. Verne, contadora na fábrica de luvas; um solteiro, Adam

Delahunt, que trabalhava no banco e dava aula na escola dominical; e uma moça estilosa e cheia de desprezo, Alice Peel, que era telefonista e noiva de um policial. Esses quatro ficavam com os quartos de cima. A srta. Kernaghan dormia no sofá da sala de jantar e Callie, no sofá na cozinha. Sam e Edgar ficavam com o sótão. Duas camas estreitas de metal tinham sido colocadas de cada lado de um gaveteiro e de um tapete de pano.

Depois que eles deram uma olhada em volta, Sam insistiu com Edgar para que eles descessem e perguntassem se havia algum lugar onde poderiam pendurar suas roupas.

"Eu achei que rapazes como vocês não teriam muitas roupas", disse a srta. Kernaghan. "Eu nunca hospedei rapazes antes. Por que é que vocês não fazem como o sr. Delahunt? Ele coloca as calças debaixo do colchão toda noite, e o vinco fica ótimo."

Edgar achou que isso era o fim da picada, mas pouco depois Callie chegou com um cabo de vassoura e alguns arames. Ela trepou na escrivaninha e inventou um cabideiro com círculos de arame em volta de uma viga.

"É fácil a gente fazer isso", disse Sam. Eles olhavam com curiosidade mas sem muito prazer as folgadas roupas de baixo cinza dela. Ela não respondeu. Ela tinha até trazido alguns cabides. Por alguma razão eles já sabiam que aquilo tudo era iniciativa dela.

"Obrigado, Callie", disse Edgar, um rapaz esguio com uma coroa de cachos louros, voltando para ela o tímido e meigo sorriso que não tinha feito nenhum sucesso lá embaixo.

Callie falou com a voz áspera que usava na mercearia quando exigia batatas boas.

"Vai servir pra vocês?"

Sam e Edgar eram primos — não irmãos, como pensava a maioria das pessoas. Tinham a mesma idade — dezessete anos —

e haviam sido mandados para morar em Gallagher enquanto frequentavam a escola profissionalizante. Depois de um ano na escola, eles podiam arrumar empregos em bancos, em escritórios, ou virar aprendizes de contadores. Eles não iam voltar para a fazenda.

O que eles realmente queriam fazer, e quiseram desde que tinham cerca de dez anos de idade, era virar acrobatas. Tinham praticado por anos e feito exibições quando a escola secundária dava seus recitais. Aquela escola não tinha ginásio, mas no porão havia algumas barras paralelas, uma barra de equilíbrio e colchões. Em casa, eles praticavam no celeiro e, quando o tempo estava bom, na grama. Como os acrobatas ganhavam a vida? Sam tinha sido o primeiro a começar a fazer essa pergunta. Ele não conseguia se imaginar junto com Edgar num circo. Para começar, eles não tinham a pele escura o bastante. (Ele achava que as pessoas que trabalhavam em circos eram todas ciganas.) Ele pensava que devia haver acrobatas que se apresentavam sozinhos, fazendo shows em feiras e em igrejas. Lembrava de ter visto alguns deles quando era mais novo. De onde vinham? Como ganhavam dinheiro? Como você ficava sabendo como se juntar a eles? Essas perguntas perturbavam Sam cada vez mais e nunca pareciam incomodar Edgar nem um pouco.

No começo do outono, depois do jantar, quando ainda havia alguma luz à noitinha, eles praticavam no terreno vazio na frente da Kernaghan's, do outro lado da rua, onde o chão era bem plano. Usavam suas camisas de baixo e calças de lã. Aqueciam-se dando estrelas, fazendo paradas de mão e de cabeça, saltos mortais e saltos mortais duplos, e então fundiam-se. Davam a seus corpos a forma de sinais — de hieróglifos —, eliminando em grau impressionante a distinção entre si e fazendo do bater de ombros e de cabeças algo de menor importância. Às vezes, claro, essas criações desabavam, cada coisa ia para um lado, braços e pernas saíam voando, e corpos atracados reapareciam — apenas os corpos de dois garotos, um alto e esguio, o outro mais baixo e mais robusto. Recomeçavam, montando-se às sacudidas. Os corpos, equilibrando-se, iam de um lado a outro. Podiam desabar, podiam segurar. Tudo dependia de eles conseguirem submeter-se àquela linha pura, juntar-se invisivelmente, atingir o equilíbrio mágico. Sim. Não. Sim. De novo.

Eles tinham uma plateia de hóspedes sentada na varanda. Alice Peel nem sabia. Se não tinha saído com o noivo, ficava no quarto cuidando da manutenção de suas roupas e de sua pessoa — pintando as unhas, arrumando o cabelo ou desarrumando-o, ajeitando as sobrancelhas, lavando os suéteres e as meias de seda, limpando os sapatos. Adam Delahunt também vivia ocupado — tinha de comparecer a reuniões da Sociedade da Temperança e dos Gideões e de coordenar atividades sociais de sua turma da escola dominical. Mas ele sentava um pouco e assistia com a srta. Cruze, a srta. Verne e a srta. Kernaghan. A srta. Cruze ainda enxergava bem e gostava do espetáculo. Batia a bengala no chão da varanda e gritava: "Pega ele, garoto! Pega ele!", como se os números fossem alguma espécie de luta livre.

O sr. Delahunt falou da sua aula na escola dominical com Sam e Edgar, chamada de triplo V. O triplo V se referia a Virtude, Vigor e Vitória. Ele disse que, se eles entrassem para a escola, podiam usar o ginásio da Igreja Unida. Só que, em casa, os rapazes eram da Igreja Batista da Água Fria, então não podiam aceitar.

Se Callie observava, era de trás das janelas. Ela sempre tinha trabalho.

A srta. Kernaghan dizia que aquele exercício todo daria um apetite terrível àqueles garotos.

Quando Sam pensava nele mesmo e em Edgar praticando naquele terreno vazio — que agora fazia parte do estacionamento da

Canadian Tire —, ele sempre parecia estar sentado também na varanda, olhando os dois garotos se esforçando, caindo e levantando na grama — uma figura voando por um instante acima da outra, equilibrando-se triunfantemente com a mão — e, depois, caindo alegres e separadas. Essas lembranças têm um certo tom amarronzado e úmido. Talvez do papel de parede da Kernaghan's. As árvores enfileiradas na estrada na época eram álamos, e a cor de suas folhas no outono era ouro com manchas marrons. As folhas tinham a forma de uma chama de vela. Aquelas folhas caíam na mente dele numa noitinha sem vento, com o céu limpo, mas o crepúsculo, escondido, e o campo, enevoado. A cidade, debaixo de folhas e da fumaça de folhas queimando, era misteriosa e difícil, um mundo à parte, com as flechas de suas igrejas e os apitos de suas fábricas, suas casas ricas e suas casas coladas, em fileira, suas redes, suas palavras de ordem, seus interesses. Ele tinha sido avisado; ele tinha ouvido falar que as pessoas da cidade eram ranhetas. Isso não era nem metade da história.

O exercício de fato aumentava o apetite dos rapazes Grazier, mas esse apetite já seria terrível de qualquer jeito. Eles estavam acostumados às refeições da fazenda e nunca tinham imaginado que as pessoas conseguissem existir com aquelas porções que eram servidas ali. Viam atônitos que a srta. Verne deixava metade do pouco que ganhava no prato e que Alice Peel recusava batata, pão, bacon e chocolate quente por serem ameaças às suas formas; nabo, repolho e feijão por serem ameaças à sua digestão; e qualquer coisa com passas simplesmente porque ela as detestava. Eles não conseguiam imaginar nenhum jeito de ficar com o que Alice Peel recusava ou com o que a srta. Verne deixava no prato, ainda que certamente tivesse sido justo.

Às dez e meia da noite, a srta. Kernaghan oferecia o que chamava de "lanche da noite". Consistia num prato de pão em fatias, um pouco de manteiga e de geleia, e xícaras de chocolate quente ou de chá. Não se servia café naquela casa. A srta. Kernaghan dizia que ele era americano e corroía o esôfago. A manteiga era cortada de antemão em porções magras, e a travessa de geleia era colocada bem no meio da mesa, onde ninguém conseguia alcançá-la com facilidade. A srta. Kernaghan observava que coisas doces estragavam o gosto do pão com manteiga. Os demais hóspedes cediam a ela por um hábito arraigado, mas Sam e Edgar, juntos, limpavam o prato. Logo a quantidade de geleia minguou para duas colheradas separadas. O chocolate quente era feito com água, com um pouco de leite desnatado para fazer um pouco de nata e para dar credibilidade à afirmação da srta. Kernaghan de que ele era feito só com leite.

Ninguém a questionava. A srta. Kernaghan mentia não para enganar as pessoas, mas para confundi-las. Se um hóspede dissesse: "Estava meio frio lá em cima ontem à noite", a srta. Kernaghan imediatamente diria: "Não consigo entender isso. A lareira estava altíssima. Não dava nem para encostar nos canos". O fato era que ela tinha deixado o fogo esmorecer ou simplesmente se apagar. O hóspede sabia disso, ou tinha uma forte suspeita, mas o que era a suspeita de um pensionista contra a mentira firme e escancarada da srta. Kernaghan? A sra. Cruze efetivamente pediria desculpas, a srta. Verne resmungaria algo a respeito de suas frieiras, o sr. Delahunt e Alice Peel ficariam amuados, mas não discutiriam.

Sam e Edgar tinham de gastar toda a mesada, que não era muita, em comida. No começo eles compravam cachorros-quentes no Cozy Grill. Depois Sam percebeu que eles estariam melhor comprando um pacote de tortinhas de geleia ou de Fig Newtons na mercearia. Tinham de comer o pacote inteiro no caminho de casa, por causa da regra de não comer nos quartos. Eles gostavam dos cachorros-quentes, mas nunca se sentiam realmente à vontade no Cozy Grill, que era cheio de alunos secundaristas barulhentos, mais jovens e mais agressivos do que eles. Sam pressentia alguma possibilidade de insulto, ainda que jamais tivesse surgido. Na volta da mercearia para a Kernaghan's, eles tinham de passar pelo Cozy Grill e depois pela Dixon's, uma farmácia que tinha uma sorveteria nos fundos. Era ali que seus colegas da escola profissionalizante iam tomar Cherry Coke e comer banana split depois da aula e à noite. Ao passar pelas janelas de Dixon's, eles paravam de mastigar e olhavam imperturbavelmente adiante. Jamais entrariam.

Eles eram os únicos rapazes na escola profissionalizante que tinham crescido numa fazenda, e suas roupas os destacavam. Não tinham nenhum suéter azul-claro ou marrom-claro em gola V, nenhuma calça cinza que transmitisse maturidade, só espessas calças de lã, grossos suéteres feitos em casa, velhos paletós de ternos usados como casacos esportivos. Eles usavam camisa social e gravata porque era obrigatório, mas cada qual só tinha uma gravata e algumas camisas. A srta. Kernaghan só permitia a lavagem de uma camisa por semana, por isso Sam e Edgar com frequência estavam com o colarinho e as mangas sujos, e havia até manchas — provavelmente das tortinhas — que eles não tinham conseguido tirar com a esponja.

E havia outro problema, relacionado em parte com as roupas e em parte com os corpos dentro delas. Nunca havia muita água quente na pensão, e Alice Peel usava mais do que sua cota. Nas manhãs sonolentas, os garotos molhavam as mãos e o rosto como faziam em casa. Carregavam o cheiro constante de seus corpos e de suas roupas diárias, um registro de seus esforços e labores. Talvez isso tenha dado sorte. Se não fosse assim, as meninas podiam ter prestado mais atenção em Edgar, de cuja aparência gostavam, e não em Sam, com seus cabelos escorridos louro-areia, suas sardas e seu costume de manter a cabeça baixa, como se estivesse pensando em torcer por alguma coisa. Teria havido um atrito entre eles. Ou, para dizer de outro jeito, o atrito teria começado antes.

* * *

O inverno chegou e pôs fim aos números de acrobacia no terreno vazio. Agora Sam e Edgar tinham vontade de patinar. A pista ficava a poucas quadras de distância, na rua Orange, e, nas noites de patinação, que eram as de segunda e de quinta-feira, eles conseguiam ouvir a música. Tinham trazido seus patins para Gallagher. Patinavam quase desde quando conseguiam se lembrar, no lago do pântano ou na pista ao ar livre da cidade. Ali a patinação custava quinze centavos, e o único jeito de eles terem como pagar era abdicando da comida extra. Mas o frio estava deixando o apetite deles mais feroz do que nunca.

Eles caminharam até a pista numa noite de domingo, quando não tinha ninguém por perto, e de novo numa noite de segunda, quando a patinação já tinha terminado e não havia ninguém para impedi-los de entrar. Entraram e se misturaram com as pessoas que saíam do gelo e tiravam os patins. Deram uma boa olhada em volta antes que as luzes fossem desligadas. Voltando para casa, e já no quarto, conversaram baixinho. Sam gostava de tentar imaginar um jeito de entrar de graça, mas não achava que eles iam efetivamente tentar. Para Edgar, era óbvio que eles passariam do plano à ação.

"Não podemos", disse Sam. "Nenhum de nós é pequeno o bastante."

Edgar não respondeu, e Sam achou que isso encerrava a questão. Mal sabia ele.

A Pista de Patinação da Rua Orange, na memória de Sam, é um barracão comprido e escuro em ruínas. Uma luz tênue, móvel, aparece pelos espaços entre as tábuas. A música vem de discos de gramofone roufenhos e arranhados — ouvi-los é como procurar a música através de uma parede de espinhos não muito firme. "Contos dos bosques de Viena", "A viúva alegre", "A valsa de ouro e prata", "A bela adormecida". A luz móvel vista pelos espaços vem de um adereço chamado "a lua". A lua, que brilha do teto da pista, é uma lâmpada amarela dentro de uma lata grande, uma lata de xarope, que teve uma ponta cortada. As outras luzes são desligadas quando a lua está ligada. Um sistema de fios e cordas possibilita erguer assim a lata de xarope, e isso cria uma impressão de luz móvel — a fonte, a forte lâmpada amarela, fica profundamente oculta.

Os *rinkie-dinks* controlavam a lua. Os *rinkie-dinks* eram garotos de dez, onze a quinze, dezesseis anos. Eles limpavam o gelo e tiravam neve pela porta de neve, que era uma portinhola bem encaixada embaixo na parede, presa por dentro. Além das cordas que controlavam a lua, eles mexiam nas tampas que cobriam as aberturas do telhado — abertas para o ar, fechadas para a neve forte. Os *rinkie-dinks* recebiam o dinheiro e às vezes davam menos troco para as meninas que tinham medo deles, mas eles não enganavam Blinker. De algum jeito ele tinha feito com que eles acreditassem que ele tinha contado cada patinador. Blinker era o gerente da pista, um homem macilento, esquálido, nada amigável. Ele e os amigos ficavam em sua sala, depois do banheiro masculino e do vestiário. Ali havia um forno de madeira, com uma cafeteira alta em forma de cone, enegrecida, em cima, e algumas cadeiras de encosto reto com travessas faltando e algumas poltronas velhas e imundas. O chão de tábuas, como todos os pisos, bancos e paredes da pista, estava cortado e ferido por marcas velhas e novas de patins, e escuro de fumaça e terra. A sala em que os homens ficavam era quente e esfumaçada, e presumia-se que eles tomavam bebidas alcoólicas ali, ainda que talvez fosse só o café das canecas de lata manchadas. Claro que havia uma história de que os garotos uma vez entraram lá antes de os homens chegarem e fizeram xixi na cafeteira. Outra história era que um dos amigos de Blinker tinha feito isso na hora em que ele saiu para recolher o dinheiro dos ingressos.

Os *rinkie-dinks* ficavam trabalhando, ou então à toa em alguns lugares das pistas, subindo nas escadas das paredes, andando por cima dos bancos e até correndo pela plataforma, que não tinha grade de proteção, debaixo das aberturas do teto. Às vezes se espremiam por essas aberturas e iam para o telhado, e voltavam do mesmo jeito. Em alguns momentos, claro, patinavam. Entravam de graça.

Assim como Sam, Edgar e Callie, em pouco tempo. Eles vinham quando a patinação estava a toda e a pista, cheia e barulhenta. Perto de um canto do prédio havia cerejeiras, e uma pessoa bem leve conseguia trepar numa delas e dali pular para o telhado. Então essa pessoa muito leve, ousada e ágil conseguia rastejar pelo telhado, esgueirar-se por uma das aberturas e pular para a plataforma ali embaixo, arriscando uma queda no gelo e ossos quebrados, ou até a morte. Mas os garotos arriscavam isso o tempo todo. Da plataforma dava para descer por uma escada na parede, depois dar a volta pelos bancos e passar por cima da parede da portinhola feita para tirar a neve. Depois era só uma questão de ficar agachado nas trevas, esperando o momento certo, destrancar a porta de neve e deixar entrar os dois que estavam ali fora: Sam e Edgar, que não perdiam tempo para colocar os patins e partir para o gelo.

Por que outros não faziam o mesmo truque?, às vezes perguntavam a Sam nas ocasiões em que, anos e anos depois, ele resolvia contar a história, e ele sempre dizia que talvez repetissem o truque, não teria como saber. Os *rinkie-dinks*, claro, poderiam ter aberto a porta para quaisquer amigos, mas não estavam dispostos a fazer isso, já bastante zelosos de seus próprios privilégios. E poucos patinadores noturnos eram pequenos o bastante, leves, rápidos e corajosos para entrar pelo telhado. As crianças talvez tivessem tentado, mas patinavam nas tardes de sábado e não tinham a vantagem da escuridão. E por que não reparavam em Callie? Bem, ela era muito rápida e nunca deixava de tomar cuidado; esperava a hora certa. Usava roupas que não lhe caíam bem, esfarrapadas — calças, anoraque, chapéu de pano. Sempre havia meninos em volta que estavam vestidos em farrapos dignos de jogar fora. E a cidade já era grande o bastante para que nem todo rosto fosse identificado imediatamente. Havia duas escolas públicas, e um garoto de uma, se reparasse nela, simplesmente acharia que ela frequentava a outra.

A esposa de Sam uma vez perguntou: "Como é que vocês a convenciam?". Callie – o que é que a Callie ganhava com isso, ela que nunca teve um par de patins?

"A vida da Callie era só trabalho", disse Sam. "Assim, tudo que não era trabalho já a deixava empolgada." Porém, ele se perguntava: *como* é que eles a convenciam? Deve ter sido um desafio. Ficar amigo da Callie, no começo, tinha sido um pouco como ficar amigo de um cachorrinho rabugento e desconfiado, e depois, foi como ficar amigo da garota de doze anos que ela parecia ser. De início ela nem parava de trabalhar para olhar para eles. Eles admiravam a imagem em bordado que ela estava fazendo, de colinas verdes com um lago azul redondo e um grande barco à vela, e ela a colocava contra o peito, como se eles estivessem zombando dela. "É você mesma que inventa as imagens?", disse Sam, tentando elogiá-la, mas deixando-a zangada.

"Você manda pedir essas imagens", disse ela. "Manda pedir em Cincinatti."

Eles insistiam. Por quê? Porque ela era uma escravinha, as coisas sempre lhe faltavam, sua aparência era bizarra, ela era diminuta, e, comparados com ela, eles estavam bem, tinham sorte. Eles podiam ser rudes ou gentis com ela, como quisessem, e gostavam de ser gentis. Também era um estímulo. Piadas e desafios foram o que finalmente a desarmou. Eles traziam pedacinhos de carvão envoltos em papel de chocolate para ela. Ela colocava cardos secos debaixo dos lençóis deles. Ela dizia a eles que nunca fugia de um desafio. Era esse o segredo de Callie — ela nunca dizia que nada era demais para ela. Longe de ser oprimida por todo o trabalho que tinha de fazer, ela se orgulhava dele. Uma noite, quando Sam estava estudando contabilidade na mesa da sala de jantar, ela jogou um livro escolar debaixo do nariz dele.

"O que é isso, Callie?"

"Sei lá!"

Era o álbum dela, e colados ali havia notícias de jornal sobre ela própria. O jornal tinha convidado as pessoas para entrar em competições. Quem conseguia fazer mais casas de botão em oito horas? Quem conseguia enlatar mais framboesas num só dia? Quem tinha costurado o número mais formidável de colchas, toalhas de mesa, capachos e rendas? Callie, Callie, Callie, Callie Kernaghan, de novo e de novo. Em sua própria visão, ela não era escravinha nenhuma, mas um prodígio que lamentava a preguiça que dominava a vida alheia.

Era só nas noites de segunda que eles podiam patinar, porque aquela era a noite em que a srta. Kernaghan jogava bingo no Legion Hall. Callie guardava suas roupas de menino no alpendre de guardar telha. Elas vinham de um saco de farrapos que pertencia à srta. Cruze, que as tinha trazido de sua antiga casa, querendo fazer colchas de retalhos, mas nunca chegou a fazê-las. Todas, menos o chapéu. Esse tinha sido de Adam Delahunt, que o colocara num amontoado de coisas que deu a Callie para guardar para a Sociedade Missionária, mas a srta. Kernaghan mandou Callie simplesmente colocar aquelas coisas no porão, porque nunca se sabe.

Callie poderia ter saído da pista de patinação assim que seu trabalho estivesse concluído — podia ter saído pela porta principal e ninguém a teria incomodado. Mas ela nunca fazia assim. Ela passava por cima dos bancos, testando a flexibilidade das tábuas, fazia parte do caminho para cima de escada e ficava pendurada com um pé e uma mão por cima da partição, olhando os patinadores. Edgar e Sam só paravam de patinar quando a lua era desligada, a música parava e as outras luzes se acendiam. Às vezes apostavam corrida um contra o outro, disparando em meio aos casais tranquilos e às fileiras de meninas que tentavam se equilibrar. Às vezes se exibiam, deslizando pelo gelo com os braços abertos. (Edgar era melhor na patinação, mas não corria com o mesmo afinco — ele poderia ter sido patinador artístico, se na época os meninos fizessem isso.) Eles nunca patinavam com as meninas, mas isso não era tanto porque eles estavam com medo de chamá-las, mas porque não queriam ficar presos às capacidades de ninguém mais. Callie ficava esperando do lado de fora quando a patinação acabava, e eles voltavam juntos para casa, três meninos. Callie não ficava assobiando alto nem jogando bolas de neve para mostrar que era menino. Ela tinha um jeito arrastado de andar que era de menino, ponderado mas independente, alerta para possibilidades — uma briga ou uma aventura. Seu cabelo áspero, negro e pesado ficava enrolado debaixo do chapéu de pano, impedindo que este ficasse grande demais para sua cabeça. Sem o cabelo em volta, seu rosto parecia menos pálido e apertado — aquela expressão de quem vai cuspir, desdenhosa e intensa que ela tinha, às vezes sumia, e ela parecia sóbria e digna. Eles a chamavam de Cal.

Entravam na casa por trás. Os garotos subiam e Callie trocava de roupa no alpendre gelado. Ela tinha cerca de dez minutos para servir o lanche da noite.

Quando Sam e Edgar deitavam na cama no escuro nas noites de segunda depois de patinar, conversavam mais do que de costume. Era provável que Edgar fosse mencionar em casa o nome de Chrissie Young, sua namorada ano passado. Edgar declarava ter experiência sexual. Dizia que tinha feito com Chrissie no inverno passado, quando foram brincar de tobogã no escuro e bateram num acúmulo de neve. Sam não achava que isso fosse possível, considerando o frio, as roupas deles, o pouco tempo antes de outras pessoas brincando de tobogã os alcançarem. Porém, ele não tinha certeza, e, ao ouvir a história, ficava inquieto, talvez enciumado. Mencionava outras meninas, meninas que estavam na pista de patinação usando saias curtas evasês e pequenos casacos com acabamento em pele. Sam e Edgar comparavam o que tinham visto quando aquelas garotas rodopiavam ou quando uma delas caía no gelo. O que você faria com Shirley, ou com Doris, perguntava Sam a Edgar, e logo passava, num espírito de escárnio e excitação estranhamente misturados, a perguntar-lhe o que faria com outras moças e mulheres, cada vez mais improváveis, surpreendidas num lugar onde não poderiam se defender. As professoras da escola profissionalizante — a srta. Lewisohn, de jeito masculino, que dava aula de contabilidade, e a frágil srta. Parkinson, que dava aula de datilografia. A gorda do correio, a loura anêmica do escritório dos pedidos da Eaton's. As donas de casa que exibiam os traseiros no quintal de trás, curvando-se sobre cestos de roupas. A natureza grotesca de certas escolhas excitava-os mais do que a graça e a beleza das meninas que eram oficialmente admiradas. Alice Peel era descartada quase com negligência — eles a amarrariam à cama e a possuiriam na hora de descer para o jantar. A srta. Verne seria estendida deveras publicamente nas escadas, após ter sido pega excitando-se com as pernas em volta do pilar. Eles poupariam a velha sra. Cruze — afinal, tinham alguns limites. E a srta. Kernaghan, com seu reumatismo, suas camadas de roupas bolorentas, sua boca bizarramente pintada? Eles tinham ouvido histórias, todo mundo tinha. Callie supostamente era filha de um vendedor de bíblias, um hóspede. Eles imaginavam o vendedor de bíblias no lugar deles, traçando a velha srta. Kernaghan. De novo e de novo, o vendedor de bíblias parte para cima dela, rasga suas *pantalettes* antigas, besunta sua boca sedenta, faz com que ela gema e suspire com a mais extrema ânsia e gratificação.

"A Callie também", disse Edgar.

Que tinha a Callie? As alegrias do jogo pararam para Sam quando ela foi mencionada. O fato de que ela também era fêmea surgiu para ele como uma vergonha. Daria para pensar que ele tinha descoberto algo repulsivo e digno de pena a respeito de si próprio.

Edgar não queria dizer que eles deveriam só imaginar o que poderia ser feito com Callie.

"A gente podia dar um jeito de fazer. Aposto que sim."

Sam disse: "Ela é pequena demais".

"Não, não é não."

Desse convencimento Sam se lembra, e ele foi obtido por desafios, o que faz com que ele pense que a aventura da pista de patinação deve ter sido conduzida do mesmo jeito. Uma manhã de sábado, em que o inverno tinha quase terminado, em que os trenós dos fazendeiros, puxados por sobre a neve compacta, raspavam trechos de chão descoberto ao passar pela pensão Kernaghan's. Callie subindo as escadas do sótão com o esfregão molhado, o balde, os panos de pó. Ela chutou a colcha escada abaixo para poder sacudi-la na porta. Tirou os lençóis de flanela de algodão, com seu cheiro íntimo e aconchegante. Nenhum ar fresco entra na pensão Kernaghan's. Do lado de fora das janelas ficam as janelas contra tempestades. Eis o local e o momento da sedução de Callie.

Essa palavra não é adequada para isso. Callie, de início zangada e impaciente, cuidando do trabalho, depois amuada, depois estranhamente dócil. Provocá-la dizendo que ela estava assustada certamente foi tática eficaz. Eles deviam saber, àquela altura, a verdadeira idade dela, mas ainda tratavam-na como um diabinho a ser convencido — nem pensaram em acariciá-la ou lisonjeá-la como se fosse uma menina.

Mesmo com a cooperação dela, não foi nada fácil como eles tinham imaginado. Sam se convenceu de que a história a respeito de Chrissie era mentira, ainda que Edgar estivesse invocando o nome de Chrissie naquele momento.

"Vamos lá", disse Edgar. "Vou te mostrar o que eu faço com a minha namorada. Olha só o que eu faço com a Chrissie."

"Claro", disse Callie, amarga, mas deixou ser deitada no colchão estreito. O elástico de suas *pantalettes* de inverno tinha deixado anéis vermelhos em volta de suas pernas e de sua cintura. Uma camisola de flanela, abotoada sobre uma camisa de baixo, sua meia-calça canelada, firmada por suspensórios compridos e cheios de grumos. Nada além das *pantalettes* tinha sido retirado. Edgar disse que os suspensórios o machucavam e foi soltá-los, mas Callie gritou: "Deixa isso aí!", como se eles fossem o que ela tinha de proteger.

Algo muito importante falta nas lembranças de Sam daquela manhã — sangue. Ele não tem dúvidas da virgindade de Callie, lembrando das dificuldades de Edgar, e em seguida das dele próprio, de tantas estocadas e espicaçadas, de tanta perplexidade, aguentando os dois sem reclamar de que qualquer coisa doía. Ela jamais faria uma coisa dessas. Mas ela não faria nada especificamente para ajudar.

"Abre as pernas", disse Edgar, com urgência.

"Já abri."

O motivo pelo qual ele não se lembra do sangue é que provavelmente não houve nenhum. Eles não chegaram longe o bastante. Callie era tão magra que seus ossos ilíacos se erguiam, mas ela parecia bastante vasta a Sam, difícil de manejar, complicada. Fria e pegajosa onde Edgar a tinha molhado, seca nas outras partes, com quebra-molas, olhos de gato e becos sem saída inesperados — uma sensação de couro nela. Quando ele pensava nisso depois, ainda não tinha certeza de que tinha descoberto como eram as meninas. Era como se eles tivessem usado uma boneca ou um animalzinho obediente. Quando saiu dela, viu que sua pele estava arrepiada nas partes sem pelos, bem em volta daquele tufo de cabelo de aparência morta. E também que o molhado deles tinha encharcado uma perna da meia. Callie se enxugou com o pano de pó — deve-se admitir que ele parecia limpo — e disse que aquilo a lembrava de quando alguém assoava o nariz.

"Você não está zangada?", disse Sam, querendo em parte dizer isso, e em parte: você não vai contar? "A gente te machucou?"

Callie disse: "Seria preciso muito mais do que essa idiotice aí pra me machucar".

Não houve mais patinação depois disso. O tempo abrandou demais.

O reumatismo da srta. Kernaghan tinha piorado. Havia mais trabalho do que nunca para Callie. Edgar ficou com amigdalite e não ia à aula. Sam, sozinho na escola profissionalizante, percebeu o quanto tinha chegado a gostar de lá. Ele gostava do barulho das máquinas de escrever — do tilintar de aviso, do cilindro voltando para o lugar. Gostava de pautar as páginas do livro de contabilidade com uma caneta-tinteiro, fazendo as linhas pedidas, grossas e finas. Gostava principalmente de calcular porcentagens e de adicionar rapidamente colunas de números, e de lidar com os problemas do sr. X e do sr. B, que eram respectivamente os proprietários de um depósito de madeiras para construção e de uma cadeia de lojas de ferramentas.

Edgar ficou quase três semanas sem ir à escola. Quando voltou, estava atrasado em tudo. Datilografava mais devagar e com mais erros do que na época do Natal, manchava a régua de tinta e não conseguia entender as tabelas de juros. Parecia apático, perdeu o incentivo, ficava olhando pela janela. A aparência dele — desde a doença, ele tinha ficado mais leve e mais pálido; até seu cabelo parecia mais louro — amolecia um pouco as professoras, e, mesmo com sua indolência e inaptidão, ele se safava. Fazia alguns esforços, ocasionalmente tentava fazer o dever de casa com Sam, ou ia para a sala de datilografia ao meio-dia para praticar. Porém, nenhuma melhora durava ou era o bastante. Ele tirava alguns dias de folga.

Enquanto estava doente, Edgar tinha recebido um cartão de melhoras. Ele trazia um dragão verde de pijama listrado na cama. Na frente do cartão estavam as palavras "Uma pena que a sua cauda esteja arrastando. Tomara que logo esteja abanando". Abaixo, a lápis, estava escrito o nome Chrissie.

Mas Chrissie estava em Stratford, estudando enfermagem. Como ela poderia saber que Edgar estava doente? O envelope, com o nome de Edgar, tinha vindo pelo correio, mas tinha o carimbo dali mesmo.

"Foi você que mandou", disse Edgar. "Eu sei que não foi ela."

"Não fui eu", disse Sam, falando a verdade.

"Foi você que mandou." Edgar estava rouco, febril e arrasado pela decepção. "Nem escreveu com tinta."

"Quanto dinheiro você tem no banco?", queria saber Edgar. Isso foi no começo de maio. Eles tinham o bastante para pagar a pensão até o fim do semestre. Há vários dias Edgar não ia à escola. Ele tinha ido à estação ferroviária e perguntado o preço de um bilhete só de ida para Toronto. Disse que pretendia ir sozinho se Sam não fosse com ele. Estava louco para ir embora. Não demorou muito para Sam descobrir por quê.

"A Callie pode estar esperando um filho."

"Ela ainda não tem idade", disse Sam. Então se lembrou de que ela tinha. Porém, explicou a Edgar que ele tinha certeza de que eles não tinham chegado longe o bastante.

"Não estou falando daquela vez", disse Edgar, com a voz amuada.

Essa foi a primeira vez que Sam soube o que acontecia enquanto Edgar estava fora da escola. Mas Sam entendeu errado outra vez. Achou que Callie tinha dito a Edgar que estava encrencada. Não tinha. Ela não tinha dado a ele nenhuma informação desse tipo, nem pedido nada, nem feito qualquer ameaça. Mesmo assim, Edgar estava assustado. Seu pânico parecia deixá-lo meio doente. Eles compraram um pacote de rosquinhas e sentaram-se no muro de pedra na frente da igreja anglicana para comê-las. Edgar deu uma mordida e ficou segurando o resto da rosquinha.

Sam disse que faltavam só mais cinco semanas na escola.

"Eu não vou voltar pra lá mesmo. Estou atrasado demais", disse Edgar.

Sam não disse que tinha imaginado a si mesmo trabalhando num banco, formado na escola profissionalizante. Ele se via de terno e colete no lugar do caixa. Teria bigode. Alguns caixas viravam gerentes. Só recentemente tinha-lhe ocorrido que os gerentes de banco não vinham ao mundo já prontos. Antes, eles eram alguma outra coisa.

Ele perguntou a Edgar que tipo de trabalhos poderiam fazer em Toronto.

"A gente pode se apresentar", disse Edgar. "A gente pode se apresentar na calçada."

Agora Sam entendia o que estava enfrentando. Edgar não estava de brincadeira. Ele estava ali sentado com sua rosquinha mordida, propondo aquele jeito de ganhar a vida em Toronto. Apresentações na calçada.

E os pais deles? Isso foi só o começo de planos mais loucos.

"Você podia dizer a eles que eu fui sequestrado."

"E a polícia?", falou Sam. "A polícia vai atrás de qualquer pessoa que tenha sido sequestrada. Você ia ser encontrado."

"Então não diga que eu fui sequestrado", disse Edgar. "Diga que eu testemunhei um assassinato e precisei me esconder. Diga que eu vi um corpo num saco empurrado da ponte Cedar Bush e que eu vi os homens que fizeram isso, e que depois eu os encontrei na rua e eles me reconheceram. Fale isso. Fale para eles não irem à polícia nem falar nada a respeito, porque a minha vida está em jogo."

"Como você sabia que havia um corpo no saco?", perguntou Sam, idiota. "Não fale mais disso. Eu preciso pensar."

Porém, durante todo o percurso de volta à Kernaghan's, Edgar não fez nada além de falar, desenvolvendo aquela história ou alguma outra, que tinha a ver com ele ser recrutado pelo governo para ser espião, precisando pintar o cabelo de preto e mudar de nome.

Eles chegaram à pensão bem na hora em que Alice Peel e seu noivo, o policial, estavam saindo pela porta da frente.

"Vá pelos fundos", disse Edgar.

A porta da cozinha estava escancarada. Callie tinha limpado os canos do fogão. Agora ela os tinha colocado todos de volta no lugar, e estava limpando o fogão. Estava polindo a parte preta com sacos de pão encerados, e o revestimento com um pano limpo. O fogão era maravilhoso de se ver, parecia mármore preto com prata incrustada, mas Callie estava manchada da cabeça aos pés. Até suas pálpebras estavam pretas. Ela estava cantando "My darling Nellie Grey", e em sua boca a canção ia bem rápido, para ajudar com o polimento.

Ah, minha querida Nellie Grey,
Levaram você para longe,
*E nunca mais vou ver o meu amor.**

A srta. Kernaghan estava sentada à mesa, tomando uma xícara de água quente. Além do reumatismo, ela estava perturbada

* No original: *Oh, my darling Nellie Grey,/ They have taken you away,/ And I'll never see my darling anymore.* (N.T.)

pela indigestão. De suas juntas vinham rangidos, e de suas vísceras profundas, fortes ribombos, chiados e até assobios. Seu rosto não acusava nada.

"Vocês, rapazes", disse ela. "O que é que vocês têm feito?"

"Andado", disse Edgar.

"Vocês não fazem mais aqueles números."

Sam disse: "O chão está úmido demais".

"Sentem-se", disse a srta. Kernaghan.

Sam conseguia ouvir a respiração trêmula de Edgar. Seu próprio estômago parecia bem pesado, como se todo o trabalho sobre a massa de rosquinhas — ele tinha comido todas, menos uma estivesse encerrado. Será que Callie tinha contado? Ela não erguia os olhos para eles.

"Eu nunca contei a vocês rapazes como foi que a Callie nasceu", disse a srta. Kernaghan. E imediatamente começou a contar.

"Foi no hotel Queen's em Stratford. Eu estava hospedada ali com a minha amiga Louie Green. Louie Green e eu tínhamos uma chapelaria. Estávamos a caminho de Toronto para comprar nossos tecidos da primavera. Mas era inverno. Aliás, havia uma nevasca. Só nós estávamos jantando. Estávamos saindo do refeitório depois de jantarmos e a porta do hotel se abriu de repente e entraram três pessoas. Era o motorista que trabalhava para o hotel, que ficava esperando as pessoas na estação de trem, mais um homem e uma mulher. O homem e o motorista davam apoio à mulher e, juntos, iam trazendo-a. Ela estava uivando e gritando, e estava inchada, de um tamanho terrível. Colocaram-na no canapé, mas ela escorregou dele e foi parar no chão. Era só uma menina, de uns dezoito ou dezenove anos. O bebê rebentou direto e saiu dela para o chão. O homem simplesmente sentou no canapé e colocou a cabeça entre as pernas. Eu é que tive de correr e chamar o dono do hotel e a esposa. Eles vieram correndo, e o cachorro veio atrás, latindo. Louie se apoiava no corrimão, com medo de desmaiar. Tudo acontecendo ao mesmo tempo.

"O motorista era franco-canadense, então provavelmente já tinha visto um bebê nascer. Mordeu o cordão com os dentes e amarrou-o com um barbante sujo que estava em seu bolso. Pegou um pano e colocou entre as pernas dela. Saía sangue dela, escuro feito breu — estava se espalhando pelo chão. Ele gritou para alguém pegar neve, e o marido, ou o que quer que ele fosse, nem sequer levantava a cabeça. Foi Louie que saiu correndo e foi pegar neve, e, quando o motorista viu a miséria que ela tinha trazido, só fez xingá-la e jogou tudo no chão. Depois deu um chute no cachorro, que estava ficando interessado demais. Deu um chute tão forte que ele foi parar do outro lado do refeitório, e a mulher do hotel gritava que ele tinha morrido. Peguei o bebê e o envolvi no meu casaco. Era Callie. Com um jeito tão doentinho. O cachorro não tinha morrido nada. Os tapetes estavam encharcados de sangue e o francês xingava sem parar. Ela tinha morrido, mas ainda sangrava.

"Foi Louie quem quis que a gente a levasse. O marido falou que ia entrar em contato, mas nunca entrou. A gente precisou arrumar uma garrafa e ferver leite e xarope de milho e fazer uma cama para ela numa gaveta. Louie falou que gostava muito dela, mas dali a um ano Louie se casou, foi morar em Regina e nunca voltou. Isso é que é gostar muito."

Sam achou que aquilo tudo tinha toda a chance de ser mentira. Mesmo assim, o efeito sobre ele tinha sido terrível. Por que contar isso a eles agora? Verdade ou mentira, não fazia diferença, nem se alguém tinha chutado um cão ou sangrado até a morte. O importante era a fria ênfase da srta. Kernaghan enquanto contava a história, seu propósito velado e certamente hostil, sua ferocidade aleatória.

Callie não tinha parado de trabalhar durante uma única palavra da história. Tinha abaixado a voz, mas continuava cantando. A cozinha estava cheia de luz na noitinha de primavera e cheirava aos sabões e pós fortes de Callie. Sam já tinha tido às vezes a sensação de estar encrencado, mas sempre soube exatamente qual era a encrenca e qual seria a punição, e conseguia pensar além dela. Agora ele tinha a sensação de que havia um tipo de encrenca cuja extensão você não tinha como saber e punições que você nem conseguia imaginar. Não era a má disposição da srta. Kernaghan que eles precisavam temer. Ou era? Será que Edgar sabia? Edgar conseguia sentir que algo estava sendo preparado — um golpe paralisante. Achou que tinha a ver com Callie, com um bebê e com o que eles tinham feito. Sam tinha a sensação de implicações maiores. Mas tinha de admitir que os instintos de Edgar estavam certos.

Na manhã de sábado, eles foram até a estação evitando as ruas principais. Tinham saído de casa quando Callie foi fazer as compras do fim de semana, arrastando uma carretinha de criança atrás de si para as provisões. Eles tinham tirado o dinheiro do banco. Tinham colocado um bilhete na porta que ia cair quando ela fosse aberta: "Fomos embora. Sam. Edgar".

As palavras "Fomos embora" tinham sido datilografadas no dia anterior por Sam na escola profissionalizante, mas seus nomes tinham sido assinados à mão. Sam tinha pensado em acrescentar "Pensão paga até segunda" ou "Escreveremos a nossos pais". Porém, com certeza a srta. Kernaghan saberia que a pensão tinha sido paga até segunda, e dizer que eles iriam escrever aos pais certamente indicaria que não tinham simplesmente ido para casa. "Fomos embora" parecia bobo, mas ele temia que, se eles não deixassem nada, haveria preocupação e uma busca.

Eles deixaram para trás os livros pesados e acabados que pretendiam vender no fim do semestre — *Contabilidade na prática*, *Aritmética para negócios* — e colocaram as roupas que conseguiram em dois sacos marrons de papel pardo.

A manhã estava bonita e havia muita gente fora de casa. As crianças tinham tomado as calçadas para brincar de bola, de amarelinha, de pular corda. Eles tinham que falar sobre os sacos de papel cheios.

"O que é que vocês estão levando nesses sacos?"

"Um monte de gato morto", disse Edgar. Ele balançou o saco contra a cabeça de uma menina.

"Vou vender ao japonês para fazer gatissoba", disse Edgar numa voz ameaçadora.

Então eles foram adiante e ouviram a garota repetindo atrás deles: "Gatissoba! Gatissoba! Gororoba!". Mais perto da estação, esses grupos de crianças foram ficando menores, desaparecendo. Agora eram garotos de doze ou treze anos — alguns dos mesmos garotos que frequentavam a pista de patinação — que ficavam vadiando perto da plataforma, pegando guimbas de cigarro, tentando acendê-las. Eles macaqueavam a insolência dos homens adultos e não tolerariam ser vistos fazendo perguntas.

"Vocês, rapazes, chegaram com bastante antecedência", disse o agente da estação. O trem só saía ao meio-dia e meia, mas eles tinham marcado sua fuga para o mesmo horário das compras de Callie. "Vocês sabem aonde vão na cidade? Alguém vai encontrar vocês?"

Sam não estava preparado para isso, mas Edgar disse: "Minha irmã".

Ele não tinha irmã.

"Ela mora lá? Vocês vão ficar na casa dela?"

"Dela e do marido", disse Edgar. "Ela é casada."

Sam já percebia o que estava por vir.

"Em que parte de Toronto eles moram?"

Edgar, porém, se mantinha firme.

"Na parte norte", disse. "Não tem uma parte norte em toda cidade?" O agente da estação parecia praticamente satisfeito.

"Cuidado com o seu dinheiro", disse-lhes ele.

Eles sentaram no banco de frente para a cerca de tábuas do outro lado dos trilhos, segurando seus bilhetes e seus sacos marrons. Sam contava na cabeça quanto era o dinheiro com que deviam tomar cuidado. Ele tinha ido a Toronto uma vez com o pai, quando tinha dez anos. Lembrava-se de uma confusão com um bonde. Tentaram entrar pela porta errada, ou sair pela porta errada. As pessoas gritaram com eles. Seu pai murmurou que eram todos um bando de idiotas. Sam sentiu que tinha de preparar-se para um grande ataque, tentar prever as complexidades à frente para que elas não o pegassem de surpresa. Foi aí que surgiu algo em sua cabeça que era como um presente. Ele não sabia de onde tinha vindo. A Associação Cristã de Moços. Eles podiam ir para a Associação e passar a noite ali. Já seria o fim da tarde quando chegassem. Primeiro iam arrumar alguma coisa para comer, depois iam perguntar a alguém como chegar à Associação. Provavelmente daria para ir a pé.

Ele disse a Edgar o que eles fariam.

"Aí amanhã a gente sai andando para conhecer as ruas e descobrir qual é o lugar mais barato para comer."

Ele sabia que Edgar aceitaria qualquer plano naquele momento. Edgar não tinha a menor ideia de como Toronto era, apesar da invenção inesperada de uma irmã e de um cunhado. Edgar estava sentado ali no banco da estação, tomado pela ideia do trem chegando e deles entrando. A explosão do apito, a partida — a fuga. Fuga como uma explosão, libertando-os. Ele nunca os via saindo do trem, com seus sacos de papel, num lugar ruidoso, contrário, lotado, absolutamente desconcertante. Mas Sam se sentia melhor agora que tinha um plano de partida. Se uma boa ideia podia surgir para ele assim do nada, por que não outra?

Depois de algum tempo, outras pessoas começaram a se juntar, aguardando o mesmo trem. Duas senhoras vestidas para ir às compras em Stratford. Seus chapéus de palha envernizados mostravam que o verão se aproximava. Um senhor idoso num terno preto lustroso carregando uma caixa de papelão fechada com barbante.

Os garotos que ficavam por ali e não iam a lugar nenhum estavam mesmo assim se aprontando para a chegada do trem — sentados todos juntos na ponta da plataforma, com as pernas balançando. Alguns cães patrulhavam a plataforma de maneira semioficial, farejando um baú com alguns pacotes à espera, dando uma olhada no vagão de bagagens e até olhando os trilhos como se soubessem tanto quanto todo mundo de que lado o trem estava vindo.

Assim que ouviram o apito soprar na encruzilhada a oeste da cidade, Sam e Edgar se levantaram e ficaram de pé na beira da plataforma. Quando o trem chegou, pareceu um ótimo sinal que eles tivessem escolhido ficar no ponto exato em que o condutor desceu o pequeno degrau. Após ele ter passado um tempo interminável ajudando uma mulher com um bebê, uma mala, e duas crianças pequenas, eles puderam entrar. Foram à frente das senhoras com chapéus de verão, do homem com a caixa e de todos que tinham feito fila. Não olharam para trás nem uma vez. Andaram até o fundo do vagão quase vazio e escolheram sentar onde podiam ficar de frente um para o outro, do lado do trem que dava para a cerca de tábuas, não para a plataforma. A mesma cerca de tábuas para a qual eles tinham ficado olhando por quarenta e cinco minutos. Eles tiveram de ficar sentados ali dois ou três minutos enquanto havia a balbúrdia habitual do lado de fora, gritos que soavam importantes e a voz do condutor gritando *Embarque imediato!* de um jeito que fazia o som humano daquelas palavras virar o som de um trem. Então o trem começou a andar. Eles estavam em movimento. Cada qual ainda tinha um braço em volta de um saco marrom e um bilhete na outra mão. Eles estavam em movimento. Olharam as tábuas da cerca para ter a prova. Deixaram a cerca completamente para trás e estavam passando pelos diminutos arredores da cidade — os quintais de trás, os galpões de trás, as varandas de trás, as macieiras em flor. Violetas crescendo irregulares nos trilhos, descontroladas.

Enquanto olhavam pela janela, e antes que a cidade tivesse sumido por completo, um garoto sentou-se na fileira do outro lado. A impressão de Sam era que um daqueles garotos vadiando na plataforma tinha se esgueirado para dentro do trem, ou dado algum jeito de conseguir viajar de graça, talvez até a junção. Sem realmente olhar, ele teve uma ideia do jeito como o garoto estava vestido — esfarrapado e descuidado demais para estar numa viagem de verdade. Então ele olhou e viu que o garoto tinha um bilhete na mão, exatamente como eles.

Nas noites de inverno, quando andavam até a pista de patinação, raramente se olhavam. Debaixo dos postes, observavam suas sombras mutantes na neve. Dentro da pista, a lua artificial mudava as cores e deixava algumas áreas quase na escuridão. Assim, as roupas que esse garoto estava usando não transmitiam nenhuma mensagem imediata para a outra fileira. Só que não era o tipo de roupa que se costumava usar numa viagem. Botas de borracha, calças pesadas com manchas de óleo ou de tinta, um anoraque rasgado debaixo de um braço e quente demais para aquele dia, um boné grande, inadequado.

Como Callie tinha passado pelo agente da estação com aquela roupa? O mesmo agente que tinha olhado Sam e Edgar tão inquisitivamente, que queria saber onde eles planejavam ficar e quem iria recebê-los, tinha deixado aquele garoto de faz de conta absurdo, sujo e esfarrapado comprar um bilhete (para Toronto — Callie chutou, e chutou certo) e andar pela plataforma sem uma palavra, uma pergunta. Isso contribuiu para que os garotos sentissem, ao reconhecê-la, que ela estava exercendo poderes que não estavam muito longe de ser miraculosos. (Talvez Edgar, em particular, sentisse isso.) Como ela soubera? Como ela tinha arrumado o dinheiro? Como tinha ido parar ali?

Nada era impossível. Ela tinha voltado com as compras e ido até o sótão. (Por quê? Ela não disse.) Viu o bilhete e imaginou imediatamente que eles não tinham voltado para a fazenda e não estavam pedindo carona na estrada. Ela sabia quando o trem partia. Sabia os dois lugares aonde ele ia — Stratford e Toronto. Roubou o dinheiro de seu bilhete da caixa de metal debaixo dos hinários no banco do piano. (A srta. Kernaghan, claro, não confiava em bancos.) Na hora em que ela chegou à estação e estava comprando seu bilhete, o trem estava chegando e o agente precisava se preocupar com várias coisas, e não tinha tempo de fazer perguntas. Houve muita sorte — sorte com a sincronização, sorte ao chutar cada passo do caminho —, mas isso foi tudo. Não era mágica, não exatamente.

Sam e Edgar não tinham reconhecido as roupas, e não houve um movimento ou gesto particular que os tivesse alertado. O garoto Callie ficou sentado olhando pela janela, a cabeça parcialmente voltada para longe deles. Sam jamais saberia exatamente em que momento soube que era Callie, ou como chegou a perceber, e se ele olhou para Edgar ou simplesmente soube que Edgar sabia a mesma coisa que ele, e na mesma hora. Esse conhecimento parecia ter simplesmente vazado para a atmosfera e estava ali esperando para ser absorvido. Eles passaram por um longo trecho com gramados viçosos de cada lado e atravessaram a ponte Cedar Bush — a mesma ponte em que os garotos da cidade desafiavam uns aos outros a descer e ficar pendurados nos apoios enquanto o trem passava por cima de suas cabeças. (Será que Callie teria feito isso se eles a tivessem desafiado?) Na hora em que estavam do outro lado da ponte, ambos sabiam que era Callie sentada do outro lado. E cada qual sabia que o outro sabia.

Edgar falou primeiro. "Quer vir sentar aqui com a gente?"

Callie se levantou e veio para a fileira deles, sentando-se ao lado de Edgar. Ela estava com sua expressão de garoto — uma expressão nem tão manhosa ou briguenta quanto sua expressão habitual. Ela era um garoto bem-humorado, mais ou menos, com expectativas razoáveis.

Foi com Sam que ela falou. "Você não se importa de viajar de costas?"

Sam disse que não.

Em seguida, ela lhes perguntou o que eles tinham nos sacos, e os dois falaram ao mesmo tempo.

Edgar disse: "Gatos mortos".

Sam disse: "O almoço".

Eles não tiveram a sensação de terem sido pegos. Imediatamente entenderam que Callie não tinha vindo para levá-los de volta. Ela estava se juntando a eles. Em suas roupas de menino, ela os fazia pensar nas frias noites de sorte e de astúcia, no plano executado sem um tropeço, na patinação gratuita, velocidade e delícia, logro e prazer. Quando nada dava errado, nada podia dar errado, o triunfo era certo e todos os movimentos deles, oportunos. Callie, que tinha entrado naquele trem com dinheiro roubado e em roupas de menino, parecia afastar ameaças, e não apresentá-las. Até Sam parou de pensar no que eles iam fazer em Toronto, se o dinheiro deles ia durar. Se ele estivesse funcionando à maneira de sempre, teria notado que a presença de Callie fatalmente lhes traria todo tipo de encrenca uma vez que eles descessem no mundo real, mas ele não estava pensando daquele jeito e não enxergava nada que parecesse encrenca. No momento, ele via força — a força de Callie, que não aceitaria ficar para trás — generosamente distribuída para todos eles. O momento estava inundado — de força, parecia, e de possibilidade. Mas era só felicidade. Realmente era só felicidade.

Era assim que a história de Sam — que tinha deixado alguns detalhes e motivos de fora ao longo do percurso — sempre terminava. Se lhe perguntavam como as coisas caminharam a partir dali, ele talvez dissesse: "Bem, foi um pouco mais complicado do que a gente esperava, mas todos sobrevivemos". O que ele queria dizer era que o recepcionista da Associação Cristã de Moços, que estava comendo um sanduíche de ovo com cebola, não levou dois minutos para perceber que havia algo de errado com a Callie. Perguntas. Mentiras, caras feias, ameaças, telefonemas. Rapto de menor. Tentar levar uma menina para a Associação Cristã de Moços com propósitos imorais. Onde estão os pais dela? Quem sabe que ela está aqui? Quem lhe deu permissão? Quem assume a responsabilidade? Aparece um policial. Dois policiais. Uma confissão total e um telefonema, e o agente da estação se lembra de tudo. Lembra-se das mentiras. A srta. Kernaghan já tinha dado falta do dinheiro e promete não perdoar. Nunca mais quer ver. Uma órfã nascida num saguão de hotel, os pais provavelmente nem eram casados, assumida, abrigada, ingratidão, sangue ruim. Que sirva de lição. Desgraça a valer, mesmo que Callie não seja menor.

O que significa, além disso, que todos eles seguiram vivendo, e muitas coisas aconteceram. Ele próprio, mesmo naqueles primeiros dias confusos e humilhantes em Toronto, teve a ideia de que um lugar como aquele, uma cidade, com sombras meridianas nas ruas profundas e estreitas de seu centro, seus escritórios seriamente ornamentados, seu movimento constante e seus bondes a chacoalhar, poderia ser o lugar para ele. Um lugar para trabalhar e ganhar dinheiro. Por isso ele foi ficando, se hospedou na Associação Cristã de Moços, onde sua crise — a dele, de Edgar e de Callie — logo foi esquecida e outra coisa aconteceu na semana seguinte. Ele arrumou um emprego e, após alguns anos, percebeu que aquele não era na verdade o melhor lugar para ganhar dinheiro; o oeste era o lugar para ganhar dinheiro. Por isso ele foi para lá.

Edgar e Callie foram para a fazenda dos pais de Edgar. Mas não ficaram ali muito tempo. A srta. Kernaghan percebeu que não conseguia viver sem eles.

* * *

A loja de Callie fica num prédio cujos donos são ela e Edgar. A loja de quinquilharias e um salão de cabeleireiro embaixo, a casa deles em cima. (O salão fica onde costumava ficar a mercearia — a mesma mercearia onde Sam e Edgar costumavam comprar tortinhas. "Mas quem quer saber disso?", diz Callie. "Quem quer saber de como as coisas eram?")

A ideia de bom gosto de Sam foi formada pelos cinzas, brancos e azuis e pelas linhas retas e vasos de uma flor só de sua esposa. O espaço de Callie no andar de cima é deslumbrante. Brocado de ouro para sugerir uma janela onde não há janela nenhuma. Um faustoso carpete dourado, teto de gesso branco cintilando de estrelas. Uma parede é um espelho em ouro fosco no qual Sam se vê ziguezagueado por veias de preto e prata. Luzes pendem de correntes e globos de vidro âmbar.

No meio disso tudo está Edgar, sentado como um ornamento polido, mexendo-se raramente. Dos três, ele manteve melhor a aparência. Era o que mais tinha a manter. É alto, frágil, lindamente cuidado e vestido. Callie o barbeia. Ela lava o cabelo dele todos os dias, e ele é branco e brilhoso como o cabelo dos anjos em árvores de Natal. Ele consegue se vestir, mas ela deixa tudo separado para ele — calças, meias, lenço de bolso e gravata combinando, camisas macias em azul-escuro ou bordô, que destacam suas bochechas rosadas e seu cabelo.

"Ele teve um negocinho", diz Callie. "Quatro anos atrás, em maio. Não perdeu a fala nem nada, mas eu o levei ao médico e ele disse que pois é, ele teve um negocinho. Mas está saudável. Está bem."

Callie deu a Sam permissão para levar Edgar para dar uma caminhada. Ela passa os dias na loja. Edgar está esperando no andar de cima, em frente ao aparelho de TV. Ele reconhece Sam, parece contente por vê-lo. Faz imediatamente que sim com a cabeça quando Sam diz:

"Só coloque o seu sobretudo e a gente sai."

Sam traz um sobretudo novo, cinza-claro, e um chapéu cinza do *closet*, e, pensando melhor, um par de galochas para proteger os lustrosos sapatos de Edgar.

"Tudo bem?", diz Sam, mas Edgar faz um gesto, dando a entender: "Só um minuto". Ele está olhando uma bela moça jovem entrevistando uma mulher de mais idade. A mais velha fabrica bonecas. As bonecas são feitas de massa de bolo. Apesar de serem de tamanhos diferentes, todas têm a mesma expressão, que, na opinião de Sam, é idiota. Edgar parece bem interessado nelas. Ou talvez na entrevistadora, com seu cabelo dourado desgrenhado.

Sam fica de pé até que acabe. Em seguida vem a previsão do tempo, e Edgar faz um movimento para que ele se sente. Isso faz sentido — ver como estará o tempo antes que eles saiam andando. Sam pretende subir a rua Orange — onde um complexo para cidadãos da terceira idade tomou o lugar da pista de patinação e das cerejeiras — e ir até a velha casa Kernaghan e ao estacionamento da Canadian Tire. Depois da previsão, Sam fica para o noticiário, porque há algo sobre uma nova regulamentação fiscal que lhe interessa. Os comerciais ficam interrompendo, claro, mas finalmente o noticiário acaba. Aparecem alguns patinadores artísticos na TV. Depois de cerca de uma hora, Sam percebe que não há esperança de mover Edgar.

Sempre que Sam diz qualquer coisa, Edgar levanta a mão, como que para dizer que dali a um minuto vai ter tempo de ouvir. Ele nunca está incomodado. Dá a tudo a mesma atenção contente. Sorri enquanto observa os patinadores, com seus uniformes cintilantes. Ele parece franco, mas Sam detecta satisfação.

Na falsa prateleira sobre a lareira elétrica há uma fotografia de Callie e Edgar em roupas de casamento. O véu de Callie, no estilo de uma época há muito ida, está preso a um enfeite com pérolas, descendo sobre sua testa. Ela está sentada numa poltrona com os braços cheios de rosas, e Edgar está de pé atrás, imponente e esguio.

Sam sabe que esse retrato não foi tirado no dia do casamento deles. Muita gente naquela época colocava as roupas do casamento e ia ao estúdio de um fotógrafo numa ocasião posterior. Porém, aquelas nem são as roupas do casamento deles. Sam lembra que alguma mulher ligada à Associação Cristã de Moços arrumou um vestido para Callie, que era um negócio rosa desbotado e sem forma. Edgar simplesmente não tinha roupas novas, e eles foram casados às pressas em Toronto por um pastor que nenhum dos dois conhecia. Essa fotografia pretende dar uma impressão bem diferente. Talvez tenha sido tirada anos depois. Callie parece bem mais velha do que no verdadeiro dia de seu casamento, seu rosto está mais largo, mais pesado, mais cheio de autoridade. Na verdade, ela lembra um pouco a srta. Kernaghan.

É isso que nunca deu para entender — por que Edgar abriu a boca na primeira noite em Toronto e disse que ele e Callie iam se casar. Não havia necessidade — nada que Sam enxergasse. Callie não estava grávida, e, de fato, até onde Sam sabe, nunca engravidou. Talvez ela realmente fosse pequena demais, ou não tivesse se desenvolvido do jeito habitual. Edgar tomou a iniciativa e fez aquilo que ninguém o obrigava a fazer, tomou aquilo de que tinha fugido. Será que ele sentia arrependimento; será que ele sentia que há coisas das quais não se pode escapar? Ele disse que ele e Callie iam se casar. Mas não era isso que eles iam fazer — não era isso que eles estavam planejando, não é mesmo? Quando Sam olhou os dois no trem, e os três riram de alívio, não podia ser porque ele previu um resultado como esse. Eles estavam apenas rindo. Estavam felizes. Estavam livres.

Cinquenta anos depois é tarde demais para perguntar, pensa Sam. E, mesmo na época, ele estava pasmo demais. Edgar virou uma pessoa que ele não conhecia. Callie retraiu-se para seu lastimoso estado feminil. O momento de felicidade que ele dividiu com eles permaneceu em sua mente, mas ele nunca soube como entendê-lo. Será que esses momentos realmente significam, como parecem significar, que temos uma vida de felicidade com a qual só ocasionalmente, conscientemente, cruzamos? Será que eles vertem essa luz antes e depois que aquilo tudo que aconteceu conosco em nossas vidas — ou que fizemos acontecer — possa ser descartado?

Quando Callie sobe, ele não menciona a foto do casamento. "Tem um eletricista lá embaixo", diz Callie. "Por isso eu preciso descer de novo e ficar de olho nele. Não quero que ele fique lá sentado fumando um cigarro e me cobrando."

Ele está aprendendo o que não deve ser mencionado. A srta. Kernaghan, a pensão, a pista de patinação. Os velhos tempos. Essa insistência nos velhos tempos por parte de alguém que esteve longe com alguém que ficou é irritante — é uma forma sutil de insulto. E Callie está aprendendo a não perguntar a ele quanto sua casa custou, quanto seu apartamento no Havaí custou, quanto ele gastou em várias férias e no casamento da filha — em suma, ela está aprendendo que nunca vai saber quanto dinheiro ele tem.

Ele consegue perceber que existe outra coisa sobre a qual ela está se perguntando. Ele vê a pergunta enrugando ainda mais os profundos ninhos pintados de azul em volta dos olhos dela, olhos que agora exibem uma vida de esforços e de cálculos de razoável sucesso.

O que Sam quer? Não é isso que Callie se pergunta.

Ele pensa em dizer a ela que talvez fique até descobrir. Pode achar uma pensão.

"Edgar não parecia querer sair", diz Sam. "No fim das contas, parece que ele não quer sair."

"Não", diz Callie. "Não. Ele está contente."

JESSE E MERIBETH

Na escola secundária, eu tinha uma amizade leal e entediante com uma menina chamada MaryBeth Crocker. Eu me entregava a essa amizade, assim como me entregava às águas quentes, rasas e um tanto turvas do rio Maitland no verão, quando eu deitava de costas e simplesmente agitava as mãos e os pés, e a corrente me levava.

A amizade começou um dia na aula de música, em que não havia livros de canções o bastante e nos mandaram fazer duplas — meninos com meninos, claro, e meninas com meninas. Eu estava procurando alguma outra menina que não tivesse uma amiga especial com quem se sentar, e MaryBeth se esgueirou para o assento ao meu lado. Ela era nova na escola na época; tinha vindo morar com sua irmã Beatrice, que era enfermeira e trabalhava no hospital local. A mãe delas estava morta; o pai tinha se casado outra vez.

MaryBeth era uma menina baixinha, um tanto roliça mas graciosa, com olhos grandes que iam de um tom castanho-esverdeado a marrom-escuro, uma pele cor de amêndoa inteiramente sem manchas ou sardas, e uma boca bonita que muitas vezes tinha uma expressão ligeiramente perplexa, como se ela estivesse fazendo um certo bico, dando a impressão de que recordava alguma ofensa secreta. Eu conseguia sentir o cheiro do sabonete floral com que ela se lavava. Sua doçura penetrava as camadas de poeira, de desinfetante e de suor, os velhos cheiros da escola — o tédio onírico, a ansiedade bolorenta. Fiquei aturdida, quase consternada, por ter sido escolhida. Por semanas a fio, eu acordava de manhã sabendo que era feliz e sem saber por quê. Então eu me lembrava desse momento.

MaryBeth e eu muitas vezes falávamos dele. Ela dizia que seu coração batia forte na hora em que se deslocou para a minha carteira, mas ela disse a si própria que era agora ou nunca.

Nos livros que eu tinha lido durante toda a minha infância, as meninas eram ligadas duas a duas por uma firme amizade, por uma devoção extraordinária. Elas prometiam nunca contar os segredos uma da outra, nem ter nenhum segredo uma para a outra, nem formar uma amizade profunda e duradoura com nenhuma outra menina. O casamento não fazia diferença. Elas cresciam, se apaixonavam e se casavam, mas permaneciam as primeiras no coração uma da outra. Davam às filhas o nome uma da outra e estavam prontas para cuidar uma da outra nas doenças contagiosas, cometer perjúrio no tribunal uma em nome da outra. Era esse o solene *nonsense* da lealdade, a sentimentalidade formal que eu então queria, ou julgava apropriada, e que impunha a MaryBeth. Fizemos juramentos, promessas e confidências. Ela acompanhava tudo; tinha uma natureza terna. Gostava de se aninhar quando pensava em algo triste ou assustador, e de dar as mãos.

Naquele primeiro outono, saímos caminhando para fora da cidade seguindo os trilhos dos trens e contamos uma para a outra todas as doenças ou acidentes que já tivéramos em nossas vidas, de que coisas tínhamos medo, e quais eram nossas cores, joias, flores, estrelas de cinema, sobremesas, refrigerantes e sorvetes favoritos. Decidimos quantos filhos teríamos e de que sexo, e quais seriam seus nomes. Também qual seria a cor do cabelo de nossos maridos e como eles ganhariam a vida. MaryBeth tinha medo das vacas nos campos e de que aparecesse alguma cobra nos trilhos.

Enchemos as mãos com a seda da ruptura da vagem de asclépias, a coisa mais macia do planeta, e depois espalhamos tudo por cima de outras ervas secas, como flocos de neve ou flores.

"Era disso que faziam paraquedas durante a guerra", falei para MaryBeth. Não era verdade, mas eu acreditava.

Às vezes íamos para a casa onde MaryBeth dividia um quarto com Beatrice. Sentávamos na varanda costurando ou íamos para o quarto delas. A casa era grande, simples, pintada de amarelo, e parecia meio descuidada. Ficava logo depois que se saía da rua principal. Os donos eram um cego e sua esposa, que tinham alguns quartos nos fundos. O cego ficava sentado descascando batatas para a esposa, ou bordava descansos de copo e toalhas de mesa que ela tentava vender nas lojas da cidade.

As meninas na casa às vezes desafiavam uma a outra a correr até lá e conversar com o cego quando sua esposa estava fora. Desafiavam uma a outra a ir lá de sutiã e calcinha ou sem nada. Ele parecia adivinhar qual era o joguinho que estava acontecendo. "Vem aqui perto", diria ele. "Chega mais perto, eu não consigo te ouvir." Ou: "Vem aqui para eu encostar no seu vestido. Deixa eu ver se eu consigo adivinhar a cor dele".

MaryBeth nunca entrava nesse joguinho; ela odiava até ouvir falar dele. Ela achava que algumas meninas eram nojentas.

As meninas com quem ela morava nunca estavam calmas. Brigavam, faziam alianças e tinham crises de ficar sem se falar. Uma vez, uma garota arrancou um chumaço do cabelo de outra por uma discussão por causa de um esmalte.

Bilhetes bruscos e sinistros eram afixados ao armário de remédios no banheiro:

Suéteres devem ser secos no próprio quarto, por causa do fedor da lã secando. Atenção, A.M. e S.D.

A quem possa interessar: senti o cheiro do meu Noite em Paris em você e não gostei. Compre o seu. Sinceramente, B.P.

As coisas estavam sempre sendo lavadas: meias, sutiãs, ligas e suéteres — e, é claro, cabelo. Não dava para se mexer no banheiro sem alguma coisa ir bater em sua cara.

Elas só cozinhavam numa chapa. As meninas que estavam guardando dinheiro para comprar coisas para seus enxovais de casamento ou para se mudar para a cidade comiam macarrão instantâneo. Outras vinham com sacos engordurados de papel pardo, de cheiro delicioso, da lanchonete da esquina. Batatas fritas, hambúrgueres, cachorros-quentes enormes, rosquinhas. As meninas que estavam de dieta xingavam e batiam a porta quando esses cheiros subiam as escadas.

De tempos em tempos, Beatrice, a irmã de MaryBeth, fazia dieta. Ela bebia vinagre para ficar sem apetite. Bebia glicerina para fortalecer as unhas.

"Ela quer arrumar um namorado. Sinto até nojo", disse MaryBeth.

Quando MaryBeth e Beatrice estavam amigas, pegavam emprestadas as roupas uma da outra sem pedir, se aninhavam na cama e diziam uma para a outra como estava seu cabelo por trás. Quando não estavam, paravam de se falar. Aí MaryBeth cozinhava uma deliciosa gororoba borbulhante feita de açúcar mascavo, manteiga e coco na chapa quente, e balançava a panelinha cheia de aromas debaixo do nariz de Beatrice antes que ela e eu começássemos a comer de colher. Ou então ela ia até a loja e comprava um saco de marshmallows, que ela dizia ser a coisa de que Beatrice mais gostava. O plano era comê-los na frente dela. Eu não gostava de comer marshmallows crus — achava meio repulsiva aquela sem-gracice inchada —, mas MaryBeth enfiava um na boca e deixava ali feito uma rolha, colocando a cara na frente da cara de Beatrice. Sem saber como exatamente agir nessas horas, eu ficava mexendo nas roupas no armário.

O pai de MaryBeth não queria que ela morasse com ele, mas lhe dava bastante dinheiro para comprar roupas. Ela tinha um casaco de inverno azul-escuro com gola de pele de esquilo que eu achava um luxo. Tinha várias blusas com cordão, na moda na época — rosa, amarela, malva, azul-celeste, verde-limão. E um braço inteiro, tão cobiçado, de pulseiras de prata. Duas saias rodadas com pregas, que eu me lembre — azul-marinho e branca, turquesa e cereja. Eu mirava aquelas coisas com mais reverência do que inveja. Eu passava as pesadas pulseiras entre os dedos, examinava a delicada esponja de pó de arroz e as pinças de sobrancelhas. Eu mesma não tinha permissão para fazer as sobrancelhas e tinha de colocar maquiagem no banheiro da prefeitura, a caminho da escola. Durante o ano letivo, eu morava na cidade com minha tia Ena, que era rígida. A minha esponja de pó era um áspero retalho de flanela, de aparência certamente imunda. Junto de MaryBeth, eu sentia que era desconjuntada, com minhas pernas fortes e meu peito pesado — robusta, suada e malvestida, indigna, grata. E, ao mesmo tempo, profunda, natural, incomunicável e inimaginavelmente — eu não podia falar nem pensar nisto — superior.

Após as férias de verão, que ela passou com o pai e com a madrasta em Toronto, MaryBeth falou que não devíamos mais sair andando pelos trilhos, que isso podia nos trazer má fama. Ela disse que a nova moda era usar lenços no cabelo, mesmo quando fazia sol, e trouxe diversos quadrados fininhos para esse propósito. Ela me falou para escolher um, e escolhi o fúcsia que ia se graduando em rosa, e ela exclamou, admirada: "Ah, é o mais bonito!". Então, tentei devolver. Tivemos uma discussão de mentirinha, e eu acabei ficando com ele.

Ela me contou das coisas que havia para comprar na Eaton's e na Simpson's, e de como ela quase ficou com o salto preso numa escada rolante, e de algumas coisas rudes que a madrasta tinha dito, e dos enredos dos filmes que tinha visto. Tinha dado voltas na Exposição que a deixaram enjoada, e tinha sido abordada por um homem num bonde. Ele usava paletó cinza, chapéu cinza e propôs levá-la ao zoológico de Riverdale.

Naquele momento eu sentia que me distraía enquanto MaryBeth falava. Eu sentia os meus pensamentos escorrendo, assim como acontecia na escola, durante a explicação de um problema de matemática, ou no começo da grande oração antes do sermão na igreja. Não que eu quisesse estar em outro lugar, ou mesmo sozinha. Eu entendia que era assim que era a amizade.

Tínhamos decidido mudar a grafia de nossos nomes. A minha tinha passado a ser Jesse, em vez de Jessie, e a dela era Meribeth, não MaryBeth. Assinamos esses nomes nos papéis das provas que entregamos na escola.

A professora brandiu meu papel. "Não posso dar nota a essa pessoa, porque eu não sei quem é", disse. "Quem é Jesse?" Ela soletrou o nome em voz alta. "Isso é nome de menino. Alguém aqui conhece um menino chamado Jesse?"

Nem uma só palavra foi dita sobre o nome Meribeth. Como de costume. MaryBeth era a favorita de todos, por causa de sua aparência, de suas roupas e de sua situação exótica, e também de sua voz branda, aduladora, e de seu jeito educado. Tanto as meninas mais duronas quanto os professores mais cáusticos gostavam dela. E os meninos também, claro, mas ela dizia que a irmã não a deixava sair com eles. Eu nunca soube se isso era verdade ou não. MaryBeth era boa com mentirinhas, com recusas delicadas.

Ela desistiu de grafar o nome do novo jeito, já que eu não teria permissão para mudar o meu. Continuamos a usar a nova grafia quando assinávamos nossos bilhetes uma para a outra, ou quando escrevíamos cartas no verão.

Quando eu estava na metade do terceiro ano na escola, minha tia Ena me arrumou um emprego. Era para eu trabalhar para os Cryderman, dois dias por semana, depois da aula. Tia Ena conhecia os Cryderman porque era faxineira deles. Era para eu passar roupa e arrumá-la, e tinha de deixar a salada pronta para o jantar.

"Para eles, salada é janta", disse tia Ena, de um jeito tão monótono que não dava para saber se ela estava censurando os Cryderman por serem afetados ou concedendo-lhes uma posição superior que lhes dava esse direito, ou se simplesmente desejava afirmar que qualquer coisa que eles diziam ou faziam estava completamente fora do alcance de seu entendimento e devia estar fora do alcance do meu.

Tia Ena era tia do meu pai e ela era velha mesmo. Era a Faxineira da cidade, assim como um médico poderia ser o Médico, ou um professor de música, o Professor de Música. Era respeitada. Não aceitava sobras de comida, não importando o quanto fosse deliciosa, nem levava para casa roupas que seriam dadas, por mais que estivessem em estado excelente. Muitas das mulheres para as quais ela trabalhava sentiam-se obrigadas a fazer uma espécie de limpeza às pressas antes que ela chegasse e levavam suas próprias garrafas vazias de bebida para a lixeira lá fora. Ninguém enganava tia Ena.

Ela e a filha, Floris, e o filho, George, moravam numa casa estreita e arrumada numa rua íngreme em que as casas eram quase coladas e ficavam tão perto da rua que quase dava para tocar a balaustrada da varanda da calçada. Meu quarto ficava atrás da cozinha — antes era uma despensa, com paredes de tábuas verde-claras. Eu tentava contar as tábuas deitada na cama, mas sempre precisava desistir. No inverno, eu levava minhas roupas todas para a cama de manhã e me vestia debaixo das cobertas. Não havia meios de aquecer uma despensa.

Tia Ena voltava para casa cansada por exercer sua autoridade pela cidade inteira. Mas ela despertava e a exercia sobre nós também. Ela nos fazia entender — Floris, George e eu — que éramos pessoas superiores apesar, ou talvez por causa, da relativa pobreza. Ela nos fazia entender que tínhamos de confirmar isso todos os dias de nossa vida limpando nossos sapatos e costurando nossos botões, evitando falar de um jeito vulgar, não fumando (no caso das mulheres), tirando boas notas (eu), e nunca tocando em álcool (todos). Ninguém diz nada positivo hoje em dia a respeito dessa rigidez, dessa cautela orgulhosa, dessa decência puída. Nem eu, mas na época eu não achava que sofria muito por causa dela. Aprendi a dar a volta em algumas regras e segui outras, e, de modo geral, aceitei que mesmo uma superioridade baseada nessas noções difíceis era melhor do que superioridade nenhuma. E eu não planejava morar ali, como George e Floris.

Floris casou uma vez, durou pouco, mas ela não parece ter tirado disso nenhuma sensação de importância. Ela trabalhava na loja de sapatos, ia aos ensaios do coral e era viciada em quebra--cabeças, desses que ocupam uma mesinha inteira. Apesar de eu encher o saco dela por causa disso, ela não me proporcionava uma narração satisfatória de seu namoro, de seu casamento ou da morte de seu jovem marido, decorrente de uma septicemia — uma história que eu gostaria de ter usado para contrabalançar a história trágica e verdadeira da morte da mãe de MaryBeth. Floris tinha grandes olhos cinza-azulados, tão separados que quase pareciam estar olhando em direções diferentes. Havia neles uma expressão distante e indefesa.

George não tinha passado do quarto ano na escola. Trabalhava na fábrica de piano, onde atendia pelo nome de Dumbo sem aparentemente ficar ressentido ou envergonhado. Era tão tímido e tão quieto que Floris, com sua cansada petulância, perto dele parecia animada. Ele cortava fotos de revistas e pregava-as em seu quarto — não eram fotos de moças bonitas semivestidas, mas de coisas de cuja aparência ele gostava: um avião, uma torta de chocolate, Elsie, a vaca dos laticínios Borden. Ele sabia jogar damas chinesas e às vezes me convidava para uma partida. Normalmente eu dizia que não tinha tempo.

Quando eu levava MaryBeth para jantar em casa, tia Ena criticava o barulho que as pulseiras faziam na mesa e perguntava por que uma menina daquela idade podia fazer as sobrancelhas. Ela também dizia — era o que George reportava — que minha amiga não parecia ter sido abençoada com muita inteligência. Eu não me surpreendia. Nem MaryBeth nem eu esperávamos nada além do contato mais artificial, doloroso e formal com o mundo dos adultos.

A casa Cryderman ainda era chamada de casa Steuer. Até não muito tempo atrás, a sra. Cryderman se chamava Evangeline Steuer. A casa tinha sido construída pelo dr. Steuer, pai dela. Era apartada da rua por um terraço macio, elevado, e não se parecia com nenhuma outra casa na cidade. Na verdade, não se parecia com nenhuma outra casa que eu já tinha visto. Para mim, ela parecia um banco ou algum prédio público importante. Tinha um andar, telhado plano, janelas francesas baixas, colunas clássicas, uma balaustrada em volta do telhado com uma urna em cada canto. Urnas também ladeavam os degraus da frente. As urnas, a balaustrada e as colunas tinham sido todas pintadas de um branco creme, e a casa mesma era coberta de estuque rosa bem claro. Àquela altura, tanto a tinta quanto o estuque estavam começando a ficar lascados e a desbotar.

Comecei a ir ali em fevereiro. As urnas estavam com neve por cima, como pratos cheios de sorvete, e parecia que tapetes de urso polar tinham sido jogados sobre os vários arbustos do quintal. Havia só um caminho sinuoso até a porta da frente, em vez da ampla passagem que as outras pessoas limpavam.

“O sr. Cryderman não limpa a neve porque ele não acha que ela vai ficar aí”, disse a sra. Cryderman. “Ele acha que vai acordar um dia e ela vai toda embora. Como uma névoa. Ele não estava disposto para isso!"

A sra. Cryderman falava de forma enfática, como se tudo que ela dissesse fosse drasticamente importante, e ao mesmo tempo ela fazia com que tudo parecesse uma piada. Esse jeito de falar era inteiramente novo para mim.

Uma vez dentro da casa, você não conseguia ver o lado de fora, só pela janela da cozinha, em cima da pia. Era na sala de estar que a sra. Cryderman passava seus dias, deitada no sofá, com cinzeiros, xícaras, copos, revistas e almofadas em volta dela. Ela usava um robe chinês, ou um roupão longo, verde-escuro, de lã batida, ou um casaco acolchoado de cetim preto — logo cheio de cinzas — e um par de calças para gestantes. O casaco se abria de lado e me dava um vislumbre da barriga dela, já esquisitamente inchada. Ela ficava com as lâmpadas acesas e com as cortinas cor de vinho fechando as janelas, e às vezes ela queimava um pequeno cone de incenso num prato de bronze. Eu adorava aqueles cones, de um rosa meio empoeirado, deitados aninhados feito balas em sua bonita caixa, preservando magicamente sua forma enquanto viravam cinzas. O quarto era repleto de maravilhas — mobília chinesa de madeira negra talhada, vasos de penas de pavão e de grama dos pampas, leques espalhados contra as paredes vermelhas desbotadas, pilhas de almofadas de veludo, almofadas de cetim com borlas douradas.

A primeira coisa que eu devia fazer era arrumar tudo. Peguei os jornais da cidade amassados no chão, coloquei as almofadas de volta nas cadeiras e nos sofás, juntei as xícaras com chá ou café frios e os pratos com seus restos endurecidos de comida e os copos em que podia haver fatias de frutas ensopadas, borra de vinho — misturas adocicadas, abrandadas, mas ainda ligeiramente alcoólicas. Na cozinha, eu bebia qualquer coisa que tivesse sobrado e chupava a fruta para sentir o estranho gosto da bebida.

O filho da sra. Cryderman deveria nascer em fins de junho ou começo de julho. A incerteza da data se devia à irregularidade de seu ciclo menstrual. (Era a primeira vez que eu tinha ouvido qualquer pessoa falar "menstrual". A gente falava "regras" ou "incômodo", ou usava outros eufemismos.) Ela própria tinha certeza de que tinha engravidado na noite do aniversário do sr. Cryderman, quando tomou muito champagne. Vinte e nove de setembro. Era o trigésimo terceiro aniversário do sr. Cryderman. A sra. Cryderman tinha quarenta anos. Disse que era melhor admitir, ela tinha se arrumado com um jovenzinho. E estava pagando o preço. Quarenta anos já era muito para ter um filho. Era muito para ter o primeiro filho. Tinha sido um erro.

Ela mostrou os danos. Primeiro, as manchas marrom-claro no rosto e no pescoço, que, segundo ela, cobriam-na inteira. Elas me fizeram pensar na carne das peras começando a apodrecer — aquela descoloração branda, as desanimadoras feridas pálidas e fundas. Em seguida, mostrou as varizes, que a mantinham deitada no sofá. Aranhas cor de oxicoco, inchaços esverdeados por suas pernas inteiras. Elas ficavam pretas quando ela levantava. Antes de colocar os pés no chão, tinha de envolver as pernas em bandagens longas, apertadas e emborrachadas.

"Aceite meu conselho e tenha seus filhos enquanto ainda é jovem", disse. "Vá e engravide já, se possível. Eu achava que estava acima disso tudo. Ha-ha!" Ela tinha algum bom senso, porque disse: "Nunca conte para a sua tia o jeito como eu falo com você!".

Quando a sra. Cryderman era Evangeline Steuer, ela não morava naquela casa, só a visitava de vez em quando, muitas vezes com amigos. Suas aparições na cidade eram breves e dignas de nota. Eu a tinha visto dirigindo seu carro com a capota abaixada, um lenço laranja cobrindo seu cabelo escuro, cortado estilo pajem. Eu a tinha visto na farmácia, usando shorts e uma blusa aberta nas costas, suas pernas e a barriga lustrosas e bronzeadas como se tivessem sido encapadas com seda marrom. Ela estava rindo naquele momento e admitindo espalhafatosamente estar de ressaca. Eu a tinha visto na igreja usando um chapéu transparente preto com rosas vermelhas de seda, um chapéu de festa. Ela não se encaixava ali; ela se encaixava no mundo que víamos nas revistas e nos filmes — um mundo de banalidades envernizadas, de espirituosos comediantes de feições duras, de música em salões de baile, taças de coquetel rosa-fosforescente tombadas em cima de portas de bar. Ela era nosso elo com aquele mundo, nossa prova de que ele existia e de que existíamos com ele, de que as dissipações de seus vícios e a crueldade de sua luxúria não estavam totalmente desconectados de nós. Enquanto ela ficasse ali, fazendo suas visitas-relâmpago, era perdoada, talvez admirada à distância. Até minha tia Ena, que tinha de lidar com o copo quebrado na lareira, com a frango frito prensado no carpete, a graxa de sapato na beira da banheira, conseguia conceder a Evangeline Steuer uma espécie de privilégio profano — ainda que talvez fosse apenas o privilégio de ser um exemplo de como o dinheiro deixava você sem vergonha, de como o tempo livre tornava você inútil, de como a autoindulgência marcava você para algum desastre vistoso.

Agora, o que Evangeline Steuer tinha feito? Tinha virado uma senhora, como uma pessoa qualquer. Tinha comprado o jornal da cidade para o marido dirigir. Estava esperando um filho. Tinha perdido sua função, bagunçado as coisas. Uma coisa era ser uma menina solteira mundana, glamorosa, que fumava e bebia, e outra bem diferente ser uma gestante que bebia, fumava e não era mais glamorosa.

"Não faça o menor caso de mim, Jessie. Eu nunca tive de ficar deitada tanto tempo assim. Antes eu estava sempre fazendo alguma coisa. Tudo o que aquele médico brutamontes me diz é que eu vou piorar antes de melhorar. Tudo o que entrar vai ter de sair. 'Cinco minutos de prazer, nove meses de agonia.' Aí eu disse a ele: 'Como assim, *cinco* minutos?'."

Eu prestei atenção. Nunca tinha visto nem ouvido tanta coisa. Contei tudo a MaryBeth. Descrevi a sala de jantar, as roupas da sra. Cryderman, as garrafas no aparador com seus conteúdos de cor dourada, verde e rubi, as latas de comidas estranhas nos armários da cozinha — ostras defumadas, anchovas, purê de castanhas, alcachofras, e também grandes presuntos enlatados e *fruit puddings*. Falei das veias, das bandagens e das manchas — fazendo com que essas coisas parecessem piores do que eram — e das conversas interurbanas da sra. Cryderman com seus amigos. Os amigos se chamavam Bunt, Pookie, Pug e Spitty, então não dava para saber se eram homens ou mulheres. O nome dela própria, entre eles, era Jelly. Quando parava de falar com eles ao telefone, ela me falava do dinheiro que eles tinham perdido, ou de acidentes que tinham sofrido, ou de peças que tinham pregado, ou de romances muito complicados e diferentes que estavam tendo.

Tia Ena reparava que eu não estava passando muita roupa. Eu falava que não era culpa minha — a sra. Cryderman me segurava na sala de estar para conversar. Tia Ena dizia que não havia nada que me impedisse de colocar a tábua de passar na sala se a sra. Cryderman insistisse nas conversas.

"Deixa ela falar", dizia tia Ena. "Você passa. É para isso que ela está te pagando."

"Eu não me incomodo de você passar aqui, mas você precisa chispar no instante em que o sr. Cryderman chegar em casa", disse a sra. Cryderman. "Ele odeia isso — qualquer afazer doméstico quando ele está presente."

Ela me contou que o sr. Cryderman tinha nascido e crescido em Brisbane, na Austrália, numa casa enorme cheia de bananeiras em volta, e que sua mãe tinha empregadas de cor. Eu achava que isso era meio bagunçado, como se *...E o vento levou* tivesse ido parar na Austrália, mas achei que podia ser verdade. Ela disse que o sr. Cryderman tinha deixado a Austrália e virado jornalista em Singapura, e depois servido o Exército britânico na Birmânia, na época em que eles perderam para os japoneses. O sr. Cryderman tinha caminhado da Birmânia até a Índia.

"Com um pequeno bando de soldados britânicos, alguns americanos e meninas nativas — enfermeiras. Mas sem safadeza. As meninas só faziam cantar hinos. Tinham todas sido cristianizadas. 'Avante, Soldados Cristãos!' De qualquer jeito, eles não tinham condições de continuar. Doentes, feridos, caminhando um dia após o outro num calor terrível. Perseguidos por elefantes selvagens. Ele vai escrever um livro a respeito. Ele, o sr. Cryderman. Eles tinham de construir as próprias jangadas e descer o rio. Tiveram malária. Andaram pelos Himalaias. Eram heróis, e ninguém nem ficou sabendo."

Também achei que tinha alguma coisa ali. Calor terrível nos Himalaias, que, como todo mundo sabia, estavam perpetuamente cobertos de neve.

"Eu falei a Bunt: 'Eric serviu com os britânicos na Birmânia', e Bunt falou: 'Os britânicos não combateram na Birmânia — os japas limparam a bunda com os britânicos na Birmânia'. As pessoas não sabem de nada mesmo. Bunt não consegue andar até a parte alta da rua Yonge."

Anos depois, talvez um quarto de século depois, li a respeito da marcha da Birmânia para a Índia comandada pelo general Stilwell, que cruzou a passagem de Tamu e desceu pelo rio Chindwin. No grupo havia alguns comandos britânicos, imundos e semifamintos. Eric Cryderman poderia ter sido um deles.

O encontro do sr. e da sra. Cryderman aconteceu quando ele apareceu um dia para alugar o apartamento dela em Toronto. Ele planejava trabalhar como jornalista no Canadá. Ela planejava dirigir até o México com amigos. Ela nem foi. Assim que viu o sr. Cryderman, pronto. Os amigos dela lhe disseram para não se casar com ele. Sete anos mais novo, divorciado — com mulher e filho em algum lugar da Austrália —, e sem grana. Todos diziam que ele era um aventureiro. Ela, porém, não se deixou intimidar. Casou-se com ele seis semanas depois e não convidou nenhum deles para o casamento.

Achei que eu deveria dar alguma contribuição à conversa, por isso falei: "Por que eles ficaram contra ele só porque ele era aventureiro?".

"Ha-ha", disse a sra. Cryderman. "Não era isso que eles queriam dizer. Eles queriam dizer que ele estava atrás do meu dinheiro. E eu nem consigo convencê-lo a viver dele enquanto escreve um livro sobre suas experiências. Ele só quer ser independente. Ele acha que precisa escrever sobre o que as idiotas das damas de honra usaram, sobre o chá de panela, sobre as asneiras da Câmara Municipal, e isso tudo está deixando ele louco. Ele é o homem mais talentoso que eu já conheci, e um dia você vai se gabar porque o conheceu!"

Assim que ouvíamos o sr. Cryderman na porta, eu levava a cesta com as roupas para passar à cozinha, como mandado. A sra. Cryderman gritava, com uma voz nova, boba e meiga, zombeteira e ansiosa: "Foi o meu queridinho que chegou? É o meu Pequeno Lorde? O meu herói?".

O sr. Cryderman, tirando as botas no vestíbulo, respondia que era Dick Tracy, ou o marinheiro Barnacle Bill. Então ele entrava na sala de estar e ia direto para o sofá, onde ela estava deitada de braços abertos. Eles davam beijos estalados, enquanto eu me retirava desajeitada com a tábua de passar.

"Ele casou com ela pelo dinheiro", falei para MaryBeth.

MaryBeth queria saber qual a aparência dele.

"Parece alguma coisa que desenterraram de um brejo", falei. Mas essa era a descrição da tia Ena depois de ter visto o sr. Cryderman pela primeira vez. Eu a repetia porque gostava do jeito como ela soava. Não achava que era adequada. Era verdade que o sr. Cryderman era magro, alto e magro, e que sua tez era macilenta. Mas ele não tinha uma aparência de mofo, nem doentia. Na verdade, ele tinha uma aparência boa, viva, meio que de ossos leves, traços agudos, que era bem popular na época. Um bigodinho ralo, olhos frios que piscavam, um sorriso sarcástico de canto de boca.

"Como uma cobra na grama", emendei. "Agora, ela é completamente apaixonada por ele." Representei o reencontro diário deles, estalando meus lábios e lançando meus braços.

A sra. Cryderman disse ao sr. Cryderman que eu lia feito o capeta e que era uma gênia em história. Isso porque eu tinha resolvido uma confusão dela com algum romance histórico que ela estava tentando ler. Eu tinha explicado qual a relação entre Pedro, o Grande, e Catarina, a Grande.

"É mesmo?", disse o sr. Cryderman. Seu sotaque fazia com que ele soasse ao mesmo tempo mais brando e mais maldoso do que um canadense. "Qual seu autor favorito?"

"Dostoiévski", falei, ou achei que falei.

"Dostoi-vétski", disse o sr. Cryderman, ponderadamente. "Qual seu livro favorito dele?"

Eu estava perturbada demais para notar a imitação.

"*Os Irmãos Karamázov*", falei. Aquele era o único livro de Dostoiévski que eu tinha lido. Eu o lera atravessando noites no frio do quartinho de trás, pulando, na minha pressa e na minha cobiça, boa parte do Grande Inquisidor e outras partes em que tinha emperrado.

"De qual irmão você mais gosta?", disse o sr. Cryderman, sorrindo como se tivesse me encurralado.

"Do Mítia", falei. A essa altura, eu não estava tão nervosa e teria gostado de prosseguir, explicando minha preferência — Alyosha era angelical demais, e Ivan, intelectual demais, e daí por diante. A caminho de casa, eu imaginava que tinha explicado e que, enquanto eu falava, o rosto do sr. Cryderman tinha adquirido uma expressão de respeito e de delicada mortificação. Então percebi o erro que tinha cometido, na pronúncia.

Não tive a chance de prosseguir, porque a sra. Cryderman gritou do sofá: "De qual você mais gosta! De qual você mais gosta! Quem é a velha grávida enorme e inchada de quem vocês mais gostam? É isso que eu quero saber!".

Por mais que eu gozasse dos Cryderman com MaryBeth, eu queria alguma coisa deles. Atenção. Reconhecimento. Eu gostava quando a sra. Cryderman dizia que eu era uma gênia em história, mesmo que eu soubesse que era besteira dizer isso. Eu teria dado mais valor ao que ele dissesse. Eu achava que ele menosprezava a cidade e todo mundo nela. Ele não se importava com o que pensavam dele por não tirar a neve da entrada. Eu queria abrir um buraquinho em seu desprezo.

Mesmo assim, ele tinha de ser chamado de queridinho e submeter-se àqueles beijos.

MaryBeth também tinha coisas novas para me contar. Beatrice tinha um namorado e tinha esperança de ficar noiva. MaryBeth dizia que os dois juntos estavam mandando brasa.

O namorado de Beatrice era aprendiz de barbeiro. Ele a visitava à tarde, quando ela chegava de seu turno no hospital e as barbearias ficavam mortas. As outras meninas que moravam na casa estavam trabalhando naquele momento, e MaryBeth e eu igualmente não estaríamos ali, se tivéssemos tido o tato de ficar vagabundeando em volta da escola, ou de ir tomar Coca-Cola, ou de passar algum tempo olhando vitrines. MaryBeth, porém, insistia em pegar uma reta para a pensão.

Encontraríamos Beatrice arrumando a cama. Ela tirava todas as camadas e arrumava o lençol com agilidade profissional. Depois, colocava um protetor absorvente de algodão atravessado no colchão num lugar estratégico. Eu me lembrava da época em que eu vergonhosamente dormia em cima de borracha, porque às vezes fazia xixi na cama.

Agora ela trocava as colchas, arrumava-as e esticava-as, escondendo o segredo. Ela afofava os travesseiros, virava um canto do lençol de cima por sobre a colcha. Uma sensação ligeiramente nauseante de ânsia infantil voltou-me, uma recordação de intimidades de roupas de cama. Cobertores ásperos, lençóis reconfortantes de flanela de algodão, segredos.

Pelo corredor ia Beatrice, que precisava ajeitar a parte apropriada de si mesma assim como tinha ajeitado a cama. Ela tinha no rosto uma expressão séria, zelosa, um olhar de preocupação de dona de casa. Ela ainda não tinha dirigido uma palavra a nós.

"Eu não ficaria surpresa se ela fosse e fizesse bem na nossa frente", disse MaryBeth bem alto na hora em que passamos pela porta do banheiro, descendo. A água corria. O que exatamente fazia Beatrice? Achei que envolvia esponjas.

Sentamos nos degraus da varanda. O balanço tinha sido removido para o inverno e ainda não tinha sido colocado de volta.

"Ela não tem vergonha", disse MaryBeth. "E eu tenho de dormir na mesma cama. Ela acha que, se colocar o protetor por cima do lençol, tudo bem. Ela roubou aquele protetor do hospital. Nunca deu para confiar nela, nem quando ela era pequena. Uma vez a gente brigou e ela disse: 'Vamos fazer as pazes, ficar amigas', e, quando eu fui pegar na mão dela, tinha um sapinho bebê nela, e o sapinho tinha ido no banheiro em cima dela."

A neve ainda não tinha sumido de todo; um vento frio trazia o cheiro dos pântanos, dos riachos e da água deixada pelas inundações para a cidade. O aprendiz de barbeiro, porém, não tinha se dado ao trabalho de colocar um casaco. Ele vinha apressado pela viela com seu avental branco, de cabeça baixa, determinado. Não estava preparado para nos encontrar.

"Boa tarde!", disse ele com falsa segurança, com falsa jocosidade.

MaryBeth não respondeu a ele, e eu também não podia, por lealdade. Não levantamos, mas nos afastamos, dando-lhe espaço apenas o suficiente para subir os degraus. Eu aguçava os ouvidos, mas não ouvia o abrir e fechar da porta do quarto.

"Eles mais parecem dois cachorros", disse MaryBeth. "Dois cachorros se atracando."

Pensei no que estava acontecendo naquele exato momento. O cumprimento, o olhar trocado, a remoção das roupas. Em que ordem? Acompanhado de que palavras e carícias? Eles seriam febris ou metódicos? Eles rolavam pela cama semidespidos, ou procediam como no médico? Achei que a última opção tinha mais a ver com eles.

Tire essa roupa. Muito bem. Agora deite-se. Abra as pernas. Ordens calmas, obediência cega. Beatrice estupidificada, submissa. O aprendiz de barbeiro, aquele sujeito esquálido, com manchas no pescoço, subitamente imperioso, prestes a fazer uso de seu perverso poder. Agora. Sim. Agora.

"Uma vez, um garoto me chamou para fazer isso", falou MaryBeth. "Quase que ele foi expulso por minha causa." Ela me contou como, no sétimo ano, um garoto deu a ela um bilhete que dizia: "Você quer F.?", e ela mostrou o bilhete à professora.

"Tem alguém querendo que eu faça", eu disse. Fiquei muito surpresa comigo mesma. Mantive os olhos abaixados e não encarei MaryBeth. Quem?, disse ela, e o que ele disse exatamente, e onde? Quando? Foi alguém da nossa turma? Por que eu não tinha contado a ela?

Ela se deixou cair no degrau abaixo do meu, para poder olhar no meu rosto. Colocou as mãos nos meus joelhos. "Nós prometemos que íamos contar tudo uma para a outra", falou.

Sacudi a cabeça.

"Fico muito magoada por você não ter contado."

Esfreguei os lábios um no outro, como que para conter o segredo. "Na verdade, ele está apaixonado por mim", falei.

"Jessie! Me conta!"

Ela me prometeu que eu podia usar sua lapiseira Eversharp até o fim do ano letivo. Não respondi. Ela disse que eu também podia usar a caneta-tinteiro dela. A lapiseira Eversharp e a caneta-tinteiro, o conjunto.

Eu tinha planejado provocá-la mais um pouco e depois dizer que era tudo brincadeira. Eu não tinha o nome de ninguém na cabeça, no começo. Agora eu tinha, mas era absurdo demais. Eu nem acreditava que fosse falar.

"Jessie, eu te dou uma pulseira. Não estou falando de emprestar. Vou te *dar*. Eu te dou qualquer pulseira que você quiser, e você pode ficar com ela."

"Se for para eu dizer o nome dele, eu não diria por uma pulseira", falei.

"Juro por Deus que não conto. Juro por tudo que é mais sagrado."

"Jure logo por Deus."

"Eu juro. Juro por Deus, Jessie. Já jurei por Deus."

"O sr. Cryderman", falei baixinho. Senti uma leveza enorme, não um peso, com minha mentira. "É ele."

MaryBeth tirou as mãos dos meus joelhos e sentou-se ereta. "Ele é velho", disse ela. "Você falou que ele era feio! Ele é casado!"

"Eu nunca falei que ele era feio", disse eu. "Ele só tem trinta e três anos."

"Você nem gosta dele!"

"Às vezes, quando você se apaixona, começa desse jeito."

Uma vez eu conheci uma senhora idosa que me disse, falando da vida dela, que tinha passado três anos tendo um caso com Robert Browning. Ela não tinha nada de senil; era uma senhora muito competente e direta. Não falou que adorava os poemas de Browning, nem que passava o tempo inteiro lendo a respeito dele. Não dizia que tinha fantasias. "Ah, sim", dizia ela, "e aí teve o meu caso de três anos com Robert Browning." Eu ficava esperando ela rir ou acrescentar alguma palavrinha de explicação, mas ela não fazia nada disso. Assim, só me resta pensar que o caso, acontecido em sua imaginação, era tão sério e demandava tanta energia que ela proibia a si própria de descrevê-lo como imaginário.

O caso que eu tive naquela primavera com o sr. Cryderman — na minha cabeça, e na frente de MaryBeth — pode não ter sido tão importante na minha vida, mas me manteve ocupada. Não havia mais a sensação de deriva e de tédio quando MaryBeth e eu estávamos juntas. Eu tinha de ficar arranjando e rearranjando as coisas, e depois colocando-as no lugar usando as pequenas informações que eu escolhia oferecer. Eu consumava o caso mas não lhe contava, e depois ficava contente porque tinha decidido desconsumá-lo. Eu não conseguia imaginar adequadamente a sequência de movimentos ou o que deveria ser dito depois. Não me importava nem um pouco com todas as mentiras. Uma vez que eu tinha mergulhado na falsidade — ao dizer o nome do sr. Cryderman —, achei a falsidade maravilhosamente confortável.

Não era só pelas minhas palavras, mas também pela minha aparência, que eu dramatizava o que estava acontecendo. Eu não apertava o cinto, nem me maquiava para me exibir como uma sedutora juvenil. Em vez disso, usava tranças amarradas em torno da cabeça e parei com o ruge e com o batom, mas ainda usava muito pó, para ficar pálida. Eu ia à escola com uma blusa crepe bem folgada da tia Ena. Falava para MaryBeth que o sr. Cryderman tinha me pedido para me vestir daquele jeito e para usar tranças. Ele não conseguia suportar a ideia de outra pessoa olhar meu cabelo ou ver o contorno dos meus seios. Ele sofria com o ônus de seu amor. Eu também sofria. Eu curvava os ombros; tinha uma expressão subjugada. As paixões não são trivialidades, era essa a minha mensagem a MaryBeth. Culpa, receios e um desejo atiçado deviam ser vistos como meus companheiros do dia a dia.

E também do sr. Cryderman. Na minha imaginação, ele ficava mais ousado. Apalpava e sussurrava, depois censurava a si próprio, resmungava, assumia um ar devoto, beijava minhas pálpebras.

E o verdadeiro sr. Cryderman? Será que isso tudo me fazia tremer quando eu o ouvia à porta, ficar esperando por ele, rezar por um sinal? Nem um pouco. Quando ele começava a desempenhar seu papel em minha imaginação, ele sumia na realidade. Eu não tinha mais esperanças de uma conversa interessante, nem de um aceno na direção da minha existência. Na minha cabeça, eu tinha melhorado um pouco sua aparência — dado-lhe uma cor mais saudável, afastado seu leve escárnio habitual para trazer à tona uma ternura melancólica. Eu evitava olhá-lo em carne e osso, para não precisar mudá-lo outra vez.

MaryBeth ficava tentando obter mais detalhes, mas não sentia prazer algum com nada disso. Ela me dizia para nunca me entregar. "Será que você não pode contar dele para a sra. Cryderman?", disse ela.

"Ela morreria. Bem, ela pode morrer de qualquer jeito quando tiver o filho."

"Você se casaria se ela morresse?"

"Sou menor de idade."

"Ele poderia esperar. Se te ama como diz. Ele ia precisar de alguém para cuidar do bebê. Será que ele ia ficar com todo o dinheiro dela?"

A menção do bebê me fez pensar em algo real, desagradável e embaraçoso que tinha acontecido recentemente na casa dos Cryderman. A sra. Cryderman tinha me chamado para ir ver o bebê chutando. Ela estava deitada no sofá com o robe levantado, uma almofada cobrindo sua parte mais pudenda. "Sente, sente!", gritou, e eu vi, não uma perturbação da superfície, mas um rolar e mexer subterrâneo de todo o montículo manchado. O umbigo dela se projetava como uma rolha prestes a estourar. Meus braços e minha testa irromperam em suor. Senti uma bola dura de nojo subindo pela garganta. Ela riu e a almofada caiu. Corri para a cozinha.

"Jessie, você está com medo de quê? Acho que nenhum deles já saiu assim desse jeito!"

Duas outras cenas na casa dos Cryderman.

O sr. Cryderman chega cedo em casa. Ele e a sra. Cryderman estão juntos na sala de estar quando eu chego depois da escola. A sra. Cryderman ainda deixa as cortinas fechadas o dia inteiro, mesmo que lá fora seja primavera, o tempo quente de maio. Ela diz que isso é para ninguém poder olhar e ver sua figura atual.

Eu entro, vindo da tarde quente e brilhante, e encontro o incenso queimando na sala abafada, fechada por cortinas, e os dois pálidos Cryderman estão rindo e tomando drinques. Ele está sentado no sofá com os pés dela no colo.

"Hora de entrar na festa!", diz o sr. Cryderman. "É nossa festa de despedida! Nossa festa de adeus, Jessie. Adeus, tchau, até!"

"Controle-se!", diz a sra. Cryderman, batendo os calcanhares nus contra as pernas dele. "Ainda não fomos embora. Precisamos esperar esse infante monstruoso nascer."

Bêbados, acho. Muitas vezes eu os tinha visto bebendo, mas até ali eu não tinha notado nenhuma alteração interessante no comportamento.

"Eric vai escrever seu livro", diz a sra. Cryderman.

"Eric vai escrever seu livro", diz o sr. Cryderman, com uma voz aguda e boba.

"Mas vai!", diz a sra. Cryderman, batendo os calcanhares outra vez. "E nós vamos sair daqui no instante em que o monstro nascer."

"É mesmo um monstro?", diz o sr. Cryderman. "Tem duas cabeças? Podemos colocar no circo e ganhar muito dinheiro?"

"A gente não precisa de dinheiro."

"Eu preciso."

"Eu preferia que você parasse com isso. Não sei se ele tem duas cabeças, mas parece que tem cinquenta pés. Assustou Jessie outro dia."

Ela conta como eu corri.

"Você precisa se acostumar com essas coisas, Jessie", diz o sr. Cryderman. "Em algumas partes do mundo, as meninas já têm um ou dois filhos quando estão na sua idade. Não dá para enganar a natureza. Garotinhas marrons, quase bebês elas próprias, têm bebês."

"Ah, claro", diz a sra. Cryderman. "Jessie, faça uma coisinha. Você sabe o que é gim, não sabe? Coloque um pouco de gim nesse copo e encha-o de suco de laranja, porque assim eu tomo a minha vitamina C."

Eu pego o copo dela. O sr. Cryderman tenta levantar, mas ela o segura até que ele diz: "Cigarros. Acho que estão no quarto."

Quando ele volta do quarto, entra na cozinha, não na sala. Estou na frente da pia, enchendo a bandeja de gelo.

"Você achou?", brada a sra. Cryderman.

"Estou só dando uma olhada aqui."

Ele está com um maço de cigarros na mão, mas vasculha fazendo barulho o aparador ao lado da pia. Ele cola em mim, de lado. Coloca a mão no meu ombro, aperta. Move a mão pelas minhas costas, toca meu pescoço nu. Fico com a bandeja de gelo na mão, olhando através da janela um ônibus velho parado na rua de trás, depois de uma igreja. As palavras "Tabernáculo do Calvário" estão pintadas no lado.

"Somente as pontas dos dedos do sr. Cryderman passam por minha garganta. O toque delas de início é leve como gotas de água. Depois fica mais pesado. Mais e mais pesado, finalmente acariciando minha pele como se fosse deixar sulcos.

"Achei."

Quando eu levo à sra. Cryderman seu drinque, o sr. Cryderman está sentado na poltrona ao lado do cinzeiro de piso.

"Venha sentar onde você estava", diz ela, em sua voz boba-doce.

"Estou fumando."

Minha garganta formiga como se eu tivesse dado uma tragada.

A segunda cena, alguns dias depois, no próximo dia em que fui trabalhar.

O sr. Cryderman está trabalhando no jardim. Está com as mangas da camisa dobradas, ainda usando a gravata, cortando com uma enxada as trepadeiras que cobrem um pequeno caramanchão num canto do quintal. Ele me chama em tom de advertência e espera que eu me aproxime dele, passando pela grama não cortada. Diz que a sra. Cryderman não está bem. O médico deu-lhe alguma coisa para fazê-la dormir, para mantê-la parada, quieta, para que o bebê não nasça cedo demais. Ele diz que é melhor eu não entrar hoje.

Estou de pé, a alguns metros de distância dele. Então ele diz: "Venha aqui. Aqui. Tem uma coisa que eu quero te perguntar".

Eu me aproximo, com as pernas tremendo, mas tudo o que ele faz é apontar para uma planta forte, folhosa, de caule vermelho.

"O que é isso, você sabe? Será que eu arranco? Não consigo saber o que é erva daninha aqui e o que não é."

É uma planta de ruibarbo, tão familiar para mim quanto a grama ou os dentes-de-leão.

"Não sei", digo, e naquele momento não sei.

"Não sabe? Mas como você vai me ajudar assim, Jessie? Esse lugarzinho aqui não é bem esquisito?" Ele acena para o caramanchão. "Não sei para o que ele foi construído. Anões?"

Ele pega algumas trepadeiras, arranca-as, e diz: "Vamos entrar".

Entro. O lado de dentro é um lugar maravilhosamente secreto, obscuro e abandonado, com montinhos de restos de folhas no chão irregular de terra. É verdade que o teto é bem baixo. Nós dois precisamos nos curvar.

"Você está com calor?", pergunta o sr. Cryderman.

"Não". Na verdade, ondas gélidas me percorrem — ondas de fraqueza, de receio físico.

"Está, está sim. Está suando à beça debaixo desse chumaço de cabelo."

Ele toca meu pescoço como se fosse normal, como um médico verificando os sintomas, e depois leva a mão para minha bochecha e para a raiz dos meus cabelos.

"Até a sua testa está suada."

Consigo cheirar cigarros em seus dedos, e o cheiro de máquinas com tintas da redação do jornal. Tudo o que eu quero é estar à altura disso. Desde que o sr. Cryderman tocou minha garganta na frente da pia da cozinha, senti que estava vendo a força das minhas próprias mentiras, da minha própria fantasia. Sou uma pessoa capaz de truques, mas indefesa. Não há nada a fazer além de submeter-se, submeter-se às consequências. Pergunto-me se o assalto de paixão vai acontecer ali, sem maiores preparativos — ali, no abrigo do caramanchão, no chão de terra, entre as folhas mortas, os gravetos ásperos que talvez escondam os corpos mortos de ratos ou de pássaros. Uma coisa eu sei: que as declarações de amor doentio, as delicadas súplicas e devaneios do sr. Cryderman da minha imaginação, não terão espaço no programa.

"Você acha que eu vou te beijar, Jessie?", diz o sr. Cryderman. "Não tenho dúvidas de que você beija bem. Não", diz ele, como se eu tivesse perguntado especificamente. "Não, Jessie. Vamos sentar."

Há tábuas presas às paredes do caramanchão que servem de bancos. Algumas quebradas. Sento numa que não está, e ele senta em outra. Nos inclinamos para a frente para fugir dos ramos duros que transpuseram as paredes de gelosia.

Ele põe a mão no meu joelho, na minha saia de algodão.

"E a sra. Cryderman, Jessie? Você acha que ela ficaria contente se nos visse agora?"

Penso que ele está perguntando só por perguntar, mas ele insiste, e tenho de dizer: "Não".

"Como eu fiz com ela o que você talvez queira que eu faça com você, ela vai ter um filho, e não vai ser fácil para ela."

Ele acaricia minha perna pelo algodão fino. "Você é uma moça impulsiva, Jessie. Você não devia entrar em lugares como este com homens só porque eles pedem. Não devia estar tão pronta a deixar que eles te beijem. Acho que você tem sangue quente. Não tem? Você tem sangue quente. Precisa aprender umas lições."

E é assim que as coisas continuam — as carícias e o sermão, abatendo-se juntos sobre mim. Ele está me dizendo que a culpa é minha, enquanto os dedos dele provocam agitações debaixo da minha pele, provocando uma dor terna e distante. Sua voz seca me censura. Sua mão me provoca e suas palavras me envergonham, e algo na voz dele zomba, zomba sem fim, dessas duas respostas. Não entendo que isso não é justo. Pelo menos, não penso em protestar que não é justo. Eu me sinto envergonhada, de fato, e sinto confusão e um anseio. Mas não tenho vergonha daquilo que, segundo ele, eu deveria me envergonhar. Estou com vergonha de ser pega, de parecer idiota, de ser atiçada e censurada assim. E não consigo parar.

"Uma coisa você vai precisar aprender, Jessie. A considerar outras pessoas. A realidade das outras pessoas. Parece simples, mas pode ser difícil. Para você, vai ser difícil."

Ele pode estar se referindo à esposa, que eu não estou considerando. Porém, entendo isso de outro jeito. Não é verdade que todas as pessoas que eu conheço no mundo até agora são pouco mais do que marionetes para mim, servindo aos brilhosos artifícios da minha imaginação? É verdade. Ele foi bem na mosca, como tia Ena gosta de dizer. Só que ir bem na mosca num assunto como esse, numa questão de fraqueza íntima, não vai, provavelmente, deixar as pessoas embaraçadas, gratas e ansiosas para mudar de vida. Em vez disso, o orgulho se endurece por cima da falta percebida sem disfarce. Como o meu agora. O orgulho endurece, o orgulho lida com todas essas ansiadas lambidas de doçura, apaga a esperança do prazer, o ardor arraigado do convite. O que eu quero com alguém que consegue saber tanto a meu respeito? Na verdade, se eu pudesse varrê-lo da face da terra agora, eu varreria.

Ele sente a mudança. Afasta a mão e se levanta. Me manda ir na frente dele, ir para casa. Ele pode ter dito mais algumas outras palavras de advertência, mas eu não estava mais ouvindo.

Para completar, MaryBeth anunciou que não acreditava em mim. "No começo eu acreditava. Depois comecei a duvidar."

"Terminamos", disse eu. "Acabou tudo."

"Não acredito", disse MaryBeth, com voz trêmula, aflita, sacudindo a cabeça. "Não acredito que tenha acontecido qualquer coisa entre vocês dois. Eu precisava falar. Não fique zangada. Eu tinha de falar."

Não respondi. Fui andando rápido. Estávamos a caminho da escola. Como sempre, tínhamos nos encontrado na esquina do banco Dominion, e ela tinha esperado três quadras para soltar o que ia dizer. Ela precisava trotar para me acompanhar. Logo antes de alcançarmos algumas outras meninas — logo antes de eu chamar seus nomes exibindo muita afabilidade e bom humor —, dirigi a ela um olhar amargo. Dirigi a ela o olhar que uma traidora merece. E achei que ela merecia. Ela estava errada — tinha acontecido muita coisa entre mim e o sr. Cryderman. Ela também tinha razão, claro.

Porém, suprimi qualquer ideia disso com uma facilidade feroz. Você consegue sentir o mesmo jato de raiva justificada, quer seja acusado com ou sem razão.

Sem exatamente planejar, adotei a política de não falar com MaryBeth. Quando ela veio falar comigo no vestiário e disse, baixinho: "Vamos voltar juntas para casa, Jessie", não respondi. Quando ela andava ao meu lado, eu fingia que ela não estava ali. As provas tinham começado, nossos horários estavam perturbados; era fácil evitá-la.

Apareceu uma carta, dobrada no meu livro de francês. Não a li inteira. Ela disse que eu estava fazendo mal a ela, que ela não conseguia comer, que chorava na cama a noite inteira, que tinha dores de cabeça tão fortes de chorar tanto que não conseguia enxergar as perguntas nas provas e ia ser reprovada. Ela pedia desculpas, queria ter ficado de bico fechado; como ela podia me pedir desculpas se eu nem falava com ela? Uma coisa ela sabia — ela nunca seria capaz de me tratar como eu a estava tratando.

Olhei o fim da carta e vi dois corações entrelaçados feitos de pequenos x, com nossos dois nomes dentro. Jesse e Meribeth. Parei de ler.

Eu queria me livrar dela. Estava cansada das reclamações e das confidências dela, de seu rosto bonito e de sua natureza bondosa. Eu tinha ido além dela, estava além de precisar de qualquer coisa que ela tinha a oferecer. Porém, não era só isso. Aqueles olhos inchados, aquela aparência abatida satisfaziam em mim alguma coisa. Eu me sentia superior por feri-la. Sem dúvida. Recuperei um pouco daquilo que eu tinha perdido no caramanchão dos Cryderman.

Poucos anos depois disso — não muito tempo para mim agora, mas muito tempo na época — eu estava andando pela rua principal daquela cidade onde eu tinha feito a escola secundária. Na época, eu fazia pós-graduação. Tinha ganhado bolsa e não pronunciava mais Dostoiévski errado. Tia Ena tinha morrido. Ela sentou e morreu, logo depois de encerar um chão. Floris tinha casado. Parecia que ela tinha sido cortejada por anos, em segredo, pelo farmacêutico cuja loja ficava ao lado da sapataria, mas tia Ena tinha objeções a ele: bebia (isto é, bebia um pouco) e era católico. Floris teve dois meninos, um depois do outro, colocava tinta acaju no cabelo e tomava cerveja com o marido à noite. George morava com eles. Tomava cerveja também e ajudava a cuidar dos meninos. Floris não era mais tímida nem irritadiça. Queria agora ser amiga; me dava lenços floridos e bijuterias que eu não podia usar, e loções e batons da farmácia, pelos quais eu ficava grata. Ela me dizia para visitar sempre que eu quisesse. Às vezes eu queria, e a caótica vida doméstica, as tarefas e alegrias bebê-cêntricas logo me faziam sair para dar uma volta.

Eu estava andando pela rua principal quando ouvi um bater numa janela. Era a janela do escritório da seguradora, e a pessoa batendo era MaryBeth, que trabalhava ali. No último ano do Ensino Médio, ela tinha feito o curso de datilografia e de contabilidade. Morava com Beatrice e com o marido de Beatrice, que logo passou a ter sua própria barbearia. Ela não tentou ser minha amiga naquele ano. Nós atravessávamos a rua ou olhávamos uma vitrine quando uma via a outra chegando — ainda que isso fosse mais por embaraço do que por inimizade de fato. Depois ela arrumou o emprego na seguradora.

Os Cryderman foram embora antes disso. Fecharam a casa e foram para Toronto antes de o bebê nascer. Era um menino — perfeitamente normal, até onde se sabia. Tia Ena reprovava-os por não terem fechado a casa direito. Dizia que haveria ratos nela. Mas venderam-na. Venderam o jornal. Sumiram por completo.

MaryBeth fez um gesto para que eu entrasse.

"Já faz séculos que eu não te vejo", disse ela, como se tivéssemos nos despedido amigavelmente. Ela ligou a chaleira elétrica, para fazer para nós café instantâneo. O corretor de seguros estava fora.

Ela estava mais gorda do que antes, mas ainda bonita, com sua aparência de passarinho ferido. Vestida melhor do que nunca, um suéter azul-claro que ressaltava suas qualidades, lã escovada por cima dos seios macios. Guardava chocolates numa gaveta e tortinhas de geleia numa lata. Me ofereceu frutas com marzipã envoltas em papel alumínio. Perguntou se eu ainda estava estudando e que cursos eu fazia. Contei-lhe um pouco sobre meus estudos e sobre minhas ambições.

"Que maravilha", disse ela, sem malícia. "Eu sempre soube que você era inteligente." Depois ela disse que sentia muito pela tia Ena e que estava contente por Floris. Tinha ficado sabendo que os rapazinhos da Floris eram bem bonitos.

Beatrice tinha meninas. Eram bonitas também, mas muito mimadas.

Ambas dissemos que era sorte que ela tivesse me visto, e prometemos nos encontrar em algum momento para uma visita de verdade — algo que, como eu sabia, nem ela nem eu queríamos realmente. Ela admirou meu lenço e meu gorro angorá, perguntou se eu os tinha comprado na cidade.

Falei que sim e que o único problema era que eles soltavam muitos fiapos.

"Deixe-os na geladeira à noite", falou. "Não sei por quê, mas funciona."

Abri a porta, e o vento soprou da rua.

"Lembra de como a gente era louca?", disse MaryBeth, numa voz cheia de surpresa dorida. Ela precisou ir correndo pegar papéis.

Pensei no sr. Cryderman e nas minhas mentiras todas, e em minha confusão atroz no caramanchão.

"Aqueles dias nunca vão voltar", disse MaryBeth, lançando-se por sobre a escrivaninha para segurar os papéis.

Ri e falei que ainda bem, e logo fechei a porta. Acenei do lado de fora.

Eu sentia tantas mudanças naquela época — entre os quinze e os dezessete anos, entre os dezessete e os dezenove anos — que não me ocorreu o quanto eu tinha sido eu mesma, o tempo inteiro. Eu via MaryBeth trancada, com suas guloseimas e sua máquina de escrever, ficando mais doce e mais gorda, e os Cryderman fixos, lá longe, em suas negociações sem fim, mas eu mesma me despojando de sonhos, de mentiras, de juramentos e de erros, sem ser responsabilizada. Eu não via que eu era a mesma, abraçando, repudiando. Eu achava que podia me virar do avesso, de novo e de novo, e me precipitar pelo mundo completamente livre.

ESQUIMÓ

Mary Jo consegue ouvir o que o dr. Streeter diria inevitavelmente.

"Aqui atrás parece a ONU."

Mary Jo, sabendo como lidar com ele, diria que a primeira classe estava lá.

Ele responderia que não pretendia dar um braço e uma perna pelo privilégio de encher a cara de champagne.

"E além disso, sabe o que é que tem na primeira classe? Japas. Empresários japoneses voltando para casa depois de terem comprado um pouco mais do país."

Mary Jo talvez dissesse que àquela altura os japoneses nem pareciam mais estrangeiros para ela. Ela dizia isso ponderadamente, como se estivesse pensando a respeito, falando consigo.

"Quer dizer, eles mal parecem uma raça estrangeira."

"Bom, você parece estrangeira para eles, e é melhor você não esquecer."

Após desabafar com essas observações, o dr. Streeter não ficava descontente. Acomodava-se ao lado dela, satisfeito por eles terem aqueles assentos na primeira fila, onde havia espaço para as pernas dele. Um homem alto, robusto, corado e de cabelo branco, ele se destacava ali — um gigante ligeiramente desajeitado, mas magnânimo — entre as peles mais escuras, as raças mais compactas e de ossos mais finos, em suas roupas chamativas ou pitorescas. Ele se acomodava como se tivesse o direito de estar ali, como se tivesse o direito de estar neste planeta — e nisso apenas outros homens de sua idade e sua raça, que se vestiam e pensavam como ele, podiam realmente igualá-lo. Porém, ele não está esticando as pernas ao lado dela, resmungando satisfeito. Ela está indo sozinha para o Taiti. Presente de Natal dele para ela, essas férias. O assento dela é no corredor, e o assento da janela está desocupado.

"Ele pensa como um dinossauro, só isso", disse Rhea, a filha do dr. Streeter, não muito tempo atrás, falando com Mary Jo a respeito daquilo que é aparentemente seu assunto favorito — seu pai. Ela tem uma lista de assuntos favoritos, assuntos sérios favoritos — a proliferação nuclear, a chuva ácida, o desemprego, e também o racismo e a situação das mulheres —, mas o caminho que leva até eles sempre parece passar pelo pai. O pai não está longe de ser a causa daquilo tudo, na cabeça de Rhea. Ele está por trás das bombas, da poluição, da pobreza e da discriminação. E Mary Jo tem de admitir que há certas coisas que ele diz que levariam você a essa conclusão.

"São só as opiniões dele", dizia Mary Jo. Ela imaginava um certo tipo de dinossauro, aquele com as chapas de osso ao longo da espinha — uma armadura vistosa, quase um ornamento. "Os homens precisam ter lá as opiniões deles."

Que coisa idiota de dizer, especialmente a Rhea. Rhea tem vinte e cinco anos, uma moça desempregada, gorda, descontraída e bonita que anda por aí de motocicleta. Quando Mary Jo disse isso, Rhea ficou só olhando para ela por um minuto, sorrindo com seu sorriso sossegado. Depois disse, baixinho: "Por quê, Mary Jo? Por que os homens precisam ter as opiniões deles? Para as mulheres poderem ficar franzindo a cara enquanto os homens destroem o mundo?".

Ela tinha tirado o capacete da motocicleta e colocado aquilo, molhado da chuva, na escrivaninha de Mary Jo. Ela estava sacudindo seu cabelo longo, escuro, embaraçado.

"Homem nenhum está destruindo meu mundo", disse Mary Jo animadamente, pegando o capacete e colocando-o no chão. Ela não se sentia tão capaz de manter essa conversa quanto parecia. O que é que Rhea queria, de fato, quando vinha ao consultório do pai e começava a reclamar sem chegar a lugar nenhum? Ela certamente não esperava que Mary Jo concordasse com ela. Não. Ela queria, esperava que Mary Jo defendesse seu pai, para que ela pudesse divertir-se e escarnecer (Ah, claro, Mary Jo, você acha que ele é Deus!), e ao mesmo tempo ficasse tranquila. Mary Jo tinha de fazer o trabalho que a mãe dessa garota deveria ter feito — fazê-la entender o pai, perdoá-lo e admirá-lo. Porém, a esposa do dr. Streeter não é de perdoar nem de admirar ninguém, muito menos o marido. Ela bebe e se acha espirituosa. Às vezes ela liga para o consultório e pergunta se pode falar com o Grande Curandeiro. Uma mulher grande, espalhafatosa, desleixada, com um cabelo branco desgrenhado, que gosta de passar o tempo com atores — faz parte do conselho do teatro da cidade — e com os supostos poetas professores de letras da universidade, onde, nos últimos muitos anos, ela faz o doutorado.

"Difícil dizer que um homem como o seu pai, que salva vidas todos os dias", disse Mary Jo a Rhea — argumentando como muitas vezes antes —, "está destruindo o mundo." Mary Jo não defendia o dr. Streeter só porque ele era homem e pai, nada disso; não era por esses motivos que ela achava que a esposa deveria ter imbuído nos filhos algum respeito por ele. Era porque ele era o melhor cardiologista naquela região do país, porque ele se entregava todos os dias para uma gente de cara acinzentada em sua sala de espera, os doentes do coração, as pessoas que viviam com medo, com dor. A vida dele tinha sido entregue.

Apesar do capacete, algo do cabelo de Rhea tinha ficado molhado, e ela estava sacudindo gotas de chuva na escrivaninha de Mary Jo.

"Rhea, cuidado, por favor."

"O seu mundo, como é, Mary Jo?"

"Não tenho tempo de te contar."

"Tão ocupada ajudando meu pai."

Há doze anos Mary Jo trabalha para o dr. Streeter e há dez mora no apartamento de cima. Quando Rhea era mais nova — uma adolescente ruidosa, insistente, acima do peso, mas simpática, mesmo assim — ela costumava visitar Mary Jo no apartamento, e Mary Jo tinha de garantir que todos os vestígios dos tempos regulares, mas não longos, que o dr. Streeter passava ali tinham sumido. Agora Rhea já devia saber tudo daquilo, mas não faz investigações diretas. Ela sempre parece estar se aproximando, circundando o assunto. Mary Jo permanece neutra, sem dar espaço, mas às vezes isso a cansa.

"Mas que bom que você vai para o Taiti", disse Rhea, ainda sorrindo do seu jeito perigoso, o cabelo e os olhos cintilando. "Você sempre quis viajar para lá?"

"Claro", disse Mary Jo. "Quem não ia querer?"

"Não que ele não te deva isso. Eu acho que já era hora de ele retribuir a sua dedicação."

Mary Jo, sem responder, continuou a redigir suas fichas. Após algum tempo, Rhea se acalmou e começou a discutir a possibilidade de tirar algum dinheiro do pai para consertar a moto — era esse o motivo inicial da visita ao escritório.

Como é que Rhea sempre sabe qual a pergunta espinhosa a fazer, apesar dos previsíveis sermões, zombaria e propaganda? "Você sempre quis viajar para lá?" O Taiti, na verdade, é um lugar onde

Mary Jo nunca pensou em ir. O Taiti para ela significa palmeiras, flores vermelhas, ondas turquesa em caracol e o tipo de exuberância tropical e indolência que nunca a interessaram. O presente tem algo de falta de imaginação, mas algo que comove, como chocolates no Dia dos Namorados.

Férias de inverno no Taiti! Aposto que você está empolgada!

Claro que sim!

Ela contou aos pacientes, aos amigos e às irmãs — que, ela suspeita, acham que ela não tem vida — o quanto está empolgada. E não conseguiu dormir na noite passada, se é que isso conta. Antes das seis da manhã de hoje — parece tanto tempo atrás — ela estava na janela do apartamento, usando exclusivamente roupas novas, esperando o táxi levá-la ao aeroporto. Um voo rápido, turbulento, até Toronto, um voo mais longo de Toronto até Vancouver, e ali está ela, lançada por sobre o oceano Pacífico. Uma parada em Honolulu, e então o Taiti. Ela não pode voltar atrás.

A Grécia teria sido melhor. Ou a Escandinávia. Bem, talvez, nesta época do ano, a Escandinávia não. A Irlanda. No verão passado, o dr. Streeter e a esposa foram para a Irlanda. A esposa dele está "trabalhando" algum poeta irlandês. Mary Jo nem por um minuto acha que eles se divertiram. Quem poderia se divertir com uma mulher tão desalinhada, caprichosa, nefasta. Ela acha que eles beberam um bocado. Ele foi pescar salmão. Eles ficaram num castelo. As férias deles — e as férias dele sozinho, normalmente viagens de pesca — sempre são caras e parecem, a Mary Jo, ritualizadas e opressivas. A casa dele, também, sua vida social e familiar — é tudo assim, na opinião dela, tudo prescrito, sem vida e caro.

Quando Mary Jo começou a trabalhar para o dr. Streeter, já tinha seu diploma de enfermeira havia três anos, mas ela nunca tinha nenhum dinheiro sobrando, porque estava sempre pagando o dinheiro que tinha pegado emprestado para pagar seus estudos e para ajudar as irmãs com os delas. Ela vinha de uma cidadezinha no condado de Huron. Seu pai trabalhava na equipe de manutenção da cidade. A mãe tinha morrido do que era chamado de "doença do coração" — algo que, como Mary Jo veio a saber, era um problema do coração que o dr. Streeter poderia ter detectado e para o qual teria recomendado uma cirurgia.

Assim que teve dinheiro o bastante, Mary Jo começou a ajeitar os dentes. Eles a deixavam constrangida; ela nunca usava batom e tomava cuidado com a maneira como sorria. Seus caninos tinham sido arrancados, e os dentes da frente, alinhados. Ela ainda não gostava da aparência deles, por isso colocou aparelho. Planejava clarear o cabelo — que era castanho — e comprar roupas novas, talvez até se mudar para outra cidade e arrumar um emprego em outra área quando tirasse o aparelho. Na época em que tirou, a vida dela tinha mudado sem esses estratagemas.

Algumas das outras mudanças vieram com o tempo. De uma moça séria com a cintura grossa e um jeito solícito, a voz delicada, os seios pesados, ela tinha virado uma moça esguia, bem-vestida, com cabelo curto com mechas louras — mais bonita agora do que outras mulheres da idade dela que eram muito mais bonitas do que ela quando eram todas jovens — e um jeito afável de falar, mas decidido. É difícil dizer o quanto disso faz alguma diferença para o dr. Streeter. Ele costumava dizer a ela para não ficar glamorosa demais, senão alguém ia reparar nela e roubá-la. Ela ficava desconfortável com essa conversa, por ver nela uma mensagem desencorajadora. Ele parou de dizer aquelas coisas, e ela ficou contente. Só recentemente ele tinha voltado a dizer aquilo, referindo-se à viagem para o Taiti. Ela, porém, hoje acha que entende melhor como lidar com ele e o provoca, dizendo: "Nunca se sabe" e "Tudo pode acontecer".

Ele gostou dela quando ainda estava de aparelho. Ela estava de aparelho na primeira vez em que eles fizeram amor. Ela virou a cabeça para o lado, cônscia de que uma boca cheia de metal poderia não ser agradável. Ele fechou os olhos, e ela se perguntou se poderia ser por isso. Depois ela viu que ele sempre fechava os olhos. Ele não queria ser lembrado dele próprio naqueles momentos, e provavelmente nem dela. A delícia dele é feroz, mas solitária.

Do outro lado do corredor na fila de Mary Jo há dois assentos vagos e depois uma família jovem, mãe, pai, bebê e uma garotinha de cerca de dois anos. Italianos, gregos ou espanhóis, pensa Mary Jo, e ela logo descobre, pela conversa deles com uma aeromoça, que são gregos, mas hoje moram em Perth, na Austrália. A fileira deles debaixo da tela é o único lugar do avião que teria espaço para seu equipamento e para as operações familiares. Bolsas térmicas, pratos de plástico, travesseiros de bebê, o berço dobrável que vira assento, mamadeiras, mamadeiras com suco e um enorme urso panda para o consolo da garotinha. Os dois pais estão o tempo todo ocupados com as crianças — colocando pijamas em cores pastel nelas, alimentando-as, embalando-as, cantando para elas. Sim, dizem à aeromoça admirada, bem próximos, só catorze meses entre um e outro. O bebê é menino. Está com um probleminha de dentição. Ela às vezes fica com ciúmes. Os dois adoram banana. Ela, inteira, e ele, amassada. Pegue o babador dele, querido, na bolsa azul. A toalhinha também, ele já está babando um pouco. Não, a toalhinha não está aí, está no plástico. Rápido. Aí. Rápido. Isso.

Mary Jo fica surpresa com sua má vontade em relação a essa inofensiva família. Por que você está enfiando comida goela abaixo dele?, ela tem vontade de dizer (porque eles misturaram um pouco de cereal numa tigela azul). Nessa idade, comida sólida é puro desperdício; o resultado é só mais coisa para limpar dos dois lados.

Que bagunça, que acúmulo, que exibicionismo e que satisfação, só porque eles conseguiram se reproduzir. E também eles estão atrasando a aeromoça, que podia estar servindo os drinques.

Na fila atrás deles tem outro tipo de família jovem, indiana. A mãe usa um sári vermelho com bordados dourados, o pai, um terno creme justo. Mãe esbelta, calada, coberta de ouro; pai bem alimentado, de cara indolente, ouvindo o canal de rock nos *headphones*. Dá para ver que é o canal de rock pelo movimento de seus dedos sobre o pano creme estirado por cima de suas robustas coxas. Entre esses dois pais estão sentadas duas garotinhas, todas de vermelho, com pulseiras douradas, brincos e sapatos de couro brilhante, e um irmão mais novo, talvez da mesma idade da garotinha grega na frente, usando um terno que é uma cópia em miniatura do terno do pai — paletó, lapela, bolsos, tudo. A aeromoça oferece lápis de cor e livros de colorir, mas as garotinhas, reluzindo em ouro, só dão risadinhas e escondem os rostos. Ela lhes traz copos de *ginger ale*. O irmãozinho sacode a cabeça para o *ginger ale*. Ele sobe no colo da mãe, e ela tira do sári um seio vago e funcional. Acomoda-se ali, refestelado, sugando, com ar de felicidade e domínio.

Esse proceder não agrada muito mais a Mary Jo. Ela não está acostumada a sentir tanta aversão; ela sabe que não é razoável. Ela nunca é assim no escritório. Não importa quais dificuldades surjam ali, nem o quanto ela está cansada, ela enfrenta com facilidade qualquer tipo de comportamento estranho ou rude, hábitos desagradáveis, cheiros azedos, perguntas impossíveis. Há algo de errado com ela. Ela não dormiu. Sua garganta parece levemente ardida, e a cabeça, pesada. Há um assovio em sua cabeça. Ela pode estar ficando com febre. Mas é mais provável que seu corpo esteja protestando contra sua remoção tão rápida, a um distanciamento cada vez maior, de seu lugar habitual de associação e repouso. Essa manhã, ela conseguia ver da janela um canto de Victoria Park, a neve debaixo dos postes e das árvores nuas. O apartamento e o escritório ficam numa bela casa antiga, de tijolos, de propriedade do dr. Streeter, numa fileira de casas parecidas dedicadas a usos semelhantes. Mary Jo olhava as ruas cheias da neve suja e meio derretida de fevereiro, as paredes cinza das casas, uma quadra com prédios comerciais altos, com suas luzes noturnas acesas, que ela conseguia ver além do parque. Tudo o que ela queria era ficar. Queria cancelar o táxi, trocar o novo casaco de camurça pelo uniforme, descer, fazer o café e regar as plantas, preparar-se para mais um longo dia de problemas e de rotina, de medo e de tranquilização, de angústia a ser contida — algumas vezes — por conversas sobre o tempo péssimo. Ela adora o consultório, a sala de espera, as luzes acesas nas tardes gélidas que vão escurecendo; ela adora o desafio e a monotonia. Ao fim do dia, o dr. Streeter sobe com ela; ela prepara o jantar, e ele fica uma parte da noite. A esposa está em reuniões, em aulas, em leituras de poemas; está fora, bebendo, ou voltou para casa e foi direto para a cama.

Quando a aeromoça chega e pergunta o que ela quer, Mary Jo pede um martíni com vodka. Ela sempre escolhe vodka, na esperança de que seja verdade que não dá para sentir o cheiro. Por razões óbvias, o dr. Streeter não gosta do cheiro de bebida em mulheres.

Lá vêm duas novas pessoas pelo corredor, mudando de assento, claro, criando problemas com o carrinho das bebidas. Outra aeromoça vem atarefada atrás delas. Ela e a mulher do par estão carregando sacos de compras, uma bolsa de viagem, um guarda-chuva. O homem vai na frente e não leva nada. Tomam os assentos diretamente ao lado de Mary Jo, entre ela e a família grega. Tentam guardar sua parafernália embaixo do assento, mas não cabe.

A aeromoça diz que tem bastante espaço nos compartimentos acima.

Não. Resmungos graves de protesto do homem, desculpas murmuradas da mulher. Eles dão a entender à aeromoça que pretendem ficar de olho em tudo o que têm. Agora que o carrinho de bebidas foi removido, eles conseguem ver um lugar onde as coisas podem ficar — na frente de Mary Jo e atrás do pequeno assento retrátil usado pela aeromoça durante a decolagem e a aterrissagem.

A aeromoça diz que espera que isso não incomode a senhora. A vivacidade em sua voz sugere certa dificuldade já enfrentada com aqueles passageiros. Mary Jo diz que não, que tudo bem. O casal então se acomoda, o homem no corredor. Ele resmunga de novo, peremptoriamente, mas não com mau humor, e a aeromoça traz dois uísques. Ele ergue o copo de leve, na direção de Mary Jo. Um gesto senhorial que talvez seja um agradecimento. Certamente não é um pedido de desculpas.

Ele é um homem corpulento, provavelmente mais velho do que o dr. Streeter, porém mais expansivo. Um homem incauto, de aparência imprevisível, com cabelo grisalho bem longo e roupas novas e caras. Sandálias sobre meias marrons, calças cor de ferrugem, camisa amarelo vivo, um belo paletó ouro de camurça com muitas pequenas abas, dobras e bolsos. Sua pele é marrom e seus olhos são ligeiramente caídos. Não é japonês, nem chinês — é o quê? Mary Jo tem a sensação de que já o viu antes. Não como paciente, não no consultório. Onde?

A mulher dá uma olhada por cima do ombro dele, sorrindo com os lábios fechados, enrugando agradavelmente seu largo rosto. Os olhos dela são seguramente mais caídos do que os dele, e sua pele é mais clara. Seu cabelo negro está dividido ao meio e preso com uma tira elástica num rabo de cavalo infantil. Suas roupas são baratas, decentes e talvez até bem novas — calça marrom, blusa florida —, mas não à altura das dele. Quando ela voltou pelo corredor com as bolsas de compras, parecia estar na meia-idade — a cintura espessa, os ombros redondos. Porém, agora, sorrindo para Mary Jo pelo corpulento ombro do homem, ela parece bem jovem. Há algo de peculiar no próprio sorriso. Esse algo fica evidente quando ela abre a boca e diz algo ao homem. Ela não tem todos os dentes da frente da arcada superior. É isso que dá ao sorriso uma aparência tão reservada e ainda assim inocente — uma aparência de diversão marota e durável como se veria no sorriso de uma senhora idosa, ou no de um bebê.

Agora Mary Jo acha que tem uma ideia de onde viu o homem do outro lado do corredor. Algumas semanas atrás, ela viu um programa de TV sobre uma tribo que vivia num dos vales altos do Afeganistão, perto da fronteira com o Tibete. O filme tinha sido feito havia alguns anos, antes de os russos chegarem. O povo da tribo morava em casas de pele, e sua riqueza estava em rebanhos de carneiros, de bodes e em cavalos excelentes. Um homem parecia ter acumulado a maior parte dessa riqueza e tinha virado o governante da tribo, não por direito hereditário, mas pela força de sua personalidade e por seu poder financeiro. Era chamado de "o Khan". Tinha diversos belos tapetes em sua casa de pele, e um rádio, e muitas esposas ou concubinas.

Era desse homem que ele a recordava — do Khan. E não é possível, não será realmente possível, que seja ele? Ele podia ter saído do país, saído antes de os russos chegarem, com seus tapetes, suas mulheres, e talvez uma horda de ouro, mas não seus bodes, suas ovelhas e seus cavalos. Se você viaja pelo mundo em grandes aviões, não é inevitável que veja, mais cedo ou mais tarde, alguém que já viu na TV? E poderia facilmente ser um governante exótico, ou, na mesma medida, um ator, um político ou um médium famoso. Nessa época de tanta agitação, poderia ser alguém que tenha sido fotografado como uma curiosidade, até como uma relíquia, num país isolado, e agora está solto por aí, igual a todo mundo.

A mulher deve ser uma das esposas dele. A mais jovem, talvez a favorita, para ser levada numa viagem como essa. Ele a levou ao Canadá ou aos Estados Unidos, onde mandou os filhos estudarem. Levou-a a um dentista para colocar dentes falsos. Talvez ela esteja com os dentes na bolsa de mão, esteja começando a se acostumar com eles, não os use o tempo inteiro.

Mary Jo fica animada com sua própria invenção e talvez também com a vodka. Em sua mente, ela começa a compor uma carta descrevendo os dois e mencionando o programa de TV. Claro que a carta é para o dr. Streeter, que estava sentado no sofá ao lado dela — mas tinha adormecido — enquanto ela olhava. Ela menciona os dentes da mulher e a possibilidade de que eles tenham sido removidos de propósito, para corresponder a alguma ideia estranha de melhora da aparência de uma mulher.

"Se ele me chamar para fazer parte do harém dele, eu juro que não vou concordar com nenhum procedimento esquisito!"

A tela está sendo abaixada. Mary Jo obedientemente apaga sua luz. Ela pensa em pedir outra bebida, mas acha melhor não. O álcool é mais potente naquela altitude. Ela tenta ver o filme, mas as imagens ficam encompridadas demais daquele ângulo. Parecem lúgubres e absurdas. Há um assassinato nos primeiros dois minutos — alguma moça com cabelo platinado maravilhoso está sendo espreitada por corredores vazios e aparentemente leva um tiro, logo atrás dos créditos. Mary Jo perde interesse quase imediatamente e, após algum tempo, tira os fones de ouvido. Ao tirá-los, ela percebe que está acontecendo algo como uma discussão do outro lado do corredor.

A mulher, ou menina, parece estar tentando levantar. O homem a empurra para baixo. Ele resmunga para ela. Ela responde numa voz que vai da reclamação à tranquilização e volta à reclamação. Ele parece perder interesse, inclina a cabeça para trás de novo para observar as figuras na tela. A menina se liberta do assento e tropeça nele. Agora ele resmunga para valer e agarra a perna dela. Para a surpresa de Mary Jo, a menina fala com ele em inglês.

"Eu não estou", diz ela obstinada. "Eu não estou. Bêbada." Ela diz isso no tom apaixonado e desesperado que os bêbados tantas vezes usam quando afirmam não estar.

O homem a solta com um som de nojo.

"Você não pode mandar em mim", diz ela, agora com lágrimas na voz e nos olhos. "Você não é meu pai." Em vez de atravessar o corredor até o banheiro — se era isso que ela tinha em mente —, ela permanece de pé ao alcance dele, olhando-o pesarosa. Ele faz que vai agarrá-la de novo, um movimento ágil, brutal, como se dessa vez, da próxima vez, ele realmente queira machucá-la. Ela dá um passo em falso para o lado. Ele volta de novo a atenção para a tela.

Mesmo assim, a menina não atravessa o corredor. Ela se inclina sobre Mary Jo.

"Desculpe", diz ela. Ela sorri com os olhos cheios de lágrimas. Seu rosto perplexo e ofendido está enrugado com um vasto sorriso de boca fechada, contrito ou conspiratório. "Desculpe."

"Tudo bem", diz Mary Jo, pensando que a menina está pedindo desculpas pela briga. Depois ela percebe que "Desculpe" significa "Com licença". A menina quer passar por cima das pernas de Mary Jo, que estão esticadas para ficarem mais confortáveis, cruzadas na altura dos tornozelos. Ela quer sentar-se à janela.

Mary Jo abre caminho. A menina senta-se, enxuga os olhos com um movimento atravessado do indicador e dá uma fungada alta que soa profissional e definitiva. E agora?

"Não conte a ninguém", diz a menina. "Não conte a ninguém."

Ela pousa a mão larga no joelho de Mary Jo e, em seguida, a retira.

"Não", diz Mary Jo. Mas a quem ela contaria, e por que ela contaria a respeito de um trecho tão disforme de uma briga?

"Não conte para ninguém. Eu sou esquimó."

Claro que Mary Jo sabia, desde o momento em que a menina passou pelo corredor e abriu a boca que toda aquela história do

Khan e de sua esposa favorita era besteira. Ela acena com a cabeça, mas a palavra "esquimó" incomoda-a mais do que o fato. Não é mais essa a palavra que deve ser usada, não é? "Inuit". É essa a palavra que usam hoje.

"Ele é métis. Eu sou esquimó."

Então tá. Métis e esquimó. Conterrâneos canadenses. Uma piada comigo, pensa Mary Jo. Em sua cabeça, ela vai ter de começar uma carta diferente.

"Não conte a ninguém."

A moça age como se estivesse confessando algo — um segredo vergonhoso, um erro prejudicial. Ela está assustada, mas tentando parecer digna. Ela diz outra vez: "Não conte para ninguém" e coloca os dedos por alguns segundos na boca de Mary Jo. Mary Jo consegue sentir o calor de sua pele e o tremor que percorre os dedos e o corpo inteiro da garota. Ela parece um animal num pânico inteiramente incomunicável.

"Não. Não, não vou", diz Mary Jo outra vez. A melhor coisa a fazer, pensa ela, é fingir entender tudo o que está contido nesse pedido.

"Você está indo ao Taiti?", diz ela, puxando conversa. Ela sabe que uma pergunta banal num momento como aquele pode lançar uma ponte por sobre o terror de alguém.

O sorriso da menina se abre como se ela apreciasse o propósito da pergunta, sua bondade, ainda que, no caso dela, a pergunta dificilmente vá bastar. "Ele está indo ao Havaí", diz a menina. "Eu também."

Mary Jo olha para o outro lado do corredor. A cabeça do homem está tombada. Ele deve ter cochilado. Mesmo depois de virar-se, ela consegue sentir o tremor e o calor da menina.

"Quantos anos você tem?", diz Mary Jo. Ela, na verdade, não sabe por que está perguntando isso.

A menina sacode a cabeça, como se sua idade fosse mesmo um fato absurdo e deplorável. "Eu sou esquimó."

O que isso tem a ver? Ela fala como se pudesse ser uma palavra de código, que Mary Jo vai acabar entendendo.

"Sim. Mas quantos anos você tem?", diz Mary Jo, com mais confiança. "Você tem vinte anos? Mais de vinte? Dezoito?"

Mais tremores de cabeça e vergonha, mais sorrisos. "Não conte para ninguém."

"Quantos anos?"

"Eu sou esquimó. Tenho dezesseis anos."

Mary Jo olha de novo para o outro lado do corredor, para ter certeza de que o homem não está ouvindo. Ele parece estar dormindo.

"Dezesseis?"

A menina abana a cabeça com força, quase rindo. E não para de tremer.

"Mesmo? Não? Sim? Sim."

Outra vez aqueles dedos espessos passaram como penas por cima da boca de Mary Jo.

"Você quer ir ao Havaí com ele? Está tudo bem?"

"Ele está indo ao Havaí. Eu também."

"Escute", diz Mary Jo, falando baixinho, com cuidado. "Eu vou levantar e andar até os fundos do avião. Vou até onde ficam os banheiros. Os toaletes. Vou esperar você ali. Você espera um pouco, levanta e vai lá para trás. Você vai até os fundos do avião, onde ficam os banheiros, e a gente conversa ali. É melhor conversar ali. Tudo bem? Você está entendendo? Tudo bem."

Ela se levanta sem pressa, pega o casaco, que escorregou pelo assento, rearruma-o. O homem gira a cabeça na almofada, olha-a vítreo e melancólico, o olhar de um cão semiadormecido. Seus olhos escorregam debaixo das pálpebras e sua cabeça vira para o outro lado.

"Tudo bem?", Mary Jo articula as palavras na direção da menina sem emitir um som.

A menina pressiona os dedos contra sua própria boca, contra seu próprio sorriso.

Mary Jo caminha até os fundos do avião. Antes, ela tinha tirado as botas e colocado chinelos. Agora ela vai pisando confortavelmente, mas sente falta da sensação de competência e de resolução dada pelas botas.

Ela precisa ficar na fila para os banheiros, porque não há outro lugar para esperar de pé. A fila vai até o pequeno espaço perto da janela onde ela pretendia aguardar. Ela fica olhando em volta, esperando a menina aparecer atrás dela. Nada ainda. Outras pessoas, mais altas, entram na fila, e ela precisa ficar espreitando em volta deles, querendo garantir que a menina saiba onde ela está. Ela precisa andar junto com a fila, e quando chega sua vez ela não tem escolha senão entrar. Já era hora de ir ao banheiro, de qualquer modo.

Ela sai tão rápido quanto possível. A menina ainda não está ali. Não na fila. Não está esperando na cozinha, nem sentada em algum dos assentos traseiros. A fila está mais curta agora, e há espaço para Mary Jo ficar perto da janela. Ela fica esperando ali, tremendo, querendo ter trazido o casaco.

No banheiro, ela não separou tempo para retocar o batom. Ela retoca agora, olhando seu reflexo na janela escura. Suponhamos que ela decidisse falar com alguém sobre a menina — o que pensariam dela? Ela podia falar com alguém agora — com aquela aeromoça mais velha, de aparência bem severa, com lápis de olho cobre, que parece estar no comando, ou o comissário, que parece distraído, porém mais fácil de abordar. Ela poderia contar-lhes o que a menina dissera e mencionar seu tremor. Poderia falar de suas suspeitas. Mas suspeitas de quê? A menina na verdade não falou nada que pudesse servir de base a uma suspeita firme. Ela é esquimó, tem dezesseis anos, está indo ao Havaí com um homem bem mais velho que não é seu pai. Dezesseis anos é menor de idade? Levar uma menina ao Havaí é crime? No fim das contas, ela pode ter mais de dezesseis anos; certamente parece. Ela pode estar bêbada e mentindo. Ela pode ser esposa dele, embora não use aliança. Ele pode com certeza ser algum parente. Se Mary Jo disser alguma coisa agora, será vista como uma mexeriqueira, que tomou um drinque e talvez tenha tomado mais. Pode ser vista como alguém que está tentando se apossar da menina para seus próprios fins.

A menina mesma vai ter de dizer mais se for para fazer alguma coisa.

Você não pode receber ajuda se não pedir.

Você vai ter de falar o que quer.

Vai ter de falar.

Mary Jo anda devagar de volta para o assento, verificando, enquanto vai, se a menina saiu dali, se está sentada em outro lugar. Ela procura a grande cabeça dócil com seu rabo de cavalo preto.

Sumiu.

Porém, quando ela está quase chegando a seu assento, vê que a menina saiu dali. Ela voltou para onde estava sentada antes, ao lado do homem. Eles foram aprovisionados com mais dois uísques.

Talvez ele a tenha agarrado quando ela levantou e forçado-a a sentar-se com ele. Mary Jo deveria ter cuidado para que a menina tivesse ido primeiro. Mas como ela a teria convencido, feito com que ela entendesse? Será que a menina realmente entendeu a oferta de ajuda?

Mary Jo fica de pé no corredor, colocando o casaco. Ela baixa os olhos para o casal, mas eles não olham para ela. Ela se senta, liga a luz de leitura e depois a desliga. Ninguém mais está vendo o filme. O bebê grego está chorando, e o pai está andando para cima e para baixo com ele pelo corredor. As garotinhas indianas desabaram uma em cima da outra, e seu irmão adormeceu no colo estreito da mãe.

O dr. Streeter logo colocaria a cabeça de Mary Jo no lugar quanto a isso. Algumas preocupações — ele a fez admitir isso — não passam de frivolidade e de autocomplacência. Com suas boas intenções autocomplacentes, as pessoas têm mais chance de fazer o mal do que o bem. E é isso que ela talvez faça neste caso.

Sim. Porém, ele sempre podia se voltar para o que estava dentro das pessoas, de seus peitos. Se aquela menina tivesse um problema no coração, mesmo se tivesse vinte anos mais, quarenta anos mais do que tem, mesmo se sua vida fosse totalmente atolada e inútil, e seu cérebro já estivesse meio podre por causa da bebida — mesmo assim ele se colocaria completamente a serviço dela. Ele não resguardava nada, ele se desgastava por completo nesses resgates ou tentativas de resgate. Desde que houvesse um problema com o coração de verdade, o coração sangrento, batendo sobrecarregado dentro do peito de alguém.

A voz do dr. Streeter tinha uma tristeza por baixo. Não apenas sua voz. A respiração dele é triste. Uma tristeza incurável, calma e decente é o que ele expira pelo telefone antes mesmo de você ouvir sua voz. Ele não ia ficar contente se você lhe dissesse isso. Não que ele tenha algum desejo especial de ser considerado jovial. Porém, ele acharia desnecessário, impertinente, que qualquer pessoa presumisse que ele é triste.

Essa tristeza parece vir da obediência. Mary Jo consegue apenas reconhecer isso, jamais entender. Ela acha que existe nos homens uma obediência que as mulheres não conseguem entender. (O que Rhea diria disso?) Não são as coisas que ele sabe — Mary Jo poderia viver com elas —, mas as coisas que ele aceita que fazem a diferença. Ele a deixa perplexa e a compele. Ela ama esse homem com um amor perplexo, cauteloso, permanente.

Quando ela o imagina, sempre o vê usando seu terno de três peças marrom, um terno antiquado que faz com que ele pareça um médico de sua infância classicamente pobre e rural. Ele tem roupas casuais bonitas, e ela o viu nelas, mas ela acha que ele não fica à vontade. Ele não se sente à vontade sendo rico, ela acha, embora ele sinta uma obrigação de sentir-se assim e um ódio de qualquer governo que queira impedi-lo. Tudo obediência, aceitação e tristeza.

Ele não acreditaria nela se ela lhe dissesse isso. Ninguém acreditaria.

Ela está tremendo, mesmo de casaco. Parece ter sido contagiada por algo da agitação persistente e peculiar da menina. Talvez ela esteja mesmo doente, com febre. Ela se remexe, tentando compor-se. Fecha os olhos, mas não consegue mantê-los fechados. Não consegue impedir-se de ficar olhando o que está acontecendo do outro lado do corredor.

O que está acontecendo é algo que ela deveria ter o bom senso e a decência de evitar olhar. Mas ela não tem e não evita.

Os copos de uísque estão vazios. A menina se inclina para a frente e beija o rosto do homem. Sua cabeça está repousando contra a almofada e ele não se mexe. Ela se inclina por cima dele, com os olhos fechados, ou quase fechados, seu rosto largo, pálido e impassível, um verdadeiro rosto de lua. Ela beija seus lábios, suas bochechas, suas pálpebras, sua testa. Ele se oferece a ela; ele permite que ela. Ela o beija e o lambe. Ela lambe seu nariz, a fina camada de pelos em suas bochechas, em seu pescoço e em seu queixo. Ela lambe todo seu rosto e, em seguida, toma fôlego e volta a beijá-lo.

Isso é sem pressa, sem cobiça. Também não tem nada de mecânico. Não há vestígio de compulsão. A menina age com fervor; está num transe devoto. De devoção verdadeira. Nada presunçoso, como perdão ou consolo. Um ritual que toma cada pedacinho de sua concentração e de seu eu, mas no qual seu eu desaparece. Ela poderia continuar indefinidamente.

Mesmo quando os olhos da menina se abrem e ela olha direto para o outro lado do corredor, com uma expressão que não é atônita e desapercebida, mas direta e chocante — mesmo assim, Mary Jo tem de continuar olhando. Somente com um esforço súbito, e depois de um tempo incomensurável, ela consegue afastar os próprios olhos.

Se alguém lhe perguntasse o que ela sentia enquanto observava aquilo, Mary Jo teria dito que se sentia doente. Não doente apenas do começo de uma febre ou do que quer que seja que a está deixando entorpecida e trêmula, mas doente de repulsa, como se conseguisse sentir as lentas jornadas da língua espessa e quente sobre seu rosto. Depois, quando ela afasta os olhos, outra coisa é libertada, e é o desejo — repentino, castigando-a como um desabamento de terra solta pela encosta de uma montanha.

Ao mesmo tempo, ela ouve a voz do dr. Streeter, que diz, claramente: "Olha, os dentes dessa garota provavelmente foram arrancados numa briga".

É a voz familiar e sensata do dr. Streeter, pedindo que alguns fatos, algumas condições, sejam reconhecidos. Mas ela colocou algo novo nela — uma satisfação marota e natural. Ele não é apenas triste, apenas alguém que aceita as coisas; é alguém satisfeito que as coisas sejam como são. A satisfação bem recuada em sua voz bate com a sensação de afrouxamento no corpo dela. Ela sente vergonha e aversão físicas, um calor que parece espalhar-se a partir do estômago. Isso passa, a onda disso passa, mas a aversão fica. Aversão, nojo, repulsa espalhando-se a partir de você pode ser pior do que dor. Seria uma condição pior para se viver. Assim que ela pensa isso e dá algum nome ao que está sentindo, sente-se um pouco mais firme. Deve ser a estranheza de estar no voo, e a bebida, e a confusão trazida pela menina, e talvez um vírus, com o qual ela está lutando. A voz do dr. Streeter é o que há de mais próximo de um verdadeiro delírio, mas não é um delírio; ela sabe que foi invenção dela. Inventou aquilo de que então podia se afastar, odiando-o tão puramente. Se um sentimento como aquele se tornasse real, se um delírio como aquele a vencesse, ela ficaria num estado lamentável demais para se considerar.

Ela tenta deliberadamente acalmar-se. Respira fundo e finge que vai dormir. Começa a contar a si própria uma história na qual as coisas terminam melhor. Imagine que a menina tenha ido atrás dela nos fundos do avião agora há pouco; e se elas tivessem conseguido conversar? A história passa, de algum modo, para a sala de espera em Honolulu. Mary Jo vê a si mesma sentada num salão com palmeiras atrofiadas, em potes, numa longarina acolchoada. O homem e a menina passam andando por ela. A menina vai à frente, levando as sacolas de compras. O homem está com a bolsa de viagem por cima do ombro e está carregando o guarda-chuva. Com a ponta do guarda-chuva fechado, ele dá uma cutucada na menina. Nada para machucá-la, nem mesmo para surpreendê-la. Uma brincadeira. A menina se precipita, dando risadinhas e olhando em volta com uma expressão de contrição sem fim, vergonha, desamparo, bom humor. Então Mary Jo cruza o olhar com o dela, sem que o homem perceba. Mary Jo levanta e atravessa a sala de espera, chegando ao brilhoso refúgio azulejado do toalete feminino.

E dessa vez a menina vai atrás dela.

Mary Jo liga a água fria. Espalha-a pelo rosto, num gesto de encorajamento.

Insta a menina a fazer a mesma coisa.

Ela fala com a menina de maneira calma e irresistível.

"Isso. Refresque o rosto. Limpe a mente. Você precisa pensar com clareza. Precisa pensar com muita clareza. Agora. O que é? O que é que você quer? Do que você tem medo? Não tenha medo. Ele não pode entrar aqui. Nós temos tempo. Você pode me dizer o que quer, e eu posso te ajudar. Posso falar com as autoridades."

Porém, a história para nesse momento. Mary Jo chegou num impasse, e seu sonho — porque agora ela está sonhando — traduz isso de modo nada sutil num trecho enferrujado e irregular debaixo da pia, onde o esmalte se desgastou.

Que banheiro mais malcuidado.

"É sempre assim nos trópicos?", diz Mary Jo à mulher que está de pé a seu lado na outra pia, e essa mulher cobre a pia com as mãos, como se não quisesse que Mary Jo a olhasse ou a usasse. (Não que Mary Jo tenha essa intenção.) Trata-se de uma mulher larga, de cabelo branco, num sári vermelho, e ela parece ter alguma autoridade no banheiro das mulheres. Mary Jo olha em volta, procurando a menina esquimó, e fica atônita ao vê-la deitada no chão. Ela encolheu e está com uma aparência de borracha, um olhar grosseiro, como o de uma boneca. Porém, o verdadeiro choque é que sua cabeça se soltou do corpo, ainda que ainda esteja presa por uma fita elástica interna.

"Você vai ter a chance de escolher o seu próprio", diz a mulher de cabelo branco, e Mary Jo acha que isso se refere a seu próprio castigo. Ela sabe que não está correndo risco disso — ela não é responsável, não bateu na garota, nem a empurrou para o chão. A mulher é louca.

"Desculpe", diz, "mas preciso voltar para o avião."

Isso, porém, é depois, e elas não estão mais no banheiro feminino. Estão de volta no escritório do dr. Streeter, e Mary Jo tem a sensação de um vago correr de acontecimentos que ela não consegue acompanhar, de lapsos de tempo que ela não percebeu. Ela ainda pensa em voltar para o avião, mas como vai encontrar a sala de espera, quanto mais voltar para Honolulu?

Uma figura grande, totalmente envolta em bandagens, passa por ela, sendo carregada, e Mary Jo pretende descobrir quem é, o que aconteceu, por que estão trazendo ali uma vítima de queimaduras.

A mulher no sári vermelho está ali também. Ela diz a Mary Jo, de maneira bastante afável: "O tribunal fica no jardim?".

Isso pode significar que Mary Jo ainda será acusada de alguma coisa e que há um tribunal no jardim. Por outro lado, a palavra "tribunal" pode se referir ao dr. Streeter. A mulher talvez queira dizer "tribuno" e tenha se embananado. Se foi isso, ela está querendo fazer graça com ele. Chamá-lo de tribuno é uma piada, e "no jardim" também significa outra coisa, na qual Mary Jo terá de se concentrar muito para entender.

Porém, a mulher abre a mão e mostra a Mary Jo algumas florezinhas azuis — como campânulas, só que azuis — e explica que elas são "tribunal", e que "tribunal" significa "flores".

Um ardil, e Mary Jo sabe disso, mas não consegue se concentrar porque está acordando. Num jumbo acima do oceano Pacífico, com a tela guardada, as luzes quase todas apagadas e até o bebê dormindo. Ela não consegue atravessar de volta as várias cortinas do sonho até chegar à parte clara, no banheiro feminino, onde a água fria estava escorrendo por seus rostos e ela — Mary Jo — estava explicando à menina como ela podia salvar a si própria. Ela não pode voltar ali. Em volta dela, as pessoas estão dormindo debaixo de cobertores, com as cabeças em pequeninos travesseiros laranja. De algum modo, um travesseiro e um cobertor também foram dados a ela. O homem e a menina do outro lado do corredor estão dormindo de boca aberta, e Mary Jo é trazida à superfície por seu dueto de roncos eloquentes e inocentes.

Este é o começo de suas férias.

UMA VEIA ESQUISITA

I. CARTAS ANÔNIMAS

A mãe de Violet — tia Ivie — teve três filhinhos, três menininhos, e os perdeu. Depois teve três meninas. Talvez para consolar-se do azar que já tinha sofrido, numa viela do distrito de South Sherbrooke — ou talvez para compensar, de antemão, por uma falta de sentimentos maternos — ela deu às meninas os nomes mais imaginativos em que conseguiu pensar: Opal Violet, Dawn Rose e Bonnie Hope. Talvez ela tenha pensado nos nomes como meros enfeites temporários. Violet se perguntava — será que a mãe algum dia imaginou suas filhas precisando aguentar esses nomes sessenta ou setenta anos depois, quando fossem mulheres velhas, fenecidas? Talvez ela tenha pensado que suas filhas iam morrer também.

"Perder" significava que alguém tinha morrido. "Ela os perdeu" significava que eles tinham morrido. Violet sabia disso. Mesmo assim, ela imaginava. A tia Ivie — mãe dela — vagando por um campo pantanoso, que era o terreno vazio do outro lado do celeiro, um lugar decadente cheio de grama áspera e amieiros. Ali a tia Ivie, na luz chorosa, perdera seus bebês. Violet escorregava pela beira do celeiro até o terreno vazio e depois o adentrava com cuidado. Ela ficava escondida nos amieiros de caules vermelhos e nos arbustos espinhosos sem nome (sempre parecia alguma época desolada e úmida do ano quando ela fazia isso — o fim do outono, o começo da primavera) e deixava a água fria cobrir o bico de suas botas de borracha. Ela cogitava perder-se. Bebês perdidos. A água se acumulava entre grama firme. Mais adiante havia lagos e sumidouros. Ela tinha sido avisada. Seguia, arrastando os pés, observando a água subir por suas botas. Ela nunca lhes contava. Eles nunca sabiam onde ela ia. Perdida.

A sala de estar era o outro lugar onde ela conseguia esgueirar-se sozinha. As persianas das janelas estavam abaixadas até o parapeito; o ar tinha peso e espessura, como se tivesse sido talhado num bloco que preenchia a sala com exatidão. Em certos lugares fixos dava para encontrar a concha avermelhada, pontiaguda, com o rugido do mar preso nela; a figura do pequeno escocês de *kilt* segurando um copo de líquido âmbar que se inclinava mas nunca derramava; um leque feito inteiramente de penas negras brilhosas; um prato que era uma lembrança das cataratas do Niágara e que exibia a mesma imagem que a caixa de Shredded Wheat. E uma imagem emoldurada na parede que comovia Violet tão intensamente que não conseguia olhar para ela assim que entrava na sala. Tinha de dar a volta nela, mantendo-a sempre em sua visão periférica. Ela mostrava um rei com a coroa na cabeça e três mulheres altas com aparência de rainhas em vestidos escuros. O rei estava dormindo, ou morto. Estavam todos na praia, com um barco esperando, e havia algo que saía do quadro para a sala — uma onda suave e escura de doçura e tristeza insuportáveis. Aquilo parecia uma promessa a Violet; era algo conectado com seu futuro, com sua própria vida, de um jeito que ela não conseguia explicar, nem ponderar. Ela não conseguia nem olhar a imagem se houvesse outra pessoa na sala. Porém, naquela sala, raramente havia outra pessoa.

* * *

O pai de Violet era chamado de King Billy, King Billy Thorns, ainda que seu nome não tivesse William. Havia também um cavalo chamado King Billy, um cavalo cinzento com manchas pretas, que era seu meio de transporte, engatado no trenó durante o inverno e na carroça no verão. (Ali só apareceu um carro quando Violet cresceu e comprou um na década de 1930.)

O nome King Billy costumava estar relacionado ao desfile, a Caminhada Laranja, em doze de julho. Um homem escolhido para ser King Billy, usando uma coroa de papelão e um manto púrpura esfarrapado ia à frente do desfile. Era para ele montar um cavalo branco, mas às vezes um cinza com manchas pretas era o melhor que se podia arranjar. Violet nunca soube se o cavalo, ou o pai, ou ambos, já tinham participado do desfile, juntos ou separados. A confusão era abundante no mundo tal como ela o conhecia, e os adultos com frequência se ressentiam de que se lhes pedisse para ajeitar as coisas.

Contudo, ela sabia que o pai, numa certa época da vida, tinha trabalhado num trem lá no norte que passava pelas regiões selvagens onde havia ursos. Os lenhadores pegavam esse trem no fim de semana, saindo do mato para se embebedar, e, se fizessem arruaça demais no caminho de volta, King Billy parava o trem e os chutava para fora. Não importava onde o trem estava naquele momento. No meio do mato — não importava. Ele os chutava para fora. Era de briga. Tinha arrumado aquele trabalho porque era de briga.

Outra história, mais antiga ainda, da vida dele. Ele tinha ido a um baile, quando era rapaz, na Snow Road, a área de onde ele vinha. Uns outros rapazes que estavam lá tinham-no insultado, e ele precisou levar os desaforos para casa porque não sabia como lutar. Só que depois disso ele fez uma aulas com um ex-lutador profissional, de verdade, que morava em Sharbot Lake. Outra noite, outro baile — a mesma coisa de antes. O mesmo tipo de insulto. Só que dessa vez King Billy partiu para cima e acabou com eles, um por um.

Partiu para cima e acabou com eles, um por um.

Acabaram os insultos daquele tipo naquela região.

Acabaram de vez.

(Os insultos tinham a ver com ser bastardo. Ele não dizia, mas Violet entendia pelo que a mãe resmungava. "O seu pai não tinha *parentes*, dizia a tia Ivie, daquele jeito sombrio, perplexo, rancoroso dela. "Nunca teve. Simplesmente não tinha *parente* nenhum.")

Violet era cinco anos mais velha do que sua irmã Dawn Rose e seis anos mais velha do que Bonnie Hope. Essas duas viviam juntas, mas costumavam ser dóceis. Eram ruivas, como King Billy. Dawn Rose era rechonchuda, corada e de rosto largo. Bonnie Hope tinha ossos pequenos e cabeça grande, com cabelo que crescia aos tufos e em pedaços, o que fazia com que ela parecesse um passarinho cambaleante. Violet tinha o cabelo escuro, era alta para a idade e forte como a mãe. Tinha um rosto comprido e bonito, com olhos azul-escuros que à primeira vista pareciam negros. Depois, quando Trevor Auston se apaixonou por ela, ele disse algumas coisas bonitas sobre como a cor dos olhos dela combinava com o nome.

A mãe de Violet, assim como o pai, tinha um nome esquisito e era chamada de tia Ivie a maior parte do tempo até pelos próprios filhos. Isso porque era a caçula de uma família grande. Ela tinha parentes a valer, ainda que eles não a visitassem com frequência. Todas as coisas antigas ou preciosas da casa — aquelas coisas na sala de estar, um certo baú de tampa curva e algumas colheres manchadas — vinham da família de tia Ivie, que tinha uma fazenda às margens do lago White. Tia Ivie tinha ficado lá tanto tempo, sem se casar, que o nome pelo qual suas sobrinhas e seus sobrinhos a tratavam virou o nome usado por todo mundo, e as filhas, também, o preferiam a "mãe".

Ninguém jamais pensou que ela devesse se casar. Ela própria dizia isso. E quando se casou com o homenzinho ruivo e ousado que parecia tão esquisito ao lado dela, as pessoas diziam que ela não parecia suportar lá muito bem a mudança. Ela perdeu aqueles primeiros meninos e não ficou muito feliz com a responsabilidade de gerenciar uma casa. Gostava de trabalhar ao ar livre, com a enxada na horta, ou cortando lenha, como sempre fizera em casa. Ordenhava as vacas, limpava o estábulo e cuidava das galinhas. Foi Violet, ficando mais velha, que se encarregou da casa.

Na época que ela tinha dez anos, Violet tinha ficado bastante orgulhosa da casa e ditatorial, esporadicamente. Ela gastava o sábado inteiro esfregando e encerando, e depois berrava e se jogava no sofá, rangendo os dentes de raiva, quando as pessoas entravam cobertas de lama e de estrume.

"Essa garota vai crescer e só vai ter dentes quebrados na boca, e vai ser bem feito por causa desse mau humor", dizia a tia Ivie, como se estivesse falando da filha de alguma vizinha. Tia Ivie era geralmente quem entrava com lama e estragava o chão.

Outro sábado haveria fornadas e invenções de receitas. Por um verão inteiro Violet tentou inventar uma bebida parecida com a Coca-Cola, que seria famosa, deliciosa e lhes traria fortuna. Ela experimentava e fazia as irmãs provarem todo tipo de suco de frutinhas vermelhas, de baunilha, de essências de frutas engarrafadas e de especiarias. Às vezes ficavam todas no capim alto do pomar, vomitando. As mais novas geralmente faziam o que Violet mandava e acreditavam no que ela dizia. Uma vez, o rapaz do açougue chegou para comprar os bezerros, e Violet disse a Dawn Rose e a Bonnie Hope que às vezes o rapaz do açougue não ficava satisfeito com a carne dos bezerros e ia atrás de criancinhas suculentas para fazer bifes, costeletas e linguiças. Ela disse isso do nada e só para se divertir, até onde conseguiu lembrar, depois, de quando transformava as coisas em histórias. As meninas tentaram se esconder no feno, e King Billy ouviu a agitação e as colocou para fora. Elas contaram o que Violet tinha dito e King Billy disse que elas mereciam uma palmada por acreditar nessas besteiras. Falou que era um homem casado com uma mula e que sua filha arruaceira mandava na casa. Dawn Rose e Bonnie Hope corriam para enfrentar Violet.

"Mentirosa! Os açougueiros não cortam crianças! Você contou mentira! Sua mentirosa!"

Violet, que na hora estava limpando o forno, não disse nada. Pegou uma panela de cinzas — mornas, mas, ainda bem, não quentes — e jogou-as nas cabeças delas. Elas aprenderam que não era para contar de novo. Saíram correndo e rolaram na grama e se sacudiram feito cães, tentando tirar as cinzas dos cabelos, dos ouvidos, dos olhos e das roupas de baixo. Num canto do pomar, fizeram sua própria casa de brinquedo, com grama arrancada empilhada para servir de assentos e pedaços de porcelana quebrada como pratos. Elas juraram não contar a Violet.

Mas não conseguiam ficar longe dela. Ela colocava os cabelos delas em tiras de pano para fazer cachinhos; vestia-as em fantasias feitas de cortinas velhas; pintava seus rostos, usando misturas de suco de frutinhas vermelhas, farinha e produto para limpar fogão. Descobriu a casa de brinquedo e teve ideias para a mobília que eram superiores às delas. Até nos dias em que ela não tinha tempo nenhum para elas, elas precisavam observar o que Violet estava fazendo.

Estava pintando uma estampa de rosas vermelhas no linóleo preto e desgastado da cozinha.

Ela estava cortando bordas rendilhadas em todas as antigas persianas verdes para que ficassem mais elegantes.

Parecia que a vida familiar comum tinha sido virada do avesso na casa deles. Em outras fazendas, geralmente eram as crianças que você via primeiro ao chegar pela estradinha — as crianças brincando ou fazendo alguma tarefa. A mãe ficava escondida na casa. Ali estava a tia Ivie, que você podia ver amontoando as batatas ou simplesmente andando pelo quintal ou pelo cercado das galinhas, usando botas de borracha, um chapéu masculino de feltro e uma desbotada coleção de suéteres, uma saia, combinação e avental descaídos, e meias manchadas e enrugadas. Era Violet quem mandava na casa, Violet quem decidia quando e se o pão, a manteiga e o xarope de milho seriam passados. Era como se King Billy e tia Ivie não tivessem entendido muito bem como partilhar uma vida, mesmo que tivessem tido essa intenção.

A família, contudo, se dava bem. Ordenhavam as vacas, vendiam o leite para a fábrica de queijo, criavam os bezerros para o açougue e cortavam o feno. Eram fiéis da Igreja Anglicana, ainda que não frequentassem muito, devido às dificuldades de fazer tia Ivie ficar limpa. Às vezes iam para os jogos de cartas no prédio da escola. Tia Ivie era boa jogadora e tirava o avental e o chapéu de feltro para jogar, mas não trocava as botas. King Billy tinha certa fama de cantor, e, depois do carteado, as pessoas tentavam fazer com que ele assumisse o entretenimento. Ele gostava de cantar canções que tinha aprendido com os lenhadores que nunca foram escritas. Cantava com os punhos cerrados e com os olhos fechados, resoluto:

Na linha Opeongo, eu conduzi uma parelha de cavalos baios,
Uma vez num verão, para Hooligan e Hayes,
Agora que os baios morreram e fiquei velho,
*Eu fico sonhando que conduzo pela linha Opeongo.**

* No original: *On the Opeongo Line I drove a span of bays,/ One summer once upon a time for Hooligan and Hayes,/ Now that them bays is dead and gone old age is mine,/ I'm dreamin' that I'm teamin', on the Opeongo Line.* (N.T.)

Quem era Hooligan? Quem era Hayes?

"Alguma empresa aí", dizia King Billy, tagarela depois de cantar.

Violet fez o Ensino Médio na cidade e depois foi para a escola normal em Ottawa. As pessoas se perguntavam onde King Billy tinha arrumado o dinheiro. Se ele ainda tinha algum guardado do salário da ferrovia, isso significava que ele tinha recebido algum dinheiro da família de tia Ivie quando tirou-a de suas mãos e comprou a fazenda. King Billy dizia que não levaria a mal os estudos de Violet — ele achava que ser professora seria adequado para ela. Porém, ele não tinha nada extra para lhe dar. Antes de começar o Ensino Médio, ela atravessou o campo até a fazenda próxima, levando um tecido de crepe listrado que tinha achado no baú. Ela queria aprender a usar a máquina de costura para poder fazer um vestido para si própria. E de fato ela aprendeu, ainda que a vizinha tenha dito que aquela era a roupa de escola mais esquisita que ela esperava ver na vida.

Violet voltava para casa todo fim de semana enquanto estava no Ensino Médio e falava às irmãs sobre latim e basquete, e cuidava da casa como antes. Porém, quando foi para Ottawa, ela ficava até o Natal. Dawn Rose e Bonnie Hope já eram grandes o bastante àquela altura para tomar conta da casa, mas se faziam isso ou não era outra história. Dawn Rose na verdade era grande o bastante para estar começando o Ensino Médio, mas tinha sido reprovada no último ano da escola e estava repetindo. Ela e Bonnie Hope estavam na mesma turma.

Quando voltou para casa na época do Natal, Violet tinha mudado bastante. Mas ela achou que eram os outros e tudo o mais que tinham mudado.

Ela quis saber se eles sempre tinham falado daquele jeito. De que jeito? Com sotaque. Eles não estavam fazendo de propósito, para parecer engraçados? Não estavam falando "ocêis" de propósito, para parecer engraçados?

Ela tinha esquecido onde ficavam guardadas algumas coisas e ficou perplexa ao ver a frigideira debaixo do fogão. Tomou antipatia pelo cachorro, Tigger, que podia ficar em casa agora que estava velho. Disse que ele fedia e que o cobertor do sofá estava cheio de pelo de cachorro.

Falou que a sala de estar tinha cheiro de mofo e que as paredes precisavam de papel novo.

Porém, foram as irmãs que receberam a força total de sua surpresa e de seu desgosto. Elas tinham crescido desde o verão. Dawn Rose era agora uma garota grande, forte, com peitos frouxos sacudindo dentro do vestido e um largo rosto avermelhado cuja expressão infantil de segredo tinha virado uma expressão que parecia burra e teimosa. Ela tinha desenvolvido odores feminis e não se lavava. Bonnie Hope ainda tinha corpo de criança, mas seu cabelo vermelho frisado nunca estava penteado direito, e ela vivia coberta de mordidas de pulgas por ficar brincando com os gatos do estábulo.

Violet nem sabia direito como deixar aquelas duas limpas. O pior é que elas tinham ficado rebeldes, olhavam uma para a outra quando ela lhes dirigia a palavra, evitavam-na, ficavam emburradas e caladas. Agiam como se tivessem algum segredo imbecil.

E de fato tinham, elas tinham um segredo, mas ele só veio à tona bem depois, não antes dos acontecimentos do verão seguinte, e mesmo assim indiretamente, com Bonnie Hope contando a algumas meninas que contaram para outra que contou para outra, e outras ficaram sabendo, e daí uma mulher vizinha, que enfim contou a Violet.

No fim do outono daquele ano — o ano em que Violet foi para a escola normal — Dawn Rose tinha começado a menstruar. Ela sentiu-se tão afrontada por esse novo acontecimento que foi até o riacho e sentou-se na água fria, decidida a fazer o sangramento parar. Tirou os sapatos, as meias, as ceroulas, e sentou-se ali, na água rasa e gélida. Limpou o sangue das ceroulas, espremeu-as e colocou-as de volta molhadas. Não pegou friagem, não ficou doente e não menstruou de novo o ano inteiro. A vizinha falou que esse procedimento poderia ter afetado seu cérebro.

"Levar todo aquele sangue ruim de volta para o sistema dela, bem pode."

O único prazer de Violet naquele Natal consistia em falar do namorado, cujo nome era Trevor Auston. Ela mostrou o retrato dele às irmãs. Era cortado de um jornal. Ele estava usando o seu colarinho de clérigo.

"Parece um pastor", disse Dawn Rose, abafando um risinho.

"Ele é pastor. Esta foto é de quando ele foi ordenado. Vocês não o acham bonito?"

Trevor Auston era bonito. Um rapaz de cabelo escuro com olhos estreitos e um nariz perfeito, o queixo erguido e um sorriso de lábios finos, confiante, até gracioso.

Bonnie Hope disse: "Ele deve ser velho, já que é pastor."

"Ele acabou de virar pastor", disse Violet. "Tem vinte e seis anos. Não é pastor anglicano, é da Igreja Unida", disse ela, como se fizesse diferença. E, para ela, fazia. Violet tinha mudado de igreja em Ottawa. Dizia que na Igreja Unida acontecia muito mais coisa. Havia um clube de badminton — ela e Trevor jogavam — e um clube de teatro, além de saídas para patinar, para brincar de tobogã, passeios na picape, festinhas. Foi numa festinha de Halloween no porão da igreja, pescando maçãs, que Violet e Trevor se conheceram. Ou conversaram pela primeira vez, porque Violet, claro, já o tinha visto na igreja, onde ele era o pastor-assistente. Ele falou que também já tinha reparado nela. E ela achava que talvez sim. Um grupo de garotas da escola normal ia, todas juntas, àquela igreja, em parte por causa de Trevor, e jogava um jogo, tentando chamar sua atenção. Quando todos estavam de pé cantando os hinos, elas o encaravam, e, se ele também olhasse para elas, elas baixavam imediatamente os olhos. Ondas de risinhos percorriam a fileira. Violet, porém, cantou direto para ele, como se seus olhos tivessem se fixado nele por acidente:

Levantem-se, homens de Deus...
E coloquem a armadura...

Olhos um no outro durante o hino. Os hinos viris dos velhos metodistas e os salmos atormentados dos presbiterianos tinham se unido nessa nova Igreja Unida. Naquela igreja, o culto atraía rapazes vigorosos, interessados no poder, não muito diferentes dos rapazes que entravam na política. Uma boa voz e um belo perfil não faziam mal.

Olhos um no outro. Beijos na porta da pensão de Violet. A bochecha fria, bem-aparada mas ainda ligeiramente áspera e alheia, o cheiro decente mas promissor de talco e de loção pós-barba. Logo eles estavam indo para o escuro atrás da porta, apertando-se pelas roupas de inverno. Eles precisavam ter conversas sérias sobre autocontrole, e essas conversas eram inflamatórias. Ficavam cada vez mais convencidos de que, se casassem, teriam aqueles prazeres que quase provocam desmaios quando se pensa neles.

Logo depois que Violet voltou das férias de Natal, eles ficaram noivos. Então tiveram outras coisas para pensar e com que sonhar além de sexo. Uma vida responsável e importante estava à frente. Eram convidados para jantar como casal de noivos, por pastores mais velhos e por membros ricos e poderosos da congregação. Violet fez para si um vestido bom, de sarja de lã avermelhada com pregas — um grande avanço em relação à criação de crepe listrado.

Nos jantares, começavam com suco de tomate. Jarrinhas de água gelada ficavam sobre as mesas. Ninguém naquela igreja podia tocar em bebida alcoólica. Até o vinho da comunhão era suco de uva. Porém, havia maravilhosos assados de carne bovina ou de porco, ou de peru, em bandejas de prata, batatas e cebolas assadas com boas doses de molho, e depois substanciais bolos e tortas, e pudins em formatos divinos com creme de leite. Comer não era pecado. Jogar cartas era pecado, exceto se fosse um jogo de cartas criado especialmente pelos metodistas chamado Herdeiro Perdido; dançar era pecado para alguns, e o cinema era pecado para alguns, e, aos domingos, ir a qualquer tipo de entretenimento exceto um concerto de música sacra que não cobrava ingresso era um pecado para todos.

Era uma grande mudança para Violet depois do anglicanismo relaxado de sua infância e das regras — se é que havia regras — em casa. Ela se perguntava o que Trevor diria se pudesse ver King Billy dando seu golinho de uísque toda manhã antes de começar as tarefas do dia. Trevor tinha falado em ir até a casa dela para conhecer a família, mas ela tinha conseguido adiar isso. Eles não podiam ir no domingo por causa do trabalho dele na igreja, nem durante a semana por causa das aulas dela. Ela tentou tirar da cabeça, por ora, a ideia da casa.

A rigidez da Igreja Unida seria algo com que se acostumar, mas a sensação de propósito e de importância que havia nela, o vigor e a energia, eram muito agradáveis a Violet. Era como se os pastores e os principais paroquianos tivessem empregos numa empresa próspera e importante. O papel de esposa de pastor podia parecer-lhe difícil e desafiador, mas isso não a esmorecia. Ela conseguia ver-se dando aulas na escola dominical, arrecadando dinheiro para missões, conduzindo as orações, sentada bem-vestida no primeiro banco ouvindo Trevor, vertendo incansavelmente chá de um bule de prata.

Ela não planejava passar o verão em casa. Visitaria por uma semana, assim que as provas acabassem, e depois iria trabalhar durante o verão no escritório da igreja em Ottawa. Tinha se candidatado a um emprego de professora na Bell's Corners, ali perto. Seu plano era dar aulas por um ano e depois se casar.

Na semana anterior ao início das provas, ela recebeu uma carta de casa. Não era de King Billy nem da tia Ivie — eles não escreviam cartas —, mas da mulher na fazenda ao lado, a dona da máquina de costura. Seu nome era Annabelle Wrioley e tinha um certo apego por Violet. Não tinha filha. Achava que Violet era uma peste, mas agora pensava que ela era uma moça determinada.

Annabelle pedia desculpas por perturbar Violet naquele momento, mas achava que ela devia saber. Havia dificuldades em casa. Que dificuldades eram, ela preferia não dizer por carta. Se Violet pudesse dar um jeito de vir de trem, ela poderia ir à cidade encontrá-la. Ela e o marido agora tinham carro.

Assim, Violet foi de trem.

"Preciso falar logo", disse Annabelle. "É seu pai. Ele está em perigo."

Violet achou que isso significava que King Billy estava doente. Mas não era isso. Ele estava recebendo cartas estranhas. Cartas terríveis. Eram ameaças contra a vida dele.

O que havia naquelas cartas, disse Annabelle, era tão nojento que nem dava para acreditar.

Na casa, parecia que a vida cotidiana tinha sido suspensa. A família inteira estava assustada. Eles estavam com medo de ir ao pasto de trás para juntar as vacas, com medo de ir até o outro lado do porão, ou até o poço ou à casinha depois que escurecia. King Billy, mesmo àquela altura, era um homem disposto a brigar, mas ficava enervado com a ideia de um inimigo desconhecido esperando para dar o bote. Ele não conseguia andar da casa até o estábulo sem rodopiar para ver se havia alguém atrás dele. Quando ordenhava as vacas, ele as girava na cocheira para que pudesse ficar num canto onde ninguém poderia surpreendê-lo. Tia Ivie fazia o mesmo.

Tia Ivie andava pela casa com um bastão, batendo nas portas dos armários, nas tampas dos baús e das arcas e dizendo: "Se você está aí, melhor ficar até morrer sufocado! Assassino!".

O assassino teria de ser um anão, disse Violet, para estar escondido em qualquer um desses lugares.

Dawn Rose e Bonnie Hope estavam sem ir à escola, ainda que fosse a época do ano em que elas deviam estar se preparando para fazer os exames de admissão. Elas tinham medo de tirar a roupa durante a noite, e suas roupas estavam todas amassadas e com cheiro azedo.

As refeições não estavam sendo preparadas. Os vizinhos, porém, levavam comida. Sempre parecia haver algum vizinho sentado à mesa da cozinha, um vizinho, ou até alguém não tão conhecido da família que tinha ficado sabendo das dificuldades e vindo de longe. Os pratos eram lavados com água fria, isso quando eram lavados, e o cachorro era o único interessado em limpar o chão.

King Billy ficava de vigia a noite inteira. Tia Ivie se entrincheirava atrás da porta do quarto.

Violet perguntou das cartas. Foram trazidas, dispostas para sua inspeção sobre a toalha da mesa, como tinham sido dispostas antes diante de todos os vizinhos e visitantes.

Aqui estava a carta que tinha chegado primeiro, pelo correio comum. Depois, a que veio em seguida, também pelo correio comum. Depois disso, foram achados bilhetes em lugares diferentes da fazenda.

Em cima de uma lata de creme no estábulo.

Fixada na porta do estábulo.

Amarrada na alça do balde de leite que King Billy usava todo dia.

Começou uma discussão sobre qual bilhete tinha sido encontrado em qual lugar.

"E o carimbo do correio?", interrompeu Violet. "Onde estão os envelopes das que vieram pelo correio?"

Eles não sabiam. Não sabiam aonde os envelopes tinham ido parar.

"Eu quero ver onde elas foram postadas", disse Violet.

"Não faz a menor diferença onde elas foram postadas, já que ele sabe exatamente onde encontrar a gente", disse a tia Ivie. "Mesmo assim, ele não posta mais. Se mete aqui quando está escuro e deixa — ele sabe onde encontrar a gente."

"E o Tigger?", disse Violet. "Não latiu?"

Não. Mas Tigger estava ficando velho demais para servir de cão de guarda. E, com todos os visitantes indo e vindo, ele tinha praticamente desistido de latir.

"Ele provavelmente não ia latir se visse as hostes do inferno entrando pelo portão", disse King Billy.

O primeiro bilhete dizia a King Billy para vender todas as vacas. Ele era um homem marcado. Nunca viveria para cortar o feno. Já estava morto.

Isso fez King Billy ir ao médico. Ele achava que podia haver alguma coisa de errado com ele que desse para ver no rosto. Mas o médico martelou seu joelho, ouviu seu coração, acendeu uma luz em seus olhos, cobrou dois dólares e disse que ele estava bem.

Que besta ignorante você, indo ao médico, dizia a carta seguinte. *Podia ter poupado sua nota de dois dólares para limpar a bunda suja. Eu não disse que você ia morrer de doença nenhuma. Você vai ser morto. É isso que vai acontecer com você. Sua saúde pode estar ótima, mas seguro você não está. Eu posso entrar na sua casa à noite e cortar sua garganta. Posso te dar um tiro detrás da árvore. Posso vir pelas suas costas, passar uma corda no seu pescoço, estrangular você e você nunca vai nem ver a minha cara. Que tal?*

Não era então um adivinho nem ninguém capaz de prever o futuro. Era um inimigo, que planejava fazer o trabalho com as próprias mãos.

Eu não me importaria de aproveitar e matar a mocreia da sua esposa e as suas filhas retardadas.

Você devia ser primeiro jogado de cabeça na privada. Seu porco nojento de perna torta. Você merecia ter as suas partes cortadas com navalha. É mentiroso também. Essas brigas todas que você disse que ganhou são mentira.

Eu podia enfiar uma faca em você, deixar seu sangue escorrer numa tigela e fazer pudim de sangue. Eu daria para os porcos comerem.

Que tal um marcador quente no seu olho?

Ao terminar de ler, Violet disse: "O que se deve fazer é mostrar isso à polícia".

Ela tinha esquecido que ali a polícia não existia daquele jeito abstrato e oficial. Havia um policial, mas ficava na cidade, e, além disso, King Billy tivera um desentendimento com ele no último inverno. De acordo com o que King Billy tinha contado, um carro dirigido pelo advogado Boot Lomax derrapou no limpa-neves de King Billy num cruzamento, e Lomax convocou o policial.

"Prenda esse homem por não ter parado num cruzamento!", gritou Boot Lomax (bêbado), abanando a mão com sua luva forrada com pele.

King Billy pulou na neve dura e empilhada, e cerrou os punhos. "Polícia nenhum vai colocar algema em mim!"

No final, foi tudo conversado, mas mesmo assim teria sido má política partir para cima do policial.

"Ele está armando alguma para mim, de qualquer jeito. Pode até ser ele que está escrevendo isso aí."

Tia Ivie, porém, dizia que era aquele vagabundo. Ela se lembrava de um vagabundo de má aparência que tinha batido à porta anos atrás, e, quando ela lhe deu um pedaço de pão, ele não disse obrigado. Disse: "Tem aí uma linguiça?".

King Billy achava mais provável que fosse um homem que ele tinha contratado uma vez para ajudar com o feno. O homem foi embora depois de um dia e meio porque não aguentava trabalhar no palheiro. Disse que quase tinha morrido engasgado ali com a poeira e com os fragmentos de palha, e queria cinquenta centavos a mais pelo dano aos pulmões.

"Aqui que eu vou te dar cinquenta centavos!", gritou King Billy para ele, socando o ar com a forquilha. "Vem aqui para eu te dar os seus cinquenta centavos!"

Ou então podia ser alguém fazendo um acerto antigo, um daqueles sujeitos que ele tinha expulsado do trem tanto tempo atrás? Um daqueles sujeitos de um tempo ainda mais distante, em quem ele tinha batido no baile?

Tia Ivie se lembrava de um garoto que a idolatrava quando ela era moça. Ele tinha ido para o oeste, mas podia ter voltado e ficado sabendo que ela tinha se casado.

"Depois desse tempo todo, vir maluco atrás de você?", disse King Billy. "Até parece!"

"Mesmo assim, ele me idolatrava."

Violet estudava os bilhetes. Estavam grafadas a lápis, em papel pautado barato. Os traços eram escuros, como se o autor escrevesse com força. Nada tinha sido apagado com borracha, nem havia qualquer problema de ortografia — numa palavra, por exemplo, como "ignorante". Havia um entendimento das frases e das letras maiúsculas. Porém, o quanto dava para saber a partir disso?

* * *

A porta era trancada com cadeado à noite. As persianas eram baixadas até o parapeito. King Billy colocou a espingarda na mesa e um copo de uísque do lado.

Violet derramou o uísque no balde de despejo. "Você não precisa disso", disse ela.

King Billy levantou a mão para ela — ainda que não fosse o tipo de homem que bate na mulher e nos filhos.

Violet recuou, mas continuou falando. "Você não precisa ficar acordado. Eu vou ficar acordada. Eu estou bem e você está cansado. Vamos lá, papai. Você precisa de sono, não de bebida."

Depois de algumas discussões, eles chegaram a um acordo. King Billy fez Violet mostrar que sabia usar a espingarda. Então foi dormir na sala de estar, no sofá duro. Tia Ivie já tinha empurrado o gaveteiro para a frente da porta do quarto, e seria preciso gritar e explicar muito para fazer com que ela o tirasse dali.

Violet ligou a lamparina, pegou o vidro de tinta na estante e começou a escrever a Trevor para contar-lhe qual era o problema. Sem se gabar, só contando o que estava acontecendo, ela o deixou ver como estava preparada para defender a família. Até falou de jogar fora o uísque, explicando que era só por causa da pressão nos nervos que o pai tinha pensado em recorrer à bebida. Ela não disse que estava com medo. Descreveu a quietude, a escuridão e a solidão da noite do princípio do verão. E, para alguém que vivia numa cidade grande ou pequena, era bem escuro e solitário — mas não tão quieto, afinal. Não se você estava à escuta. Havia muitos ruídos tênues, distantes e próximos, árvores farfalhando, animais andando e comendo. Deitado do outro lado da porta, uma ou duas vezes Tigger fez o som que significava que estava sonhando que latia.

Violet assinou a carta como *Sua futura esposa saudosa e amorosa*, e depois acrescentou, *com todo o meu coração*. Apagou a lamparina, ergueu uma persiana e ficou sentada ali, de vigia. Na carta, ela dizia que o campo agora estava lindo, com os botões-de-ouro florescendo na beira das estradas, mas, enquanto ficava sentada ali, tentando ver se alguma sombra em movimento se destacava das sombras projetadas no quintal, e à escuta de passos cuidadosos, ela pensou que realmente odiava o campo. Os parques eram melhores no quesito grama e flores, e as árvores ao longo das ruas de Ottawa eram absolutamente satisfatórias. A ordem prevalecia ali, e alguma espécie de inteligência. Aqui no mato era o vazio, o rumor, o absurdo. O que as pessoas que a convidavam para jantar pensariam se a vissem sentada ali com uma espingarda na frente?

Imagine se o intruso, o assassino, subisse os degraus. Ela teria de atirar contra ele. Qualquer ferimento causado por uma espingarda seria terrível àquela distância. Haveria um julgamento no tribunal e seu retrato estaria nos jornais. CONTENDA CAIPIRA.

Se ela não o acertasse, seria pior ainda.

Ao ouvir um baque, ficou de pé, com o coração acelerado. Em vez de pegar a arma, ela a tinha afastado. Tinha achado que o som vinha da varanda, mas, quando o ouviu de novo, percebeu que vinha de cima. Percebeu, também, que tinha adormecido.

Eram as irmãs e só. Bonnie Hope precisava sair para ir ao banheiro.

Violet acendeu a lanterna para elas. "Vocês duas não precisavam levantar", disse. "Eu podia ter ido com vocês." Bonnie Hope sacudiu a cabeça e segurou a mão de Dawn Rose. "Quero ela", disse.

Aquele medo parecia estar transformando-as em imbecis, ou quase. Elas nem olhavam para Violet. Será que sequer se lembravam dos dias em que olhavam e ela as ensinava e as mimava, e tentava arrumá-las?

"Por que vocês não podem usar as camisolas?", disse Violet, com tristeza, e fechou a porta. Ela se sentou ao lado da arma até elas voltarem e irem dormir. Depois, ligou o fogão e fez café, porque estava com medo de adormecer outra vez.

Quando viu o céu ficando mais claro, abriu a porta. O cão se levantou, todo arrepiado, e foi beber água na vasilha que ficava ao lado da bomba d'água. O quintal estava cercado de névoa branca. Entre a casa e o estábulo havia um trecho pedregoso de terra, e as pedras estavam escuras com a umidade da noite. O que era a fazenda deles senão alguns acres de solo raso espalhado por colinas de cascalho e pântanos? Que tolice achar que era possível assentar-se ali, viver a vida e criar uma família.

No degrau de cima havia um objeto deslocado — um cocô de cavalo, reluzente e bem proporcionado. Violet procurou um graveto para afastá-lo e, em seguida, viu o papel embaixo.

Não pense que a piranha metida que é a sua filha pode ajudar. Eu vejo você o tempo inteiro e odeio ela e você também. Como você quer que isso seja enfiado pela sua goela?

Ele tinha de ter colocado isso ali durante a última hora da noite, enquanto ela tomava o café na mesa da cozinha. Ele podia ter olhado pela janela e visto-a. Ela correu para acordar as irmãs, para perguntar se elas tinham percebido alguma coisa quando saíram, e elas disseram que não, nada. Elas tinham descido aqueles degraus e voltado com a lanterna, e não havia nada. Ele tinha colocado depois.

Uma coisa isso tudo dizia a Violet e a deixava contente. Tia Ivie não podia ter nada a ver com aquilo. Tia Ivie tinha ficado trancada no quarto a noite inteira. Não que Violet realmente achasse que a mãe fosse rancorosa o bastante ou maluca o bastante para fazer uma coisa daquelas. Mas ela sabia o que as pessoas diziam. Ela sabia que haveria gente agora dizendo que não estava muito surpresa com o que estava acontecendo ali. Elas diriam que certas pessoas atraem problemas peculiares e que na vizinhança de certas pessoas é mais provável que coisas aconteçam.

Violet trabalhou o dia inteiro na limpeza. A carta para Trevor ficou no gaveteiro. Ela não chegou a levá-la à caixa de correio. As pessoas passaram lá, e foi tudo igual ao dia anterior — a mesma conversa, as mesmas suspeitas, as mesmas especulações. A única diferença é que havia o novo bilhete para mostrar.

Annabelle trouxe-lhes pão do dia. Leu o bilhete e disse: "Eu fico simplesmente nauseada. E tão perto. Você quase ouviu ele respirando, Violet. Os seus nervos devem estar um caco".

"Não tem ninguém que pode entender", disse tia Ivie, orgulhosa. "O que a gente aqui está passando."

"Se alguém chegar a pisar aqui perto depois que escurece", disse King Billy, "a partir de agora provavelmente vai tomar um tiro. E é só isso que eu tenho a dizer."

Depois de eles terem jantado e ordenhado e colocado as vacas para fora, Violet levou a carta até a caixa do correio para que o carteiro a pegasse de manhã. Colocou os centavos para o selo acima dela. Trepou no declive atrás da caixa de correio e sentou-se.

Ninguém passava na estrada. Os dias agora tinham sua duração máxima; o sol estava começando a se pôr. Um borrelho-de-dupla-coleira passou piando, com uma asa pendendo, tentando fazer com que ela o seguisse. Seus ovos deviam estar por perto. Os borrelhos botavam seus ovos praticamente na estrada, bem no meio do cascalho.

Ela estava ficando tão mal quanto King Billy, com a sensação de que tinha alguém atrás dela. Tentou não olhar em volta, mas não conseguiu evitar. Levantou de súbito e virou, tudo de uma vez, e viu uma faixa de cabelo vermelho refletindo o sol baixo, atrás de um junípero.

Eram Dawn Rose e Bonnie Hope.

"O que vocês estão fazendo aí, tentando me assustar?", disse Violet, amarga. "Nós todos já não estamos assustados o bastante? Eu estou vendo vocês! O que vocês acham que estão fazendo?"

Elas saíram e mostraram o que estavam fazendo — catando morangos silvestres.

Entre o instante em que ela viu a faixa dc cabelo vermelho e o instante em que viu os morangos silvestres nas mãos delas, Violet percebeu. Porém, ela nunca tiraria isso delas a menos que as adulasse e implorasse, e parecesse admirá-las, simpatizar com elas. Talvez nem assim.

"Posso comer um morango?", disse ela. "Vocês estão zangadas comigo? Eu sei o segredo de vocês."

"Eu sei", disse ela. "Eu sei quem escreveu as cartas. Eu sei que foram vocês. Vocês pregaram uma boa peças neles, não foi?"

Espasmos surgiram no rosto de Bonnie Hope. Ela firmou os dentes contra o lábio inferior. O rosto de Dawn Rose nem se alterou. Porém, Violet viu seu punho cerrar-se contra os morangos que tinha catado. Um suco vermelho escorria entre os dedos de Dawn Rose. Naquele momento ela parecia concluir que Violet estava do lado delas — ou que não se importava — e sorriu. Aquele sorriso, ou zombaria, foi algo que Violet achou que jamais esqueceria. Era inocente e maligno, como o sorriso de uma pessoa de confiança que, num sonho, torna-se ou revela-se um inimigo. Era o sorriso da roliça Dawn Rose, sua irmã, e o esgar de uma estranha fria, matreira, plenamente adulta, suja, de coração mau.

Era tudo coisa de Dawn Rose. Isso veio à tona. Agora vinha tudo à tona. Dawn Rose tinha escrito todas as cartas e pensado em onde colocá-las, e Bonnie Hope não tinha feito nada além de ficar por perto, de bico calado. As primeiras duas cartas foram enviadas da cidade. A primeira vez foi quando Dawn Rose foi levada à cidade para ir ao médico, por causa da dor de ouvido. A segunda foi quando foram junto com Annabelle por causa da carona. (Annabelle arrumava um motivo para ir à cidade quase todo dia, agora que tinha um carro.) Nas duas vezes tinha sido fácil ir ao correio. Depois Dawn Rose começou a colocar os bilhetes em outros lugares.

Bonnie Hope ria baixinho. Depois começou a soluçar e, em seguida, a chorar.

"Calada!", disse Violet. "Não foi você!"

Dawn Rose não demonstrava nenhum sinal de temor ou de remorso. Levou as mãos em concha à boca para comer os morangos esmagados. Nem perguntou se Violet ia contar. E Violet não perguntou por que ela tinha feito aquilo. Violet achava que, se perguntasse, na lata, Dawn Rose provavelmente diria que tinha feito aquilo para pregar uma peça. Isso já seria mau o bastante. Mas e se ela não dissesse nada?

Depois que as irmãs subiram para o quarto naquela noite, Violet disse a King Billy que ele não precisaria mais passar a noite em claro.

"Por quê?"

"Chame a mãe aqui e eu explico." Ela estava consciente de estar dizendo "mãe" em vez de "tia Ivie", ou até "mamãe".

King Billy bateu na porta do quarto. "Afasta isso daí e venha pra cá! A Violet quer falar com você!"

Violet levantou as persianas, tirou o cadeado da porta e abriu-a. Colocou a espingarda num canto.

A notícia demorou muito tempo para ser assimilada. Os dois progenitores sentaram-se com os ombros curvados e as mãos nos joelhos, com uma expressão de miséria e de perplexidade nos rostos. King Billy pareceu absorver primeiro.

"O que ela tem contra mim?", disse ele.

Aquilo era tudo que ele continuava a dizer e tudo que ele conseguia dizer quando pensava a respeito.

"O que você acha que ela poderia ter contra mim?"

Tia Ivie levantou-se e colocou o chapéu. Ela sentia o ar da noite entrando pela porta de tela.

"As pessoas vão rir da gente agora", disse ela.

"Não conte", disse Violet. (Como se isso fosse possível.) "Não conte nada. Deixe isso morrer."

Tia Ivie balançou-se no sofá, com seu chapéu de feltro, sua camisola horrível e suas botas de borracha. "Vão dizer que tem uma veia esquisita na família, com certeza."

Violet mandou os pais se deitarem, e eles foram, como se fossem eles os filhos. Ainda que ela não tivesse ido para a cama na noite anterior e que seus olhos parecessem ter sido esfregados com uma lixa, ela tinha certeza de que não conseguiria dormir. Tirou todas as cartas que Dawn Rose tinha escrito de seu lugar atrás do armário, dobrou-as sem olhar para elas e colocou-as num envelope. Ela escreveu um bilhete e colocou-o junto delas, e endereçou o envelope a Trevor.

Descobrimos quem escreveu isto, dizia seu bilhete. *Foi minha irmã. Ela tem catorze anos. Não sei se ela é maluca ou o quê. Não sei o que fazer. Queria que você viesse para me buscar, para me levar para longe daqui. Detesto este lugar. Você vê como é a cabeça dela. Não consigo dormir aqui. Por favor, se você me ama, venha me buscar, me tire daqui.*

Ela levou o envelope até a caixa de correio no escuro e colocou os centavos para o selo. Ela tinha efetivamente esquecido da outra carta e dos centavos ali. Parecia que aquela carta tinha sido enviada vários dias antes.

Ela se deitou no sofá duro da sala de estar. No escuro, ela não conseguia ver a imagem que costumava achar tão poderosa, tão mágica. Ela tentou se lembrar da sensação que ela lhe dava. Adormeceu bem rápido.

* * *

Por que Violet fez isso? Por que mandou aquelas cartas horríveis a Trevor, acompanhadas de um bilhete como aquele? Será que ela queria mesmo ser resgatada, queria que lhe dissessem o que fazer? Que queria a ajuda dele com o problema de Dawn Rose — até mesmo as orações dele? (Desde que aquilo tudo tinha começado, Violet não tinha pensado uma só vez em rezar, ou em envolver Deus de qualquer maneira.)

Ela nunca saberia por que fez aquilo. Estava sem dormir, nervosa, e seu bom senso a tinha abandonado. Era isso.

No dia depois que as cartas foram coletadas, Violet mesma estava ao lado da caixa de correio de manhã. Ela queria pegar uma carona até a cidade com o carteiro, para poder pegar o trem da uma da tarde para Ottawa.

"Vocês aí estão com uma situação ruim?", perguntou o carteiro. "Uma situação ruim com o seu pai?"

"Está tudo bem", disse Violet. "Já acabou."

Ela sabia que a correspondência postada ali era entregue em Ottawa no dia seguinte. Havia duas entregas, uma de manhã e outra de tarde. Se Trevor ficava fora o dia inteiro — e normalmente ficava —, sua correspondência ficaria esperando por ele na mesinha do corredor da casa onde ele se hospedava, a casa da viúva de um pastor. A porta da frente normalmente ficava destrancada. Violet podia chegar às cartas antes dele.

Trevor estava em casa, com um forte resfriado de verão. Estava sentado no escritório com um lenço branco envolvendo seu pescoço como uma bandagem.

"Não chegue perto de mim, estou cheio de germes", disse ele na hora em que Violet atravessava o escritório na direção dele. Pelo tom da voz, a impressão era que ela é que estava.

"Você esqueceu de deixar a porta aberta", disse ele. A porta do escritório precisava ficar aberta quando Violet estava lá, para que a viúva do pastor não se sentisse escandalizada.

Espalhadas em sua mesa, entre seus livros e notas para sermões, estavam as cartas manchadas, engorduradas, desgraçadas que Dawn Rose tinha escrito.

"Sente-se", disse Trevor, numa voz cansada e áspera. "Sente-se, Violet."

Assim, ela teve de sentar-se na frente da escrivaninha dele, como uma paroquiana infeliz, como alguma pobre moça encrencada.

Ele disse que não estava surpreso por vê-la. Tinha achado que ela podia dar uma aparecida. Foram essas as palavras dele. *"Dar uma aparecida."*

"Você ia rasgá-las se chegasse aqui primeiro", disse ele.

Sim. Exatamente.

"Assim eu nunca teria sabido", disse ele.

"Algum dia eu teria contado."

"Duvido", disse Trevor, com a péssima voz áspera. Em seguida limpou a garganta e disse: "Desculpe, mas duvido", numa tentativa de ser mais gentil, mais paciente, mais pastoral.

Eles falaram do meio da tarde até escurecer. Trevor falou. Coçava a garganta por fora para a voz continuar saindo. Falou até sua garganta estar quase em carne viva, parou para descansar e falou de novo. Não disse uma única coisa que Violet não poderia ter previsto, do instante em que ergueu os olhos para ela pela primeira vez. Do instante em que disse: "Não chegue perto de mim".

E na carta que ela recebeu dele, alguns dias depois — em que ele dizia as últimas coisas que não teve exatamente forças para dizer na cara dela —, também não havia uma palavra que ela não conhecesse de antemão. Ela poderia ter escrito a carta por ele. (Todas as cartas escritas por Dawn Rose estavam anexadas.)

Um pastor, infelizmente, nunca tem total liberdade para amar e escolher por conta própria. A esposa de um pastor deve ser alguém que não traga consigo nenhum problema que possa distrair o marido e desviá-lo do serviço a Deus e a sua congregação. A esposa do pastor também não pode ter nada em sua vida pregressa ou em suas relações que algum dia possa servir de motivo para fofoca ou causar escândalo. A vida dela é muitas vezes difícil, e é necessário que ela tenha o máximo de saúde física e mental, sem qualquer mácula ou fraqueza hereditária, para enfrentá-la.

Tudo isso foi enunciado com muitas repetições, ampliações e diversionismos, e no meio de tudo eles tiveram meio que uma discussão sobre levar Dawn Rose para ver alguns médicos ali, fazer com que ela fosse mandada para algum lugar. Trevor disse que Dawn Rose era obviamente uma pessoa muito perturbada.

Porém, em vez de ter a sensação de que queria que o problema de Dawn Rose fosse resolvido por Trevor, Violet agora parecia ter a sensação de que tinha de proteger Dawn Rose dele.

"Será que não podemos pedir a Deus que a cure?", disse ela.

Ela sabia, pela cara dele, que ele achava que ela estava sendo insolente. Mencionar Deus cabia a ele, não a ela. Porém, ele disse calmamente que era por meio de médicos e de tratamentos que Deus curava as pessoas. Por meio de médicos, de tratamentos, de leis e de instituições. Era assim que Deus agia.

"Existe uma espécie de insanidade feminina que acomete as moças nessa idade", disse ele. "Você sabe do que eu estou falando. Ela odeia os homens. Culpa os homens. É óbvio. Ela tem um ódio insano dos homens."

Posteriormente, Violet se perguntou se ele estava tentando manter uma porta aberta para ela naquele momento. Se ela tivesse concordado com o banimento de Dawn Rose, ele teria rompido o noivado? Talvez não. Ainda que tenha tentado parecer tão superior e sensato, provavelmente ele também estava se sentindo desesperado.

Diversas vezes ele teve de dizer a ela a mesma coisa. "Não vou falar com você, não posso falar com você, se você não parar de chorar."

A viúva do pastor entrou e perguntou se eles queriam jantar. Eles disseram que não, e ela foi embora, com ar de reprovação. Trevor disse que não conseguia engolir. Quando começou a escurecer, eles saíram. Desceram a rua até uma loja de conveniência e pediram dois milkshakes e um sanduíche de frango para Violet. O frango parecia pedaços de madeira na boca dela. Eles andaram até a Y.M.C.A., onde ela poderia conseguir um quarto para passar a noite. (O quarto na pensão estava reservado, mas ela não tinha coragem para ir lá.) Disse que pegaria o primeiro trem da manhã.

"Você não precisa fazer isso", disse Trevor. "Podemos tomar o café. Minha voz agora acabou."

Tinha acabado mesmo. Ele estava sussurrando.

"Eu te pego", sussurrou ele. "Eu te pego às oito e meia."

Mas ele não tocou, nunca mais, a boca ou a bochecha fria na dela.

O primeiro trem saía às dez para as oito, e Violet estava nele. Ela planejava escrever à senhora da pensão e ao escritório da igreja onde tinha planejado trabalhar. Ela não faria os exames. Não podia ficar mais um dia em Ottawa. Sua cabeça doía terrivelmente à luz da manhã. Desta vez, ela realmente não tinha pregado os olhos a noite inteira. Quando o trem começou a se movimentar, era como se Trevor estivesse sendo arrancado dela. Mais do que Trevor. Sua vida inteira estava sendo arrancada — seu futuro, seu amor, sua sorte e suas esperanças. Tudo aquilo estava sendo arrancado como pele, e doía igualmente, e a deixava em carne viva, ardida.

Ela o desprezava, então? Se sim, não estava ciente. Esse não era o tipo de coisa que ela conseguia saber. Se ele tivesse vindo atrás dela, ela teria voltado para ele — de bom grado, de bom grado. Até o último minuto, ela teve esperanças de que ele aparecesse correndo na plataforma da estação. Ele sabia a que horas saía o primeiro trem. Ele talvez acordasse, soubesse o que ela estava fazendo e viesse atrás dela. Se tivesse feito isso, teria cedido a respeito de Dawn Rose; ela teria feito qualquer coisa que ele quisesse.

Mas ele não tinha vindo atrás dela, não tinha. Nenhum rosto era o dele; ela não tinha forças para olhar para ninguém.

Em momentos como este, pensou Violet, deve ser em momentos como este que as pessoas fazem as coisas de que você ouve falar, sobre as quais lê nos jornais. As coisas que você tenta imaginar, ou que tenta não imaginar. Ela conseguia imaginar, conseguia sentir como seria. O rápido voo ensolarado, depois o baque no cascalho entre os trilhos. Afogar-se seria mais agradável, mas exigiria uma determinação mais firme. Você teria de querer, de continuar querendo, de abraçar a água, de mandá-la goela abaixo.

A menos que você pulasse da ponte.

Era possível que essa fosse Violet? Era possível que fosse ela a pessoa tendo esses pensamentos, com a vida virada do avesso? Ela sentia como se estivesse vendo uma peça e, no entanto, estava dentro dela, dentro da peça; estava num perigo insano. Fechou os olhos e rezou rapidamente — isso também era parte da peça, mas era real: a primeira vez na vida, pensou ela, em que realmente tinha rezado.

Salve-me. Salve-me. Devolva-me a minha cabeça. Por favor. Rápido. Por favor.

E aquilo que ela acreditou ter aprendido depois dessa viagem de trem, que demorou menos de duas horas no total, foi que suas preces foram atendidas. As preces desesperadas são atendidas. Ela acreditaria que nunca tinha tido a menor ideia do que as preces poderiam ser, ou do que as respostas poderiam ser. Alguma coisa então assentou-se nela no trem e prendeu-a. As palavras assentaram-se nela e eram como panos frios, frios, atando-a.

Não era seu propósito casar-se com ele.

Não era o propósito da sua vida.

Não se casar com Trevor. Não era o propósito da sua vida.

Sua vida tem um propósito, e você sabe qual é.

Cuidar deles. De todos eles, de toda a sua família, especialmente de Dawn Rose. Cuidar de todos eles, especialmente de Dawn Rose.

Ela olhava pela janela, entendendo isso. O sol brilhava na penugem da grama de junho, nos botões-de-ouro, nas linárias, nas velhas pedras lisas, em todo o campo rude que jamais lhe apeteceria, e a expressão que surgiu em sua mente foi "de ouro".

Uma oportunidade de ouro.

Para quê?

Você sabe para quê. Para ceder. Para render-se. Cuidar deles. Viver para os outros.

Era esse o modo que Violet via de deixar sua dor para trás. Um peso saiu dela. Se ela se curvasse e deixasse seu antigo eu para trás também, e todas as ideias que tinha sobre o que sua vida deveria ser, o peso, a dor, a humilhação iriam todos magicamente embora. E ela ainda poderia ser escolhida. Ela poderia ser como a grama de junho pela qual a luz da manhã passava, e iluminada como penas cor-de-rosa ou feixes de uma nuvem ao nascer do sol. Se ela rezasse o bastante e tentasse o bastante, seria possível.

As pessoas diziam que King Billy nunca mais voltou a ser o mesmo depois do susto. Nunca mesmo. Disseram que ele envelheceu, definhou visivelmente. Mas ele era velho, bem velho, quando tudo aconteceu. Ele era um homem que só tinha casado depois dos quarenta. Continuou a ordenhar as vacas, a ir e vir do estábulo durante mais alguns invernos rigorosos, e depois morreu de pneumonia.

Àquela altura, Dawn Rose e Bonnie Hope tinham ido morar na cidade. Não fizeram o Ensino Médio. Arrumaram empregos na fábrica de sapatos. Bonnie Hope ficou razoavelmente bonita e sociável, e chamou a atenção de um vendedor chamado Collard. Eles se casaram e se mudaram para Edmonton. Bonnie Hope teve três filhas. Mandava cartas dignas para casa.

A aparência e os modos de Dawn Rose também melhoraram. Ela era conhecida na fábrica de sapatos como alguém que trabalhava duro, alguém com quem não se devia mexer e que contava boas piadas se estivesse a fim. Casou-se também — com um agricultor chamado Kemp, da parte sul do país. Nenhum comportamento estranho, esquisitice ou maluquice surgiu nela de novo. Diziam que o jeito dela era direto [illegible] só isso. Tinha um menino

Violet continuou a viver com tia Ivie na fazenda. Tinha um emprego na companhia telefônica local. Comprou um carro, para poder ir e voltar do trabalho. Será que ela não podia ter feito o exame do magistério em outro ano? Talvez sim. Talvez não. Quando ela desistiu, ela desistiu. Ela não acreditava em tentar voltar. Era boa no que fazia.

Tia Ivie ainda vagava pelo quintal e pelo pomar, procurando onde algumas galinhas podiam ter escondido os ovos. Usava o chapéu e as botas. Tentava se lembrar de limpar as botas antes de entrar, para Violet não dar chilique.

Mas Violet não fazia mais isso.

Uma tarde, de folga do trabalho, Violet foi de carro ver Dawn Rose. Elas tinham boas relações — o marido de Dawn Rose gostava de Violet —, não havia motivo para não chegar de repente.

Ela encontrou as portas da casa abertas. Era um dia quente de verão. Dawn Rose, bem rechonchuda agora, apareceu na varanda e disse que não era um bom dia para visitas, que estava encerando o chão. E de fato — Violet sentia o cheiro da cera. Dawn Rose não ofereceu limonada, nem convidou Violet para sentar-se na varanda. Justo naquele dia ela estava muito ocupada.

Seu filhinho gordo, de cara tímida, que tinha o peculiar nome de Dane, apareceu e agarrou-se a suas pernas. Ele normalmente gostava de Violet, mas hoje estava estranho.

Violet foi embora com o carro. Ela não sabia, claro, que dali a um ano Dawn Rose morreria de um coágulo de sangue, resultado de flebite crônica. Não era em Dawn Rose que ela pensava, mas em si própria, enquanto dirigia por um trecho baixo da estrada, com árvores e mato cerrado dos dois lados, e ouviu uma voz dizer: "A vida dela é trágica".

"A vida dela é trágica", disse a voz claramente e sem emoção particular, e Violet, como que cegada, saiu com o carro da estrada. Não havia vala alguma, mas o chão ali era pantanoso e ela não conseguia tirar o carro. Andou em volta e olhou para o lugar onde estavam as rodas, e em seguida ficou ao lado do carro esperando que alguém chegasse para dar uma puxada.

Porém, quando ela ouviu um carro se aproximar, percebeu que não queria ser encontrada. Ela não suportaria. Correu da estrada para o mato, para o mato espesso, e foi agarrada. Agarrada pelos arbustos de frutas vermelhas, pelos pequenos pilriteiros. Estava firme. Escondendo-se porque não queria ser vista, se sua vida fosse trágica.

2. POSSESSÃO

Dane acredita ter uma lembrança de Violet — a irmã da mãe — de uma época anterior à morte da mãe. Ele se lembra muito pouco de um tempo tão remoto. Mal se lembra da mãe. Tem um retrato dela de pé em frente ao espelho da pia da cozinha, com o cabelo ruivo guardado dentro de um chapéu de palha azul-marinho. Ele se lembra de uma faixa de vermelho vivo no cabelo. Ela devia estar se arrumando para ir à igreja. E ele enxerga uma perna inchada, de um marrom desbotado, que ele associa com a última doença dela. Porém, ele duvida de que tenha mesmo visto isso. Por que a perna teria uma cor dessas? Ele deve ter ouvido as pessoas falando a respeito. Ele as ouvia dizer que a perna dela era grande feito um barril.

Ele acha que se lembra de Violet aparecer para o jantar, como às vezes aparecia, trazendo um pudim, que deixava do lado de fora, na neve, para manter frio. (Nenhuma das casas de fazenda tinha geladeira naquela época.) Aí nevava, e a neve cobria o prato de pudim, que sumia de vista. Dane se lembra de Violet andando pesadamente pelo quintal nevado, chamando: "Pudim, pudim, aqui, pudim", como se ele fosse um cachorro. Ele próprio ria desbragadamente, a mãe e o pai riam na porta, e Violet caprichando na performance, parava para assobiar.

Não muito depois de a mãe ter morrido, a avó morreu — aquela que morava com Violet e que usava chapéu preto e chamava as galinhas no que soava exatamente como a língua delas, um trautear e cacarejar incansável. Depois Violet vendeu a fazenda e se mudou para a cidade, onde arrumou um emprego na Bell Telephone. Isso foi durante a Segunda Guerra Mundial, em que havia falta de homens, e Violet logo virou gerente. Havia algo como a sensação de que ela deveria ter saído daquela posição quando a guerra acabou, devolvendo o emprego a algum homem que tinha uma família para sustentar. Dane recorda ter ouvido alguém dizer — uma mulher, talvez, uma das irmãs do pai, dizer que ela deveria ter tido essa bondade. O pai dele dizia que não, Violet fez certo. Violet tinha garra.

Em vez dos vestidos desbotados, com pregas, com contas, que as mulheres casadas — mães — usavam, Violet usava saias e blusas. Usava saias plissadas de tecido escocês chamativo, gabardine azul-marinho ou cinza, com blusas maravilhosas de cetim marfim, crepe georgette branco ondulado, crepe rosa, amarelo ou prateado. A cor de seu casaco bom era púrpura real, e tinha gola de pele prateada. Ela não usava um penteado em ondas definidas, nem permanente, mas preso atrás e em cima, numa camada espessa, escura, de ar aristocrático. Sua tez, com pó de arroz, era delicadamente rosada, como a concha grande que ela deixava Dane ouvir. Dane agora entende que as roupas e a aparência dela eram as de um certo tipo de mulher de negócios, profissional, daquela época. Estilosa, mas feminina, bem proporcionada mas não exatamente esguia, nem matrona, nem menininha. O que ele achava tão notável, tão único, na verdade não era. Era essa verdade que ele verificava a respeito da maioria das coisas ao ficar mais velho. Igualmente, sua memória protege Violet de qualquer sentido de repetição, ou de classificação, não há jeito de a Violet de tanto tempo atrás ser diminuída.

Na cidade, Violet morava num apartamento acima do Royal Bank. Era preciso subir um lance comprido e estreito de escadas. As longas janelas na sala de estar eram chamadas de portas francesas. Elas davam para duas pequeninas varandas com grades até a cintura de ferro forjado. As paredes eram pintadas, não tinham papel. Eram de um verde bem claro. Violet comprou um sofá e uma cadeira novos, forrados com espesso tecido verde-musgo, uma mesa de centro com um tampo de vidro que encaixava na superfície de madeira. As cortinas eram chamadas de cortinados e tinham cordinhas para puxar. Ao fechar-se, tapando as janelas, uma estampa de folhas creme ondulava, atravessando o fundo de creme desbotado. Não havia luz no teto — apenas luminárias. Na cozinha havia armários de pinho e uma mesinha de copa de pinho. Mais um lance de escadas — esses, íngremes e ao ar livre — dava num quintalzinho cercado, que só Violet podia usar. Era tão perfeitamente fechado, tão passível de arrumação e de decoração, quanto qualquer sala de estar.

Durante os primeiros dois anos em que fez a escola secundária na cidade, Dane visitou Violet várias vezes. Ele passava a noite no apartamento quando havia tempestade. Violet fazia uma cama para ele no sofá verde-musgo. Ele era um rapaz magricela, ruivo, faminto naquela época — ninguém acredita hoje que ele era magricela —, e Violet o alimentava bem. Fazia para ele chocolate quente com creme de leite para tomar na hora de dormir. Servia empadas de frango com creme, tortas em camadas e algo chamado *gravel pie*, uma torta que era feita com xarope de bordo. Ela comia um pedaço e ele comia o resto. Era muito diferente das refeições improvisadas em casa com o pai e o ajudante. Violet contava histórias da própria infância na fazenda, com a mãe e com a outra irmã, que agora morava lá em Edmonton, e com a mãe e o pai, que ela dizia serem "figuras". Todos eram figuras nessas histórias; tudo era moldado para ser engraçado.

Ela tinha comprado uma vitrola e tocava discos para ele, pedindo para ele escolher seu favorito. O favorito dele era o disco que ela tinha ganhado de brinde quando entrou para um clube de discos que a apresentaria à música clássica. Era *The birds*, do Respighi. O favorito dela era *Kenneth McKellar singing sacred and secular songs*.

Ela não ia mais até a fazenda. O pai de Dane, quando vinha pegá-lo, nunca tinha tempo para uma xícara de café. Talvez estivesse com medo de sentar-se num apartamento tão elegante com suas roupas de fazenda. Talvez ainda tivesse algum rancor de Violet pelo que ela tinha feito na igreja.

Violet fizera uma escolha ali, bem no começo de sua vida na cidade. A igreja tinha duas portas. Uma porta era usada pela gente do campo — a razão disso era que no começo ela era mais próxima da estrebaria — e a outra, pela gente da cidade. Do lado de dentro, mantinha-se o padrão: gente da cidade de um lado da igreja, gente do campo do outro. Não havia um sentimento definível de superioridade ou de inferioridade; simplesmente era assim. Até as pessoas do campo que tinham se aposentado e se mudado para a cidade faziam questão de não usar a porta da cidade, ainda que isso pudesse significar fazer um desvio, passando bem na frente dela, até chegar à porta do campo.

A mudança de Violet e seu emprego certamente faziam dela uma pessoa da cidade. Mas quando ela foi àquela igreja pela primeira vez, Dane e seu pai eram as únicas pessoas ali que ela conhecia. Escolher o lado do campo teria demonstrado lealdade e um certo tipo de orgulho, uma renúncia ao privilégio. (Afinal, era verdade que a maior parte dos anciãos e dos ajudantes, e dos professores da escola dominical, eram escolhidos no lado da cidade, e também que a maior parte dos chapéus elegantes aparecia ali.) Escolher o lado da cidade, que foi o que Violet fez, mostrava uma aceitação de status, talvez até o desejo de mais.

O pai de Dane implicou com ela na calçada depois. "Gostou da companhia do lado de lá?"

"Só pareceu mais conveniente", disse Violet, fingindo não saber do que ele estava falando. "Não estou muito certa sobre a companhia. Acho que tinha um sujeito com um charuto apagado no bolso."

Dane queria tanto que Violet não tivesse feito isso. Não que ele quisesse que alguma coisa séria acontecesse entre Violet e o pai — casamento, por exemplo. Isso ele não conseguia imaginar. Ele só queria que os dois ficassem do mesmo lado, para que pudesse ser o lado dele.

Numa tarde de junho, após terminar de fazer uma prova, Dane foi até o apartamento de Violet pegar um livro que tinha deixado ali. Ele podia usar o apartamento para estudar enquanto ela estava no trabalho. Ele abria as portas francesas e deixava entrar o cheiro do campo recém-liberto da neve, com os riachos cheios, os pântanos aquosos, os salgueiros amarelecidos e os sulcos fumegantes. Entrava poeira também, mas ele sempre achava que podia varrê-la antes que ela chegasse. Dava voltas e mais voltas na pálida luminosidade da sala de estar, comprimindo nacos de informação, sentindo-se senhorial. Tudo na sala tinha pedaços do que quer que ele estivesse estudando pregados. Havia uma imagem escura de um rei morto e de algumas senhoras imponentes para as quais ele sempre olhava quando memorizava poesia. As senhoras estranhamente recordavam-no de Violet.

Ele não sabia se Violet estaria em casa, porque sua tarde de folga variava de uma semana para outra. Mas ele ouviu a voz dela ao subir as escadas.

"Sou eu", chamou ele, e esperou que ela saísse da cozinha e perguntasse sobre a prova.

Em vez disso, ela o chamou de volta: "Dane! Dane, eu não estava esperando você! Venha tomar um café conosco!".

Ela o apresentou às duas pessoas na cozinha, marido e mulher. Os Tebbutt. O homem estava de pé perto do balcão e a mulher, sentada à mesinha do café. Dane conhecia o homem de vista. Wyck Tebbutt, que vendia seguros. Ele teria sido jogador profissional de basquete, mas muito tempo atrás. Era um homem asseado, baixo, cortês, sempre vestido com muito garbo, com a modesta confiança de um hábil atleta.

Violet não fez a Dane nenhuma pergunta sobre a prova, continuando a ocupar-se de aprontar o café. Primeiro tirou as xícaras do café da manhã, depois rejeitou-as e pegou as boas, de porcelana. Colocou uma toalha na mesinha do café. Havia uma tênue chamuscada nela do ferro de passar.

"Puxa, que vergonha!", disse Violet, rindo.

Wyck Tebbutt riu também. "Vergonha mesmo, vergonha mesmo!", disse ele.

O riso nervoso de Violet, assim como ela ignorá-lo, desagradaram consideravelmente Dane. Ela estava na cidade já havia muitos anos e tinha feito várias mudanças em si mesma, e parecia que só agora ele reparava nelas todas ao mesmo tempo. Seu cabelo não estava mais preso em cima; estava curto, encaracolado. E sua cor castanho-escura não era mais como antes. Agora era viva e profunda, como *fudge* de chocolate. Seu batom era pesado demais, de um vermelho vivo demais, e a textura de sua pele tinha ficado áspera. Ela também tinha ganhado bastante peso, especialmente nos quadris. A harmonia de sua figura estava arruinada — quase parecia que ela estava usando alguma espécie de armação ou de aparelho por baixo da saia.

Assim que seu café foi servido, Wyck Tebbutt disse que ia só levar a xícara até o quintal, porque queria ver como é que estavam ficando as roseiras.

"Ah, eu acho que elas estão com alguma praga!", disse Violet, como se adorasse o fato. "Estou achando que sim, Wyck!"

Esse tempo todo, a esposa ficou falando e continuou a falar, mal percebendo que o marido tinha saído. Falava com Violet e até com Dane, mas na verdade falava sozinha. Falava de suas consultas com o médico e com o quiroprático. Disse que estava com dor de cabeça e que parecia que ferros quentes apertavam suas têmporas. E que tinha outro tipo de pontada do lado do pescoço que parecia centenas de agulhas sendo enfiadas em sua pele. Ela não admitia interrupção; era como uma maquininha de falar desesperada montada de um lado da mesinha do café, com seus enormes olhos tristes ficando vazios no momento em que se fixavam em você.

Era o tipo de pessoa, o tipo de conversa, que Violet sabia imitar muito bem.

E agora ela cedia. Ouvia ou fingia ouvir aquela mulher com um interesse que a mulher nem notava, do qual nem precisava. Era porque o marido dela tinha saído? Será que Violet estava preocupada com sua indelicadeza para com a esposa? Ela ficava dirigindo os olhos para o quintal.

"Só preciso ver o que o Wyck acha dessa praga", disse ela, e se foi, descendo os degraus de trás, no que parecia um trotar pesado e sem dignidade.

"Eles só pensam no próprio dinheiro", disse a esposa.

Dane levantou-se para pegar mais café. Ficou diante do fogão e, enquanto ela falava, ergueu, perscrutante, o bule.

"Eu não devia ter bebido esse café todo", disse ela. "Noventa por cento do meu estômago é tecido cicatrizado."

Dane olhou o marido dela e Violet, inclinados juntos sobre as jovens roseiras. Sem dúvida estavam falando de rosas, de pragas e de como matá-las, e de pulgões. Nada grosseiro como um toque ocorreria. Wyck, segurando a xícara de café, delicadamente ergueu uma folha, depois outra, com o pé. O olhar de Violet deslocou-se obedientemente para a folha sustentada por seu sapato engraxado.

Seria errado dizer que Dane entendeu alguma coisa bem naquele momento. Porém, ele esqueceu a mulher que falava e o bule que ele mesmo segurava. Sentiu um segredo, um hálito da intimidade alheia. Alguma coisa que ele não queria saber, mas que teria de saber.

Não muito tempo depois, ele estava com o pai na rua e viu Wyck vindo na direção deles. O pai disse: "Olá, Wyck" numa voz específica, calma e respeitosa, que os homens usam para cumprimentar outros homens que não conhecem — ou que talvez não querem conhecer — muito bem. Dane tinha desviado para olhar a vitrine da loja de ferramentas.

"Você não conhece Wyck Tebutt?", disse o pai. "Achei que você talvez tivesse esbarrado nele na casa da Violet."

Então Dane sentiu de novo — o hálito que odiava. Ele o odiava ainda mais agora, porque estava por toda parte à sua volta. Estava por toda parte à sua volta, mesmo que o pai soubesse.

Ele não queria entender até onde ia a perfídia de Violet. Ele já sabia que nunca iria perdoá-la.

Hoje Dane é um homem corado de ombros largos com os traços desgastados de um ursinho de pelúcia e uma barba quase inteiramente grisalha. Com o tempo, ele foi ficando cada vez mais parecido com a mãe. É arquiteto. Saiu de casa e foi para a universidade, e por muito tempo viveu e trabalhou em outros lugares, mas voltou há muitos anos e hoje se mantém ocupado restaurando igrejas, prefeituras, prédios comerciais e casas que eram considerados uma monstruosidade na época em que ele partiu. Mora na casa onde cresceu, a casa onde seu pai nasceu e morreu, uma casa de pedra de cento e cinquenta anos que ele e Theo aos poucos trouxeram de volta a algo próximo de seu estilo original.

Ele mora com Theo, que é assistente social.

Quando Dane disse pela primeira vez a Wyck e a Violet (ele perdoou ela — eles — muito tempo atrás) que alguém chamado Theo estava indo morar com ele, Wyck disse: "Entendo que isso significa que você arrumou uma namorada séria".

Violet não disse nada.

"Um amigo homem", disse Dane, delicadamente. "Não é fácil perceber, pelo nome."

"Bem. Isso é problema dele e de você", disse Wyck, afável. O único sinal que ele deu de que poderia estar abalado foi dizer "dele" sem reparar.

"Theo. Pois é", disse Violet. "Difícil dizer."

Isso foi na pequena casa de dois quartos nos limites da cidade para onde Violet se mudou depois de se aposentar da companhia telefônica. Wyck tinha ido morar com ela após sua esposa morrer e eles poderem se casar. A casa pertencia a uma fileira de casas muito parecidas numa estrada rural em frente a um campo de milho. As coisas de Wyck foram colocadas por cima das de Violet, e os cômodos, de teto baixo, pareciam lotados, e o arranjo, temporário e aleatório. O sofá verde-musgo parecia parrudo e antiquado debaixo da coberta feita pela esposa de Wyck. Uma grande pintura de veludo negro, que pertencia a Wyck, ocupava a maior parte de uma parede da sala de estar. Ela retratava um touro e um toureiro.

Os antigos troféus esportivos e a bandeja de prata presenteada pela companhia de seguros estavam em cima da lareira, ao lado da antiga concha e do escocês alcoolizado de Violet.

Essas velharias todas pegando pó, como diz Violet.

Mas ela manteve as coisas de Wyck ali mesmo depois de Wyck ter-se ido. Ele faleceu durante o jogo da Grey Cup, no final de novembro. Violet telefonou para Dane, que de início escutou-a com os olhos na tela da TV.

"Fui até a igreja", disse Violet. "Peguei algumas coisas para o bazar de caridade e aí fui comprar uma garrafa de uísque para nós, e, quando voltei, assim que abri a porta, disse: 'Wyck', e ele não respondeu. Vi as costas da mão dele numa posição esquisita. Estava curvada para o braço da cadeira. Dei a volta até chegar na frente dele e desliguei a televisão."

"Como assim?", disse Dane. "Tia Violet? O que é que há?"

"Ah, ele morreu", disse Violet, como se Dane estivesse questionando isso. "Só morto ele ia me deixar desligar o jogo de futebol." Ela falava com a voz alta, enfática, com uma jovialidade antinatural — como se estivesse escondendo alguma vergonha.

Quando ele foi de carro até a cidade, encontrou-a sentada nos degraus da frente.

"Sou uma boba", disse ela. "Não consigo entrar. Que idiota eu sou, Dane." A voz dela ainda vibrava, alta e forte.

Theo depois disse que muitas pessoas idosas ficavam daquele jeito quando alguém próximo falecia. "Eles vão além do pesar", disse. "Ou então é um pesar diferente."

O inverno inteiro, Violet pareceu estar bem, dirigindo seu carro quando o tempo permitia, indo à igreja, indo ao clube da terceira idade jogar cartas. Aí, bem quando os meses quentes estavam começando e achava-se que ela ia gostar mais de sair, ela anunciou a Dane que não pretendia mais dirigir.

Ele achou que o problema poderia estar na vista dela. Sugeriu uma consulta para ver se precisava de óculos mais fortes.

"Enxergo muito bem", disse ela. "Meu problema é que eu não sei o que estou vendo."

O que ela queria dizer com isso?

"Eu enxergo coisas que eu sei que não estão lá."

Como ela sabia que elas não estavam lá?

"Porque eu ainda tenho razão o suficiente para distinguir. Meu cérebro recebe a mensagem e me diz que aquilo é ridículo. Mas e se ele não receber todas as vezes? Como é que eu vou saber? Eu posso mandar entregarem as compras do mercado. A maior parte dos idosos manda entregar. Sou idosa. Não vão sentir muita saudade de mim no A.&P."

Dane, porém, sabia o quanto ela gostava de ir ao A.&P. e achava que ele ou Theo deveriam tentar levá-la uma vez por semana. Era lá que comprava o café forte especial que Wyck bebia, e ela normalmente gostava de olhar as carnes defumadas e o bacon de lombo — as coisas favoritas de Wyck —, ainda que raramente comprasse.

"Por exemplo", disse Violet. "Outro dia de manhã, eu vi King Billy."

"Você viu meu avô?", disse Dane, rindo. "Bem. Como é que ele estava?"

"Eu vi o cavalo King Billy", disse Violet, bruscamente. "Saí do meu quarto e lá estava ele, com a cabeça para dentro da janela da sala de estar."

Ela disse que o reconhecera imediatamente. Sua cabeça familiar, boba, cinza com manchas pretas. Ela falou para ele se mexer, sair dali, e ele tirou a cabeça do parapeito e foi embora sem pressa. Violet foi para a cozinha preparar o café da manhã, e então várias coisas lhe aconteceram.

O cavalo King Billy estava morto havia 65 anos.

Também não podia ser o cavalo do leiteiro, porque os leiteiros não montavam cavalos desde mais ou menos 1950. Eles dirigiam caminhonetes.

Não. Eles não dirigiam nada, porque o leite nem era mais entregue. Nem vinha em garrafas. Você comprava na loja em caixas ou em sacos de plástico.

Havia vidro na janela da sala de jantar que não tinha sido quebrada.

"Eu também não gostava muito daquele cavalo", disse Violet. "Eu não *des-gostava* dele, mas, se fosse para escolher alguma coisa ou alguém que eu quisesse ver e que já tivesse partido, não seria aquele cavalo."

"Seria o quê?", disse Dane, tentando manter a leveza da conversa, ainda que não estivesse nem um pouco contente com o que tinha ouvido. "O que você escolheria?"

Violet, porém, fez um som desagradável — uma espécie de resmungo teimoso, *annhh* —, como se a pergunta dele a tivesse deixado zangada e exasperada. Um olhar de estupidez deliberada, até malévola — o equivalente visual do resmungo — passou por seu rosto.

Aconteceu que algumas noites depois Dane estava vendo um programa de TV sobre pessoas na América do Sul — a maioria mulheres — que acham que são invadidas e possuídas, de tempos em tempos e em certas circunstâncias, por espíritos. O olhar no rosto delas lembrou-lhe daquele olhar em Violet. A diferença era que elas cortejavam essa possessão, e ele tinha certeza de que não era esse o caso de Violet. Nada nela queria ser avassalado por uma velha desamparada e distraída, burra e teimosa, com uma memória e uma imaginação fora de controle, inchando-se aleatoriamente no cenário imediato. Tentar controlar aquela idosa inevitavelmente lhe deixaria de pavio curto. Na verdade, ele a tinha visto — agora lembrava, ele a tinha visto inclinar a cabeça para o lado e dar-lhe um tapinha rápido, como as pessoas fazem quando querem se livrar de uma presença incômoda, mal-vinda.

Mais ou menos uma semana de verão depois ela telefonou para ele. "Dane. Falei dessa dupla que eu vejo, andando perto da minha casa?"

"Dupla de quê, tia Violet?"

"De meninas, acho. Os meninos não usam mais cabelo comprido, usam? Elas usam uniforme militar, parece, mas não sei se isso significa alguma coisa. Uma é baixinha e a outra é alta. Eu as vejo passando pela casa e olhando para ela. Elas andam pela rua e voltam."

"De repente elas estão juntando garrafas. As pessoas fazem isso."

"Elas não têm nada para guardar as garrafas. É esta casa. Elas têm algum interesse nela."

"Tia Violet? Tem certeza?"

"Pois é, eu sei, eu também me pergunto. Mas não é gente que eu tenha conhecido. Não é gente que eu sei que morreu. Já é alguma coisa."

Ele achou que deveria dar uma passada lá para vê-la, para ver o que estava acontecendo. Mas, antes que fosse, ela telefonou de novo.

"Dane. Eu só queria falar. Sobre as meninas que eu vejo andando perto da casa. São meninas mesmo. Só estão com roupa de exército. Elas vieram e bateram na porta. Disseram que estavam procurando por uma Violet Thoms. Eu falei que não tinha ninguém com esse nome aqui, e elas pareceram muito decepcionadas. Aí eu falei que havia uma Violet Tebbutt. Será que ela servia?"

Ela parecia animada. Dane estava ocupado. Tinha uma reunião com alguns vereadores dali meia hora. Também estava com dor de dente. Mas disse: "Você tinha razão, então. Quem são elas?".

"É essa a surpresa", disse Violet. "Não são meninas quaisquer. Uma delas é sua prima. Quer dizer, filha da sua prima. Filha de Donna Collard. Você sabe de quem eu estou falando? A sua prima Donna Collard? O nome dela de casada é McNie."

"Não", disse Dane.

"Sua tia Bonnie Hope, lá em Edmonton, era casada com um homem chamado Collard, Roy Collard, e teve três filhas. Elinor, Ruth e Donna. Agora você sabe de quem eu estou falando?"

"Nunca as conheci", disse ele.

"Não. Bem, Donna Collard casou com um McNie, esqueci o prenome, e eles moram em Prince George, na Colúmbia Britânica, e essa é a filha deles, Heather. É a filha deles, Heather, que fica passando na frente da minha casa. A outra menina é a amiga dela, Gillian."

Dane não disse nada por um instante, e Violet disse:

"Dane? Espero que você não ache que eu estou fazendo confusão com isso."

Ele riu. Disse: "Vou ter de dar uma passada aí para conhecê-las".

"São muito educadas e bondosas", disse Violet, "apesar da aparência."

Ele tinha bastante certeza de que essas moças eram reais, mas tudo estava ligeiramente fora de foco naquele momento. (Estava com uma febre baixa, apesar de ainda não saber disso, e acabaria precisando fazer um canal no dente.) Ele realmente achava que devia perguntar na cidade se alguém mais as tinha visto. Quando fez isso, alguns dias depois, descobriu que duas garotas com aquela descrição estavam no hotel, que tinham um Datsun azul velho, mas andavam muito a pé, dentro e fora da cidade, e que geralmente eram consideradas feministas. As pessoas não gostavam muito das roupas delas, mas elas não arrumavam nenhuma encrenca, exceto quando tiveram uma espécie de discussão com a *stripper* no hotel.

Nesse meio-tempo, ele falou muito com Violet. Ela telefonava para ele em casa, quando a boca lhe doía tanto que ele mal conseguia falar, e dizia que era pena não estar tão bem — não fosse por isso, ele teria podido conhecer Heather e Gillian.

"Heather é a alta", disse Violet. "Ela tem cabelo comprido, louro, e é esguia. Se tem uma coisa em que ela se parece com Bonnie Hope, são os dentes. Agora, os dentes da Heather ficam melhor no rosto dela e são lindamente brancos. Gillian é aquele tipo de menina bonita, com cabelo encaracolado e pele bronzeada. Heather tem aquela pele tão clara que logo queima. Elas usam o mesmo tipo de roupa — você sabe, as calças militares, as blusas de trabalho e as botas de meninos —, mas a Gillian está sempre de cinto e com o colarinho para cima, e nela parece que é um estilo mesmo. A Gillian tem mais confiança, mas acho que a Heather é mais inteligente. É a que tem mais interesse de verdade."

"Em quê?", disse Dane. "O que elas fazem, aliás? Estudam?"

"Elas fizeram faculdade", disse Violet. "Não sei de quê. Viajaram para a França e para o México. No México, ficaram numa ilha que se chamava Ilha das Mulheres. Era uma sociedade governada pelas mulheres. Elas fazem parte de um grupo de teatro e escrevem peças. Elas escrevem as próprias peças. Não pegam as peças de algum autor, nem fazem peças que já foram feitas. São só mulheres nesse teatro. Elas prepararam um jantar ótimo para mim. Dane, eu queria que você tivesse estado aqui. Elas fizeram uma salada com coração de alcachofra."

"Violet parece que usou drogas", disse Dane a Theo. "Parece que elas a deixaram doidinha."

Quando conseguiu falar de novo, ele telefonou para ela. "Qual o interesse dessas meninas, tia Violet? Elas estão interessadas em porcelana antiga, joias, objetos?"

"Nada disso", falou Violet, zangada. "O interesse delas é a história da família. Elas estão interessadas na nossa família e no que eu consigo me lembrar. Eu precisei explicar para elas o que era o reservatório do fogão."

"E para que elas queriam saber isso?"

"Ah. Elas estão com alguma ideia. Elas estão querendo fazer uma peça."

"O que elas sabem sobre fazer peças?"

"Eu não falei que elas atuavam em peças? Elas fazem as próprias peças e atuam nelas, nesse teatro de mulheres."

"Que peça é essa que elas vão fazer?"

"Não sei. Nem sei se vão fazer. Elas só estavam interessadas em como as coisas eram antigamente."

"É a moda hoje em dia", disse Dane. "Ter interesse nisso."

"Elas não estão só fingindo que têm interesse, Dane. Elas têm mesmo."

Porém, ele achou que desta vez ela não parecia tão alegre.

"Você sabe que elas mudam os nomes todos", disse ela. "Quando fazem uma peça, elas mudam todos os nomes e lugares. Mas eu acho que elas simplesmente gostam de descobrir as coisas e de conversar. Elas não são tão jovens, mas parecem jovens, têm tanta curiosidade. E são tão descontraídas."

"Seu rosto parece diferente", disse Dane para Violet, quando finalmente a visitou de novo. "Você perdeu peso?"

Violet disse: "Acho que não".

Dane mesmo tinha perdido mais de cinco quilos, mas ela não reparou. Ela parecia alegre, mas agitada. Ficava levantando e sentando, olhando pela janela, trocando as coisas de lugar no balcão da cozinha sem motivo.

As meninas tinham ido embora.

"Elas não vão voltar?", disse Dane.

Sim, voltariam. Violet achava que voltariam. Ela não sabia exatamente quando.

"Elas foram encontrar a ilha delas, acho", disse Dane. "A ilha governada por mulheres."

"Não sei", disse Violet. "Acho que elas foram para Montreal."

Dane não gostava de pensar que duas garotas que ele nem tinha conhecido podiam fazer com que ele se sentisse tão irritável e desconfiado. Ele estava quase prestes a colocar a culpa nos remédios que ainda tinha de tomar para o dente. Havia a sensação de que algo lhe estava sendo ocultado — algo por toda parte a seu redor, mas oculto — um segredo cansativo, bobo, malicioso.

"Você cortou o cabelo", disse ele. Era por isso que o rosto dela parecia diferente.

"Elas cortaram. Disseram que era um estilo Joana d'Arc." Violet sorriu ironicamente, bem como costumava, e tocou o cabelo. "Falei para elas que eu esperava não acabar sendo queimada na fogueira."

Ela segurou a cabeça com as mãos e balançou para a frente e para trás.

"Elas deram uma canseira em você", disse Dane. "Elas deram uma canseira em você, tia Violet."

"É ficar revirando aquilo tudo", disse Violet. Ela jogou a cabeça na direção do quarto de trás. "É o que eu preciso pegar para trabalhar aqui."

No quarto de trás da casa de Violet havia caixas de papéis e um velho baú de tampa curva que pertencera a sua mãe. Dane achava que aquilo também estava cheio de papéis. Antigas notas do Ensino Médio, da escola normal, boletins, documentos e correspondências de seus anos na companhia telefônica, rascunhos de reuniões, cartas, cartões-postais. Tudo que tinha algo escrito, ela provavelmente guardou.

Ela disse que aquela papelada toda precisava ser organizada. Era preciso fazer isso antes de as meninas voltarem. Havia coisas que ela tinha prometido a elas.

"Que coisas?"

"Coisas."

Elas iam voltar logo?

Violet disse que sim. Ela imaginava que sim, voltariam logo. Enquanto pensava nisso, suas mãos davam pancadinhas no tampo da mesa e o esfregavam. Ela deu uma mordida num cookie e esfarelou o que restou dele. Dane viu-a varrer os farelos para a mão e colocá-los no café.

"Foi isso que elas mandaram", disse ela, e colocou na frente dele um cartão, que, como ele já tinha reparado, estava apoiado contra o açucareiro dela. Era um cartão caseiro com violetas infantis feitas com lápis de cor e corações vermelhos. Ela parecia querer que ele o lesse, por isso ele o fez.

Um milhão, um milhão de obrigados por sua ajuda e por sua disponibilidade. Você nos deu uma história maravilhosa. Uma história clássica de fúria contra o patriarcado. É o presente que você nos dá Podemos dá-lo a outros? O que chamam de Loucura Feminina não passa de séculos de Frustração e de Opressão. A parte sobre o riacho é maravilhosa em si mesma, e quantas mulheres vão se identificar!

Embaixo, em letras maiúsculas, estava escrito: MUITA VONTADE DE VER OS DOCUMENTOS. POR FAVOR, DA PRÓXIMA VEZ. AMOR E GRATIDÃO.

"O que é isso?", perguntou Dane. "Por que você precisa organizar coisas para elas? Por que elas não podem elas mesmas olhar essa bagunça toda e encontrar por conta própria o que precisam?"

"Porque eu tenho muita vergonha!", disse Violet, com veemência. "Não quero que ninguém veja."

Ele disse que não havia nada, nada do que se envergonhar.

"Eu não deveria ter usado a palavra 'bagunça'. É só que você acumulou muitas coisas ao longo dos anos. Algumas coisas provavelmente muito interessantes."

"Nessas coisas tem mais do que qualquer pessoa sabe! E sou eu que preciso enfrentar isso!"

"Fúria contra o patriarcado", disse Dane, pegando outra vez o cartão. "O que elas querem dizer com isso?" Ele se perguntou por que elas usaram maiúsculas para Loucura Feminina e Frustração e Opressão.

"Vou te falar", disse Violet. "Vou só te falar. Você não tem ideia do que eu preciso encarar. Tem coisas que não são muito bonitas. Fui lá e abri aquele baú velho para ver o que tinha dentro, e o que você acha que eu encontrei, Dane? Estava cheio de cocô. De estrume de cavalo. Enfileirado. De propósito. Dentro do meu baú, na minha própria casa, é isso que eu encontro." Ela começou a fungar, de um jeito atípico, feio, autopiedoso.

Quando Dane contou isso a Theo, Theo sorriu e depois disse: "Sinto muito. O que ela falou depois?".

"Eu falei que ia lá dar uma olhada, e ela disse que tinha limpado tudo."

"Certo. Bem. Parece que alguma coisa saiu do lugar, não foi? Tive a impressão de ter previsto isso."

Dane se lembrava do que mais ela tinha dito, mas não repetiu. Não fazia diferença.

"Mas é uma brincadeira nojenta, não é?", tinha dito ela, choramingando. "A brincadeira de uma mente infantil!"

A porta da frente de Violet estava aberta ao meio-dia do dia seguinte, na hora em que Dane passou pela rua, saindo da cidade. Normalmente ele não pegava esse caminho. Não surpreendia que tivesse pegado hoje, considerando o quanto Violet tinha estado em sua mente nas últimas horas.

Ele deve ter entrado pela porta bem na hora em que as chamas começaram na cozinha. Ele viu a luz delas à sua frente na parede da cozinha. Correu até ali e pegou Violet empilhando papéis em cima do fogão a gás. Ela tinha ligado as bocas.

Dane pegou um capacho no corredor para proteger-se e conseguir desligar o gás. Papéis em chamas voavam pelo ar. Havia pilhas de papel pelo chão, alguns papéis ainda em caixas. Era evidente que Violet pretendia queimar tudo.

"Ah, meu Deus, tia Violet!", gritava Dane. "Meu Deus, meu Deus, o que você está fazendo! Saia já daqui! Saia!"

Violet estava de pé no meio da sala, enraizada ali como um grande cotoco de árvore, com pedaços de papel incandescente voando em volta dela.

"Saia!", gritou Dane, virando-a e empurrando-a para a porta dos fundos. Então, de repente, a velocidade dela foi tão extraordinária quanto tinha sido sua imobilidade. Ela correu ou guinou para a porta, abriu-a e atravessou a varanda dos fundos. Em vez de descer os degraus, saiu pela beirada abaixo, caindo de cara em algumas roseiras que Wyck tinha plantado.

Dane não ficou sabendo de imediato que ela tinha caído. Ele estava ocupado demais na cozinha.

Por sorte, o papel em pilhas ou amontoado não pega fogo tão rápido quanto imagina a maioria das pessoas. Dane estava com mais medo de as cortinas se incendiarem, ou a tinta seca atrás do fogão. Violet já não era mais a cuidadosa dona de casa de antes, e as paredes estavam engorduradas. Ele atacou as chamas que subiam do fogão com o capacho e então se lembrou do extintor de incêndio que ele próprio tinha comprado para Violet, insistindo para que ela o deixasse no balcão da cozinha. Saiu aos tropeções pela sala com o extintor, caçando pássaros em chamas que caíam na forma de pedaços de papel chamuscado. Mas as cortinas não pegaram fogo. A parede atrás do fogão tinha rachado em bolhas de tinta, mas também não pegou fogo. Ele continuou na caça, e, em cinco minutos, talvez menos, ele apagou as chamas. Só os pedaços de papel queimado, asas sujas de mariposa, estavam espalhados acima de tudo — uma bagunça.

Quando viu Violet no chão entre as roseiras, cogitou o pior. Tinha medo de que ela tivesse tido um derrame, ou um ataque do coração, ou que no mínimo tivesse quebrado a bacia na queda. Porém, ela estava consciente, fazendo força para levantar-se, gemendo. Ele a segurou e a ergueu. Com muitos resmungos e exclamações de susto vindos dos dois, ele a acompanhou até os degraus da varanda e sentou-a.

"Que sangue é esse em você?", disse ele. Os braços dela estavam manchados de terra e sangue.

"É das rosas", disse Violet. Ele sabia então, pela voz dela, que não havia nada quebrado em seu corpo.

"As rosas me deixaram toda arranhada", disse ela. "Dane, você está horrível. Horrível. Todo preto!"

Lágrimas e suor corriam por seu rosto. Ele levou a mão ao rosto e ela saiu preta. "Fumaça", disse.

Ela estava tão calma que ele pensou que talvez ela tivesse tido um derrame pequeno, uma perda de memória, só o bastante para permitir que sua mente pulasse o incêndio. Mas ela não tinha tido.

"Nem usei óleo de carvão", disse ela. "Dane, eu nem usei óleo nem nada. O que é que faria o fogo subir daquele jeito?"

"Aquilo não era o forno a lenha, tia Violet. Você botou o papel em cima das bocas do fogão."

"Ah, meu Deus."

"Você deve ter achado que estava queimando papel no forno à lenha."

"Devo ter. Mas que coisa. E você veio e apagou o fogo."

Ele estava tentando tirar os pedacinhos pretos de papel do cabelo dela, mas eles se desintegravam em seus dedos. Eles caíam em pedacinhos menores e se perdiam.

"Preciso te agradecer", disse Violet.

"O que nós precisamos fazer agora", disse ele, "é levar você até o hospital, só para garantir que está tudo bem. Você pode descansar alguns dias enquanto a gente resolve a limpeza da cozinha. Que tal?"

Ela emitiu um resmungo pacífico que significava sim.

"Então de repente você pode vir ficar conosco alguns dias."

Ele falaria com Theo aquela noite; eles resolveriam alguma coisa.

"Você precisa cuidar de mim, para eu não botar fogo na sua casa."

"Tudo bem."

"Ah, Dane. Eu não estou de brincadeira."

Violet morreu no hospital, na terceira noite, sem qualquer sinal. Uma reação retardada, talvez. Choque. Dane queimou todos os papéis no incinerador do quintal. Ela não disse para ele fazer isso; ela em nenhum momento mencionou o que andava fazendo. Não mencionou as meninas de novo, nem nada que aconteceu naquele verão. Ele simplesmente achava que devia terminar o que ela tinha começado. Enquanto queimava, ele planejava o que iria dizer àquelas meninas, mas, na hora em que terminou, achou que estava sendo duro demais com elas — elas tinham lhe trazido felicidade, tanto quanto trouxeram incômodo.

Enquanto eles ainda estavam sentados nos degraus de trás, naquele começo de tarde quente e com nuvens finas, com a muralha verde de milho à sua frente, Violet tocou os arranhões e disse: "Isso me faz lembrar".

"Eu devia passar Dettol nesses arranhões", disse Dane.

"Não se mexa. Você acha que existe algum tipo de infecção que já não tenha corrido pelas minhas veias a essa altura?"

Ele ficou sentado, sem se mexer, e ela disse: "Você sabe que o Wyck e eu éramos amigos, Dane, muito, muito antes de a gente poder se casar?".

"Sim."

"Bom, estes arranhões me fazem pensar no modo como a gente se conheceu, para sermos amigos do jeito que a gente era, porque claro que a gente se conhecia de vista. Eu estava dirigindo meu primeiro carro, o V8 de que você não tem como lembrar, e saí da estrada. Fui parar meio que numa vala e eu não conseguia sair. Aí eu ouvi um carro vindo e fiquei esperando, mas na hora não tive coragem de aparecer."

"Você estava com vergonha de ter saído da estrada?"

"Eu estava me sentindo mal. Era por isso que eu tinha saído da estrada. Eu não tinha motivo para me sentir mal, ou tinha um pouquinho. Eu não conseguia olhar para a cara de ninguém e saí correndo para dentro dos arbustos, e logo fiquei presa. Eu me revirava e dava voltas e não conseguia me soltar, e quanto mais eu me mexia, mais me arranhava. Eu estava num vestido leve de verão. Mas o carro parou. Era Wyck. Nunca te contei isso, Dane?"

Não.

"Era Wyck indo de carro sozinho para algum lugar. Ele disse: 'não se mexa', e veio e começou a afastar os juncos e os galhos para longe de mim. Eu me sentia um búfalo preso numa armadilha. Mas ele não riu de mim — ele nem parecia surpreso de achar uma pessoa naquela situação. Fui eu que comecei a rir. Vendo-o chegar todo zeloso com seu terno azul-claro de verão."

Ela subiu e desceu as mãos ao longo dos braços, traçando os arranhões com as pontas dos dedos, dando-lhes pancadinhas.

"Do que é que eu estava falando agora?"

"De quando ficou presa nos arbustos, e o Wyck foi te soltar."

Ela deu pancadas rápidas nos braços, sacudiu a cabeça e fez aquele ruído na garganta, de impaciência ou de repulsa. *Annhh*.

Ela endireitou a coluna e disse, com a voz límpida e confiante: "Tem um javali correndo pelo milho".

"E vocês estavam rindo", disse Dane, como se não tivesse ouvido.

"Sim", disse Violet, movendo várias vezes a cabeça para cima e para baixo, e fazendo força para ser paciente. "Sim. Estávamos."

CÍRCULO DE ORAÇÃO

TRUDY JOGOU UM JARRO PARA O outro lado do quarto. Ele não chegou na parede oposta; não machucou ninguém, nem sequer quebrou.

Era o jarro sem asa — cor de cimento com riscas, áspero ao toque feito lixa — que Dan fizera no inverno em que frequentou um curso de cerâmica. Ele fez seis xicrinhas sem asas para formar um conjunto. O jarro e as xícaras deveriam ser para saquê, mas a loja de bebidas da região não vendia saquê. Uma vez eles trouxeram saquê de uma viagem, mas não tinham realmente gostado. Por isso, o jarro que Dan fez fica na prateleira aberta mais alta da cozinha, e um ou outro item de valor fica guardado nele. O anel de casamento e o de noivado de Trudy, a medalha que Robin ganhou pelas notas excelentes que tirou no oitavo ano, um longo colar de duas voltas feito de contas de azeviche que pertencera à mãe de Dan e que ficaria com Robin. Trudy ainda não a deixava usar.

Trudy chegou do trabalho pouco depois da meia-noite; entrou em casa no escuro. Somente a luzinha do fogão estava acesa — ela e Robin sempre a deixavam acesa uma para a outra. Trudy não precisava de mais nenhuma outra luz. Ela subiu numa cadeira sem largar a bolsa, chegou ao jarro e pôs a mão lá dentro.

Não estava mais lá. Claro. Ela sabia que não estaria.

Ela atravessou a casa escura até o quarto de Robin, ainda com a bolsa por cima do braço, o jarro na mão. Ligou a lâmpada do teto. Robin resmungou e se virou, colocou o travesseiro por cima da cabeça. Embrulhando.

"O colar da sua avó", disse Trudy. "Por que você fez isso? Está maluca?"

Robin fingiu um resmungo sonado. Todas as roupas que ela tinha, aparentemente, velhas, novas, limpas, sujas, estavam espalhadas pelo chão, pela escrivaninha, sobre o gaveteiro, até em cima da própria cama. Na parede havia um grande pôster que mostrava um hipopótamo, com as seguintes palavras embaixo: "Por que nasci tão bonito?". E outro pôster mostrava Terry Fox correndo por uma estrada chuvosa, com todo um desfile de carros atrás dele. Óculos sujos, potes de iogurte vazios, anotações da escola, um Tampax ainda na embalagem, a cobra e o tigre de pelúcia que Robin tinha desde antes de ir para a escola, uma colagem de fotos de seu gato Sausage, que fora atropelado havia mais de dois anos. Faixas vermelhas e azuis que ela tinha ganhado por saltar, por correr, ou por jogar bolas de basquete.

"Me responda!", disse Trudy. "Me diga por que fez isso!"

Ela jogou o jarro. Mas era mais pesado do que ela pensara, ou então, no instante mesmo em que o jogou, ela perdeu a convicção, porque ele não acertou a parede; ele caiu no tapetinho ao lado do gaveteiro e rolou pelo chão, incólume.

Você jogou um jarro em mim daquela vez. Podia ter me matado.

Não foi em você. Não joguei em você.

Podia ter me matado.

Prova de que Robin estava enrolando: ela despertou assustada, mas não era o puro susto de quem estava dormindo. Ela parecia assustada, mas debaixo daquele olhar infantil, assustado, havia outro olhar — teimoso, calculista, desdenhoso.

"Era tão bonito. E o valor dele era inestimável. Era da sua avó."

"Achei que era meu", disse Robin.

"Aquela menina nem era sua amiga. Meu Deus, você hoje de manhã não foi capaz de dizer nada bom dela."

"Você não sabe quem é meu amigo!" O rosto de Robin enrubesceu num rosa vivo e seus olhos lacrimejaram, mas sua expressão de escárnio e teimosia não mudou. "Eu a conhecia. Conversava com ela. Vá embora!"

Trudy trabalha no Lar dos Adultos com Deficiências Mentais. Poucas pessoas chamam-no assim. As pessoas mais idosas ainda dizem "a casa das senhoritas Weir", e alguns outros, incluindo Robin — e, provavelmente, a maior parte dos que têm a mesma idade —, chamam-na de Casa dos Retardados.

A casa agora tem uma rampa para cadeiras de rodas, porque algumas das pessoas com deficiências mentais podem ter também deficiências físicas, e há uma piscina no quintal de trás, o que causou uma certa discussão quando foi instalada às custas dos pagadores de impostos. Fora isso, a casa tem basicamente a mesma aparência que sempre teve — as paredes brancas de madeira, os floreios em verde-escuro nos beirais do telhado, o telhado íngreme e a varanda com tela escura, e a grama funda na frente, sombreada por brandos bordos.

Este mês Trudy está trabalhando no turno das quatro à meia-noite. Ontem à tarde ela estacionou o carro na frente e subiu a rampa pensando em como a casa estava bonita, tranquila como na época das senhoritas Weir, que devem ter servido chá gelado e lido livros da biblioteca, ou jogado *croquet*, o que quer que as pessoas fizessem naquela época.

Sempre alguma novidade, alguma querela, alguma agitação, quando se entrava. Os homens tinham vindo consertar a piscina, mas não tinham consertado. Foram embora de novo. Ainda não está consertada.

"A gente nem vai usar, logo o verão acaba", disse Josephine.

"Nem estamos no meio de junho, você está dizendo que o verão vai acabar", disse Kelvin. "Pense antes de falar. Você ficou sabendo da moça que foi morta no interior?", disse ele a Trudy.

Trudy tinha começado a misturar duas levas de limonada congelada, uma rosa e uma normal. Quando ele disse aquilo, ela enfiou a colher com tanta força no pedaço congelado que parte do líquido derramou.

"Como, Kelvin?"

Ela estava com medo de que ia ouvir que uma menina tinha sido arrastada de uma estrada do interior, estuprada no mato, enforcada, surrada, largada ali. Robin sai para correr nas estradas do interior só de short branco e camiseta, uma faixa no cabelo ao vento. O cabelo de Robin é dourado; suas pernas e seus braços são dourados. Suas bochechas e seus membros não são brilhosos, mas cobertos de penugem — você não ficaria surpreso se encontrasse uma nuvem de pólen flutuando delicadamente e se assentando atrás dela quando ela corre. Os carros buzinam e ela não se incomoda. Gritam horrendas ameaças, e ela grita horrendas ameaças de volta.

"Dirigindo uma picape", disse Kelvin.

O coração de Trudy sentiu um alívio. Robin ainda não sabe dirigir.

"Catorze anos, ela não sabia dirigir", disse Kelvin. "Ela entrou na picape e a primeira coisa que acontece é ela bater contra uma árvore. Catorze. Mas é jovem demais."

Kelvin vai para a parte residencial da cidade sozinho; ele ouve todas as notícias. Tem cinquenta e dois anos, ainda é magro e tem cara de garoto, a barba bem-aparada, com cabelo escuro macio, curto, limpo. Ele vai à barbearia todo dia, porque não consegue se barbear sozinho. A epilepsia, depois a cirurgia, um retalho ósseo infeccionado, muitas outras operações, uma leve dificuldade permanente com pés e dedos, uma leve confusão mental. A confusão não obscurece fatos, só motivações. Talvez nem devesse estar no Lar, mas onde estaria? De qualquer jeito, ele gosta. Ele diz que gosta. Ele diz aos outros que não devem reclamar; deviam tomar mais cuidado, deviam se comportar. Ele pega as latas de refrigerante e as garrafas de cerveja que as pessoas jogaram no quintal da frente — ainda que, claro, isso não seja trabalho dele.

Quando Janet chegou logo antes da meia-noite para render Trudy, ela tinha a mesma história para contar.

"Imagino que você já saiba da menina de quinze anos."

Quando Janet começa a contar uma coisa como essa, ela sempre inicia com "Imagino que você já saiba". *Imagino que você já saiba que a Wilma e o Ted estão se separando*, diz ela. *Imagino que você já saiba que o Alvin Stead teve um ataque do coração.*

"O Kevin me contou", disse Trudy. "Só que ele disse que ela tinha catorze anos."

"Quinze", disse Janet. "Ela devia estar na turma da Robin na escola. Ela não sabia dirigir. Nem saiu da faixa."

"Estava bêbada?", disse Trudy. Robin nem chega perto de álcool, de drogas, nem de cigarros, e nem sequer de café, é toda obcecada com o que coloca dentro do corpo.

"Acho que não. Chapada, talvez. Anoitecia. Ela estava em casa com a irmã. Os pais tinham saído. O namorado da irmã apareceu — era a picape dele, ou ele deu as chaves para ela ou ela pegou. Ficam surgindo versões diferentes. Dizem que mandaram ela buscar alguma coisa, que queriam se livrar dela, e dizem que ela simplesmente pegou as chaves e foi embora. De qualquer jeito, bateu contra uma árvore na faixa."

"Meu Deus", disse Trudy.

"Eu sei. É tão sem sentido. As coisas vão ficando de um jeito que você odeia o fato de os seus filhos estarem crescendo. Todo mundo tomou o remédio direitinho? O que é que o Kelvin está vendo?"

Kelvin ainda estava acordado, sentado na sala de estar, vendo TV.

"É alguém sendo entrevistado. Escreveu um livro sobre esquizofrênicos", contou Trudy a Janet.

Tudo que Kevin encontra sobre problemas mentais, ele precisa ver, ou tentar ler.

"Acho que quanto mais ele vê esse tipo de coisa, mais fica deprimido", disse Janet. "Você sabia que hoje eu descobri que preciso fazer quinhentas rosas de Kleenex rosa para o casamento da minha sobrinha Laurel? Para o carro. Ela disse que eu prometi que faria as rosas para o carro. Bom, não prometi. Não lembro de ter prometido nada. Você vai lá em casa me ajudar?"

"Claro", disse Trudy.

"Acho que a verdadeira razão por que eu quero que ele largue os esquizofrênicos é que eu quero ver os episódios antigos de *Dallas*", disse Janet. Ela e Trudy discordam a respeito disso. Trudy não aguenta ver aquelas velhas reprises de *Dallas*, ver os personagens, com seus rostos mais jovens, mais rechonchudos, passando por tribulações e presos em complicações românticas que eles e o público agora já esqueceram por completo. Isso é que é engraçado, diz Janet: é tão inacreditável que é maravilhoso. Tudo aquilo acontece e eles simplesmente esquecem e seguem adiante. Mas, para Trudy, não parece tão inacreditável que os personagens fiquem pulando de uma coisa para outra — esquecidos, esperançosos, fotogênicos, sempre trocando de roupa. Que isso não seja tão inacreditável é o que ela realmente não aguenta.

* * *

Robin, na manhã seguinte, disse: "Ah, provavelmente. Aquelas pessoas com quem ela anda que bebem. Elas ficam na farra o tempo todo. São autodestrutivas. É culpa dela própria. Mesmo que a irmã tenha falado para ela ir, ela não precisava ir. Ela não precisava ser tão burra".

"Qual era o nome dela?", disse Trudy.

"Tracy Lee", disse Robin, com desgosto. Ela pisou no pedal da lata de lixo, ergueu em vez de abaixar o pote de iogurte que tinha acabado de esvaziar e o deixou cair lá dentro. Ela estava usando um biquíni por baixo da calça e uma camiseta que dizia: "Se eu quiser ouvir um cuzão, eu peido".

"Essa camiseta ainda me incomoda", disse Trudy. "Algumas coisas são nojentas, mas engraçadas, e outras coisas são mais nojentas do que engraçadas."

"Qual o problema?", disse Robin. "Eu durmo sozinha."

Trudy ficou sentada do lado de fora, de bata, tomando café enquanto o dia esquentava. Há um pequeno espaço pavimentado com tijolos perto da porta lateral que ela e Dan sempre chamavam de pátio. Ela estava sentada ali. A casa é dessas aquecida por energia solar, com enormes painéis de vidro no telhado voltado para o Sul — é a casa mais esquisita da cidade. Por dentro também é esquisito, com prateleiras abertas na cozinha em vez de armários, e com a sala de estar no alto de uma escada, com vista para o campo nos fundos. Ela e Dan, de brincadeira, deram a certas partes os nomes mais convencionais, mais suburbanos — o pátio, o toalete, o quarto do casal. Dan sempre tinha de fazer alguma piada a respeito do modo como vivia. Ele próprio construiu a casa — Trudy cuidou de boa parte da pintura do interior e do exterior — e ela foi um sucesso. A chuva não vazava em volta dos painéis, e parte do calor da casa realmente vinha do sol. A maioria das pessoas que tem as ideias, ou os ideais, que Dan tem não são muito práticas. Elas não conseguem consertar coisas ou fazer coisas; não entendem de fiação nem de carpintaria, nem de nada do que precisam entender. Dan é bom em tudo — em jardinagem, em cortar madeira, em construir uma casa. Ele é particularmente bom em consertar motores. Ele costumava viajar por aí arrumando empregos como mecânico de automóveis, consertando motores pequenos. Foi assim que ele foi parar ali. Veio visitar Marlene, arrumou um emprego de mecânico, virou sócio-trabalhador numa oficina e, antes que percebesse — casado com Trudy, não com Marlene —, era dono de um negócio numa cidadezinha, um membro da Kin Canada. Tudo isso sem raspar a barba sessentista e cortar o cabelo mais do que queria. A cidade era pequena demais e Dan era esperto demais para isso ser necessário.

Agora Dan mora num condomínio em Richmond Hill com uma garota chamada Genevieve. Ela estuda direito. Casara bem jovem e tem três filhos. Dan conheceu-a três anos atrás quando sua Kombi quebrou alguns quilômetros fora da cidade. Ele contou a Trudy sobre ela naquela noite. A Kombi alugada, os três filhinhos ainda quase bebês, a mãezinha divorciada e cheia de energia com o cabelo de maria-chiquinha. Sua bravura, sua pobreza, seus planos de estudar Direito. Se consertar a Kombi não tivesse sido fácil, ele ia convidar ela e os filhos para passarem a noite. Ela estava a caminho da casa de veraneio dos pais em Pointe au Baril.

"Então ela não deve ser tão pobre", disse Trudy.

"Você pode ser pobre e ter pais ricos", disse Dan.

"Não pode, não."

No verão passado, Robin passou um mês de visita em Richmond Hill. Voltou cedo para casa. Disse que era uma casa de loucos. O filho mais velho precisa ir a uma clínica especial de leitura, o do meio faz xixi na cama. Genevieve passa o dia inteiro na biblioteca de direito, estudando. Não admira. Dan procura promoções para fazer compras, cozinha, cuida das crianças, cultiva uma horta, dirige um táxi sábado e domingo. Ele quer montar uma oficina de conserto de motocicletas na garagem, mas não consegue o alvará; os vizinhos são contra.

Ele disse a Robin que estava contente. Nunca esteve tão contente, disse. Robin voltou para casa firmemente adulta — severa, sarcástica, determinada. Ela tinha um rancor ligeiro e constante, que não tinha antes. Trudy não conseguia desentranhar, desenredar aquilo dela; o tempo em que ela conseguia fazer isso tinha acabado.

Robin chegou em casa ao meio-dia e mudou de roupa. Colocou uma blusa leve e florida de algodão e passou uma saia azul-clara de algodão. Falou que algumas das meninas da turma talvez fossem até a funerária depois da aula.

"Eu tinha esquecido que você tinha essa camisa", disse Trudy. Se ela achava que assim ia iniciar uma conversa, estava enganada.

Quando Trudy conheceu Dan, estava bêbada. Ela tinha dezenove anos, era alta e esguia (ainda é), com uma selvagem cabeleira negra e encaracolada (agora está cortada curto e mostra o grisalho, como acontece com o cabelo negro). Estava bem bronzeada, usando jeans e uma camiseta em *tie-dye*. Sem sutiã, porque não havia necessidade. Isso foi em Muskoka em agosto, num bar de hotel onde havia uma banda. Ela estava acampando com as amigas. Ele estava ali com Marlene, sua noiva. Tinha levado Marlene a Muskoka, sua cidade natal, para conhecer sua mãe, que vivia numa ilha num hotel vazio. Quando Trudy tinha dezenove anos, ele tinha vinte e oito. Ela dançava sozinha, zonza e bêbada, na frente da mesa onde ele estava sentado com Marlene, uma loura de cara mansa com quilômetros de colo completamente enfeitado em perolazinhas falsas. Trudy simplesmente dançou na frente dele até que ele se levantou e dançou com ela. No fim da dança, ele perguntou o nome dela, levou-a de volta e apresentou-a a Marlene.

"Esta é a Judy", disse ele. Trudy caiu, rindo, na cadeira ao lado da de Marlene. Dan levantou Marlene para dançar com ela. Trudy bebeu o resto da cerveja de Marlene e foi procurar as amigas. "Como vão vocês?", ela lhes disse. "Meu nome é Judy!" Ele a alcançou na porta do bar. Largou Marlene quando viu Trudy saindo. Um homem capaz de fazer uma mudança rápida de curso, perceber as possibilidades, arder com novo entusiasmo. Ele dizia depois às pessoas que se apaixonou por Trudy antes mesmo de saber seu verdadeiro nome. Contudo, disse a Trudy que chorou na hora em que ele e Marlene romperam.

"Tenho sentimentos", disse ele. "Não tenho vergonha de mostrá-los." Trudy não tinha absolutamente nenhum sentimento por Marlene. Marlene tinha mais de trinta anos — o que ela podia esperar? Marlene ainda mora na cidade, trabalha no escritório da Hydro, não é casada. Quando Trudy e Dan estavam tendo uma de suas conversas sobre Genevieve, Trudy disse: "A Marlene deve estar achando que eu mereci o que vai me acontecer".

Dan disse que ouviu falar que Marlene tinha entrado para a Associação dos Cristãos Bíblicos. As mulheres não podiam usar maquiagem e tinham de usar uma espécie de chapéu na igreja aos domingos.

"Ela não vai conseguir pensar em mais nada além de perdoar", disse Dan.

Trudy disse: "Aposto que sim".

Eis o que aconteceu na funerária, segundo a história que Trudy ouviu de Kelvin e de Janet.

As meninas da turma de Tracy Lee apareceram todas juntas depois da escola. Isso foi durante aquilo que chamaram de visitação, quando a família ficou ao lado do caixão aberto de Tracy Lee recebendo amigos. Os pais dela estavam lá, seu irmão casado e a esposa dele, sua irmã e até o namorado da irmã, que era dono da picape. Eles ficaram um ao lado do outro e as pessoas faziam fila para dizer-lhes algumas palavras. Foi muita gente. É sempre assim em casos como esse. A avó de Tracy Lee, numa cadeira brocada, era a última a receber os cumprimentos. Ela não conseguia ficar de pé muito tempo.

Todas as cadeiras na funerária são estufadas com brocado branco e dourado. As cortinas são iguais, o papel de parede quase combina. Há arandelas em grosso vidro rosa. Trudy foi lá várias vezes e sabe como é. Robin, porém, assim como a maioria das meninas, nunca tinham visto aquele lugar por dentro. Elas não sabiam o que esperar. Algumas começaram a chorar logo que cruzaram a porta.

As cortinas estavam fechadas. Uma música suave tocava — não exatamente música de igreja, mas parecia. O caixão de Tracy Lee era branco com detalhes dourados, combinando com todos os brocados e com o papel de parede. Ele tinha um forro de cetim rosa plissado. Um travesseiro de cetim rosa. Tracy Lee não tinha uma só marca no rosto. Não estava maquiada como de hábito, porque o agente funerário é que a tinha maquiado. Porém, ela estava usando seus brincos favoritos, triângulos turquesa com crescentes amarelos, dois em cada orelha. (Algumas pessoas acharam que isso era de mau gosto.) Na parte do caixão que a cobria da cintura para baixo, havia um grande travesseiro de rosas claras em forma de coração.

As meninas fizeram fila para falar com a família. Apertaram mãos, disseram meus pêsames, assim como todo mundo. Depois de fazerem isso, depois que todas deixaram a avó espremer as mãos frias delas entre as quentes, inchadas e sardentas dela, fizeram outra fila, meio desordenada, e começaram a passar pelo caixão. Nesse momento, várias choravam, tremendo. O que se podia esperar? Mocinhas.

Porém, elas começaram a cantar enquanto passavam por ali. Primeiro com dificuldade, timidamente, mas com uma confiança cada vez maior em suas vozes doces e tristes, elas cantaram:

Now, while the blossom still clings to the vine,
*I'll taste your strawberries, I'll drink your sweet wine...**

Elas tinham planejado tudo, claro, de antemão; tinham tirado aquela música de um disco. Achavam que era um hino antigo.

Assim, elas passaram em fileira, cantando, baixando os olhos para Tracy Lee, e as pessoas repararam que elas estavam jogando coisas no caixão. Estavam tirando os anéis dos dedos e as pulseiras dos braços, e tirando os brincos das orelhas. Estavam abrindo os colares e curvando-se para puxar correntinhas e longos cordões de contas por cima das cabeças. Todas deram alguma coisa. Aquelas bijuterias todas caíram brilhando e cintilando sobre a menina morta, deitando-se ao lado dela no caixão. Uma menina tirou o prendedor brilhante do cabelo e deixou-o ali.

E ninguém fez um movimento para impedir. Como alguém poderia interromper? Era como uma cerimônia religiosa. As meninas agiram como se lhes tivessem dito o que fazer, como se isso fosse o que sempre se fazia nessas ocasiões. Elas cantaram, choraram, soltaram as bijuterias. O senso do ritual deixou-as todas graciosas.

A família não quis parar aquilo. Achou belo.

* "Agora, enquanto a flor ainda está presa na vinha,/ Vou provar seus morangos, vou beber seu vinho doce." Começo da canção "Today", de John Denver. (N.T.)

"Era como uma igreja", disse a mãe de Tracy Lee, e sua avó disse: "Todas aquelas meninas encantadoras adoravam Tracy Lee. Se queriam dar suas bijuterias para mostrar como a amavam, isso é com delas. Não é da conta de mais ninguém. Eu achei bonito".

A irmã de Tracy Lee caiu em prantos. Foi a primeira vez que ela chorou.

Dan disse: "Isto é um teste de amor".

Do amor de Trudy, era o que ele queria dizer. Trudy começou a cantar: "Por favor, me solte, me deixe ir...".

Ela bateu a mão no peito, dançou descendo o tronco pela sala, cantando. Dan estava quase rindo, quase chorando. Era mais forte do que ele: ele se aproximou, abraçou-a, e eles dançaram juntos, cambaleando. Estavam razoavelmente bêbados. Aquele junho inteiro (isso foi há dois anos), eles ficaram bebendo gim, entre e durante as cenas. Bebiam, choravam, discutiam, explicavam, e Trudy precisava ficar correndo até a loja de bebidas. Porém, ela não conseguia se lembrar de ter ficado bêbada, nem de ter ficado de ressaca. Só que se sentia cansada o tempo todo, como se tivesse toras amarradas às pernas.

Ela continuava fazendo piadas. Chamava Genevieve de "Jenny, a Fraquinha".

"Isso é a mesma coisa que querer desistir da empresa para fazer artesanato", disse ela. "Talvez você devesse ter feito isso. Eu na verdade não era contra. Você desistiu. E quando você quis ir ao Peru. A gente ainda podia fazer isso."

"Essas coisas todas eram apenas palhas ao vento", disse Dan.

"Eu devia ter percebido quando você começou a ver o Ombudsman na TV", disse Trudy. "Era o lado jurídico, não era? Você nunca teve muito interesse nesse tipo de coisa antes."

"Isso vai abrir a vida para você também", disse Dan. "Você pode ser mais do que só a minha esposa."

"Claro. Acho que vou ser neurocirurgiã."

"Você é muito inteligente. É uma mulher maravilhosa. Você tem coragem."

"Tem certeza de que não está falando de Jenny, a Fraquinha?"

"Não, de você, Trudy. Eu ainda amo você. Você não consegue entender que eu ainda te amo."

Fazia muitos anos que ele não discorria tão longamente sobre o quanto a amava. Ele amava seus ossos fininhos, seu cabelo encaracolado, sua pele que ia ficando áspera, seu jeito de entrar num cômodo com um passo que sacudia as vidraças, suas piadas, suas palhaçadas, sua conversa sem rodeios. Ele amava sua mente e sua alma. Amaria sempre. Porém, a parte de sua vida que tinha sido atada à dela tinha acabado.

"Tudo isso é só conversa. Isso não passa de conversa de idiota!", disse Trudy. "Robin, volte para a cama!" Porque Robin, com sua camisola microscópica, estava no alto da escada.

"Eu estava ouvindo vocês berrando, gritando", disse Robin.

"A gente não estava nem berrando, nem gritando", disse Trudy. "Estamos tentando ter uma conversa particular."

"O quê?"

"Já falei, é particular."

Quando Robin voltou amuada para a cama, Dan disse: "Acho que a gente devia contar para ela. É melhor as crianças saberem. A Genevieve não guarda nenhum segredo dos filhos. A Josie tem só cinco anos, e um dia ela apareceu no quarto...".

Então Trudy começou a berrar e a gritar. Cravou as unhas na capa de uma almofada. "Você pare de me falar da sua linda escrota Genevieve e do lindo escroto quarto dela e dos filhos retardados dela — cale a boca e não me fale mais nada disso! Você não passa de uma boca que só sabe babar, sem cérebro. Não me importa o que você faça, só cale a boca!"

* * *

Dan saiu. Arrumou uma mala; foi para Richmond Hill. Voltou cinco dias depois. Logo antes da entrada da cidade, parou o carro para colher um buquê de flores campestres para Trudy. Ele disse a ela que tinha voltado de vez, que estava tudo acabado.

"Até parece", disse Trudy.

Mas ela colocou as flores na água. Asclépias de um rosa empoeirado que tinham cheiro de pó de arroz, margaridas amarelas, ervilhas-de-cheiro e lírios laranja que devem ter se soltado de velhos jardins desaparecidos.

"Então você não aguentou o ritmo?", disse ela.

"Eu sabia que você não ia me receber toda feliz", disse Dan. "Você não seria você mesma se fizesse isso. E eu voltei foi para você."

Ela foi até a loja de bebidas e desta vez comprou champagne. Por um mês — era verão ainda — eles permaneceram outra vez juntos, sendo felizes. Ela nunca chegou a realmente descobrir o que estava acontecendo na casa de Genevieve. Dan disse que estava tendo uma crise de meia-idade, só isso. Ele tinha voltado à razão. A vida dele era ali, com ela e com Robin.

"Você está falando igual a uma coluna de aconselhamento para casais", disse Trudy.

"Ok. Esqueça tudo então."

"Melhor", disse ela. Ela imaginava os filhos, a confusão, os amigos — os antigos namorados, talvez — para os quais ele não estava preparado. Piadas e opiniões que ele não conseguia entender. Era possível. A música de que ele gostava, o modo como ele falava — até seu cabelo e sua barba — talvez estivessem fora de moda.

Eles saíam para passear de carro em família, faziam piqueniques. Deitavam-se na grama atrás da casa de noite, olhando as estrelas. As estrelas eram um novo interesse de Dan; ele arrumou um mapa. Eles se abraçavam e se beijavam com frequência e experimentavam coisas novas — ou coisas que não faziam havia muito tempo — quando faziam amor.

Nessa época, a estrada na frente da casa estava sendo pavimentada. Eles tinham construído a casa na encosta de uma colina nos limites da cidade, depois das outras casas, mas agora os caminhões estavam usando bastante aquela rua, evitando as ruas principais, por isso a prefeitura estava pavimentando-a. Trudy ficou tão acostumada com o ruído e com a vibração constante que disse que conseguia sentir a si mesma tremelicando a noite inteira, mesmo quando tudo estava quieto. Os trabalhos começavam às sete da manhã. Eles acordavam no fundo de um rio de barulho. Dan se arrastava para fora da cama então, perdendo a hora de sono de que mais gostava. Havia cheiro de diesel no ar.

Ela acordou uma noite e viu que ele não estava na cama. Aguçou o ouvido para captar algum ruído da cozinha ou do banheiro, mas não pegou nada. Levantou-se e andou pela casa. Nenhuma luz estava acesa. Ela o encontrou sentado do lado de fora, logo do outro lado da porta, sem uma bebida, um copo de leite, um café, sentado de costas para a rua.

Trudy olhou a terra revirada e o enorme maquinário parado. "A quietude não é maravilhosa?", disse.

Ele não disse nada.

Oh. Oh.

Ela percebeu o que estava pensando quando encontrou o lado dele da cama vazio e não conseguiu ouvi-lo em lugar nenhum da casa. Não que ele a tivesse deixado, mas que tinha feito coisa pior. Que tinha acabado consigo mesmo. Com toda a felicidade e os abraços e os beijos e as estrelas e os piqueniques deles, isso ela conseguia pensar.

"Você não consegue esquecê-la", disse ela. "Você a ama."

"Eu não sei o que fazer."

Ela ficou contente só de ouvi-lo falar. Disse: "Você vai ter de ir lá e tentar de novo".

"Não existe garantia nenhuma de que eu vá poder ficar", disse ele. "Eu não posso pedir a você para ficar esperando."

"Não", disse Trudy. "Se você for, acabou."

"Se eu for, acabou."

Ele parecia paralisado. Ela sentia que ele talvez ficasse só sentado ali, repetindo o que ela dizia, sem nunca conseguir se mover ou falar por conta própria de novo.

"Se você se sente assim, então está resolvido", disse ela. "Você não precisa escolher. Você já foi embora."

Isso funcionou. Ele ergueu-se rigidamente, foi até ela e colocou os braços à sua volta. Acariciou suas costas.

"Vamos voltar para a cama", disse ele. "Podemos descansar ainda um pouco."

"Não. Você precisa ir embora antes que a Robin acorde. Se voltarmos para a cama, tudo vai só começar de novo."

Ela fez para ele uma garrafa de café. Ele arrumou a mala que tinha levado da outra vez. Todos os movimentos de Trudy pareciam habilidosos e perfeitos, como nunca foram. Ela se sentia serena. Sentia como se eles fossem um casal antigo, movendo-se em harmonia, num amor sem palavras, além das ofensas, além do perdão. Seu adeus mal agitou a superfície. Ela saiu com ele. Era entre quatro e meia e cinco da manhã; o céu começava a clarear e os pássaros, a despertar, tudo estava encharcado de orvalho. Ali estava o grande maquinário inofensivo, espalhado pelos sulcos da estrada.

"Que bom que não é noite passada — você não poderia ter saído", disse ela. Ela queria dizer que a estrada não estava atravessável. Foi ontem mesmo que eles nivelaram uma pista estreita para o tráfego local.

"Que bom", disse ele.

Adeus.

"Tudo o que eu quero é saber por que você fez isso. Você fez isso só para se exibir? Igual ao seu pai — para se exibir? Não é tanto o colar. Mas ele era bonito — eu adoro contas de azeviche. Era a única coisa que nós tínhamos da sua avó. Era seu direito, mas você não tem o direito de me pegar de surpresa assim. Eu mereço uma explicação. Eu sempre adorei contas de azeviche. Por quê?"

"Eu culpo a família", diz Janet. "Cabia a eles perceber isso. Parte daquilo era só plástico — aqueles brincos e aquelas pulseiras —, mas o que a Robin jogou lá dentro, aquilo foi um crime. E ela não foi a única. Havia anéis de pedras zodiacais e correntes de ouro. Alguém falou que tinha um anel incrustado com diamantes, mas eu não sei se acredito. Disseram que a garota o tinha herdado, como Robin. Você nunca mandou avaliar, mandou?"

"Não sei se azeviche vale alguma coisa", diz Trudy.

Elas estão na sala de estar de Janet, fazendo rosas com Kleenex rosa.

"É uma burrice", diz Trudy.

"Bem. Há uma coisa que você poderia fazer", diz Janet. "Não sei bem como mencionar."

"O quê?"

"Orar."

Trudy tinha tido a sensação, pelo tom de Janet, de que ela ia contar-lhe algo sério e desagradável, algo sobre ela própria — Trudy — que estava afetando sua vida e que todos sabiam, menos ela. Agora ela está com vontade de rir, depois de ter se preparado. Ela não sabe o que dizer.

"Você não ora, ora?", diz Janet.

"Não tenho nada contra", diz Trudy. "Não fui criada de maneira religiosa."

"Orar não é religioso, estritamente falando", diz Janet. "Quer dizer, não é algo conectado com nenhuma igreja. São só alguns de nós que rezam. Não posso dizer os nomes de todo mundo, mas a maioria você conhece. É para ser segredo. O nome é Círculo de Oração."

"Igual ao Ensino Médio", diz Trudy. "Na escola de Ensino Médio havia sociedades secretas, e você não podia dizer quem fazia parte delas. Só eu não fazia."

"Eu fazia parte de tudo", suspira Janet. "Na verdade, o Círculo é mais sério. Algumas pessoas nele não levam a sério o bastante, acho. Tem gente que ora para achar uma vaga para estacionar, ou que ora para que faça tempo bom nas férias. Não é para isso que o Círculo existe. O Círculo na verdade é para você ligar para alguém que faça parte dele, contar as suas preocupações, o que está incomodando, e pedir que a pessoa ore por você. E ela ora. E ela telefona para outra pessoa que está no Círculo, e essa telefona para mais outra, e as orações circulam, e oramos todas umas pelas outras, juntas."

Trudy joga fora uma rosa. "Essa está malfeita. Só tem mulher?"

"Não existe nenhuma regra que diga que só pode ter mulher. Mas é verdade, só tem mulher. Os homens ficam muito sem jeito. Eu mesma fiquei sem jeito no começo. Só a primeira pessoa para quem você telefona sabe o seu nome, para quem é que se vai rezar, mas numa cidade como essa praticamente qualquer um consegue adivinhar. Agora, se começássemos a fazer fofoca e a dedurarmos umas às outras não ia funcionar, e todo mundo sabe disso. Então nem fofocamos, nem deduramos. E funciona."

"Me dá um exemplo", diz Trudy.

"Bem, uma menina bateu o carro. O prejuízo ia ser de oitocentos dólares, e a situação era meio complicada, ela não tinha certeza se o seguro ia pagar, nem o marido — ele estava fulo da vida —, mas todas nós rezamos, e o seguro pagou sem criar nenhum caso. Esse é só um exemplo."

"Não faria muito sentido em rezar para pegar de volta o colar se ele já está no caixão e o funeral é agora de manhã", diz Trudy.

"Não cabe a você dizer isso. Você não diz o que é possível ou impossível. Você só pede o que quer. Porque está na Bíblia: 'Pedi e recebereis'. Como você pode receber ajuda se não pede? Não dá, isso é certo. Lembra de quando o Dan foi embora — e se você tivesse rezado naquela vez? Eu não estava no Círculo naquela época, senão teria falado com você. Mesmo que eu soubesse que você ia resistir. Muita gente resiste. Agora mesmo — a situação com a menina não parece muito boa, mas quem sabe, de repente até desta vez funciona. Pode não ser tarde demais."

"Tudo bem", diz Trudy, com uma voz dura e alegre. "Tudo bem." Ela afasta do colo as flores molengas. "Vou simplesmente ficar de joelhos agora mesmo e rezar para ter o Dan de volta. Vou rezar para ter o colar de volta e ter o Dan de volta, e por que parar aí? Posso rezar para a Tracy Lee nunca ter morrido. Posso rezar para ela voltar à vida. Por que a mãe dela nunca pensou nisso?"

Boas notícias. A piscina está consertada. Vão poder enchê-la amanhã. Kelvin, porém, está deprimido. No começo desta tarde — em parte para impedir que elas atrapalhassem os homens que estavam trabalhando na piscina —, ele levou Marie e Josephine para um passeio na cidade. Deixou-as tomar sorvete de casquinha. Falou-lhes para prestar atenção e tomar rápido o sorvete, porque o sol estava quente e ia derreter. Elas lambiam o sorvete às vezes, como se tivessem o dia inteiro. Logo o sorvete escorria pelo queixo e braços. Kelvin pegou um punhado de guardanapos, mas não conseguia secar o sorvete rápido o bastante. Elas estavam uma bagunça. Um espetáculo. Não se importavam. Kelvin disse-lhes que não eram bonitas a ponto de poderem se dar ao luxo de ficar daquele jeito.

“De qualquer maneira, sempre tem gente que não gosta da nossa aparência”, disse ele. “Tem gente que acha que a gente nem devia vir à cidade. As pessoas acabam de se acostumar a nos ver sem ficar encarando como se nós fôssemos aberrações, e vocês fazem uma bagunça e estragam tudo.”

Elas riam dele. Ele teria intimidado Marie se estivesse a sós com ela, mas não quando ela estava com Josephine. Na opinião de Kelvin, era Josephine quem precisava de uma punição como nos velhos tempos. Kelvin já tinha estado em lugares onde as pessoas não se safavam de várias coisas como aquelas de que conseguiam se safar ali. Ele não achava certo bater. Já tinha visto muito disso de bater, mas não achava certo, nem na mão. Porém, uma pessoa como Josephine podia ser trancada no quarto. Podia ser obrigada a ficar sentada num canto, podia ser obrigada a ficar só no pão e na água, e isso lhe faria muito bem. Tudo que Marie precisava era de uma conversa séria — a personalidade dela era a fraca. Já Josephine era encapetada.

“Vou falar com as duas”, diz Trudy. “Vou falar para elas dizerem que sentem muito.”

“Eu quero que elas *sintam* muito”, diz Kelvin. “Não me importo se elas disserem que sentem. Nunca mais vou levá-las.”

Depois, quando todos os outros estão dormindo, Trudy leva-o para sentar-se e jogar cartas na varanda com tela. Eles jogam Oito Maluco. Kelvin diz que isso é o máximo que ele consegue hoje; sua cabeça dói.

Na cidade, um homem disse para ele: “Ei, qual das duas é a sua namorada?”.

“Idiota”, diz Trudy. “Era um babaca, um idiota.”

O homem que falava com o primeiro homem disse: “Vai casar com qual das duas?”.

“Eles não conhecem você, Kelvin. São só uns idiotas.”

Mas eles o conheciam. Um se chamava Reg Hooper e o outro, Bud DeLisle. Bud DeLisle vendia imóveis. Eles o conheciam.

Tinham falado com ele na barbearia; chamavam-no de Kelvin. "Ei, Kelvin, vai casar com qual das duas?"

"Nerds", diz Trudy. "É isso que a Robin diria."

"Você acha que existe amizade, mas não existe", diz Kelvin. "Quantas vezes eu não vi isso acontecer."

Trudy vai até a cozinha fazer café. Quer café fresco para oferecer a Janet quando ela chegar. Ela pediu desculpas pela manhã, e Janet disse que tudo bem, eu sei que você está chateada. Está tudo bem mesmo. Às vezes você acha que existe amizade, e existe mesmo.

Ela olha todas as canecas penduradas nos ganchos. Ela e Janet rodaram muito para comprá-las todas. Uma caneca com o nome de cada um. Marie, Josephine, Arthur, Kelvin, Shirley, George, Dorinda. Era de se pensar que Dorinda seria o nome mais difícil de achar, mas na verdade o mais difícil foi Shirley. Até as pessoas que não sabem ler aprenderam a reconhecer suas próprias canecas, pela cor e pela estampa.

Um dia, duas canecas novas apareceram, trazidas por Kelvin. Uma dizia Trudy e a outra, Janet.

"Não vou transbordar de alegria ao ver meu nome ali no meio", disse Janet. "Mas nem por um milhão de dólares eu vou ferir os sentimentos dele."

Para uma lua de mel, Dan levou Trudy para a ilha no lago onde ficava o hotel da mãe dele. O hotel estava fechado, mas a mãe ainda morava ali. O pai de Dan tinha morrido, e ela morava sozinha. Ela usava um barco com motor externo para cruzar a água e fazer compras. Às vezes se confundia e chamava Trudy de Marlene.

O hotel não era grande coisa. Era uma caixa branca de madeira numa clareira perto da praia. Algumas cabines também parecidas com caixas ficavam atrás. Dan e Trudy se hospedavam em uma das cabines. Cada cabine tinha um forno de madeira. Dan fazia uma fogueira à noite para diminuir o frio. Porém, os cobertores estavam úmidos e pesados quando ele e Trudy acordavam de manhã.

Dan pescava e cozinhava os peixes. Ele e Trudy subiam no rochedo atrás das cabines e colhiam mirtilos. Ele perguntou se ela sabia fazer massa de torta, e ela não sabia. Então ele mostrou para ela, abrindo a massa com uma garrafa de uísque.

De manhã havia névoa por cima do lago, exatamente como você vê nos filmes ou num quadro.

Uma tarde, Dan ficou fora mais tempo do que o normal, pescando. Trudy se ocupou por algum tempo na cozinha, tirando o pó das coisas, lavando alguns jarros. Era a cozinha mais antiga e mais escura que ela já tinha visto, com escorredores de madeira para os pratos secarem. Ela saiu, subiu sozinha no rochedo, pensando em colher alguns mirtilos. Mas já estava escuro debaixo das árvores; as sempre-verdes é que traziam essa escuridão, e ela não gostava de pensar em animais selvagens. Sentou-se na pedra, vendo embaixo o telhado do hotel, as antigas folhas mortas e as ripas quebradas. Ouviu um piano sendo tocado. Desceu correndo a pedra e seguiu a música até a frente do prédio. Andou pela varanda da frente e parou numa janela, olhando o cômodo que antes era o salão. O cômodo com a lareira de pedra enegrecida, as cadeiras de couro enrugado, os peixes horríveis na parede.

A mãe de Dan estava ali, tocando piano. Uma mulher alta, com a coluna ereta e o cabelo cinza-preto preso com um nó tão pequenino. Estava sentada, tocando piano, com a luz toda apagada, no salão meio escuro, meio vazio.

Dan tinha dito que a mãe era de família rica. Tinha feito aula de piano, aula de dança; viajara o mundo quando era menina. Havia um retrato dela num camelo. Mas ela não estava tocando uma peça clássica, o tipo de coisa que você esperaria que ela tivesse aprendido. Estava tocando "It's Three O'Clock in the Morning". Quando chegou ao final, recomeçou. Talvez fosse uma das grandes favoritas dela, algo que ela dançava antigamente. Ou talvez ela ainda não tivesse achado que tinha tocado certo.

Por que Trudy se lembra desse momento agora? Ela vê seu eu jovem olhando a mulher do outro lado da janela tocando o piano. O salão pouco iluminado, com suas vigas enormes, sua lareira e as solitárias cadeiras de couro. A música do piano, estridente, hesitante, persistente. Trudy se lembra disso com tanta clareza e parece que estava fora do próprio corpo, que naquele momento estava dolorido dos prazeres extenuantes do amor. Ela estava do lado de fora da própria felicidade, numa maré de tristeza. E o oposto aconteceu na manhã em que Dan foi embora. Naquela manhã, ela ficou do lado de fora da própria infelicidade, numa maré de algo que despropositadamente parecia amor. Mas que na verdade era a mesma coisa quando você ia para fora. O que eram aqueles momentos que se destacavam, aquelas clareiras abertas em sua vida — o que eles têm a ver com isso? Não são exatamente promessas. Espaços de folga. Só isso?

Ela vai até a sala de estar e apura os ouvidos, tentando detectar algum barulho vindo de cima.

Tudo quieto, todos medicados.

O telefone toca ao lado da cabeça dela.

"Ainda aí?", diz Robin. "Não foi embora?"

"Ainda aqui."

"Posso correr até aí e voltar de carro com você? Não corri antes porque estava quente demais."

Você jogou o jarro. Podia ter me matado.

Pois é.

* * *

Kelvin, aguardando à mesa de baralho, debaixo da luz, parece desbotado e velho. Há uma piscina de luz esbranquiçando seu cabelo castanho. Seu rosto está abatido, esperando. Ele parece velho, mergulhado em si mesmo, envolto numa espessa perplexidade, quase perdido para ela.

"Kelvin, você reza?", diz Trudy. Ela não sabia que ia perguntar isso a ele. "Quer dizer, isso não é da minha conta. Mas, tipo, por alguma coisa específica?"

Ele tem uma resposta para ela, o que é bem surpreendente. Ele ergue o rosto, como se tivesse sentido o puxão de que precisava para trazê-lo à superfície.

"Se eu fosse inteligente o bastante para saber por que rezar", diz ele, "então talvez eu não precisasse."

Ele sorri para ela, com uma noção oblíqua de conspiração, oferecendo sua meia-piada. Ela não pretende ser um consolo, especificamente. Porém, irradia — o que ele disse, o modo como ele disse, só o fato de que ele está ali de novo, irradia, expande-se do jeito como pode se expandir uma bobagem, quando você está muito cansado. Desse jeito, quando ela era jovem e estava chapada, uma pessoa ou um momento poderiam tornar-se um lírio flutuando na nebulosa água do rio, perfeito e familiar.

ENTULHO BRANCO

I

"Não sei de que cor era", diz Denise, respondendo uma pergunta de Magda. "Para dizer a verdade, não lembro de cor nenhuma nessa casa."

"Claro que não", diz Magda, com empatia. "Não tinha luz na casa, por isso não havia cor. Ninguém fez o menor esforço. Era tão desolado que nem dava para acreditar."

Além de ter derrubado a varanda, antiga e funda, que não deixava a luz entrar na casa de toras, Magda — com quem Laurence, o pai de Denise, está casado agora — colocou claraboias e pintou algumas paredes de branco e outras de amarelo. Ela pendurou tecidos do México e do Marrocos, e tapetes do Quebec. Aparadores e mesas de pinho tomaram o lugar de velharias mal-pintadas. Há uma banheira cercada de janelas e de folhagens, e uma cozinha magnífica. Tudo isso deve ter custado muito dinheiro. Sem dúvida Laurence é rico o bastante agora para cuidar disso. Ele tem uma pequena fábrica, perto de Ottawa, que manufatura plásticos, especializando-se em painéis para janelas e em quebra-luzes que pareciam vitrais. Os desenhos são bonitos, as cores não são muito chamativas, e Magda colocou alguns deles pela casa de toras em lugares discretos.

Magda é inglesa, não húngara, como talvez sugira seu nome. Ela primeiro foi dançarina, depois professora de dança. É baixinha, com a cintura espessa, ainda graciosa, com um pescoço macio, de pele bem clara, e uma bela coroa esvoaçante de cabelo louro platinado. Está usando um vestido cinza simples e um xale de cores desbotadas e floridas que às vezes recobre o canapé em seu quarto.

"A Magda é puro estilo", disse Denise uma vez a Peter, seu irmão.

"Qual o problema?", disse Peter. Ele trabalha com engenharia de computação na Califórnia e volta para casa uma vez por ano, talvez. Ele não entende por que Denise ainda está tão ligada a essas pessoas.

"Nada", disse Denise. "Mas você vai à casa de toras e não acha panos bagunçados jogados em cima de um velho baú. A bagunça é *calculada*. Não tem nem um batedor nem uma tigela na cozinha que não sejam o batedor e a tigela mais elegantes que se pode comprar."

Peter olhava para ela e não dizia nada. Denise falou: "Ok".

Denise tinha vindo de carro de Toronto, como faz uma ou duas vezes todo verão, para visitar o pai e a madrasta. Laurence e Magda passam a estação inteira aqui e estão falando em vender a casa de Ottawa, em viver ali o ano inteiro. Os três estão sentados no pátio de tijolos que tomou o lugar da varanda, numa tarde de domingo em fins de agosto. Os vasos de barro de Magda estão cheios de flores desabrochando tarde — Denise só sabe o nome dos gerânios. Eles estão bebendo vinho com soda — as bebidas de verdade virão quando os convidados do jantar chegarem. Até ali, não houve discussões absurdas. No carro, enquanto ia para lá, Denise decidiu que não haveria. Enquanto dirigia, ficou ouvindo Mozart aumentar sua resolução e sua coragem. Firmou-se. Até ali, tudo bem.

Denise dirige um Centro para Mulheres em Toronto. Ela leva mulheres espancadas para abrigos, encontra médicos e advogados para elas, levanta dinheiro privado e público, faz discursos, coordena reuniões, trata com pessoas variadas e às vezes perigosas. Ganha menos dinheiro do que uma caixa numa loja de bebidas estatal.

Laurence disse que é um padrão típico para uma moça de origem abastada.

Disse que o Centro para Mulheres é uma boa ideia para aqueles que precisam dele. Só que ele fica pensando às vezes.

No que ele fica pensando às vezes?

Francamente, ele fica pensando às vezes se algumas dessas mulheres — algumas — não estão gostando dessa atenção toda que recebem, dizendo que foram espancadas e estupradas, essas coisas.

Laurence costuma lançar a isca, e Denise morde. (Magda fica acima dessas conversas, sorrindo para suas flores.)

O dinheiro de quem paga imposto. Ajudando aqueles que não ajudam a si mesmos. Acabe com a chuva ácida e perdemos empregos; os seus sindicatos iam chiar.

"Não são *meus* sindicatos."

"Se você vota nos Novos Democratas, são os seus sindicatos. Quem manda nos Novos Democratas?"

Denise não consegue dizer se ele realmente acredita no que fala, se só acredita pela metade, ou se sente motivado a lhe dizer essas coisas. Ela foi embora chorando mais de uma vez, entrou no carro, voltou para Toronto. Seu namorado, um alegre marxista de uma ilha do Caribe, que ela não leva para casa, diz que os homens velhos, os homens velhos de sucesso, numa sociedade capitalista industrial, são quase puramente maus; neles não há mais nada além de defesas furiosas e de ganância. Denise também discute com ele. Seu pai não é um velho, para começar. Seu pai é uma boa pessoa, por baixo dessa superfície.

“Estou de saco cheio das suas definições masculinas e das suas discussões masculinas herméticas”, diz ela. Em seguida, acrescenta, cuidadosamente: “Também estou de saco cheio de ouvir a mim mesma dizendo ‘masculinas’ desse jeito”. Ela sabe que o melhor é não mencionar o fato de que, se ela resistir à discussão inteira, o pai vai lhe dar um cheque para o Centro.

Hoje a resolução dela se manteve. Ela viu a isca cintilando, mas conseguiu passar direto, um peixe esperto, aparentemente inocente, admirando vários detalhes da reforma da casa. Laurence, um homem bonito, de aparência irônica, com um bigode grisalho cheio e macio, cabelo grisalho-castanho ficando ralo, um homem alto com a barriga e os ombros agora um pouco caídos, que se levantou várias vezes e foi até o lago e voltou, até a estrada e voltou, deu fundos suspiros, demonstrando sua insatisfação com toda essa conversa feminina.

Enfim ele fala abruptamente com Denise, cortando o que Magda está dizendo.

“Como vai sua mãe?”

“Bem”, diz Denise. “Bem, até onde eu sei.”

Isabel mora bem longe, no vale de Comox, na Colúmbia Britânica.

“Então — como é que vai a criação de cabras?”

O homem com quem Isabel vive é um pescador comercial que tinha sido câmera de TV. Eles moram numa pequena fazenda e alugam a terra toda, ou parte dela, para um homem que cria cabras. Em algum momento, Denise revelou esse fato a Laurence (ela tomou cuidado de não revelar o fato de que o homem é muitos anos mais jovem do que Isabel e que o relacionamento periodicamente fica “instável”), e Laurence desde então insiste que Isabel e seu amante (o termo é dele) trabalham com criação de cabras. Suas perguntas evocam um mundo de tribulações rurais: labor enlameado com animais refratários, pobreza, alguma espécie de idealismo antiquado horrendo.

"Bem", diz Denise, sorrindo.

Normalmente ela discute, aponta o erro factual, acusa-o de distorção, de má vontade, de maldade.

"Sobra contracultura o bastante para comprar leite de cabra?"

"Eu diria que sim."

Os lábios de Laurence têm espasmos de impaciência debaixo do bigode. Ela continua olhando para ele, mantendo uma expressão de alegria inocente, descarada. Então ele ri abruptamente.

"Leite de cabra!", diz ele.

"É essa a nova piada interna?", diz Magda. "O que é que eu estou perdendo? Leite de cabra?"

Laurence diz: "Magda, você sabia que, no meu aniversário de quarenta anos, a Denise me levou para andar de avião?".

"Não fui eu que pilotei o avião", diz Denise.

"No meu aniversário de quarenta anos, em 1969. O ano em que o homem pousou na Lua. O pouso aliás foi alguns dias depois. Ela tinha me ouvido dizer muitas vezes que eu queria dar uma olhada na região a mil pés de altura. Eu voava indo de Ottawa para Toronto, mas nunca enxergava nada.

"Eu só paguei para ele voar, mas acabou que fomos todos, num avião de cinco lugares", diz Denise. "Pelo mesmo preço."

"Todos fomos, menos Isabel", diz Laurence. "Alguém tinha de sair, então ela saiu."

"Eu fiz ele ir de carro — o papai — com uma venda no rosto até o aeroporto", diz Denise a Magda. "Quer dizer, ele não dirigiu vendado", estavam todos rindo, "ele só foi *vendado de carona*, para não saber aonde estávamos indo e para que a surpresa fosse completa."

"Mamãe dirigiu", diz Laurence. "Acho que eu, vendado, teria dirigido melhor. Por que foi ela que dirigiu, e não Isabel?"

"Precisamos ir no carro da vovó. Não cabia todo mundo no Peugeot, e eu queria que todos fossem ver você porque era importante para mim. O meu presente. Fiz uma produção péssima."

"Nós sobrevoamos todo o sistema do lago Rideau", diz Laurence. "Mamãe adorou. Lembra que ela tinha tido uma experiência ruim naquela manhã, com os hippies? Foi bom para ela. O piloto foi muito generoso. Claro, a esposa dele estava trabalhando. Ela fazia tortas, não fazia?"

Denise diz: "Ela tinha um bufê".

"Ela que fez o bolo do meu aniversário", diz Laurence. "Daquele mesmo aniversário. Depois fiquei sabendo."

"Não foi Isabel?", diz Magda. "Não foi Isabel que fez o bolo?"

"O forno não estava funcionando", diz Denise, com a voz subitamente cautelosa e ligeiramente arrependida.

"Ah", diz Magda. "Qual foi a experiência ruim?"

Quando Denise, Peter e seus pais chegavam de Ottawa à casa de toras todo verão, Sophie, avó das crianças, já estaria lá, tendo vindo de carro de Toronto, e a casa estaria aberta, arejada e limpa, como jamais estaria. Denise corria por todos os cômodos cavernosos e abraçava todas as almofadas grumosas, fazendo todo um teatro com sua alegria por estar ali. Mas a alegria era verdadeira. A casa cheirava a nacos de cedro pisados, umidade nunca vencida e ratos de inverno. Tudo era sempre igual. Ali estava o jogo de cartas chato que ensinava os nomes das flores canadenses; ali estava o tabuleiro de Scrabble com o Y e um dos Us faltando; ali estavam os monótonos e irresistíveis livros da infância de Sophia, o livro de quadrinhos da Primeira Guerra Mundial, os pratos que não combinavam, os pires rachados que Sophie usava como cinzeiros, as facas e os garfos com seu odor e sabor leves e estranhos que ou eram do metal, ou da água de lavar louça.

Somente Sophie podia usar o forno. Ela preparava batatas assadas duras, tortas cruas no meio, frango com sangue nos ossos. Nunca pensara em trocar o forno. A filha de um homem rico, agora pobre — era professora assistente de línguas escandinavas, e ao longo da maior parte de sua carreira os professores foram pobres —, ela gastava seu dinheiro de modo peculiar. Sempre levava sanduíches para comer numa viagem de trem e nunca tinha ido a uma cabeleireira, mas não teria sonhado em mandar Laurence a uma escola qualquer. Gastava com a casa de toras a contragosto, não porque não a amasse (ela a amava), mas porque seu instinto lhe dizia para colocar panelas debaixo das goteiras, fita nas esquadrias tortas das janelas, para se acostumar com a inclinação no piso que indicava que uma das pilastras da fundação estava indo abaixo. E, por mais que ela precisasse de dinheiro, nem cogitaria vender qualquer uma de suas propriedades em volta da casa — como tinham feito havia muito tempo seus irmãos dos dois lados, com grande lucro, para veranistas.

A mãe e o pai de Denise tinham dado para Sophie um nome que era uma piada entre eles, e um segredo. Nórdica Antiga. Parece que, pouco depois de eles terem se conhecido, Laurence, descrevendo Sophie para Isabel, tinha dito: "Minha mãe não é como a maioria das mães. Ela sabe ler nórdico antigo. Na verdade, ela meio que *é* uma nórdica antiga".

No carro, a caminho da casa de toras, sentindo a presença de Sophie à frente deles, eles faziam a seguinte brincadeira.

"A janela do carro de uma nórdica antiga é ajeitada com fita isolante?"

"Não. Se a janela do carro de uma nórdica antiga está quebrada, continua quebrada."

"Qual o programa de rádio favorito de uma nórdica antiga?"

"Vejamos. Vejamos. Ópera? Kirsten Flagstad cantando Wagner?"

"Não. Óbvio demais. Elitista demais."

"Canções folclóricas de muitas terras?"

"O que uma nórdica antiga come no café da manhã?", disse Denise do banco de trás. "Mingau!" Mingau era o que ela mais detestava.

"Mingau com bacalhau", disse Laurence. "Denise, nunca conte deste jogo à vovó. Onde uma nórdica antiga passa as férias de verão?"

"Uma nórdica antiga nunca tira férias de verão", disse Isabel, severa. "Uma nórdica antiga tira férias de inverno. E vai para o Norte."

"Spitzbergen", disse Laurence. "Nas planícies da baía de James."

"Um cruzeiro", disse Isabel. "De Tromsø a Arcangel."

"Não tem gelo demais?"

"O cruzeiro é num navio quebra-gelo. E é muito escuro, porque esses cruzeiros só acontecem em dezembro e em janeiro."

"A vovó não ia achar engraçado também?", disse Denise. Ela imaginava a avó saindo da casa e atravessando a varanda para recebê-los — aquela mulher larga, forte, sardenta, com uma coroa de cabelos louros esbranquiçados, cujos antigos casacos, suéteres e saias sempre tinham algo do cheiro da casa, cujos cumprimentos eram afetuosamente calmos, mas ligeiramente perplexos. Será que ela estava surpresa por eles terem chegado tão cedo, pelas crianças terem crescido, por Laurence parecer de repente tão animado, por Isabel parecer tão magra e jovem? Será que ela sabia o quanto brincavam com a cara dela no carro?

"Talvez", disse Laurence, sombrio.

"Naqueles poemas antigos que ela lê", disse Isabel, "sabe, nesses poemas islandeses antigos, acontecem as coisas mais sanguinárias, as pessoas são esquartejadas — principalmente as mulheres, tem uma que corta o pescoço dos filhos e mistura o sangue no vinho do marido. Esse eu li. E depois a Sophie é toda pacifista e socialista. Não é estranho?"

Isabel foi de carro até Aubreyville de manhã para pegar o bolo de aniversário. Denise foi com ela para segurar o bolo na volta para casa. O passeio de avião estava marcado para as cinco da tarde. Só

Isabel, que tinha levado Denise ao aeroporto na semana anterior, estava sabendo. Tinha sido ideia de Denise. Agora ela estava preocupada com as nuvens.

"Aquelas fininhas, tudo bem", disse Isabel. "São as grandonas brancas, empilhadas, que podem trazer tempestade."

"*Cumulus*", disse Denise. "Eu sei. Você acha que papai é um canceriano típico? Que gosta do lar e de comida? Que se apega às coisas?"

"Acho que sim", disse Isabel.

"O que você achou quando o conheceu? Quer dizer, o que te atraiu? Você sabia que era essa a pessoa com quem ia acabar casando? Eu acho tudo isso tão estranho."

Laurence e Isabel tinham se conhecido na cantina da universidade onde Isabel trabalhava como caixa. Ela era caloura, uma moça pobre e inteligente do lado operário da cidade, que estava usando um suéter rosa apertado, de que Laurence sempre lembrava.

("Da Woolworth's", dizia Isabel. "Eu não sabia de nada. Eu achava as meninas da irmandade meio desleixadas.")

A primeira coisa que ela disse a Laurence foi "Você está cometendo um erro". Ela estava apontando para o que ele tinha escolhido: escondidinho de carne moída com batata.

Laurence estava envergonhado demais ou era teimoso demais para devolver. "Já comi antes e achei razoável", disse ele. Ele ficou um instante ali parado depois de receber o troco. "Me lembra o que a minha mãe prepara."

"A sua mãe deve cozinhar muito mal."

"Muito mal."

Ele telefonou para ela naquela noite, depois de perguntar por aí o nome dela. "Aqui é o escondidinho de carne com batata", disse ele, trêmulo. "Quer ir ao cinema comigo?"

"Que surpresa você ainda estar vivo", disse Isabel, aquela menina desbocada de suéter rosa que certamente seria uma surpresa para Sophie. "Claro."

Denise sabia tudo isso de cor. O que ela queria saber era outra coisa. "Por que você saiu com ele? Por que disse 'claro'?"

"Ele era bonito", disse Isabel. "Parecia interessante."

"Só isso?"

"Bem. Ele não agia como se fosse uma dádiva de Deus para as mulheres. Corava quando eu falava com ele."

"Ele cora muito", disse Denise. "Eu também. É terrível."

Ela achava que essas duas pessoas, Laurence e Isabel, seu pai e sua mãe, ocultavam alguma coisa. Alguma coisa entre eles. Ela conseguia sentir aquilo vindo à tona, provocando, ou permanecendo oculto, no azedume, mas nunca conseguia entender o que era, ou como funcionava. Eles não deixavam.

Aubreyville era uma cidade de calcário, construída ao longo do rio. A antiga fundição de fogões, com a qual o pai de Sophie tinha feito sua fortuna, ainda estava ali, às margens do rio. Ela tinha sido parcialmente convertida num centro de artesanato, onde as pessoas sopravam vidro, teciam cachecóis e construíam casas de pássaros, vendidas ali mesmo. O nome Vogelsang, o nome alemão que também aparecia nos fogões e que tinha contribuído para a decadência da empresa durante a Primeira Guerra Mundial, ainda podia ser lido, talhado em pedra, acima da porta. A bela casa onde Sophie tinha nascido se tornara um asilo.

A mulher do bufê morava numa das ruas novas da cidade — as ruas que Sophie odiava. A rua tinha sido pavimentada recentemente, ampla e negra, com um meio-fio liso. Não havia calçadas. Nem árvores, nenhuma cerca ou trepadeira, só alguns arbustinhos pequeninos e ornamentais com um arame em volta para proteger. Casas de um e de dois andares se alternavam. Algumas das rampas de acesso eram pavimentadas com aquela pedra branca brilhosa triturada que, na região de Aubreyville, chamavam de "mármore branco". Num gramado, três cervos malhados de plástico descansavam; numa porta, um garotinho negro erguia um farol de carruagens. Um arranjo de pedras pontilhadas de rosa e cinza impedia as pessoas de passar para um terreno na esquina.

"Pedras de plástico", disse Isabel. "Será que elas têm pesos, ou será que ficam presas no chão?"

A mulher do bufê levou a torta até o carro. Era uma senhora corpulenta, de cabelos escuros, bem bonita, na casa dos quarenta, com uma forte sombra verde nos olhos e um penteado perfeito, brilhoso e bufante.

"Eu estava à espera de vocês", disse ela. "Preciso levar umas tortas lá no Legion. Vocês querem dar uma olhada aqui e ver se está tudo bem?"

"Tenho certeza de que está ótimo", disse Isabel, pegando a carteira. Denise colocou a caixa do bolo no colo.

"Quisera eu ter uma menina desse tamanho para me ajudar", disse a mulher.

Isabel olhou os dois garotinhos — tinham uns três ou quatro anos — que estavam pulando numa piscininha inflável no gramado. "São seus?", perguntou, educadamente.

"Está brincando? Eles são da minha filha, que os largou aqui. Eu tenho um filho casado e uma filha casada, e outro filho — que só vejo de capacete de motocicleta. Comecei cedo."

Isabel começou a dar ré para sair da rampa de acesso quando Denise deu um grito de surpresa. "Mãe! É o piloto!"

Um homem tinha saído da porta lateral e estava falando com a mulher do bufê.

"Caramba, Denise. Não me assuste desse jeito!", disse Isabel. "Achei que era uma das crianças correndo atrás do carro."

"É o piloto com quem eu estava falando no aeroporto!"

"Deve ser marido dela. Não deixe o bolo inclinar."

"Mas não é estranho? No aniversário do papai? A mulher que fez o bolo dele é casada com o homem que vai levá-lo no avião. *Talvez* ele seja. Ele tem um sócio. Ele e o sócio dão aulas de aviação, e levam caçadores para o Norte no outono, e pescadores para lagos aonde só dá para chegar de avião. Ele me falou. Não é estranho?"

"É só moderadamente estranho num lugar do tamanho de Aubreyville. Denise, você precisa *tomar cuidado* com o bolo."

Denise se calou, sentindo-se um pouco insultada. Se um adulto tivesse gritado surpreso, Isabel não teria demonstrado tanta irritação. Se um adulto tivesse mencionado essa estranha coincidência, Isabel teria concordado que ela era mesmo estranha. Denise detestava quando Isabel a tratava feito criança. Com a avó, ou com Laurence, ela esperava uma certa grosseria e inflexibilidade. Aqueles dois eram sempre assim. Isabel, porém, podia dar alguma confiança, ser afável, infinitamente compreensiva, e depois ficava distante e irritadiça. E às vezes, quanto mais ela te dava, menos satisfeito você se sentia. Denise suspeitava que seu pai também sentia isso a respeito de Isabel.

Hoje Isabel estava usando uma longa saia de algodão indiano — sua saia hippie, como dizia Laurence — e uma blusa frente única azul-escura. Ela era magra e tinha a pele morena — até que, para uma ruiva, pegava um bom bronzeado — e, até você chegar perto, ela parecia ter só vinte e cinco anos. Mesmo de perto, não parecia ter mais de vinte e nove. Era o que dizia Laurence. Ele não a deixava cortar o cabelo vermelho-escuro e supervisionava seu bronzeado, inquirindo: "Aonde é que você está indo?", com a voz incomodada, em tom de advertência, quando ela tentava ir para a sombra ou ficar um pouco dentro de casa.

"Se eu deixar, Isabel vai fugir do sol toda vez que eu virar as costas", dizia Laurence às visitas, e Denise ouvia Isabel rindo.

"É verdade. Preciso agradecer ao Laurence. Por conta própria eu nunca ficaria tempo o bastante para me bronzear. Parece que o meu cérebro está fritando."

"E quem vai se importar com cérebro frito quando você tem um corpo bronzeado maravilhoso?", disse Laurence, de um jeito aristocrático e farsesco, dando tapinhas na macia barriga exibida pelo biquíni de Isabel.

Aqueles tapinhas ritmados faziam a barriga de Denise revirar. O único jeito de ela não gritar "Pare com isso!" era levantar correndo e ir para o lago com os braços bem abertos e gritinhos bobos saindo de sua boca.

Quando Denise viu de novo a mulher do bufê, tinha passado mais de um ano. Era quase o fim de agosto, um dia nublado, quente, abafado, quando eles estavam perto do fim de sua estadia de verão na casa de toras. Isabel tinha ido à cidade numa das visitas regulares ao dentista daquele verão. Ela estava fazendo um tratamento complicado em Aubreyville, porque gostava mais do dentista dali do que do dentista de Ottawa. Sophie não tinha ido à casa de toras desde o começo do verão. Estava no hospital Wellesley, em Toronto, fazendo alguns exames.

Denise, Peter e o pai estavam na cozinha fazendo sanduíches de bacon e de tomate para o almoço. Havia algumas coisas que Laurence achava que sabia cozinhar melhor do que todo mundo, e uma delas era bacon. Denise estava cortando tomates, e Peter devia estar passando manteiga na torrada, mas estava lendo seu livro. O rádio estava ligado, transmitindo o noticiário do meio-dia. Laurence gostava de ouvir o noticiário várias vezes por dia.

Denise foi ver quem estava na porta da frente. Ela não reconheceu de imediato a mulher do bufê, que desta vez estava usando um vestido mais jovial — um vestido folgado com espirais em vermelho e azul e cores "psicodélicas" roxas — e não ficava tão bonito. Seu cabelo caía sobre os ombros.

"Sua mãe está em casa?", perguntou a mulher.

"Lamento, ela não está aqui agora", disse Denise, com uma polidez austera que sabia ser ligeiramente ofensiva. Ela achava que a mulher estava vendendo alguma coisa.

"Ela não está aqui", disse a mulher. "Não. Ela não está aqui." Seu rosto estava empolado e sem sorriso, seu batom espesso como o de um palhaço, e a maquiagem de seus olhos estava manchada. Sua voz estava cheia de alguma insinuação que Denise não conseguia captar. Ela não falaria daquele jeito se estivesse tentando vender alguma coisa. Será que eles lhe deviam dinheiro? Será que Peter tinha atravessado a propriedade dela ou incomodado seu cão?

"Meu pai está aqui", disse Denise, contrita. "Você gostaria de falar com ele?"

"Seu pai, sim, vou falar com ele", disse a mulher, içando sua bolsa vermelha grande e brilhosa até debaixo de braço. "Por que você não vai chamá-lo?"

Denise então percebeu que essa era a mesma voz que tinha dito "Quisera eu ter uma menina desse tamanho para me ajudar".

"A senhora do bufê está na porta", disse ao pai.

"A senhora do bufê?", repetiu ele, com uma voz descontente e incrédula, como se ela tivesse inventado essa senhora só para interrompê-lo.

Ele, porém, enxugou as mãos e seguiu pelo corredor. Ela o ouviu dizer com suavidade: "Sim, como posso ajudar?".

E, em vez de voltar poucos minutos depois, ele levou a mulher para a sala de jantar; ele fechou a porta da sala de jantar. Por que a sala de jantar? As visitas eram levadas à sala de estar. O bacon, por cima do papel-toalha, estava esfriando.

Havia uma janelinha no alto da porta entre a cozinha e a sala de jantar. Na época em que Sophie era pequena, havia uma cozinheira na cozinha. A cozinheira podia observar o andamento da refeição por aquela janela para saber quando trocar os pratos.

Denise ficou na ponta dos pés.

"Espionando", disse Peter, sem tirar a cara do livro. Era um livro de ficção científica chamado *O mundo de Satanás*.

"Eu só quero saber quando preparar os sanduíches", disse Denise.

Ela viu que havia um motivo para eles estarem na sala de jantar. O pai estava sentado em seu lugar habitual, na ponta da mesa. A mulher estava sentada no lugar habitual de Peter, perto da porta do corredor. Ela estava com a bolsa na mesa, com as mãos espalmadas por cima dela. O que quer que eles estivessem falando exigia uma mesa, cadeiras de encosto reto e uma posição ereta e séria. Era como uma entrevista. Informações estavam sendo passadas, perguntas estavam sendo feitas, um problema estava sendo considerado.

Bom, tudo bem, pensou Denise. Eles estavam falando de um problema. Acabariam de falar dele, resolveriam-no e estaria tudo acabado. O pai ia contar à família, ou não ia contar nada. Estaria tudo acabado.

Ela desligou o rádio. Fez os sanduíches. Peter comeu o seu. Ela esperou um pouco, depois comeu o dela. Eles tomaram Coca, que o pai tinha permitido no almoço. Denise comeu e bebeu rápido demais. Ficou sentada na mesa arrotando baixinho e sentindo de novo o gosto do bacon, e ouvindo o som terrível de uma estranha chorando na casa deles.

Do avião, no aniversário do pai, eles tinham visto algumas nuvens delicadas, quase transparentes, amontoadas no céu ocidental, e Denise dissera: "Nuvens de trovoada".

"Isso mesmo", disse o piloto. "Mas elas estão bem longe."

"Deve ser bem emocionante", disse Laurence.

"Uma vez, olhei para fora e vi anéis azuis de fumaça em volta das hélices", disse o piloto. "Em volta das hélices e das pontas das asas. Aí eu vi a mesma coisa em volta do nariz. Estendi a mão para tocar a janela — esta aqui, de acrílico — e bem na hora em que eu cheguei perto de tocar, saíram chamas dos meus dedos. Eu não sei se cheguei a tocar o acrílico. Não senti nada. Chamas azuis bem pequenas. Uma vez numa tempestade. É o que chamam de fogo de santelmo.

"É das descargas elétricas na atmosfera", gritou Peter do banco de trás.

"Isso mesmo", gritou de volta o piloto.

"Que estranho", disse Laurence.

"Fiquei sobressaltado."

Denise tinha na mente uma imagem do piloto com fogo frio azul disparando da ponta de seus dedos, e isso lhe parecia um sinal de dor, ainda que ele tivesse dito que não sentira nada. Ela pensou na vez em que tinha se encostado numa cerca elétrica. Os esguichos sonoros que vinham da sala de jantar fizeram-na se lembrar disso. Peter continuou a ler, e eles não falaram nada, ainda que ela soubesse que ele também ouviu o som.

Magda está na cozinha fazendo a salada. Está cantarolando uma melodia de uma ópera. "Home to our mountains." Denise está na sala de jantar arrumando a mesa. Ela ouve o pai rindo no pátio. Os convidados chegaram — dois casais agradáveis, abastados, não eram veranistas. Um casal é de Boston, outro de Montreal. Eles têm casas de verão em Westfield.

Denise ouve o pai dizer "*Weltschmerz*". Ele diz como se fosse entre aspas. Deve estar citando alguma coisa que todos eles conhecem, de uma revista que todos eles leem.

Eu deveria ser como Peter, pensa ela. Eu devia parar de vir aqui.

Mas talvez tudo bem, talvez seja isso a felicidade, que ela é teimosa demais, infantil demais, politicamente carrancuda demais — atolada demais num passado que todos os outros abandonaram — para aceitar?

A sala de estar foi estendida para ganhar a área onde ficava parte da varanda, e a extensão é puro vidro — paredes e telhado inclinado, tudo de vidro. No vidro que vai escurecendo, ela vê a si mesma — uma mulher alta e cuidadosa com uma longa trança, com roupas em nada chamativas, colocando na longa mesa de pinho, em meio às belas tigelas transbordando de nastúrcios, pratinhos azuis cheios de sal. Guardanapos em vermelho e laranja, velas amarelas como pequenas nozes de manteiga, espessos pratos brancos em estilo *country* com estampa de uvas nas bordas. Camadas de comida e de vinho por vir, e a conversa que corta o ar vivo: camadas de harmonia e de satisfação.

Magda, carregando a salada, para de cantarolar.

"A sua mãe — ela está feliz, lá na Colúmbia Britânica?"

Culpa dela, pensa Denise. De Isabel.

Pensamentos injustos, indesejados, podem atacá-la neste momento, reverberando com dureza, sem nenhum objetivo.

"Está", diz ela. "Está sim. Acho eu." Com isso ela quer dizer que Isabel, pelo menos, não tem arrependimentos.

II

O andar de Sophie fazia vibrar as tábuas do assoalho. Ela estava descalça, nua debaixo do roupão de banho listrado, de manhã cedo. Ela nadava nua no lago desde que era criança, e aquela margem toda pertencia a seu pai, até a altura da fazenda de Bryce. Se ela quisesse nadar desse jeito agora, tinha de acordar cedo de manhã. Tudo bem. Ela acordava cedo. Os velhos acordavam cedo.

Depois de dar sua nadada, ela gostava de sentar nas pedras e fumar o primeiro cigarro. Era isso que ela estava procurando agora — não os cigarros, mas o isqueiro. Ela procurou nas prateleiras acima da pia, na gaveta de talheres — sem a intenção de fazer aquela barulheira — e no aparador. Então ela lembrou que tinha ficado na sala de estar na noite anterior, vendo *David Copperfield* na televisão. E ali estava ele, o isqueiro, no braço sujo da poltrona coberta com chita.

Laurence tinha alugado uma televisão para que eles pudessem ver o voo para a Lua. Ela tinha concordado que essa era uma ocasião que as crianças não deviam perder — que nenhuma delas devia perder, disse Laurence, severo —, mas ela imaginara que seria um aluguel de vinte e quatro horas, a presença da televisão na casa de um dia para o outro. Laurence apontou seu erro. O voo para a Lua aconteceria na quarta, depois de amanhã, e o pouso, se tudo desse certo, no domingo. Ela tinha mesmo achado que a viagem demoraria só algumas horas? E Laurence disse que não haveria esperança de alugar uma televisão decente se você esperasse até a última hora. Os veranistas todos estariam atrás delas. Assim, eles pegaram uma dez dias antes do tempo, e a campanha de Laurence, desde que a televisão chegou à casa, tinha sido fazer com que Sophie assistisse a ela. Ele tinha tido sorte, descobrindo reprises das séries do último inverno da *National Geographic*: era sobre as ilhas Galápagos, a que Sophie assistiu sem reclamar, e sobre os parques nacionais dos Estados Unidos, que ele disse que era boa, apesar da fanfarronice americana. E ainda havia *David Copperfield*, uma série britânica exibida todo domingo em segmentos de uma hora.

"Está vendo só o que você está perdendo?", disse Laurence a Sophie. Ela se recusara a ter uma televisão esses anos todos — não apenas na casa de toras, mas também em seu apartamento em Toronto.

"Ah, Laurence. Não precisa esfregar na cara dela", disse Isabel. Seu tom era afetuoso, mas cansado. Sophie, sem dizer nada, ficava mais incomodada com Isabel do que com Laurence. Como aquela menina conhecia mal o próprio marido, se esperava que ele triunfasse discretamente. E como ela conhecia mal Sophie, era de esperar que ela ficasse chateada com a insistência de Laurence.

Era o jeito dele — o jeito deles. Ele ia insistir e insistir com Sophie, e, não importava o que conseguisse tirar dela, nunca seria o bastante. A capitulação de Sophie quanto à televisão acabou não sendo o bastante; ela não ligava tanto assim, na verdade, e era isso que Laurence sabia.

A mesma coisa com os degraus. (Sophie agora estava cruzando a margem até o lago, passando rápido pelos compridos bancos de madeira.) Sophie não quisera degraus de cimento, preferindo toras instaladas na margem, mas tinha cedido, enfim, às reclamações de Laurence de que as toras iam apodrecer e ele ia ter o trabalho de trocá-las. Agora ele a chamava todo dia para que visse seus progressos.

"Estou construindo para durar", anunciou ele, com um gesto grandioso. Ele tinha feito um degrau em memória de cada um deles: a palma da mão gravada, as iniciais, a data — julho de 1969.

Sophie escorregou das pedras para a água e nadou até o meio do lago, à luz do sol. Em seguida, boiou de costas. Ainda que houvesse cabanas ao longo de toda a margem, a maior parte das pessoas tinha sido bem razoável quanto a não cortar as árvores. Ela podia ficar deitada ali na água e olhar as margens altas, com pinheiros e cedros, álamos e bordos, vidoeiros tanto brancos quanto dourados. Não havia vento, nenhuma ondulação no lago, exceto aquela provocada por Sophie, e, no entanto, as folhas dos vidoeiros e dos álamos viravam sozinhas, brilhavam como moedas ao sol.

Havia movimento, não só nas folhas. Sophie viu figuras. Elas estavam descendo a margem, saindo das árvores perto das pedras, onde ela tinha deixado o roupão. Ela baixou o corpo, de modo que não estava mais boiando, mas de pé na água, e observou-os.

Dois rapazes e uma moça. Os três tinham cabelo comprido, na cintura ou quase, mas um dos rapazes trazia o cabelo puxado para trás, com rabo de cavalo. O rapaz do rabo de cavalo tinha barba e usava óculos escuros, e vestia um paletó de terno sem camisa por baixo. O outro rapaz estava só de jeans. Tinha algumas correntes ou colares, penas talvez, penduradas em seu magro peito moreno. A moça era gorda e meio cigana, com uma longa saia vermelha e uma bandana atada na cabeça, passando pela testa. Ela tinha dado um nó na saia na frente, para conseguir descer pela margem.

As crianças — pessoas jovens — que tinham aquela aparência não eram nenhuma novidade para Sophie, claro. Havia muitas delas na área do lago nos finais de semana — os filhos dos veranistas, que vinham visitar, trazendo amigos. Às vezes eles tomavam conta das cabanas, sem os pais por perto, e faziam festas que duravam o fim de semana inteiro. *O Boletim dos proprietários* propusera a proibição de cabelo comprido e de "roupas estranhas", a ser voluntariamente aplicada por cada proprietário ou proprietária em seu domínio. As pessoas tinham sido convidadas a mandar cartas a favor da proibição ou contra ela, e Sophie tinha escrito contra. Ela dizia em sua carta que aquele lado todo do lago fora propriedade dos Vogelsang, e que Augustus Vogelsang tinha deixado o relativo conforto da Alemanha de Bismarck para buscar a liberdade do Novo Mundo, onde todos os indivíduos poderiam escolher suas roupas, seu modo de falar, sua religião etc.

Porém, ela achava que aqueles três não eram de nenhuma das cabanas. Sem dúvida eram intrusos, nômades. Por que ela achava isso? Havia neles algo furtivo — mas também audacioso, desdenhoso. Ela não achava, porém, que eles fossem fazer qualquer mal. Eram histriônicos, absorvidos em si mesmos, não ladrões de verdade.

Eles tinham visto o roupão dela. Estavam olhando para ela, no meio da água.

Sophie acenou. Gritou "Bom dia", num tom alegre, de saudação — para indicar que a saudação seria tudo, que não se deveria esperar nada além dela.

Eles não acenaram nem responderam. A menina sentou-se,

O rapaz de peito nu pegou o roupão de Sophie e vestiu-o. Achou os cigarros e o isqueiro no bolso dela, e jogou-os para a garota, que pegou um cigarro e acendeu. O outro rapaz sentou-se, tirou as botas e agitou os pés na água.

O rapaz que tinha colocado o roupão deu uma rebolada. Seu cabelo era negro, brilhava de um jeito bonito, balançando sobre seus ombros. Ele estava imitando uma mulher, ainda que certamente não se pudesse dizer que estava imitando Sophie. (Agora ocorria a ela que eles podiam estar observando, podiam tê-la visto tirando o roupão e entrando na água.)

"Você pode, por favor, tirar isso?", gritou Sophie. "Podem pegar um cigarro, mas por favor coloque o maço de volta no bolso!"

O rapaz deu outra rebolada, desta vez virando-lhe as costas. O outro rapaz riu. A menina fumava e parecia não prestar muita atenção.

"Tire meu roupão e devolva meus cigarros!"

Sophie começou a nadar na direção da margem, mantendo a cabeça fora d'água. O rapaz tirou o roupão, pegou-o e rasgou-o em dois. O material gasto rasgou-se com facilidade. Ele enrolou uma metade e jogou-a na água.

"Seu pilantra!"

Ele jogou a outra metade.

O rapaz com o rabo de cavalo estava colocando as botas.

O rapaz de cabelo negro estendeu a mão para a garota. Ela sacudiu a cabeça. Ele vasculhou as dobras da saia dela, ela gritou em protesto. Ele jogou outra coisa na água, depois dos pedaços do roupão.

O isqueiro de Sophie.

Sophie ouviu a garota dizer alguma coisa — parecia "seu merda" — e depois os três começaram a subir a margem sem nem olhar mais para o lago. O rapaz de cabelos negros ia de salto em salto, graciosamente; o outro vinha atrás rápido, porém mais desajeitado; a menina subia com dificuldade em sua saia amarrada.

Estavam todos fora de vista quando Sophie saiu da água e, apoiando-se, subiu nas pedras.

O cigarro da garota — o cigarro de Sophie — não estava amassado, mas largado num trechinho de terra, de terra e de pedrinhas.

Sophie sentou nas pedras, respirando fundo, irregularmente. Ela não tremia — estava sendo aquecida por um ódio sombrio e inútil. Precisava recompor-se.

Em sua mente, havia uma imagem do bote que costumava ficar amarrado ali quando era criança. Uma velha banheirona, mas segura, era aquele bote, balançando na água perto do píer. Toda noite, após o jantar, Sophie, ou Sophie e um dos irmãos (àquela altura os dois já tinham falecido), mas normalmente só Sophie, remavam até a fazenda de Bryce para pegar o leite. Uma lata com tampa, areada e escaldada pela cozinheira dos Vogelsang, era levada — não dava para confiar em nenhum receptáculo dos Bryce. Os Bryce não tinham píer. A casa e o celeiro deles ficavam de costas para o lago; estavam voltados para a estrada. Sophie tinha de levar o barco até os juncos e jogar a corda para os filhos dos Bryce, que corriam a seu encontro. Eles vinham espalhando lama, puxavam a corda e trepavam no bote enquanto Sophie dava as instruções de sempre.

"Não tire o remo! Não deixe atolar! Não subam todos na mesma ponta!"

Descalça, assim como eles, ela pulava para fora e corria até a leitaria de pedra. (Ela ainda estava ali, e, até onde Sophie sabia, funcionava como câmara escura de um veranista.) O senhor ou a senhora Bryce colocavam o leite quente e espumoso na lata.

Alguns dos filhos dos Bryce tinham a mesma idade de Sophie, e outros eram mais velhos, mas todos eram menores. Eram quantos? Como se chamavam? Sophie se lembrava de uma Rita, de um Sheldon ou Selwyn, de um George, de uma Annie. Estavam sempre branquelos, apesar do sol de verão, e cheios de mordidas, arranhões, feridas, picadas de pernilongos, de borrachudos e de pulgas, ensanguentadas, putrefatas. Era porque eram crianças pobres. Era porque eram pobres que os olhos de Rita — ou de Annie — eram vesgos, e que um dos garotos tinha ombros tão esquisitamente desiguais, e que eles falavam do jeito que falavam, dizendo "Nóis vai na cidade", "bóute", e outras coisas que Sophie mal conseguia entender. Nenhum deles sabia nadar. Tratavam o bote como se fosse um móvel esquisito — algo para trepar em cima, para entrar. Eles não tinham a menor ideia de como remar.

Sophie gostava de vir pegar ela mesma o leite, não com um dos irmãos, para poder ficar um tempo e bater papo com os filhos dos Bryce, fazer perguntas e contar coisas — algo que os irmãos nem teriam sonhado em fazer. Onde eles estudavam? O que ganharam de Natal? Eles sabiam alguma música? Quando eles se acostumaram com ela, começaram a contar coisas. Contaram da vez em que o touro se soltou e chegou até a porta da frente, e da vez em que viram uma bola de relâmpago dançar pelo piso do quarto, e do furúnculo enorme no pescoço de Selwyn e do que escorreu dele.

Sophie queria convidá-los para a casa de toras. Ela sonhava dar-lhes banhos, roupas limpas, e colocar pomadas em suas picadas, e ensiná-los a falar direito. Às vezes tinha um devaneio longo e complicado com um Natal para a família Bryce. Ele incluía uma redecoração e uma pintura da casa deles, e também uma limpeza geral do quintal. Apareciam óculos mágicos, para endireitar olhos vesgos. Havia livros com figuras, ferroramas, bonecas com vestidos de tafetá, exércitos de soldadinhos de brinquedo e pilhas de frutas e de animais de marzipã. (Marzipã era o doce favorito de Sophie. Uma conversa com os Bryce a respeito de doces revelou que eles não sabiam o que era.)

Com o tempo, ela conseguiu que a mãe permitisse que ela convidasse um deles. A que ela convidou — Rita ou Annie —

desistiu na última hora, por ser tímida demais, e quem veio foi a outra. Essa Annie ou Rita vestiu um dos maiôs de Sophie, que ficou ridiculamente folgado nela. E mostrou-se difícil de agradar. Não falava que tipo de sanduíche, de biscoito ou de bebida preferia, e não queria ir no balanço nem na gangorra, nem brincar perto d'água, nem de boneca. Sua ausência de preferência parecia ter algo de superior, como se ela estivesse aderindo a um código de comportamento que Sophie não conseguiria entender. Ela aceitou os doces que lhe foram dados e permitiu que Sophie a empurrasse no balanço, tudo com uma firme falta de entusiasmo. Finalmente, Sophie levou-a para a água e começou um programa de pegar sapos. Sophie queria levar toda uma colônia de sapos da pequena baía cheia de juncos de um lado do píer para uma agradável saliência com uma caverna nas rochas do outro lado. Os sapos faziam a viagem pela água. Sophie e a filha dos Bryce pegavam-nos, colocavam-nos numa boia e os empurravam dando a volta no píer — a água estava baixa, e assim a filha dos Bryce conseguia ir andando — até sua nova casa. Ao fim do dia, a colônia tinha sido transportada.

A filha dos Bryce morreu num incêndio numa casa, com algumas crianças pequenas, muitos anos depois. Ou talvez tenha sido a outra, aquela que não quis ir. O irmão que herdou a fazenda vendeu-a a um incorporador, que, dizem, trapaceou no negócio. Porém, o irmão comprou um carrão — um Cadillac? — e Sophie costumava vê-lo em Aubreyville nos verões. Ele lhe dava aquele olhar de cara franzida que dizia que ele não ia se dar ao trabalho de falar com ela, a menos que ela falasse com ele.

Sophie lembrava de contar a história da mudança dos sapos para o pai de Laurence — um professor de alemão cuja atenção ela tinha atraído defendendo com vigor, em aula, a pronúncia de Vestfália. Ao chegar à pós-graduação, ela estava inexoravelmente apaixonada por ele. Grávida, tinha orgulho demais para pedir-lhe que se desenraizasse, largasse a esposa, fosse com ela para a casa de toras, onde esperou Laurence nascer, mas ela achava que era isso que ele devia fazer. Ele foi até ali, mas só duas vezes, para visitar. Eles se sentaram no píer e ela contou dos sapos e da filha dos Bryce.

"Claro que estavam todos de volta nos juncos no dia seguinte", disse ela.

Ele riu, e, com camaradagem, bateu no joelho dela. "Ah, Sophie. Você percebe."

E hoje era o quadragésimo aniversário de Laurence. O filho dela tinha nascido no Dia da Bastilha. Ela enviou um cartão-postal: "Prisioneiro do sexo masculino solto em 14 de julho, três quilos e novecentos gramas". O que a esposa dele pensou? Ela não saberia. A família Vogelsang enfrentou tudo isso com orgulho, e Sophie foi a outra universidade para qualificar-se para sua carreira acadêmica. Ela nunca mentira a respeito de ser casada. Laurence, porém, na escola, inventou um pai — o primo-irmão da mãe (que tinha portanto o mesmo nome), morto afogado num passeio de canoa. Sophie dizia que entendia, mas decepcionou-se com ele.

Depois, naquela mesma tarde, Sophie viu-se num avião. Já tinha voado duas vezes — ambas em aviões grandes. Ela não tinha achado que ficaria assustada. Sentou-se no banco de trás, entre Denise e Peter, seus empolgados netos — Laurence foi na frente, com o piloto —, e de fato ela não conseguia distinguir se o que sentia era medo.

O aviãozinho parecia não estar nem se mexendo, ainda que o motor não estivesse cortado; estava fazendo uma barulheira terrível. Eles estavam pairando no ar, a cerca de mil pés do chão. Abaixo, havia juníperos espalhados como almofadinhas de alfinetes pelos campos, cedros adoravelmente exibidos como árvores de Natal de brinquedo. Havia veios reluzentes de ondulações na água escura. Aquela pequeninice de brinquedo que havia em tudo tinha em Sophie um efeito peculiar e perturbador. Ela tinha a sensação de que era ela, e não as coisas na terra, que tinha encolhido, que ainda estava encolhendo — ou que estavam todos encolhendo juntos. Essa sensação era tão forte que causava um formigamento em suas mãos e pés ora pequeninos, como os de um caranguejo — um formigamento de pequenez, uma percepção de uma aguda pequenez. Seu estômago murchou: seus pulmões tinham tanta utilidade quanto sacos de sementes vazios; seu coração era o coração de um inseto.

"Logo vamos estar bem em cima do lago", disse Laurence para as crianças. "Estão vendo como tem um monte de campos de um lado e árvores do outro? Vejam só, de um lado temos solo sobre calcário, do outro, um escudo pré-cambriano. De um lado, pedras, e do outro, juncos. Trata-se de um lago glacial." (Laurence tinha estudado geologia e gostava, e houve um tempo em que ela teve esperanças de que ele se tornaria geólogo, em vez de empresário.)

Então eles estavam se movendo, bem pouco. Moviam-se acima do lago. À direita Sophie via Aubreyville espalhada, e a funda fenda da pedreira de sílica. A sensação que ela tinha de um erro, de um problema esquisitíssimo e incomunicável, não cedia. Não era a chegada do desastre que ela sentia, mas o rescaldo, naquele ar dourado — como se todos eles tivessem sido espanados e cancelados, comprimidos em pontinhos, transformados em átomos, mas não soubessem.

"Vamos ver se conseguimos enxergar o telhado da casa de toras", disse Laurence. "Meu avô era alemão. Ele construiu sua casa nas árvores, como uma residência de caçadores", disse ele ao piloto.

"Mesmo?", disse o piloto, que provavelmente sabia pelo menos isso sobre os Vogelsang.

Essa sensação — Sophie percebia — não era nova para ela. Quando criança, ela a sentira também. Uma sensação genuína de encolher, parte do repertório de sensações ou estados assustadores e formidáveis que estão disponíveis para você quando você é muito jovem. Como a sensação de estar pendurada de ponta-cabeça, andando no teto, passando por cima de soleiras aumentadas. Um prazer horrível na época, por que não agora?

Porque agora não era escolha dela. Ela tinha uma certeza de que haveria mudanças iminentes, que não seriam sua escolha.

Laurence apontou o telhado para ela, o telhado da casa de toras. Ela exclamou com satisfação.

Ainda encolhendo, comprimindo-se naquele pontinho nauseabundo, mas sem desaparecer, ela se segurou ali. Ela se segurou ali, usando todas as forças que tinha, e disse aos netos, olhe ali, olhe aqui, veja as formas da terra, veja as sombras e a luz descendo na água.

III

Ficar sentada sozinha é o que a minha esposa mais gosta.

Isabel estava sentada na grama perto do carro, à sombra de álamos fininhos, e achou que este dia, um agradável dia em família, tinha sido cheio de obstáculos, que ela até então tinha superado. Quando acordou nesta manhã, Laurence queria fazer amor com ela. Ela sabia que as crianças estariam acordadas; estariam ocupadas no quarto de Denise no fim do corredor, preparando a primeira surpresa do dia — um cartaz com um poema, um poema de aniversário e uma colagem para o pai. Se Laurence fosse interrompido por eles entrando todos com aquilo — ou por eles batendo na porta, supondo que ela se levantasse para trancá-la —, ele ia ficar muito mal-humorado. Denise ficaria decepcionada — na verdade, pesarosa. Eles teriam começado mal o dia. Mas explicar que as crianças são assim não acalmaria Laurence. Isso seria visto como um exemplo de ela torná-los mais importantes, considerando os sentimentos deles na frente dos dele. A melhor coisa a fazer parecia apressá-lo, e foi exatamente isso que ela fez, incentivando-o mesmo quando ele ficou distraído por um instante pelo som dos passos pesados de Sophie, vagando pelo andar de baixo, abrindo com força alguma gaveta na cozinha.

"Mas que raio de problema ela tem?", suspirou ele no ouvido de Isabel. Ela, porém, acariciou-o como se estivesse impaciente por mais atividade, mais rápida. Funcionou. Logo estava tudo bem. Ele estava deitado de costas segurando a mão dela na hora em que se ouviam as crianças chegando pelo corredor, fazendo um som que parecia de trompete, uma fanfarra confusa. Eles empurraram a porta do quarto dos pais e entraram, erguendo à frente o grande cartaz em que estava escrito o poema de aniversário, em letras elaboradas multicoloridas feitas a lápis.

"Viva!", disseram juntos, fazendo uma mesura, baixando o cartaz. Denise apareceu num lençol, carregando um bastão coberto de papel-alumínio com uma estrela prateada de papel presa numa ponta, e a maior parte dos colares, correntes, pulseiras e brincos amarrada ou de algum modo atada a sua pessoa. Peter estava só de pijama.

Eles começaram a recitar o poema. A voz de Denise era aguda e intensamente dramática, ainda que zombasse de si mesma. A voz de Peter se arrastava um pouco atrás dela, lenta, zelosa e incertamente sardônica.

Viva! Você faz quarenta anos! Viva!
Sua vida é muito afortunada!
E eu, que sou a Rainha das Fadas,
Trago saúde, riqueza, amor e alegria!

Peter, logo atrás, disse: "E *ela*, que *é* a Rainha das Fadas", e no final da estrofe Denise disse: "Na verdade, eu sou a Fada Madrinha, mas isso tem sílabas demais". Ela e Peter continuaram fazendo uma mesura.

Laurence e Isabel riram e bateram palmas, e pediram para ver o cartaz mais de perto. Em volta do poema estavam coladas figuras, cenas e palavras cortadas, letra a letra, de revistas. Todas ilustravam o ano mais recente da vida do Grande L.P. (*Long-Playing* Laurence Peter) Vogelsang. Uma viagem de negócios à Austrália era indicada por um canguru pulando sobre Ayers Rock e por uma lata de repelente de insetos.

Entre viagens emocionantes, e a legenda, *o Grande L.P. encontrou tempo para seus principais interesses* (uma coelhinha da Playboy exibia sua cauda empinada e oferecia uma garrafa de champanhe do seu próprio tamanho), *e para relaxar com sua adorável família* (uma menina vesga mostrava a língua, uma dona de casa erguia ameaçadoramente um esfregão, e um porco-espinho coberto de lama estava sobre a cabeça dele). *Ele também considerou uma segunda carreira* (o cartaz mostrava um misturador de cimento, com um velho excêntrico sobreposto). "*Feliz Aniversário, Grande L.P.*", diziam diversos animais de fazenda usando chapéus de festa e segurando balões, "*De seus vários fãs fiéis*".

"Que maravilha", disse Laurence. "Estou vendo que você se dedicou muito a isso. Gostei principalmente dos principais interesses."

"E da família adorável", disse Denise. "Você também não gosta dela?"

"E da família adorável", disse Laurence.

"Agora", disse Denise, "a Fada Madrinha está pronta para conceder três desejos a você."

"Na verdade, você só precisa mesmo de um desejo", disse Peter. "Você só deseja que todos os seus outros desejos se tornem realidade."

"Esse desejo não pode", disse Denise. "Você tem direito a três desejos, mas precisam ser de coisas específicas. Você não pode desejar nada tipo você vai ser feliz sempre e não pode desejar simplesmente ter todos os seus desejos."

Laurence disse: "Mas que Fada Madrinha mais ditatorial", e disse que desejava um dia ensolarado.

"Já está fazendo sol", disse Peter, com repulsa.

"Bem, eu quero que continue fazendo", disse Laurence. Em seguida ele desejou completar mais seis passos e tomates tostados, linguiça e ovo mexido para o café da manhã.

"Sorte sua ter desejado tostado", disse Isabel. "A parte de cima está funcionando. Será que seria demais pedir à Fada Madrinha para trazer um fogão novo para Sophie?"

O barulho que eles todos fizeram na cozinha tomando o café deve tê-los impedido de ouvir Sophie levantando a voz lá no lago. Eles foram comer na varanda. Denise colocou uma toalha sobre a mesa de piquenique. Eles saíram em procissão, com Denise levando a bandeja do café, Isabel a travessa de comida quente, os ovos, as linguiças e os tomates, e Peter levava seu próprio café da manhã, que era cereal com mel, sem leite. Não era para Laurence carregar nada, mas ele levou o suporte com as torradas com manteiga, porque do contrário elas ficariam para trás.

Assim que chegaram à varanda, Sophie apareceu na parte alta da margem, nua. Foi andando bem na direção deles pela grama cortada.

"Tive uma pequeníssima catástrofe", disse ela. "Feliz aniversário, Laurence!"

Essa era a primeira vez que Isabel via uma mulher velha nua. Diversas coisas a surpreenderam. A maciez de sua pele em comparação com a condição enrugada do rosto, do pescoço, dos braços e das mãos de Sophie. A pequenez dos seios. (Ao ver Sophie vestida, ela sempre percebera os seios na mesma grande escala que o resto dela.) Pendiam como trouxinhas, trouxinhas de lona, do tórax largo e sardento. A escassez de pelos pubianos, e sua cor, também era inesperada; eles não tinham ficado brancos, permanecendo de um reluzente marrom-dourado, uma cobertura tão delicada quanto a de uma menina bem jovem.

Toda aquela pele clara, flacidamente preenchida, fez Isabel pensar naquelas vacas francesas, vacas de um branco baço, que você às vezes via nos campos dos fazendeiros. Charolais.

Sophie, claro, não tentou proteger os seios com um braço, nem colocar uma mão modesta sobre as partes pudendas. Não passou correndo pela família. Ficou de pé ao sol, com um pé no degrau de baixo da varanda — aumentando ligeiramente a visão íntima que todos tinham dela —, e disse calmamente: "Lá no lago, fui privada do meu roupão. Também de meus cigarros e de meu isqueiro. Meu isqueiro foi para o fundo do lago".

"Meu Deus, mãe!", disse Laurence.

Ele deitou o suporte com as torradas com tanta pressa que ele caiu. Afastou os pratos para pegar a toalha da mesa.

"Aqui!", disse ele, e jogou-a para ela.

Sophie não a pegou. Caiu sobre seus pés.

"Laurence, é a toalha da mesa!"

"Deixa para lá", disse Laurence. "Só se cubra!"

Sophie curvou-se, pegou a toalha e olhou-a, como que examinando a estampa. Em seguida, colocou-a em volta de si, sem se cobrir tanto, e sem muita pressa.

"Obrigado, Laurence", disse ela. Ela tinha conseguido arrumar a toalha de mesa de um jeito que ficava aberta bem no pior lugar. Ao baixar a vista, ela disse: "Espero que isso deixe você contente". Ela recomeçou a história.

Não, pensou Isabel, não é possível que ela não esteja mesmo percebendo. Tem de ser de propósito; tem de ser um jogo.

A inocência ardilosa. O velho exibicionismo teatral. Exibindo sua pureza. Sua nobreza, sua simplicidade. Mas que fraude perversa essa velha.

"Denise, corra lá para pegar outro pano", disse Isabel. "Vamos deixar essa comida esfriar?"

O objetivo era — o objetivo de Sophie sempre era — deixar o próprio filho parecendo um imbecil. Deixá-lo com cara de imbecil na frente da esposa e dos filhos. E ele estava, de pé acima de Sophie na varanda, com o sangue envergonhado subindo quente pelo pescoço, manchando-lhe os ouvidos, a voz artificialmente mais grave para emular o som de uma censura viril, mas tremendo. Era isso que Sophie fazia, toda vez que tinha a oportunidade.

"Mas que pentelhos arrogantes", disse Isabel, respondendo à história. "Achei que eles todos eram adoráveis, felizes, procurando a iluminação etc."

"Se você apenas tivesse ido nadar de maiô", disse Laurence.

Depois ir pegar o bolo, a preocupação de fazê-lo chegar em casa intacto, a necessidade de ralhar com Denise para que não o deixasse inclinar. Mais uma ida, sozinha, até o Hi-Way Market para comprar os tomates maduros, de horta, que Laurence preferia a qualquer um comprado na loja. Isabel teve de planejar um cardápio simples. Tinha de ser algo que pudesse ser preparado ou esquentado bem rápido quando todos chegassem com fome da ida ao aeroporto. E tinha de ser algo de que Laurence gostasse especialmente, que Sophie não fosse achar complicado demais e que Peter comesse. Ela decidiu *coq au vin*, mas não tinha total certeza de que Sophie e Peter fossem gostar. Afinal, o dia era de Laurence. Ela passou a tarde cozinhando, prestando atenção na hora para que todos estivessem prontos para ir ao aeroporto cedo o bastante para não fazer Denise ter uma crise de ansiedade.

Mesmo com ela prestando atenção, eles se atrasaram um pouco. Laurence, chamado do alto da escada, respondeu que sim, mas não apareceu. Isabel teve de descer correndo e dizer-lhe que era urgente, que havia uma surpresa relacionada a seu aniversário e que tudo seria arruinado se ele não andasse logo — aliás, era a surpresa particular de Denise, e ela já estava entrando em crise. Mesmo depois disso, pareceu que Laurence deliberadamente ficou à vontade e demorou mais do que de costume para lavar-se e trocar de roupa. Ele não aprovava tanto esforço assim para evitar uma crise de Denise.

Porém, eles tinham chegado e agora estavam todos, exceto Isabel, no avião. O plano era todos irem de carro até o aeroporto, ver Laurence tirar a venda dos olhos e ficar surpreso, vê-lo decolar em seu passeio de aniversário e recebê-lo quando descesse.

Então o piloto, saindo da casinha que servia de escritório e vendo todos ali, dissera: "Que tal levar a família inteira? Vamos no avião de cinco lugares — o passeio vai ser mais bonito". Ele sorriu para Denise. "Não vou cobrar a mais. Já estamos no fim do dia."

"Muito gentil da sua parte", disse Denise imediatamente.

"Então", disse o piloto, passando os olhos por eles. "Todos, menos um."

"Eu posso ficar", disse Isabel.

"Espero que não esteja com medo", disse o piloto, virando o olhar para ela. "Não precisa."

Ele estava na casa dos quarenta — talvez tivesse cinquenta — e tinha ondulações de cabelo muito louro ou branco, talvez cabelo louro esbranquiçando, penteado para trás direto da testa. Não era alto, não tão alto quanto Laurence, mas tinha ombros largos, peito e cintura espessos, e uma barriga um tantinho inchada, sem flacidez, sobre o cinto. Uma testa alta e curvada, olhos azuis bem claros com o franzido de quem está sempre exposto ao sol, uma aparência de calma profissional e de bom humor. A mesma qualidade na voz

— a mesma voz rural, sem pressa, que soa ligeiramente burra. Ela sabia o que Laurence diria daquele homem — que ele era o sal da terra. Sem reparar em outra coisa — algo vigilante por baixo, despreocupado, talvez até o desprezando, agudamente dono de si.

"A senhora não está com medo, está?", disse o piloto a Sophie.

"Eu nunca voei num avião pequeno", disse Sophie. "Mas acho que eu não estou com medo, não."

"Nenhum de nós voou até hoje em avião pequeno. Vai ser muito especial", disse Laurence. "Obrigado."

"Vou só ficar sentada aqui sozinha então", disse Isabel, e Laurence riu.

"Ficar sentada sozinha é o que a minha esposa mais gosta."

Se era verdade — e talvez fosse, porque ela não estava assustada, ou estava só vagamente assustada, mas ela gostava tanto da ideia de ficar para trás —, sem dúvida não havia grande mérito nisso. Ali ela sentou e pensou no dia, obstáculo a obstáculo. O *coq au vin* estava esperando no fogão, o bolo tinha chegado inteiro, o vinho e os tomates tinham sido comprados, o aniversário tinha chegado até esse ponto sem erros, brigas ou decepções de verdade. Restavam a volta para casa, o jantar. Amanhã, então, Lawrence passaria o dia em Ottawa e voltaria à noite. Estaria com eles na quarta para ver o lançamento para a Lua.

Não havia grande mérito dela em passar pela vida pensando "Certo, agora isso está resolvido, *isso* está resolvido". O que ela esperava, que bônus esperava receber, quando isto, e isto, e isto, tivessem acabado?

A liberdade — ou nem mesmo a liberdade. O vazio, uma falta de atenção. Parecia que o tempo todo ela tinha de oferecer um pouco mais — de atenção, de entusiasmo, de vigilância — do que tinha certeza de que possuía. Ela se sentia pressionada, esperando que ninguém descobrisse. Descobrisse que ela tinha o coração tão frio quanto o de Sophie, aquela Nórdica Antiga.

Às vezes ela pensava que tinha sido levada para casa, originalmente, como uma espécie de desafio complicado para Sophie. Laurence a amava desde o começo, mas seu amor tinha alguma coisa a ver com o desafio. Muitas coisas contraditórias nela estavam relacionadas: seu jeito vulgar, sua falta de educação (o quão vulgar e quanta falta de educação, ela não tinha ideia na época); suas notas altas e sua confiança ingênua de que elas provavam sua inteligência; todos os indícios que ela trazia de ser a aluna mais inteligente de uma escola secundária operária, o prodígio de uma família sem ambição.

"Não é a típica aluna de administração, não é mesmo, mãe?", disse Laurence a Sophie, na presença de Isabel. Ele estava matriculado no único curso da universidade que Sophie detestava — administração.

Sophie não disse nada. Apenas sorriu diretamente para Isabel. O sorriso não era indelicado, nem escarnecia de Laurence — parecia paciente —, mas dizia com clareza: "Você está pronta? Está absorvendo isso?". E Isabel, que à época se concentrava em estar apaixonada pela boa aparência, pela beleza, pela graça, pela inteligência e pela tão sonhada experiência de vida de Laurence, entendeu o que isso significava. Significava que o Laurence que ela tinha decidido amar (afinal, apesar da aparência e do jeito dela, ela era uma moça séria, sem experiência, que acreditava em amor para a vida toda e que não conseguia imaginar uma conexão que não fosse nesses termos), *aquele* Laurence tinha de ser sustentado e alimentado com esforços constantes e inteligentes da parte dela, com tranquilizações e boa gerência; ele dependia dela para fazer dele um homem. Ela não gostava de Sophie por chamar a atenção dela para isso e não permitiu que isso pesasse em sua decisão. Era isso que era o amor, ou era isso que era a vida, e ela queria começar. Ela se sentia só, ainda que se visse como uma pessoa solitária. Era a única filha do segundo casamento da mãe;

a mãe estava morta, e seus meio-irmãos e meia-irmã eram bem mais velhos e casados. Ela tinha fama na família de se achar especial. Ainda tinha essa fama e, desde o casamento com Laurence, ela mal via os próprios parentes.

Ela lia muito; fazia dieta e exercícios com seriedade; tinha virado boa cozinheira. Nas festas, flertava com homens que não iam realmente atrás dela. (Ela tinha reparado que Laurence ficava decepcionado se ela não causasse nenhum alarde.) Às vezes ela se imaginava sobrepujada por esses homens, ou por outros, um parceiro em cópulas mais impulsivas, inventivas, vigorosas. Às vezes ela pensava na infância com uma saudade que parecia igualmente pervertida e que tinha de ser guardada quase em segredo. Um toldo caído na frente de uma loja de esquina podia lembrá-la a fragrância de jantares pesados cozinhando ao meio-dia, o lixo e a terra nua em volta das raízes de uma grande árvore frondosa na cidade.

Quando o avião pousou, ela se levantou e foi recebê-los, e beijou Laurence como se ele tivesse voltado de uma viagem. Ele parecia feliz. Ela achava que raramente se preocupava com a felicidade de Laurence. Ela queria que ele estivesse de bom humor, para que tudo corresse bem, mas não era a mesma coisa.

"Foi maravilhoso", disse Laurence. "Dava para ver com total nitidez as mudanças na paisagem". Ele começou a contar a ela sobre um lago glacial.

"Foi muitíssimo agradável", disse Sophie.

Denise falou: "Dava para ver até dentro d'água. Dava para ver as pedras lá embaixo. Até a areia dava para ver."

"Você viu algum peixe?", perguntou Isabel.

O piloto riu, ainda que já devesse ter ouvido aquilo muitas vezes antes.

"Uma pena mesmo você não ter ido", disse Laurence.

"Ah, um dia ela vai", disse o piloto. "Ela pode voar amanhã mesmo."

Todos riram com a provocação dele. Seus olhos audazes cruzaram-se com os de Isabel e pareceram, apesar da audácia, ser absolutamente inocentes, joviais e gentis. Não faltava respeito. Era um homem que certamente não desejava qualquer mal, qualquer tolice. Assim, dificilmente era verdade que ele a estava convidando.

Ele se despediu deles então, como grupo, e eles agradeceram a ele outra vez. Isabel achou que sabia o que tinha sido que a tinha transtornado. Foi a história de Sophie. Era a ideia dela própria, não Sophie, saindo nua da água na direção daqueles rapazes maliciosos. (Na cabeça dela, ela já tinha eliminado a garota.) Aquilo fez com que ela imaginasse um convite ansioso, radical. Ela ficou atiçada.

Quando eles estavam voltando para o carro, ela teve de fazer força para não se virar. Ela imaginava que eles viravam ao mesmo tempo, que se olhavam, assim como num filme romântico, numa história de ópera, numa fantasia de escola secundária. Eles se viravam ao mesmo tempo, olhavam-se, trocavam uma promessa não menos real, ainda que talvez nunca se reencontrassem. E a promessa a alvejava como o relâmpago, a estilhaçava como o relâmpago, ainda que ela seguisse adiante sem dificuldades, intacta.

Porém, não era como o relâmpago, não era um golpe vindo de fora. Só fingimos que é.

"Se alguém não se importar em dirigir", disse Sophie. "Estou cansada."

Naquela noite, Isabel transbordava atenção a Laurence, a Sophie, a seus filhos, atenção de que eles não precisavam minimamente. Todos sentiam a felicidade dela. Eles a sentiam como se uma barreira habitual e invisível tivesse sido removida, como se uma cortina transparente tivesse sido afastada. Ou será que todos tinham apenas imaginado que ela estava lá o tempo inteiro? Laurence se esqueceu de ser mordaz com Denise, ou de tratá-la como rival. Ele nem se deu ao trabalho de debater-se com Sophie. A televisão não foi mencionada.

"Nós vimos a pedreira de sílica lá do alto", disse ele a Isabel, durante o jantar. "Parecia um campo nevado."

"Mármore branco", disse Sophie, citando. "Uma coisa pretensiosa. Colocaram em todos os caminhos de parques em Aubreyville, estragaram o parque. É ofuscante."

Isabel disse: "Você sabia que nós tínhamos o Entulho Branco? Na escola que eu frequentei — ela ficava atrás de uma fábrica de biscoitos, o playground dava para o terreno da fábrica. Volta e meia, eles juntavam um monte de cobertura de baunilha, de nozes, as bolinhas de marshmallow duro, colocavam em barris e jogavam ali no terreno, e ficava brilhando. Brilhando como uma pura montanha branca. Na escola, alguém percebia e gritava: 'Entulho Branco!', e depois da aula nós pulávamos o muro ou dávamos a volta nele. Nós ficávamos ali, remexendo aquela enorme pilha de doce branco."

"Eles pegavam do chão?", disse Peter. Ele parecia deslumbrado com a ideia. "Você comia?"

"Claro que sim", disse Denise. "Era tudo o que eles tinham. Eram crianças bem pobres."

"Não, não, não", disse Isabel. "Nós éramos pobres, mas certamente tínhamos doces. Sempre ganhávamos uma moedinha para ir à mercearia. Não era isso. Era alguma coisa que tinha a ver com o Entulho Branco — porque havia tanto, porque era tão branco, tão brilhante. Parecia o sonho de qualquer criança — a coisa mais maravilhosa e cheia de promessa que você jamais veria."

"Mamãe e os socialistas levariam tudo embora na calada da noite", disse Laurence, "e dariam laranjas a vocês."

"Se eu imagino marzipã, consigo entender", disse Sophie. "Ainda que você precise admitir que não parece muito saudável."

"Deve ter sido terrível", disse Isabel. "Para os nossos dentes e tudo o mais. Mas nós não comíamos o bastante para ficarmos doentes, porque éramos muitos e precisávamos revirar muito. Só parecia uma coisa totalmente maravilhosa."

"Entulho Branco!", disse Laurence — que, em outro momento, teria dito diante de uma história como essa algo como "Os prazeres simples dos pobres!". "Entulho Branco", disse ele, com uma mistura de prazer e de ironia, uma apreciação natural que parecia exatamente o que Isabel queria.

Ela não deveria ficar surpresa. Ela conhecia a delicadeza e a bondade de Laurence, assim como conhecia seu lado bruto e brusco. Ela sabia como a mente dele funcionava, como sua vontade se modificava, as pequenas alterações e ruídos de seu corpo. Eles eram íntimos. Tinham descoberto tanto a respeito um do outro que qualquer coisa era compensada por outra. Era por isso que o sexo entre eles podia parecer tão envergonhado, mera e desoladamente libidinoso, como o sexo entre irmãos. O amor podia sobreviver a isso — tinha sobrevivido a isso. Veja o quanto ela o amava naquele momento. Isabel sentia-se renovada e ilimitadamente desembaraçada.

Se o sócio dele estivesse ali, se ele e o sócio estivessem ali juntos, ela poderia dizer: "Acho que esquecemos algo ontem. Minha sogra acha que deixou cair a caixa dos óculos. Não os óculos, só a caixa. Tudo bem. Só quis conferir".

Se ele estivesse sozinho, mas viesse na direção dela com uma expressão vazia, agradável, interrogativa, ela talvez precisasse de uma desculpa menos trivial.

"Eu só queria informações sobre aulas de pilotagem. Meu marido pediu para eu ver."

Se ele estivesse sozinho, mas sua expressão não estivesse tão vazia — ainda assim era necessário que algo fosse dito —, ela poderia dizer: "Foi tão gentil da sua parte levar todos ontem, e eles gostaram. Só passei para agradecer".

Ela não acreditava; ela não conseguia acreditar que aquilo ia acontecer. Apesar da leitura, das fantasias, das confidências de certas amigas, ela não conseguia acreditar que as pessoas enviavam e recebiam esse tipo de mensagem todo dia e que agiam a partir delas, fazendo seus planos temerários, passando a território ilícito (o qual se revelaria chocantemente semelhante, e dessemelhante, ao lar).

Nos anos à frente, ela aprenderia a ler os sinais, tanto no começo quanto no final de um caso amoroso. Ela não ficaria tão surpresa com o jeito como a película do momento pode se romper de repente. Porém, surpresa o bastante para um dia poder dizer para sua filha Denise, crescida, quando elas estavam tomando vinho e falando dessas coisas: "Acho que a melhor parte é sempre no começo. No comecinho. É a única parte pura". "Talvez até antes do começo", disse ela. "Talvez quando só aparece para você o que é possível. Deve ser isso o melhor."

"E o primeiro caso? Quer dizer, o primeiro caso adúltero?" (Denise suprimia toda censura.) "É o melhor também?"

"Para mim, foi o mais apaixonado. Também o mais sórdido."

(Referindo-se ao fato de que o negócio ia mal, que o piloto pediu, e recebeu, algum dinheiro dela; também às cenas dolorosas de revelação que puseram fim ao caso e ao casamento dela, mas não ao dele. Referindo-se, também, às cenas de prazer tão fundidos, tão separados, que as duas partes terminavam achatadas, e, em alguns casos, em lágrimas. E à primeira cena, que ela conseguia reproduzir em sua mente a qualquer momento, recordando sensações surpreendentemente misturadas de inquietação e de tranquilidade.

O aeroporto às nove da manhã, o silêncio, a luz do sol, as árvores empoeiradas à distância. A casinha branca que tinha obviamente sido tirada de outro lugar e plantada ali para servir de escritório. Nenhuma cortina ou persiana na janela. Mas, dentre todas as coisas, uma cerca, um portão. Ele saiu e abriu o portão para ela. Ele usava as mesmas roupas que tinha usado ontem, as mesmas calças claras de trabalho, a mesma camisa de trabalho com as mangas para cima. Ela usava as mesmas roupas que tinha usado. Nenhum deles ouvia o que o outro falava, ou conseguia responder de um jeito que fizesse sentido.

Se ele estivesse por demais à vontade, ou demonstrasse qualquer sinal de cálculo — pior ainda, de triunfo —, ela teria ido embora. Mas ele não cometeu esse tipo de erro, provavelmente nem sentiu a tentação. Os homens que têm sucesso com as mulheres — e ele tinha tido sucesso; ela descobriria que ele tinha tido sucesso algumas vezes antes, em circunstâncias muito similares —, os homens que têm esse dom não o levam tão pouco a sério quanto se julga que levem, nem carecem de delicadeza. Ele era resoluto, mas parecia pensativo, ou até arrependido, quando a tocou pela primeira vez. Um toque calmo, de apreciação, uma declaração que aumentava, sobre seu pescoço e seus ombros nus, suas costas e seus braços nus, seus seios e quadris finamente cobertos. Ele falava com ela — um *nonsense* íntimo e sério — enquanto ela meneava para a frente e para trás, numa resposta que aquele toque levava ao limite do suportável.

Ela se sentia resgatada, elevada, contemplada e segura.)

Depois do jantar, eles brincaram de mímica. Peter era Orion. Ele fez a segunda sílaba bebendo de um copo imaginário, depois cambaleando e caindo. Eles consideraram que valeu, mas concordaram que Orion era um nome próprio.

"O espaço, afinal, é o mundo de Peter", disse Denise. Laurence e Isabel riram. Essa observação foi uma das que seriam citadas de tempos em tempos na família.

* * *

Sophie, que nunca entendeu as regras da mímica — ou, pelo menos, que nunca as obedecia —, logo desistiu do jogo e começou a ler. Seu livro era o *Edda em versos*, que ela lia todo verão, mas que estava deixando de lado por causa das demandas da televisão. Quando foi se deitar, deixou-o no braço da cadeira.

Isabel, pegando-o antes de desligar a luz, leu estes versos:

Seinat er at segia;
svá er nu ráddit.

(É tarde demais para falar disso agora; já está decidido.)

ESTE LIVRO, COMPOSTO NAS FONTES FAIRFIELD E LINOTYPE UNIVERS,
FOI IMPRESSO EM PAPEL PÓLEN SOFT 70 G/M², NA GRÁFICA CROMOSETE,
SÃO PAULO, BRASIL, JANEIRO DE 2017